Sa voix était basse, presque hypnotique.

C'était donc ainsi qu'il procédait. Il attirait ses victimes dans un piège en les faisant entrer en transe grâce à ses yeux dorés et à son ton de voix mielleux. Shanna secoua la tête. Elle pouvait lui résister. Elle ne cèderait pas.

Il fronça les sourcils.

— Vous faites la difficile.

— Vous êtes bien mieux de le croire.

Elle fouilla dans sa bourse et en sortit brusquement un revolver Beretta Tomcat de calibre .32.

— Surprise, enfoiré !

Son visage aux traits rudes n'eut aucune réaction de surprise ou de crainte. À peine pouvait-on y deviner une légère irritation.

— Madame, votre arme est inutile.

Il fit un pas vers elle.

— Je vous en prie, posez-là sur le sol.

— Non !

Elle lui lança son regard le plus furieux.

— Je vais tirer. Je vous tuerai.

— Voilà qui est plus facile à dire qu'à faire.

Il fit un autre pas vers elle.

— Je ne veux pas vous faire de mal. J'ai besoin de votre aide.

Elle haleta.

— Vous... vous saignez.

— Pouvez-vous m'aider ?

Dieu qu'il était beau. C'était bien sa chance de voir ainsi l'homme parfait entrer dans sa vie d'un pas désinvolte deux minutes avant sa mort...

BONS BAISERS DU
VAMPIRE

IL EST FACILE DE TOMBER EN AMOUR
AVEC LES MORTS VIVANTS

Kerrelyn Sparks

Traduit de l'anglais par
Guillaume Labbé

ADA
éditions

Éditeur : François Doucet
Traduction : Guillaume Labbé
Révision linguistique : Féminin Pluriel
Correction d'épreuves : Nancy Coulombe, Carine Paradis
Montage de la couverture : Matthieu Fortin
Photo de la couverture : © istockphoto
Mise en pages : Sébastien Michaud
ISBN 978-2-89667-039-0
Première impression : 2010
Dépôt légal : 2010
Bibliothèque et Archives nationales du Québec
Bibliothèque Nationale du Canada

Éditions AdA Inc.
1385, boul. Lionel-Boulet
Varennes, Québec, Canada, J3X 1P7
Téléphone : 450-929-0296
Télécopieur : 450-929-0220
www.ada-inc.com
info@ada-inc.com

Diffusion
Canada :   Éditions AdA Inc.
France :   D.G. Diffusion
                Z.I. des Bogues
                31750 Escalquens — France
                Téléphone : 05.61.00.09.99
Suisse :   Transat — 23.42.77.40
Belgique :   D.G. Diffusion — 05.61.00.09.99

Imprimé au Canada

Participation de la SODEC. $ODEC
Nous reconnaissons l'aide financière du gouvernement du Canada par l'entremise du Programme d'aide au
développement de l'industrie de l'édition (PADIÉ) pour nos activités d'édition.
Gouvernement du Québec — Programme de crédit d'impôt pour l'édition de livres — Gestion SODEC.

**Catalogage avant publication de Bibliothèque et Archives nationales du Québec et Bibliothèque
et Archives Canada**

Sparks, Kerrelyn

    Bons baisers du vampire
    Traduction de : How to marry a millionaire vampire.
    ISBN 978-2-89667-039-0

    I. Labbé, Guillaume. II. Titre.

PS3619.P37H6814 2010   813'.6   C2009-942708-7

*J'aimerais faire part de mon amour et de ma reconnaissance
à mes copines d'écriture qui m'empêchent de devenir folle
quand les choses vont moins bien et qui célèbrent
avec moi quand les choses vont bien — MJ Selle, Vicky Dreiling,
Vicky Yelton, et Sandy Weider.*

*J'aimerais également témoigner ma plus sincère reconnaissance à
ces femmes de génie — mon agente, Michelle Grajkowski, et mon
éditrice, Erika Tsang.*

Remerciements

Je suis redevable aux personnes suivantes pour l'aide qu'elles ont su m'apporter : un gros merci à tout le personnel du centre de soins dentaires de la docteure Stephanie Troeger de Katy, au Texas, pour m'avoir aidée à réimplanter un croc de vampire. Merci aussi à Paul Weider, dont les idées au sujet de la technologie numérique ont ouvert un monde de possibilités excitantes, incluant celle d'un réseau de télévision numérique des vampires. J'aimerais remercier mon mari, Don Sparks, d'avoir baptisé ce réseau. Je me dois également de remercier mes collègues écrivains des chapitres de West Houston et de Northwest Houston de la Romance Writers of America pour leur soutien sans faille. Enfin, j'aimerais témoigner ma reconnaissance éternelle à mon mari et à mes enfants, pour leur patience et leurs encouragements.

Un

Roman Draganesti savait que quelqu'un était entré en douce dans le bureau de son domicile. C'était un ennemi, ou un ami proche. Il décida que c'était un ami. Un ennemi ne parviendrait jamais à déjouer la vigilance des gardes postés à chaque entrée de sa maison en bande du Upper East Side Manhattan, ou de ceux postés sur chacun des cinq étages.

Comme il possédait une excellente vision nocturne, Roman pensa qu'il pouvait voir bien mieux que cet intrus. Son impression se confirma lorsque la sombre silhouette trébucha sur le coffre de style Louis XVI et jura à voix basse.

Gregori Holstein. Un ami, certes, mais du genre embêtant. Le vice-président du marketing des Industries Romatech abordait chaque problème avec un enthousiasme inlassable. C'était suffisant pour que Roman se sente vieux. Vraiment vieux.

— Qu'est-ce que vous voulez, Gregori?

Son invité se retourna subitement et regarda en direction de Roman en plissant des yeux.

— Pourquoi êtes-vous assis ici, tout seul, dans le noir?

— Hmm. C'est là une question bien difficile à répondre. Je suppose que je voulais être seul. Et dans le noir. Vous devriez vous y adonner plus souvent. Votre vision nocturne n'est pas au niveau qu'elle devrait être.

— Pourquoi devrais-je me donner la peine de pratiquer ma vision nocturne quand les lumières de la ville sont allumées toute la nuit ?

Gregori chercha à tâtons le long du mur jusqu'à ce qu'il localise l'interrupteur. La pièce devint alors visible sous une douce lueur dorée.

— Là, voilà qui est mieux.

Roman s'appuya contre le dossier en cuir frais de son fauteuil à oreilles et prit une petite gorgée de son verre à vin. Le liquide lui brûla la gorge. Substance affreuse.

— Y a-t-il un but à votre visite ?

— Bien sûr. Vous avez quitté le bureau très tôt, et nous avions quelque chose d'important à vous montrer. Vous allez aimer ça.

Roman posa son verre sur son bureau en acajou.

— J'ai appris que nous avions amplement de temps.

Gregori poussa un grognement.

— Essayez d'avoir l'air un peu intéressé. Nous avons eu un développement étonnant au laboratoire.

Il remarqua le verre à moitié vide de Roman.

— J'ai envie de célébrer. Qu'est-ce que vous buvez ?

— Vous ne l'aimerez pas.

Gregori marcha à grands pas vers le bar.

— Pourquoi ? Est-ce que vos goûts sont trop raffinés pour moi ?

Il saisit la carafe et versa un peu de liquide rouge dans un verre à vin.

— La couleur semble bonne.

— Suivez mon conseil et prenez une nouvelle bouteille dans le réfrigérateur.

— Ha ! Si vous pouvez le boire, je le peux aussi.

Gregori en avala une grande gorgée avant de déposer son verre avec force tout en affichant un sourire méprisant de victoire à l'intention de Roman. C'est alors que ses yeux s'écarquillèrent. Son visage habituellement pâle prit une teinte violacée. Un son étranglé vibra profondément dans sa gorge, et le bafouillage commença. Il se mit à tousser, puis à vociférer des malédictions étranglées, avant de tousser de plus belle. Il appuya finalement ses paumes contre le bar et se pencha vers l'avant pour reprendre son souffle.

« Une substance plus qu'affreuse, en effet », pensa Roman.

— Avez-vous repris vos sens ?

Gregori prit une profonde inspiration entrecoupée de quelques soubresauts.

— Qu'est-ce que c'était que ça ?

— Du jus d'ail dans une concentration de dix pour cent.

— *Que diable ?*

Gregori s'était redressé brusquement.

— Êtes-vous devenu fou ? Essayez-vous de vous empoisonner ?

— J'ai pensé vérifier si ces vieilles légendes étaient vraies.

La bouche de Roman esquissa un léger sourire.

— Certains d'entre nous sont manifestement plus sensibles que d'autres.

— Manifestement, certains d'entre nous aiment vivre pas mal trop dangereusement !

Le sourire de Roman s'estompa graduellement.

— Votre commentaire aurait plus de mérite si nous n'étions pas déjà morts.

Gregori marcha avec raideur vers Roman.

— Vous n'allez pas recommencer avec vos balivernes du genre : « Quel malheur, je suis un pauvre démon maudit de l'enfer », n'est-ce pas ?

— Acceptez les faits pour ce qu'ils sont, Gregori. Nous avons survécu pendant des siècles en prenant des vies. Nous sommes une abomination aux yeux de Dieu.

— Vous allez cesser de boire ça.

Gregori arracha violemment le verre de la main de Roman et le déposa hors de sa portée.

— Écoutez-moi. Aucun vampire n'a jamais fait plus de choses que vous pour protéger la vie et apaiser notre soif.

— Et voilà que nous sommes devenus les plus sages créatures démoniaques sur Terre. Bravo. Appelez le pape afin qu'il me canonise dès maintenant.

Les yeux impatients de Gregori affichèrent soudainement un regard curieux.

— Ce qu'ils disent pourrait donc être vrai? Vous étiez un moine?

— Je ne veux plus vivre dans le passé.

— Je n'en suis pas si sûr.

Roman serra les poings. Son passé était un de ces sujets dont il ne discutait avec personne.

— Je crois vous avoir entendu parler d'un certain développement dans le laboratoire?

— Oh, c'est vrai. Bon sang, et Laszlo qui attend dans le hall. J'avais voulu préparer la scène, pour ainsi dire.

Roman respira à fond. Ses mains se détendirent tout doucement.

— Alors, je vous suggère de commencer tout de suite. Il n'y a que tant d'heures dans une nuit.

— Bien entendu. Et je vais faire la tournée des boîtes de nuit plus tard. Simone vient d'arriver en avion depuis Paris, et...

— Ses ailes sont fatiguées. C'était il y a un siècle.

Roman serra de nouveau les poings.

— Concentrez-vous sur le sujet, Gregori, ou je serai dans l'obligation de vous envoyer réfléchir dans votre cercueil.

Gregori lui lança un regard exaspéré.

— J'en ai seulement fait mention au cas où vous auriez voulu vous joindre à nous. C'est diablement plus amusant que de rester ici tout seul à boire ce poison.

Il ajusta sa cravate noire en soie avant de poursuivre.

— Vous savez, Simone a toujours eu un faible pour vous. En fait, toutes les femmes des étages inférieurs de cet édifice aimeraient bien vous égayer.

— Je ne les trouve pas particulièrement réjouissantes. Aux dernières nouvelles, elles étaient toutes mortes.

— Si vous faites ainsi le difficile, peut-être en voudriez-vous une qui soit encore vivante.

— *Non.*

Roman bondit sur ses pieds, saisit son verre de vin, et fonça à la vitesse fulgurante des vampires en direction du bar, qu'il atteignit en une seconde.

— Plus question de toucher à une mortelle. Plus jamais.

— Ouf. Ça a vraiment touché un point sensible.

— Fin de la discussion.

Roman versa le mélange de sang et d'ail de son verre dans l'évier, puis vida le reste du mélange toxique de la carafe. Il avait eu sa leçon, il y a longtemps. Une relation avec une mortelle finissait inévitablement par lui fendre le cœur. Littéralement. Et il préférerait ne pas recevoir de pieu en plein cœur. C'était là les choix de partenaires qui s'offraient à lui : une femme vampire morte, ou une femme en vie qui voudrait sa mort. Et ça ne changerait jamais. Cette existence impitoyable s'étirerait sans cesse pendant des siècles. Pas étonnant que son moral ne soit pas si bon.

En sa qualité de scientifique, il pouvait habituellement trouver quelque chose d'intrigant pour occuper son esprit, mais parfois, comme ce soir, ça n'était clairement pas suffisant. Qu'est-ce que ça pouvait bien faire qu'il soit tout près de trouver une formule qui permettrait à un vampire de demeurer éveillé en plein jour ? Que ferait-il avec ces heures supplémentaires ? Encore plus de travail ? Il avait des siècles devant lui pour cela.

La vérité venait de le frapper de plein fouet. S'il demeurait éveillé en plein jour, il n'aurait même pas personne à qui parler. Il ne ferait qu'ajouter de nouvelles heures de solitude à sa soi-disant vie. Et c'est alors qu'il y avait renoncé pour rentrer à la maison. Pour être seul dans l'obscurité, à écouter les battements monotones de son cœur froid et solitaire. Il serait de nouveau délivré à l'aube lorsque le soleil naissant arrêterait son cœur, et qu'il serait de nouveau mort pendant le jour. Il commençait malheureusement à se sentir mort en tout temps.

— Roman, est-ce que ça va?

Gregori l'observait prudemment.

— J'ai entendu dire que les vieux vampires comme vous aviez parfois le cafard.

— Merci de me le rappeler. Et puisque je ne rajeunis pas, peut-être que vous pourriez faire entrer Laszlo qui patiente depuis un moment dans le hall.

— Ah oui. Désolé.

Gregori tira les poignets de sa chemise blanche.

— Alors, voilà. Je disais plus tôt que j'avais voulu préparer la scène. Vous vous souvenez de la mission des Industries Romatech? Rendre le monde sécuritaire pour les vampires et les mortels.

— Je m'en souviens parfaitement. Cette mission, c'est mon idée.

— Oui, mais les principales menaces envers la paix ont toujours été les pauvres et les Mécontents.

— Oui, je sais.

Les vampires de l'ère moderne n'étaient pas tous très riches comme Roman, et malgré le fait que sa société produisait un sang synthétique facile d'accès et abordable, il y avait toujours des vampires moins à l'aise financièrement, qui étaient tenté de s'alimenter gratuitement aux veines des mortels. Roman avait essayé de les convaincre que les repas gratuits n'existaient pas. Les mortels qui se sentaient persécutés avaient tendance à s'offenser, et ils embauchaient alors des chasseurs de vampires de la trempe de Buffy. Ces petits tueurs vicieux détruisaient alors tous les vampires qu'ils rencontraient sur leur chemin, et même les vampires paisibles et respectueux des lois qui ne mordraient même pas une puce.

La triste vérité était que tant qu'un seul vampire continuerait à attaquer des mortels, aucun vampire sur Terre ne serait en sécurité.

Roman revint vers son bureau d'un pas tranquille.

— Je crois vous avoir nommé responsable du problème des pauvres.

— J'y travaille. Ma présentation sera prête dans quelques jours. En attendant, Laszlo a eu une idée de génie pour s'occuper des Mécontents.

Roman s'assit lourdement dans sa chaise. Les Mécontents étaient le groupe de vampires le plus dangereux sur Terre. Cette société secrète s'était donné le nom des Vrais et rejetait les sensibilités les plus évoluées des vampires d'aujourd'hui. Les Mécontents pouvaient s'acheter le sang le plus riche fabriqué par les Industries Romatech. Ils pouvaient se procurer le sang exotique et gastronomique de la populaire marque de Roman, Cuisine Fusion pour Vampires, qu'ils pouvaient même boire dans le cristal le plus raffiné. Le problème, c'est qu'ils n'en voulaient pas.

Pour eux, le plaisir de boire du sang était dans le sang en tant que tel. Ces créatures vivaient pour mordre des mortels. Ils étaient d'avis que rien ne pouvait remplacer le plaisir intense de planter ses canines dans la peau chaude et flexible du cou d'un mortel.

Au cours de la dernière année, la communication entre les Mécontents et les vampires des temps modernes avait dégénéré jusqu'à ce qu'un état non déclaré de guerre plane sur eux. Une guerre qui pourrait entraîner de nombreux décès, tant chez les vampires que chez les mortels.

— Faites entrer Laszlo.

Gregori fila vers la porte et l'ouvrit.

— Nous sommes prêts.

— Il était temps.

Laszlo semblait contrarié.

— Le garde de service était sur le point de faire un examen des cavités de notre invitée d'honneur.

— Oh, c'est que vous avez là une bien jolie femme, murmura le garde avec un accent écossais.

— Laissez-la tranquille !

Laszlo entra dans le bureau de Roman avec une femme accrochée à son bras, comme s'ils dansaient tous deux le tango. Elle était plus grande que le chimiste vampire, mais elle était aussi remarquablement nue.

Roman se leva d'un seul bon.

— Vous avez emmené une mortelle ici? Une mortelle complètement *nue*?

— Détendez-vous, Roman, ce n'est pas une vraie femme.

Gregori se pencha vers Laszlo.

— Le patron est un peu nerveux lorsqu'il est question des mortelles.

— Je ne suis pas nerveux, Gregori. Toutes les terminaisons nerveuses de mon corps sont mortes, il y a plus de 500 ans.

Roman pouvait seulement voir le dos de la fausse femme, mais ses longs cheveux blonds et son derrière arrondi lui semblaient cependant bien réels.

Laszlo installa la femme dans le fauteuil à oreilles. Ses jambes demeurèrent bien droites, et il se pencha donc pour les replier. Ses genoux craquèrent à chaque ajustement.

Gregori s'accroupit à côté d'elle.

— Elle semble très vivante, n'est-ce pas?

— Très.

Roman regarda les poils pubiens de la femme, rasés dans le style d'une danseuse nue, entre les jambes de la fausse femme.

— Selon toute vraisemblance, ce n'est pas une vraie blonde.

— Regardez bien ceci.

Avec un sourire, Gregori écarta les jambes de la femme.

— Elle est entièrement équipée. Pas mal, n'est-ce pas?

Roman eut un serrement de gorge.

— Est-ce que c'est…

Il s'éclaircit la gorge, puis reprit sa phrase.

— Est-ce que c'est un jouet sexuel des mortels?

— Oui, monsieur, c'est bien cela.

Laszlo lui ouvrit la bouche.

— Regardez, elle a même une langue. La texture est incroyablement réelle.

Il glissa un doigt court et trapu dans l'ouverture.

— Et l'effet de vide reproduit une sensation de succion très réaliste.

Roman jeta un coup d'œil vers Gregori, qui se mettait à genoux entre les jambes de la femme, admirant la vue. Il regarda ensuite Laszlo, qui glissait son doigt dans un mouvement de va-et-vient dans la bouche de la poupée. Par le sang de Dieu ! S'il avait pu souffrir d'un mal de tête, il aurait certainement déjà une migraine.

— Est-ce que vous voulez que je vous laisse seuls tous les trois ?

— Non, monsieur.

Le chimiste lutta pour libérer son doigt de la bouche avide de la poupée.

— Nous voulions seulement vous montrer à quel point elle est réelle.

Il parvint enfin à libérer son doigt, ce qui produisit par le fait même un petit son sec. La bouche de la poupée se détendit en un sourire figé, qui semblait indiquer qu'elle passait un bon moment.

— Elle est étonnante.

Gregori glissa sa main sur sa jambe pour soutenir son affirmation.

— Laszlo l'a commandé par courrier.

— Elle était dans *votre* catalogue.

Laszlo sembla embarrassé.

— Je n'ai pas l'habitude d'avoir des relations sexuelles avec une mortelle. C'est trop malpropre.

Et trop dangereux. Roman s'efforça de détacher son regard de la magnifique poitrine de la poupée. Gregori avait peut-être raison en disant qu'il pouvait s'amuser avec une des femmes vampires. Si les mortels pourraient faire semblant que cette poupée était vivante, peut-être qu'il pourrait faire de même avec une femme vampire. La question était cependant de savoir comment une femme morte pourrait réchauffer son âme.

Gregori souleva un des pieds de la poupée pour la regarder de plus près.

— Cette petite poupée est cependant bien tentante.

Roman soupira. Est-ce que ce jouet sexuel des mortels était censé résoudre le problème des Mécontents? Ils gaspillaient son temps, sans parler du fait qu'ils aiguisaient ses sens et le faisaient aussi sentir terriblement seul en même temps.

— Tous les vampires que je connais préfèrent le sexe avec une personne dotée d'un cerveau. Je suppose que les Mécontents sont aussi de cet avis.

— Cela n'est pas possible avec ceci, j'en ai bien peur.

Laszlo tapota la tête de la poupée, produisant un écho digne d'un melon bien mûr.

Roman nota que la poupée souriait toujours, quoique ses yeux de verre fixaient droit devant elle avec un regard vide.

— Elle aurait donc le même quotient intellectuel que Simone.

— Hé!

Gregori fronça les sourcils tout en ramenant le pied de la poupée contre sa poitrine.

— Ce n'est pas gentil de dire ça.

— Tout comme ce n'est pas gentil de me faire perdre mon temps.

Roman le regarda fixement.

— Comment ce jouet pourrait-il résoudre le problème avec les Mécontents?

— Mais elle est bien plus qu'un jouet, monsieur.

Laszlo joua nerveusement avec les boutons de sa blouse blanche de laboratoire.

— Elle a été transformée.

— En V<small>ANNA</small>.

Gregori donna une petite chiquenaude espiègle au petit orteil de la poupée.

— Douce petite V<small>ANNA</small>. Viens voir papa.

Roman serra les dents, en prenant d'abord soin de rétracter ses canines. Il aurait autrement pu se percer accidentellement la lèvre du bas.

— Éclairez vite ma lanterne, avant que je ne pense à avoir recours à la violence.

Gregori éclata de rire, apparemment insouciant de la colère de son patron.

— V<small>ANNA</small> est un acronyme en langue anglaise, *Vampire Artificial Nutritional Needs Appliance*, qui signifie «Appareil artificiel servant à combler les besoins alimentaires des vampires.»

Laszlo tripota un bouton lâche sur sa blouse blanche, tout en haussant un sourcil avec inquiétude. Il avait manifestement pris l'attitude de son patron beaucoup plus sérieusement.

— Elle est la solution parfaite pour le vampire qui est encore aux prises avec une envie irrépressible de mordre. Et elle sera disponible dans quelconques races ou genres que vous préférez.

— Vous allez aussi faire des jouets masculins? demanda Roman.

— Oui, éventuellement.

Le bouton lâche tomba sur le plancher. Laszlo le ramassa et le glissa dans une poche.

— Gregori a pensé que nous pourrions faire de la publicité pour elle sur le réseau de télévision numérique des vampires. Vous auriez le choix entre une V<small>ANNA</small> Brown, une V<small>ANNA</small> Black…

— Et ce modèle-ci serait V<small>ANNA</small> White[1]? grimaça Roman. Notre service juridique raffolera de cette idée.

— Nous pourrions prendre quelques photos promotionnelles d'elle dans une belle robe du soir.

Gregori caressa la voûte plantaire du pied de la poupée.

---

1. N.d.T. : Vanna White est le nom d'une personnalité américaine dans le domaine télévisuel.

— Et avec des sandales noires, séduisantes, à talons hauts.

Roman lança un regard inquiet à son vice-président du marketing, puis se tourna vers Laszlo.

— Est-ce que vous êtes en train de me dire que cette poupée peut être utilisée en matière d'alimentation ?

— Oui ! dit Laszlo en hochant la tête avec enthousiasme. Comme une mortelle vivante, cette poupée est capable de faire plusieurs tâches à la fois, satisfaisant ainsi à la fois les besoins sexuels et alimentaires. Laissez-moi vous faire une démonstration.

Il inclina la poupée vers l'avant et repoussa ses cheveux sur le côté.

— J'ai installé le tout, ici, sous ses cheveux, afin que ça ne se remarque pas au premier coup d'œil.

Roman examina le petit commutateur et l'ouverture en forme de U. À la base de cette ouverture, il pouvait voir un petit tube qui dépassait, muni d'une attache à son extrémité.

— Vous avez inséré un tube dans cette poupée ?

— Oui. Il a été spécifiquement conçu pour simuler une véritable artère. Nous avons imaginé un trajet circulaire à l'intérieur d'elle.

Laszlo glissa son doigt sur le corps de la poupée pour suivre le tracé de la fausse artère.

— Elle passe par la cavité de sa poitrine, puis d'un côté de son cou, avant de redescendre de l'autre côté de son cou et de revenir dans la poitrine.

— Et vous la remplissez de sang ?

— Oui, monsieur. Elle est livrée avec un entonnoir gratuit. Le sang n'est pas compris, et les piles non plus.

— Les piles ne sont jamais comprises, nota sèchement Roman.

— Elle est facile à utiliser.

Laszlo pointa le cou de la poupée.

— Vous enlevez l'attache, vous insérez le petit entonnoir, vous choisissez deux litres de votre sang préféré des Industries Romatech, et vous la remplissez.

— Je vois. Est-ce qu'un voyant lumineux s'allume quand elle est presque vide ?

Laszlo fronça les sourcils.

— Je suppose que je pourrais inclure un tel dispositif.

— Je blaguais.

Roman soupira.

— Poursuivez, s'il vous plaît.

— Oui, monsieur.

Laszlo s'éclaircit la gorge.

— Le commutateur juste ici active une petite pompe insérée à l'intérieur de la cavité de sa poitrine. C'est un faux cœur, si on veut. La pompe fera circuler le sang à travers l'artère en simulant de réels battements cardiaques.

Roman hocha la tête.

— Et c'est là où les piles entrent en jeu.

— Mmm, dit Gregori dont la voix sembla assourdie. Les piles ne laisseront jamais votre jouet en panne.

Roman jeta un coup d'œil à son vice-président et le trouva en train de frotter ses dents sur le gros orteil de VANNA. La lueur rougeâtre dans les yeux de Gregori agissait comme une autre sorte de lampe-témoin.

— Gregori ! Arrêtez ça.

Gregori laissa tomber le pied de la poupée en poussant un grognement sourd.

— Vous n'êtes plus drôle.

Roman respira à fond et regretta de ne pouvoir prier pour avoir plus de patience, mais aucun Dieu ayant un peu de respect pour lui-même ne voudrait entendre les supplications d'un démon possédant un jouet sexuel de mortel.

— Est-ce qu'elle a été mise à l'épreuve jusqu'à maintenant ?

— Non, monsieur.

Laszlo actionna le commutateur de VANNA.

— Nous avons pensé vous laisser l'honneur d'être le premier.

« Premier. »

Le regard de Roman balaya le corps parfait de la poupée, un corps qui était maintenant animé de pulsations poussant un sang vivifiant dans son artère.

— Un vampire peut enfin avoir le beurre et l'argent du beurre.

Gregori sourit tout en lissant sa veste noire.

— Et maintenant, le défi du goût. Profitez-en bien.

Roman haussa un sourcil en regardant son vice-président du marketing. Cette mise à l'épreuve était sans doute l'idée de Gregori, qui avait probablement pensé que son patron avait besoin d'un peu d'excitation pour se sentir vivant. Il avait malheureusement raison.

Roman tendit la main pour toucher le cou de VANNA. La peau était plus fraîche que celle d'un véritable mortel, mais très douce. L'artère palpitait avec force et constance sous ses doigts. Il sentit d'abord le battement sous ses doigts, mais la sensation se transmit ensuite le long de son bras jusqu'à son épaule. Il avala sa salive avec difficulté. Il s'était retenu depuis combien de temps ? Dix-huit ans ?

Le battement s'étendit à l'intérieur de son corps, remplissant son cœur vide et tous ses sens. Ses narines se dilatèrent. Il pouvait maintenant sentir le sang. Il était de type A positif. Son favori. Son corps entier palpitait en phase avec la femme. Ses pensées rationnelles le quittèrent, et il était maintenant dominé par une sensation puissante qu'il n'avait pas expérimentée depuis des années. La *soif du sang*.

Un grondement vibra profondément dans sa gorge. L'excitation gagna son entrejambe. Il referma ses doigts autour du cou de la poupée et la tira vers lui.

— Je vais la prendre.

Il la jeta sur une chaise de lecture de velours à la vitesse de l'éclair. Elle demeura immobile, ses jambes toujours pliées, et maintenant entrouvertes à la hauteur des genoux. La vision érotique de la scène était presque trop intense pour la supporter. La petite quantité de sang dans les veines de Roman en voulait encore plus. Plus de femmes. Plus de sang.

Il s'assit et repoussa les cheveux blonds du cou de la poupée. Son sourire abruti le déconcertait un peu, mais il parvint facilement à l'ignorer. En se penchant vers elle, il aperçut une réflexion dans ses yeux de verre. Il ne vit pas sa propre réflexion, car sa silhouette ne pouvait se refléter nulle part, mais il pouvait voir les lueurs rougeâtres de ses propres yeux. VANNA l'avait excité. Il détourna son visage pour exposer son cou. L'artère sous sa peau lui chantait de la prendre, oh oui, de la prendre.

Il poussa un grondement sourd et s'appuya contre son corps. Ses canines bondirent de ses gencives, lui procurant une nouvelle onde de plaisir qui déferla dans son corps. Le parfum du sang l'assaillait de toutes parts, lui faisant perdre ses dernières parcelles de sang-froid. La bête était lâchée.

Il la mordit. Sur le tard, son esprit frénétique compris un fait peu commun. Sa peau était peut-être aussi douce à la surface que celle d'un humain, mais la texture intérieure était totalement différente. C'était du plastique dur, épais, caoutchouteux. Cela était peut-être pertinent, mais il ne s'y attarda pas, car l'odeur du sang dominait ses pensées. Son instinct revendiquait la victoire, en hurlant dans son cerveau comme un animal affamé. Il enfonça ses canines de plus en plus profondément, jusqu'à ce qu'il ressente enfin la douce pulsation en traversant la barrière de l'artère. Ciel. Il nageait dans le sang.

Il aspira un long coup, et le sang jaillit sur ses canines et remplit sa bouche. Il l'engloutit et en but avidement, encore, et encore plus. Elle était délicieuse. Elle lui appartenait.

Il glissa une main sur son sein et le serra entre ses doigts. Non, mais quel imbécile il avait été, de boire du sang d'un verre à petites gorgées. Comment cela pouvait-il remplacer l'afflux de sang chaud coulant par ses canines ? Diable, il avait oublié à quel point c'était bon. C'était une expérience qui impliquait la totalité de son corps. Il était en érection. Tous ses sens étaient en feu. Il ne boirait jamais plus de sang dans un verre.

Il tenta d'aspirer le sang une nouvelle fois, mais se rendit compte qu'il l'avait complètement vidée. Ça avait été bon jusqu'à la dernière goutte. C'est alors qu'un moment de lucidité se mêla à ses sens étourdis. Par l'enfer, il avait perdu le contrôle. Si cette poupée avait été une mortelle, elle serait morte, et il aurait assassiné un autre enfant de Dieu.

Comment cela pouvait-il faire avancer la cause du comportement civilisé des vampires ? Cette poupée rappellerait à chaque vampire à quel point il était intensément agréable de mordre. Aucun vampire, même les vampires les plus évolués de l'ère moderne, ne pourrait faire cette expérience sans vouloir la répéter dans le monde réel. Tout ce à quoi il pouvait penser maintenant était de mordre la première mortelle qu'il croiserait sur son chemin. VANNA n'était pas la réponse à la préservation de la vie humaine.

Elle sonnait plutôt le glas de leur existence.

Roman décrocha sa bouche de son cou en poussant un grognement. Du sang éclaboussa la peau blanche de la poupée, et il pensa d'abord qu'elle avait une fuite. Ce n'était pas possible, car il l'avait totalement vidée. Enfer et damnation ! Le sang venait de lui !

— Que diable se passe-t-il ?

— Oh mon Dieu, chuchota Laszlo.

— Quoi ?

Roman regarda le cou de la poupée, et il vit là, figée dans le plastique dur, une de ses canines.

— Houlà !

Gregori se rapprocha de la scène pour y voir plus clair.

— Comment cela a-t-il pu se produire ?

— Le plastique…

Le sang continuait de s'écouler de la bouche de Roman. Merde, il était en train de perdre son repas.

— Le plastique est trop dur et caoutchouteux à l'intérieur. Il n'est pas du tout comme de la peau humaine.

— Zut alors.

Laszlo attaqua un autre bouton de ses doigts nerveux.

— C'est épouvantable. La texture était si réelle à l'extérieur. Je n'avais pas pensé que... Je suis si désolé, monsieur.

— C'est le moindre de nos soucis.

Roman tira violemment sa dent du cou de la fille. Il partagerait ses conclusions plus tard. Pour le moment, il avait besoin de remettre sa canine en place.

— Vous saignez encore.

Gregori lui tendit un mouchoir blanc.

— La veine par laquelle le sang passe et qui est reliée à la canine est ouverte.

Roman appuya le mouchoir contre le trou béant où sa canine aurait dû être.

— Merde.

— Vous pourriez vous servir de vos propres pouvoirs de guérison pour sceller la veine, suggéra Laszlo.

— Elle serait ainsi scellée de manière permanente. Je serais un vampire à une dent pour l'éternité.

Roman retira le mouchoir sanglant de sa bouche et réinséra sa canine dans le trou.

Gregori se pencha pour examiner le tout.

— Je pense que vous avez réussi.

Roman relâcha la dent et essaya de rétracter ses canines. La canine gauche fonctionna comme à son habitude, mais la droite tomba de sa bouche et se retrouva sur l'estomac de VANNA.

Le sang se mit de nouveau à couler de la blessure.

— Merde.

Roman replaça le mouchoir dans sa bouche.

— Monsieur, je vous suggère d'aller consulter un dentiste.

Laszlo ramassa la canine et la donna à Roman.

— J'ai entendu dire qu'ils peuvent remettre en place une dent tombée.

— Bien sûr.

Gregori grogna.

— Qu'est-ce qu'il doit faire, d'après vous ? Se rendre dans un centre de soins dentaires et dire : « Excusez-moi, je suis un vampire et j'ai perdu une canine dans le cou d'un jouet sexuel. » Ils ne vont pas faire la file pour lui donner un coup de main.

— Z'ai besoin d'un dentiste vampire, dit alors Roman. Regardez dans les Pages Noires.

— Les Pages Noires ?

Gregori fonça vers le bureau de Roman et commença à ouvrir des tiroirs.

— En passant, vous commencez à zézayer.

— Z'ai un chiffon ensanglanté dans la bouche ! Regardez dans le tiroir du bas.

Gregori trouva l'annuaire téléphonique noir des entreprises dirigées par des vampires et l'ouvrit pour révéler ses pages blanches.

— Voyons voir.

Il glissa le doigt sur différentes publicités.

— Cercueils — réparations. Concessions funéraires. Cryptes — services de gardien. Cryptes sur mesure, cinquante pour cent de rabais. Intéressant.

— Gregori, grogna Roman.

— Oui, bien sûr.

Il tourna la page.

— Voici les D. Danse — leçons. Apprenez à vous déplacer comme un séducteur méditerranéen. Dormez comme un bébé sur une couche de terre arable des Vieux Pays. Dracula — costumes, toutes les tailles.

Roman gémit.

— Ça ne va pas du tout.

Il avala le sang avec difficulté et grimaça au goût du sang vicié. Son repas avait eu meilleur goût la première fois.

Gregori tourna une autre page.

— Draps — garantis de bloquer les ennuyeux rayons du soleil. Donjons — vous avez même le choix de plusieurs plans d'architecte.

Il poussa un soupir.

— C'est tout. Pas de dentistes.

Roman s'affala dans son fauteuil à oreilles.

— Je vais devoir aller consulter un mortel.

«Merde.»

Il allait devoir se servir de son aptitude à contrôler les esprits, puis effacer la mémoire de ce dentiste. Sans cela, aucun mortel ne voudrait l'aider.

— Nous aurons peut-être de la difficulté à trouver un dentiste mortel disponible au milieu de la nuit.

Laszlo fonça vers le bar et s'empara d'un rouleau de papier absorbant. Il se mit ensuite à essuyer le sang qui avait éclaboussé VANNA. Il regarda enfin Roman d'un air inquiet.

— Monsieur, il serait peut-être mieux pour vous que vous conserviez votre dent dans votre bouche.

Pendant ce temps, Gregori feuilletait les Pages Jaunes.

— Mince alors, il y a tout un paquet de dentistes.

Il se redressa d'un coup sec et sourit.

— J'ai trouvé! Le centre de soins dentaires SoHo SoBright, ouvert 24 heures par jour pour la ville qui ne dort jamais. Bingo.

Laszlo laissa échapper un long soupir.

— Quel soulagement. Je n'en suis pas certain, car je n'ai jamais entendu parler de rien de tel auparavant, mais je pense que votre canine doit être replacée avec succès dès ce soir, faute de quoi, il pourrait être trop tard, pour toujours.

Roman se redressa.

— Que voulez-vous dire?

Laszlo jeta le papier absorbant ensanglanté dans une poubelle près du bureau.

— Nos blessures guérissent naturellement tandis que nous dormons. Si l'aube arrive et que vous vous endormez avec votre canine manquant toujours à l'appel, votre corps fermera les veines de l'alimentation et la blessure pour toujours.

« Merde. »

Roman se leva.

— Alors, il faut que ce soit fait ce soir.

— Oui, monsieur.

Laszlo tripota du doigt un bouton sur sa blouse blanche de laboratoire.

— Avec un peu de chance, vous serez dans une forme parfaite pour la conférence annuelle.

Par le sang de Dieu ! Roman déglutit. Comment pouvait-il avoir oublié la conférence annuelle du printemps ? Le bal d'ouverture était prévu dans deux nuits. Tous les maîtres des principales organisations de vampires du monde entier seraient là. En tant que maître de la plus grande organisation en Amérique, Roman était l'hôte de ce grand événement. S'il devait s'y présenter avec une canine en moins, il serait la risée de tous pendant le prochain siècle.

Gregori saisit une feuille et griffonna l'adresse.

— Voilà. Voulez-vous que nous y allions avec vous ?

Roman retira son mouchoir et sa dent de sa bouche afin que ses instructions soient claires et précises.

— Laszlo m'y conduira. Nous emmènerons Vanna, de sorte que tous penseront que nous la ramenons au laboratoire. Vous, Gregori, sortirez avec Simone tel que prévu. Tout semblera normal.

— Très bien.

Gregori s'approcha à toute allure de son patron et lui remit l'adresse du centre de soins dentaires.

— Bonne chance. Si vous avez besoin d'aide, vous n'avez qu'à me donner un coup de fil.

— Ça va aller, merci.

Roman regarda ses deux employés d'un air sévère.

— Personne ne parlera de cet incident à quiconque. C'est bien compris ?

— Oui, monsieur.

Laszlo ramassa Vanna.

Roman observa la main du chimiste glisser sur une des fesses dodues de la poupée. Bon sang, avec tout ce qui s'était passé, il était encore en érection. Son corps bourdonnait de désir, sollicitant encore plus de sang et de chair de femme. Il espérait seulement que le dentiste serait un homme, faute de quoi, Dieu devrait venir en aide à toutes les femmes qui croiseraient sa route en ce moment.

Il avait encore une canine, et craignait de devoir s'en servir.

Deux

C'était une autre nuit infiniment ennuyeuse au centre de soins dentaires. Shanna Whelan s'appuya contre le dossier de sa chaise de bureau grinçante et regarda les carreaux blancs du plafond. La tache d'eau était toujours là. Quelle surprise. Elle avait eu besoins de trois nuits pour conclure que la tache était exactement celle d'un teckel. Telle était sa vie.

Elle se redressa dans sa chaise avec un autre puissant grincement, et jeta un coup d'œil à l'horloge de la radio. Deux heures trente du matin. Il restait encore six heures à son quart de travail. Elle alluma la radio. De la musique d'ascenseur se fit bientôt entendre dans tout le bureau. C'était une version non inspirée et instrumentale du titre *Strangers in the Night*[2]. Ouais, comme si elle allait rencontrer un bel étranger ténébreux de grande taille et qu'elle allait en tomber amoureuse. Pas dans sa vie ennuyeuse. La nuit dernière, son moment fort avait été quand elle avait appris comment faire grincer sa chaise au rythme de la musique.

---

2. N.d.T. : La traduction du titre de cette chanson serait *Étrangers dans la nuit*.

Elle poussa un gémissement, replia ses bras sur son bureau et y posa la tête. Quel était donc ce proverbe ? Soyez prudent dans l'expression de vos désirs, car ces derniers pourraient se réaliser ? Eh bien, elle avait prié pour que ce soit tranquille, et c'est ce qu'elle avait eu. Au cours de ses six semaines de travail au centre, elle n'avait eu qu'un client. Un jeune garçon avec un appareil dentaire. Au milieu de la nuit, un fil s'était détaché dans sa bouche. Ses parents frénétiques l'avaient emmené ici afin qu'elle puisse le fixer de nouveau, faute de quoi, le fil lâche aurait pu poignarder l'intérieur de la bouche du garçon, ce qui aurait fait jaillir... du sang.

Shanna frissonna. Le seul fait de penser à du sang lui faisait tourner la tête. Des souvenirs de l'incident refaisaient surface dans les sombres replis de son cerveau, d'horribles images sanglantes qui venaient se moquer d'elle en menaçant de revenir dans la lumière. Non, il n'était pas question de les laisser ruiner sa journée. Ou sa nouvelle vie. Ces images appartenaient à une autre vie, à une autre personne. Elles appartenaient à la fille courageuse et heureuse qu'elle avait été pendant les 27 premières années de sa vie, avant que l'enfer se déchaîne sur elle. Et maintenant, grâce au programme de protection des témoins, elle était devenue l'ennuyeuse Jane Wilson, qui vivait dans un loft ennuyeux situé dans un voisinage ennuyeux et qui passait chaque nuit à faire un travail ennuyeux.

Ce qui était ennuyeux était bien. Ce qui était ennuyeux était sécuritaire. Jane Wilson devait demeurer invisible et disparaître dans l'océan d'innombrables visages de Manhattan dans le seul but de demeurer en vie. Malheureusement, il semblait que même l'ennui pourrait créer du stress. Elle avait simplement trop de temps pour penser. Trop de temps pour se souvenir.

Elle éteignit la musique et se mit à faire les cent pas dans la salle d'attente déserte. Il y avait là dix-huit chaises rembourrées, bleues et vertes, alignées le long de murs bleus pâles. Une reproduction encadrée des lys d'eau de Monet était accrochée au mur afin de tenter d'injecter une dose de calme et de sérénité aux patients nerveux. Shanna doutait que cela puisse fonctionner. Elle était aussi anxieuse qu'à son habitude.

D'ordinaire fort achalandé en plein jour, le centre devenait un endroit désert la nuit. C'était bien mieux ainsi. Si quelqu'un devait entrer avec un problème sérieux, elle ne savait plus si elle serait capable de le régler. Elle avait été une bonne dentiste avant... l'incident. *Il ne fallait pas y penser.* Qu'est-ce qu'elle allait bien pouvoir faire si quelqu'un se présentait vraiment au centre avec une urgence ? Pas plus tard que la semaine dernière, elle s'était accidentellement entaillé la peau en se rasant les jambes.

Une minuscule goutte de sang avait alors perlé, et ses genoux avaient tremblé si fort qu'elle avait été obligée de se coucher.

Peut-être devrait-elle renoncer au travail de dentiste. Qu'est-ce que ça pouvait bien faire qu'elle perde sa carrière ? Elle avait perdu tout le reste, y compris sa famille. Le ministère de la Justice avait été formel. Elle ne devait sous aucun prétexte entrer en contact avec des membres de sa famille ou avec des amis de longue date. Cela pouvait non seulement remettre sa propre vie en danger, mais ça mettrait également en danger les gens qu'elle aimait.

L'ennuyeuse Jane Wilson n'avait pas de famille ni d'amis. Il y avait un huissier de justice américain qui lui avait été assigné et à qui elle pouvait parler. Pas étonnant qu'elle ait engraissé de près de cinq kilos au cours des deux derniers mois. Le repas était le seul plaisir qu'il lui restait. Ça, et le fait de parler au jeune et beau livreur de pizza. Elle marcha de plus en plus vite en faisant le tour de la salle d'attente. Si elle continuait à manger de la pizza chaque nuit, elle ressemblerait de plus en plus à une baleine, et les types qui lui voulaient du mal pourraient ne jamais la reconnaître. Elle pourrait être en sécurité et bien grasse pour le reste de sa vie. Shanna gémit. En sécurité, grasse, ennuyeuse, et seule.

Elle entendit frapper à la porte d'entrée, et cela la fit s'arrêter dans un dérapage. C'était probablement le livreur de pizza, mais cela n'empêcha pas son cœur de battre la chamade pendant une seconde dans sa poitrine. Elle respira à fond et s'aventura vers les fenêtres à l'avant du centre. Elle jeta un coup d'œil à travers les petits stores blancs qui demeuraient fermés en permanence la nuit afin que personne ne puisse voir à l'intérieur.

— C'est moi, docteure Wilson, dit Tommy. J'ai votre pizza.

— D'accord.

Elle ouvrit la porte. La clinique était peut-être ouverte toute la nuit, mais elle prenait ses précautions. Elle ouvrait seulement la porte à des clients légitimes. Et au livreur de pizza.

— Hé, doc.

Tommy entra d'un pas nonchalant avec un sourire au visage. Au cours des deux dernières semaines, l'adolescent avait fait une livraison chaque nuit, et Shanna avait apprécié ses tentatives de flirt d'adolescent autant que la pizza. En fait, c'était le point culminant de ses journées. Bon sang, elle était vraiment sur la voie rapide menant à une vie des plus pathétiques.

— Hé, Tommy. Comment ça va?

Elle s'était rendue au comptoir du bureau pour y prendre sa bourse.

— J'ai votre saucisson épicé géant ici.

Tommy tira sur la ceinture de ses jeans lâches, puis la relâcha. Ses jeans glissèrent légèrement sous ses hanches étroites, révélant trois pouces de son caleçon de soir aux couleurs de Scooby Doo.

— C'est que j'ai commandé une petite.

— Je ne parlais pas de la pizza, doc.

Tommy lui fit un gros clin d'œil et posa la boîte de la pizza sur le comptoir.

— D'accord. Et ça, c'était un peu trop moche pour moi. Et je ne parle pas de la pizza, non plus.

— Je suis désolé.

Il lui fit un timide sourire avec des joues teintées de rose.

— Un gars doit tenter sa chance, vous savez.

— Je suppose que oui.

Elle paya la pizza.

— Merci.

Tommy empocha l'argent.

— Vous savez, nous avons des tas de sortes de pizza. Vous devriez essayer quelque chose de nouveau.

— Peut-être que je le ferai. Demain.

Il roula des yeux.

— C'est ce que vous avez dit la semaine dernière.

Le téléphone sonna, fendant l'air avec sa sonnerie perçante. Shanna sursauta.

— Oh, doc. Vous devriez peut-être carburer au déca.

— Je ne pense pas avoir déjà entendu le téléphone sonner depuis que j'ai commencé à travailler ici.

Le téléphone sonna de nouveau. Oh, un livreur de pizza et une sonnerie de téléphone en même temps. C'était plus d'action que ce qu'elle avait vu depuis des semaines.

— Je vais vous laisser travailler. On se revoit demain, docteure Wilson.

Tommy fit au revoir de la main et marcha en se pavanant jusqu'à la porte d'entrée.

— Au revoir.

Shanna admira ses jeans à taille basse tandis qu'il s'en allait. Elle allait certainement commencer un régime. Après la pizza. Le téléphone sonna de nouveau, et elle souleva le combiné.

— Centre de soins dentaires SoHo SoBright. Puis-je vous aider?

— Oui, vous le pouvez.

La voix bourrue de l'homme fut suivie par une grande respiration. Puis, d'une autre.

Quelle joie! Un pervers pour agrémenter sa soirée.

— Je crois que vous avez fait une erreur en composant votre numéro.

Elle s'apprêtait à déposer le combiné lorsqu'elle entendit la voix de nouveau.

— Je crois que vous utilisez un faux nom, *Shanna*.

Elle haleta. Cela devait être une erreur. *Ouais, et Shanna est un nom si commun.* Les gens appelaient toujours à plein d'endroits et demandaient à parler à une Shanna. Qui essayait-elle de berner? Devait-elle raccrocher? Non, car ils savaient déjà qui elle était.

Et *où* elle était. La terreur s'empara d'elle. Oh mon Dieu, ils venaient pour elle.

Se calmer! Elle devait demeurer calme.

— Je crains que vous ayez fait une erreur en composant votre numéro. Je suis la docteure Jane Wilson du centre de soins dentaires SoHo SoBright...

— C'est des imbécillités! Nous savons où vous êtes, Shanna. L'heure de la vengeance a sonné.

«Clic». L'appel était terminé, et le cauchemar était de retour.

— Oh non, oh non, oh non.

Elle raccrocha et réalisa qu'elle marmonnait de plus en plus fort, jusqu'à ce qu'elle pousse un véritable cri perçant.

— *Se ressaisir!*

Elle se donna une claque mentalement et enfonça les chiffres du numéro d'urgence.

— Ici la docteure Jane Wilson du centre de soins dentaires SoHo SoBright. Je... nous sommes attaqués!

Elle donna l'adresse, et le répartiteur l'informa qu'une voiture était en route. Bien. Avec une heure d'arrivée prévue de dix minutes suivant son meurtre, sans aucun doute.

Elle se souvint soudainement que la porte d'entrée n'était pas verrouillée. Elle se hâta vers la porte et s'en chargea. En retournant rapidement vers la porte arrière du centre, elle s'empara de son téléphone cellulaire dans la poche de sa blouse blanche de dentiste et composa le numéro de téléphone de son huissier de justice assigné.

Première sonnerie.

— Allez, Bob, réponds.

Elle arriva à la porte arrière. Tous les verrous étaient en place. Deuxième sonnerie.

Oh non ! Quelle stupide perte de temps. La devanture entière de la clinique était faite de verre. Le fait de verrouiller la porte n'empêcherait personne d'entrer. Ils n'avaient qu'à tirer à travers la fenêtre. Puis, ils la tueraient. Elle se devait d'avoir le cerveau plus futé. Elle devait quitter les lieux immédiatement.

La troisième sonnerie fut suivie par un « clic ».

— Bob, j'ai besoin d'aide !

Elle fut interrompue par une voix ennuyée. « Je ne suis pas à mon bureau en ce moment, mais laissez-moi votre nom et votre numéro de téléphone, et je vous rappellerai dès que possible. »

Signal sonore.

— C'est des imbécillités, tout ça, Bob !

Elle retourna à son bureau pour prendre sa bourse.

— Vous aviez dit que vous seriez toujours là. Ils savent où je suis, et ils viennent me faire la peau.

Elle appuya fortement sur le bouton END et laissa tomber son portable dans sa poche. Ce damné Bob ! C'était la preuve que sa promesse à l'eau de rose que le gouvernement pouvait la protéger ne valait rien. Elle lui montrerait. Eh bien, elle... elle cesserait de payer ses impôts. Si on l'assassinait, ça ne serait bien sûr plus un problème.

« Demeure concentrée ! » se réprimanda-t-elle.

Cette façon de penser avec la tête pleine d'idées confuses finirait par la faire tuer. Elle s'immobilisa dans un dérapage contrôlé et s'empara de sa bourse. Elle s'échapperait par la porte arrière et se mettrait à courir jusqu'à ce qu'elle trouve un taxi. Et ensuite, elle irait… où ? S'ils avaient découvert où elle travaillait, alors ils savaient probablement aussi où elle vivait. Nom de Dieu, elle était vraiment dans la merde.

— Bonsoir, dit une voix profonde à travers la pièce.

Shanna poussa un cri aigu et sursauta. Un homme magnifique se tenait près de la porte d'entrée. *Magnifique ?* Elle perdait vraiment la tête, si elle était en train d'examiner l'apparence d'un tueur à gages. Il tenait quelque chose de blanc contre sa bouche, mais elle

Kerrelyn Sparks

l'avait à peine remarqué. C'était ses yeux qui retenaient son attention, et elle ne les quittait pas des siens. Son regard se posa sur elle, des yeux d'un brun doré teinté de l'appétit qui le tenaillait.

Un courant d'air glacial lui donna une bourrade à la tête. Cela fut si soudain et intense qu'elle porta une main à sa tempe.

— Comment... comment êtes-vous entré?

Il continuait de la regarder fixement, puis il fit un léger mouvement de la main en désignant la porte.

— Ce n'est pas possible, chuchota-t-elle.

La porte était fermée et les fenêtres étaient intactes. Avait-il réussi à se glisser dans le centre avant qu'elle ne verrouille la porte? Non, car elle aurait remarqué cet homme. Chaque cellule de son corps était consciente de cet homme. Était-ce son imagination, ou est-ce que ses yeux devenaient plus dorés, plus intenses?

Ses cheveux noirs aux épaules frisaient légèrement aux extrémités. Un chandail noir accentuait ses larges épaules, et des jeans noirs étreignaient ses hanches et ses longues jambes. C'était un grand, ténébreux, et beau... tueur à gages... Mon Dieu. Il pourrait tuer une femme simplement en faisant palpiter son cœur d'une manière extravagante et irrégulière. En fait, c'était probablement ce qu'il faisait. Il ne portait aucune arme. Bien sûr, ses grandes mains...

Une douleur froide traversa de nouveau sa tête, comme lorsqu'elle buvait une boisson glacée trop rapidement.

— Je ne suis pas ici pour vous faire du mal.

Sa voix était basse, presque hypnotique.

C'était donc ainsi qu'il procédait. Il attirait ses victimes dans un piège en les faisant entrer en transe grâce à ses yeux dorés et à son ton de voix mielleux, puis soudainement... Shanna secoua la tête. Elle pouvait lui résister. Elle ne céderait pas.

Il fronça ses sourcils bruns, et ces derniers se rapprochèrent.

— Vous faites la difficile.

— Vous êtes bien mieux de le croire.

Elle fouilla dans sa bourse et en sortit brusquement un revolver Beretta Tomcat de calibre .32.

— Surprise, enfoiré !

Son visage aux traits rudes n'eut aucune réaction de surprise ou de crainte. À peine pouvait-on y deviner une légère irritation.

— Madame, votre arme est inutile.

Oh, le cran de sûreté. Elle s'en chargea de ses doigts tremblants, puis pointa de nouveau son arme vers sa large poitrine. Elle espérait qu'il n'avait pas remarqué son manque d'expertise. Elle écarta les jambes et se servit de ses deux mains comme elle avait vu des policiers le faire dans les séries télévisées.

— J'ai un chargeur rempli de balles, et ton nom est gravé sur chacune d'elle, salaud. Tu vas y *goûter* !

Quelque chose s'illumina dans ses yeux. Ça aurait dû être de la peur, mais elle aurait pu jurer que c'était plutôt un certain plaisir. Il fit un pas vers elle.

— Je vous en prie, posez votre arme sur le sol. Et cessez votre cinéma.

— Non !

Elle lui lança son regard le plus furieux.

— Je vais tirer. Je vous tuerai.

— Voilà qui est plus facile à dire qu'à faire.

Il fit un autre pas vers elle.

Elle souleva son arme d'un pouce.

— Je suis sérieuse. Je me fiche bien de votre incroyable beauté. Je vais répandre votre sang partout dans la pièce.

Il haussa ses sourcils bruns. Il semblait maintenant surpris. Il posa lentement ses yeux sur elle une fois de plus, et ces derniers prirent la couleur de l'or fondu.

— Cessez de me dévisager ainsi.

Ses mains tremblaient.

Il fit un nouveau pas vers elle.

— Je ne veux pas vous faire de mal. J'ai besoin de votre aide.

Il baissa le mouchoir qu'il portait contre sa bouche. Des taches rouges se retrouvaient sur le coton blanc. Du *sang*.

Elle haleta, et baissa les mains. Son estomac fut sur le point de se retourner.

— Vous... vous saignez.

— Déposez votre arme avant de vous tirer dans le pied.

— Non.

Elle releva de nouveau son Beretta, et tenta de ne pas penser au sang. Après tout, il y en aurait encore plus si elle devait lui tirer dessus.

— J'ai besoin de votre aide. J'ai perdu une dent.

— Vous... vous êtes un client?

— Oui. Pouvez-vous m'aider?

— Oh, merde alors.

Elle replaça son arme dans sa bourse.

— Je suis désolée.

— Est-ce que vous accueillez normalement vos clients à la pointe de votre arme?

Ses yeux clignèrent de nouveau de plaisir.

Dieu qu'il était beau. C'était bien sa chance de voir ainsi l'homme parfait entrer dans sa vie d'un pas désinvolte deux minutes avant sa mort...

— Écoutez, ils seront ici d'un moment à l'autre. Vous seriez mieux de partir d'ici. Et vite.

Il plissa des yeux.

— Est-ce que vous avez des problèmes?

— Oui. Et s'ils vous attrapent ici, ils vous tueront, vous aussi. Venez.

Elle s'empara de sa bourse.

— Sortons par l'arrière.

— Vous vous inquiétez pour moi?

Elle le regarda de nouveau. Il traînait toujours près de son bureau.

— Bien sûr. J'ai horreur de voir des gens innocents se faire tuer.

— Je ne suis pas un homme que vous pourriez considérer comme innocent.

Elle renifla.

— Êtes-vous venus ici pour me tuer ?

— Non.

— Vous êtes donc assez innocent pour moi. Venez.

Elle se dirigea vers la salle des examens.

— Y a-t-il une autre clinique où vous pourriez m'aider avec ma dent ?

Elle se retourna et eut le souffle coupé. Il était juste derrière elle, mais elle ne l'avait pas entendu se déplacer.

— Comment avez-vous…

Il ouvrit la main, paume vers le haut.

— C'est ma dent.

Elle tressaillit. Quelques gouttes de sang s'étaient rassemblées dans sa main, mais elle parvint à se concentrer sur la dent en s'y efforçant.

— *Quoi ?* Est-ce qu'il s'agit là d'une blague de mauvais goût ? Ce n'est pas une dent d'homme.

Sa bouche se raidit.

— C'est *ma* dent. J'ai besoin de vous pour la remettre en place.

— Il est hors de question que je vous implante une dent d'animal dans la bouche. C'est tout simplement débile. Cette… cette chose provint d'un chien. Ou d'un loup.

Ses narines se dilatèrent, et il sembla alors grandir de trois pouces. Ses doigts se refermèrent autour de la dent, et formèrent un poing.

— Madame, comment osez-vous ! Je ne suis pas un loup-garou.

Elle cligna des yeux. D'accord, il était étrange. Un peu psychopathe, peut-être. À moins que...

— Oh, j'ai compris. C'est Tommy qui vous a demandé de me jouer un tour.

— Je ne connais pas de Tommy.

— Alors qui…

Shanna fut interrompue par le bruit de quelques voitures qui s'arrêtaient en dérapant devant le centre. Est-ce que c'était les policiers ? S'il vous plaît, Dieu, faites que ce soit les policiers. Elle s'approcha de la porte d'entrée et risqua un coup d'œil à l'extérieur. Aucune sirène, aucun feu clignotant. Des pas lourds martelèrent le trottoir.

Sa peau fut rapidement couverte de sueur froide. Elle tint fermement sa bourse contre sa poitrine.

— Ils sont ici.

Le client psychopathe enveloppa sa dent de loup dans le mouchoir blanc et glissa ce dernier dans une poche.

— Qui sont-ils ?

— Des gens qui veulent me tuer.

Elle traversa la salle des examens en courant jusqu'à la porte arrière.

— Êtes-vous une si piètre dentiste ?

— Non.

Elle fit tourner les verrous avec ses doigts tremblants.

— Avez-vous fait quelque chose de mal ?

— Non. J'ai seulement vu quelque chose que je n'aurais pas dû voir. Quelque chose que vous verrez aussi, si vous ne sortez pas d'ici.

Elle s'empara de son bras pour le pousser par la porte arrière. Un filet de sang s'échappa du coin de sa bouche. Il l'essuya rapidement de sa main, mais cela laissa une bavure rouge le long de sa mâchoire ciselée.

Il y avait eu tellement de sang. Tant de visages sans vie, couverts de sang. Et la pauvre Karen. Le sang avait coulé de sa bouche, étranglant ses derniers mots.

— Oh mon Dieu.

Les genoux de Shanna vacillèrent. Sa vision s'embrouilla. Pas maintenant. Pas quand elle avait besoin de courir.

Le client psychopathe l'attrapa.

— Est-ce que ça va ?

Elle regarda sa main, et saisit fermement le haut de son bras. Une traînée rouge souilla sa blouse blanche. Du *sang*. Ses yeux se fermèrent tandis qu'elle s'affaissait contre lui. Sa bourse tomba sur le plancher.

Il la souleva dans ses bras.

— Non.

Elle était sur le point de s'évanouir. Elle devait lutter pour que cela ne se produise pas. Elle parvint finalement à ouvrir les yeux en effectuant une dernière tentative.

Son visage était tout près. Le monde disparaissait au loin, et il continuait à l'examiner, ses yeux se mettant tranquillement à rougeoyer.

Ses yeux étaient rouges. Rouge comme du sang.

Morte, elle serait bientôt morte. Comme Karen.

— Sauvez-vous. S'il vous plaît, chuchota-t-elle.

Et puis, tout devint noir.

C'était incroyable. Si Roman n'avait pas eu autant d'expérience sur Terre, il aurait pu jurer qu'elle n'était pas une mortelle. En plus de 500 ans, il n'avait jamais rencontré un mortel qui pouvait résister à son contrôle de l'esprit. Il n'avait jamais rencontré un mortel qui voulait le sauver au lieu de le tuer. Sang de Dieu, elle avait même cru qu'il était innocent. Et incroyablement beau. Voilà quels avaient été ses mots.

C'était toutefois une mortelle. Son corps était tiède et doux entre ses bras. Il pencha la tête et prit une grande inspiration. L'arôme riche de sang humain frais combla ses sens. Type A positif. Son favori. Sa prise se raidit. Son entrejambe se gonfla. Elle était si vulnérable dans ses bras, la tête inclinée vers l'arrière, exposant ainsi son cou blanc si innocent. Et ce qu'il restait d'elle semblait tout aussi savoureux.

Autant il désirait son corps, autant son esprit l'intriguait encore davantage. Comment parvenait-elle ainsi à l'empêcher de le contrôler avec son esprit? Chaque fois qu'il avait tenté le coup, elle l'avait retourné vers lui. La lutte des esprits ne l'avait toutefois pas irrité. C'était plutôt le contraire. Il était tout de même parvenu à lire quelques-unes de ses pensées. Elle avait apparemment été effrayée par la vue du sang. Et sa dernière pensée avant de perdre connaissance avait été la mort.

Elle était cependant encore très vivante. Elle débordait de chaleur et de vitalité, et son cœur l'animait d'une vie vibrante. Et même ainsi, inconsciente, elle lui donnait une érection de l'enfer. Sang de Dieu. Qu'allait-il faire avec elle ?

Son oreille extrasensible entendit des voix d'hommes sur le trottoir à l'avant du centre.

— Shanna ! Ne vous compliquez pas la vie. Laissez-nous entrer.

Shanna ? Il remarqua sa peau claire, sa bouche rose et les petites taches de rousseur sur son nez coquin. Ce prénom lui convenait. Ses cheveux doux et bruns semblaient teints. Intéressant. Pourquoi une belle jeune femme cacherait-elle sa vraie couleur de cheveux ? Une chose était certaine. VANNA était une pauvre remplaçante des véritables femmes.

— Tu l'auras voulu, petite garce ! Nous entrerons de force.

Quelque chose fracassa la fenêtre avant du centre en d'innombrables éclats. Le petit store s'agita avec bruit.

Par le *sang de Dieu*. Ces hommes avaient vraiment l'intention de lui faire du mal. Que pouvait-elle avoir fait ? Il douta sérieusement qu'elle eût pu être une criminelle. Elle était bien trop malhabile avec un revolver, sans parler du fait qu'elle lui faisait trop confiance. Elle semblait d'ailleurs plus inquiète de sa sécurité à lui que de la sienne. Elle lui avait enfin dit de sauver sa peau, et non la sienne avant de s'évanouir.

La chose sensée à faire serait de la laisser tomber sur le sol et de prendre ses jambes à son cou. Après tout, il y avait d'autres dentistes dans la ville, et il ne s'impliquait que très rarement dans le monde des mortels.

Il baissa les yeux vers son visage.

« Sauvez-vous. S'il vous plaît. »

Il ne pouvait s'y résoudre. Il ne pouvait l'abandonner ainsi à une mort certaine. Elle était... différente. Il ressentait quelque chose dans ses tripes, un instinct qui avait été inactif pendant des siècles, et qui s'était éveillé en lui. Un instinct qu'il connaissait très bien et qui lui faisait comprendre qu'il tenait un trésor fort rare dans ses bras.

Il entendit d'autres bruits de verre brisé dans le centre. Sang de Dieu. Il devrait bouger d'ici en vitesse. Heureusement pour lui, ça n'était pas du tout un problème. Il l'a fit passer sur son épaule et s'empara de son curieux sac à main où l'on pouvait voir des images de Marilyn Monroe imprimées de chaque côté. Il entrouvrit la porte de service et jeta un coup d'œil à l'extérieur.

Les édifices de l'autre côté de la rue étaient collés les uns sur les autres et on pouvait voir des escaliers de secours en métal zigzaguer le long des murs. La plupart des commerces étaient fermés. Seul un restaurant sur le coin de la rue était encore ouvert. Des voitures fonçaient à toute allure sur l'artère principale, mais cette rue transversale était calme. Des voitures étaient garées sur les deux côtés. Ses sens très aiguisés détectèrent une forme de vie. Deux hommes se trouvaient derrière une voiture garée de l'autre côté de la rue. Il ne pouvait pas les voir, mais il sentait leur présence, ressentant le sang qui pompait dans leurs veines.

Il ouvrit soudainement la porte et se retrouva d'un seul coup au coin de la rue. Il vit alors les deux mortels commencer à réagir. Ils coururent vers la porte ouverte, leurs pistolets en main. Roman s'était déplacé si vite qu'ils ne l'avaient même pas vu. Il atteignit ensuite l'autre coin de rue face à la clinique. Il se dissimula alors derrière une camionnette de livraison garée sur place et observa la scène qui se déroulait sous ses yeux.

Trois berlines noires bloquaient la rue. Trois hommes, plutôt quatre se trouvaient là. Deux d'entre eux étaient de faction comme des sentinelles, tandis que les deux autres traversaient la vitre brisée de la devanture du centre. Par l'enfer! Qui étaient ces hommes qui voulaient la peau de Shanna?

Ses bras se resserrèrent autour d'elle.

— Accrochez-vous, ma douce. Nous allons faire une promenade.

Il concentra son attention sur le toit de l'édifice de dix étages qui se trouvait derrière lui. Une seconde plus tard, ils y étaient perchés, et il en profita pour regarder la bande de voyous de son observatoire.

Les tessons de verre étaient éparpillés sur le trottoir, craquant sous les chaussures des assassins potentiels de Shanna. Il n'y avait plus que de toutes petites stalagmites de verre au sommet de la vitrine. Un des voyous glissa une main gantée à travers la fenêtre brisée de la porte et la déverrouilla. Les autres tirèrent leurs pistolets de leurs manteaux et entrèrent dans le centre.

La porte se referma avec force derrière eux, faisant pleuvoir de nouvelles particules de verre sur le trottoir. Les petits stores se balancèrent de gauche à droite dans un bruissement métallique. On entendit peu après le bruit de meubles déplacés et renversés sans précaution aucune.

— Qui sont ces hommes? chuchota-t-il sans recevoir de réponse.

Shanna reposait encore immobile sur son épaule. Et il se sentit stupide, de se tenir là avec la bourse d'une femme à la main.

Il remarqua alors quelques meubles de patio en plastique sur le toit. Il y avait deux chaises vertes, une petite table, et une chaise longue ouverte à l'horizontale. Il déposa la dentiste sur cette dernière, et sentit quelque chose de dur dans sa poche en glissant sa main sur son corps. Il eut l'impression qu'il s'agissait d'un téléphone portable.

Il posa la bourse au sol et retira le téléphone de sa poche. Il appellerait Laszlo et lui demanderait de revenir le prendre avec la voiture. Il était possible d'entrer en contact mentalement avec d'autres vampires, mais la communication télépathique ne garantissait pas toujours la protection de la vie privée. Roman avait un dilemme entre les mains, et il ne tenait pas à ce que ce dernier soit accidentellement entendu par un autre vampire. Il lui manquait une canine, et il venait d'enlever une dentiste mortelle qui avait encore plus d'ennuis que lui.

Il retourna vite comme l'éclair sur le bord de l'édifice et jeta un nouveau coup d'œil vers le bas. Les voyous quittaient le centre. Ils étaient maintenant six, car les deux voyous de l'arrière venaient de se joindre au groupe du devant. Ils faisaient des gestes de colère. Leurs malédictions se rendaient jusqu'à ses oreilles extrasensibles, tels des murmures.

Des Russes. Et ils avaient tous la carrure de joueurs de ligne au football américain. Roman tourna la tête et regarda Shanna par-dessus son épaule. Elle aurait de grandes difficultés à survivre à ces gorilles lâchés à sa poursuite.

Les hommes se calmèrent brusquement. Leurs voix baissèrent de plusieurs tons. Une silhouette venait de surgir de l'ombre. Merde alors. Il y avait donc sept voyous. Comment avait-il pu ne pas remarquer ce dernier? Il avait toujours pu sentir le sang et la chaleur du corps d'un mortel, mais celui-ci avait totalement échappé à son radar.

Les six autres hommes se rapprochèrent lentement les uns des autres, comme s'ils se sentaient davantage en sécurité ainsi rassemblés. Six contre un. Comment six voyous vigoureux pouvaient-ils avoir peur d'un seul homme? La silhouette sombre se déplaça devant la clinique. Des rayons de lumière filtrèrent à travers les stores brisés du centre et illuminèrent son visage.

«Enfer et damnation!»

Roman recula. Pas étonnant qu'il n'ait pas senti le septième homme. C'était Ivan Petrovsky, le maître des vampires russes, et un des plus anciens ennemis de Roman.

Au cours des 50 dernières années, Petrovsky avait passé son temps entre la Russie et New York, maintenant une ferme emprise sur les vampires russes du monde entier. Roman et ses amis étaient toujours au courant des faits et gestes de ce vieil ennemi.

Selon les derniers rapports, Petrovksy faisait de bonnes affaires en agissant à titre de tueur à gages.

Louer ses services en tant que tueur était une tradition séculaire chez les vampires les plus violents. L'assassinat de mortels était facile, et même agréable pour eux, alors pourquoi ne pas joindre l'utile à l'agréable ? Cette logique avait évidemment plu à Petrovsky, et il pouvait ainsi gagner sa vie en faisant un travail qu'il aimait vraiment avec passion. Et assurément, il y excellait.

Roman avait entendu dire que l'employeur préféré de Petrovsky était la mafia russe. Cela expliquerait pourquoi il y avait six mortels russes armés en sa compagnie. Sang de Dieu. C'était donc la mafia russe qui voulait la mort de Shanna.

Ces Russes savaient-ils que Petrovksy était un vampire ? Ou pensaient-ils simplement qu'il était un tueur à gages du Vieux Continent qui préférait travailler la nuit ? Peu importe ce qu'ils savaient ou pensaient de lui, une chose était sûre : ils avaient manifestement peur de lui.

Et ils avaient raison de le craindre ainsi. Aucun mortel n'avait de chance contre lui. Pas même une jeune femme téméraire avec un Beretta caché dans son sac à main pailleté de Marilyn Monroe.

Un gémissement attira son attention vers la jeune femme téméraire. Elle se réveillait. Sang de Dieu, si les Russes avaient engagé Ivan Petrovsky pour tuer Shanna, elle ne passerait pas la nuit.

À moins que… à moins qu'elle ne soit sous la protection d'un autre vampire. Un vampire qui était assez puissant et qui avait assez de ressources pour affronter tous les vampires russes en même temps. Un vampire qui pouvait déjà compter sur des forces de sécurité en place. Un vampire qui avait déjà combattu Petrovsky dans le passé et qui avait survécu. Un vampire qui avait vraiment besoin d'un dentiste.

Roman s'approcha tranquillement d'elle. Elle posa une main sur son front en poussant un gémissement. Sa lutte pour résister au contrôle de l'esprit qu'il avait tenté sur elle lui avait probablement donné mal à la tête. Le seul fait qu'elle puisse lui résister ainsi était fort étonnant. Et puisqu'il ne pouvait la contrôler, il n'avait aucune idée de ce qu'elle ferait ou dirait par la suite. Cela la rendait donc dangereuse d'une certaine façon. Cela la rendait... fascinante.

Sa blouse blanche de laboratoire déboutonnée était entrouverte, révélant un petit t-shirt rose qui modelait parfaitement ses seins. Sa poitrine prenait de l'expansion à chaque respiration. Ses jeans devenaient plus serrés. Son sang chaud était pompé dans ses veines, ce qui le rapprochait d'elle à chaque pulsation. Son regard se posa sur ses pantalons noirs serrés qui étreignaient ses hanches. Elle était si belle, et serait si délicieuse. À plusieurs égards.

Sang de Dieu. Il voulait la garder auprès de lui. Elle croyait qu'il était innocent. Elle croyait que sa vie valait la peine d'être épargnée. Que se passerait-il si elle découvrait la vérité ? Si elle se rendait compte qu'il était un démon, alors elle voudrait le tuer. Il avait trop bien appris sa leçon avec Éliza.

Roman se redressa. Il ne pouvait se rendre ainsi vulnérable une nouvelle fois. Est-ce que cette femme pourrait le trahir ? Elle semblait différente d'une façon ou d'une autre. Elle l'avait supplié de sauver sa peau. Son cœur était pur.

Elle gémit de nouveau. Sang de Dieu, c'était elle qui était vulnérable en ce moment. Comment pouvait-il la laisser à ce monstre de Petrovsky ? Roman était le seul être à New York qui pouvait la protéger. Il examina de nouveau son corps et revint à son visage. Oh, il pourrait la protéger, sans problème, mais tant que son corps serait aussi affamé et torturé par le désir, il ne pouvait en aucune façon garantir qu'elle serait en sécurité. Pas avec lui.

Trois

Shanna se frotta le front. Elle entendait au loin des klaxons de voitures et le hurlement d'une sirène d'ambulance. Il n'y avait pas de bruits de ce genre dans la vie d'outre-tombe. Elle était donc indéniablement en vie, mais où?

Elle ouvrit les yeux et contempla le ciel de la nuit, dont les étoiles étaient partiellement cachées par la brume. Ses cheveux étaient ébouriffés contre sa joue sous l'effet d'une brise. Elle jeta un coup d'œil à sa droite. Un toit? Elle était allongée sur une chaise longue de patio. Comment est-elle arrivée ici? Elle regarda sur sa gauche.

Lui. Le client psychopathe avec la dent de loup. Il devait l'avoir emmené ici, et il venait maintenant droit vers elle. Elle tenta de s'extirper de la chaise longue en vitesse et retint son souffle quand le meuble fragile commença à pencher.

— Faites attention.

Il fut à ses côtés en un instant, et la fit sursauter quand il lui prit le bras. Comment était-il arrivé près d'elle aussi rapidement?

La douleur dans sa tête s'aggrava quelque peu. Sa prise sur son bras était ferme. Possessive.

— Lâchez-moi.

— D'accord.

Il la relâcha et se redressa sur toute sa grandeur. Shanna eut la gorge serrée. Elle ne s'était pas rendu compte qu'il était si grand. Et imposant.

— Vous pourrez me remercier plus tard de vous avoir sauvé la vie.

Encore cette voix. Basse et séduisante. Une voix captivante, mais elle n'était pas d'humeur à faire confiance à quelqu'un en ce moment.

— Je vous enverrai une carte.

— Vous n'avez pas confiance en moi.

Perceptif, en plus.

— Pourquoi devrais-je avoir confiance en vous? D'après ce que je peux en conclure, vous m'avez enlevée. Et sans ma permission.

Sa bouche se pencha vers le haut.

— Est-ce que vous donnez normalement votre permission?

Elle le regarda fixement.

— Où m'avez-vous emmenée?

— Nous sommes de l'autre côté de la rue de votre centre.

Il marcha d'un pas nonchalant vers le bord du toit.

— Puisque vous n'avez pas confiance en moi, jetez un coup d'œil par vous-même.

Oui, bien sûr. Me tenir sur le bord du toit avec un psychopathe. Pas vraiment. Elle avait été assez stupide comme ça, de perdre connaissance dans le centre alors qu'elle aurait dû prendre ses jambes à son cou. Elle ne pouvait avoir aucun autre moment de faiblesse de ce genre. Cet homme magnifique avait dû la sortir de là. Il lui avait vraiment sauvé la vie. Il était grand, ténébreux, beau et héroïque. Simplement parfait, à l'exception du fait qu'il voulait se faire insérer une canine de loup dans la bouche. Était-il victime d'une fausse perception à l'idée qu'il serait un loup-garou? Était-ce pourquoi son arme à feu ne l'avait pas effrayé? Seules des balles d'argent pouvaient le blesser. Elle se demanda s'il allait hurler à la lune.

Elle devait *se ressaisir*. Elle frotta son front douloureux. Elle devait cesser de s'imaginer des imbécilités et décider de ce qu'elle allait faire par la suite.

Elle remarqua sa bourse à côté de ses pieds. Alléluia! Elle posa la bourse sur ses genoux et jeta un coup d'œil à l'intérieur. Oui! Le Beretta était toujours là. Elle pourrait toujours se défendre. Même contre le magnifique loup-garou, en cas de besoin.

— Ils sont toujours là si vous voulez les voir.

Il posa de nouveau ses yeux sur elle.

Elle referma sa bourse et le regarda avec de grands yeux à la façon de Bambi.

— Qui?

Son regard se posa d'abord sur sa bourse, puis revint sur son visage.

— Les hommes qui veulent vous tuer.

— Tout compte fait, je pense que j'en ai vu amplement de ceux-là pour aujourd'hui. Je vais donc m'en aller maintenant.

Elle se leva.

— Si vous partez maintenant, ils vous rattraperont.

C'était probablement vrai, mais est-ce qu'elle était davantage en sécurité sur un toit avec un magnifique évadé d'un hôpital psychiatrique? Elle rapprocha sa bourse de sa poitrine.

— D'accord. Je resterai ici encore un peu.

— Bon.

Sa voix s'adoucit.

— Je resterai avec vous.

Elle recula de quelques pas, en se protégeant derrière les meubles de patio.

— Pourquoi m'avez-vous sauvée?

Il sourit lentement.

— J'ai besoin d'une dentiste.

Pas avec un sourire comme ça. Merde alors. Un sourire comme ça pouvait faire fondre une femme en une flaque d'hormones tremblantes.

« Je suis en train de fondre. Je fonds. »

— Comment… comment avez-vous fait pour m'emmener ici ?

Ses yeux miroitaient dans l'obscurité.

— Je vous ai portée.

Elle avala difficilement sa salive. Ses quelques kilos de pizza n'avaient évidemment pas été un obstacle pour ce type.

— Vous m'avez portée jusque sur le toit ?

— Je… j'ai utilisé l'ascenseur.

Il sortit un téléphone portable de sa poche arrière.

— Je vais appeler quelqu'un pour venir nous prendre.

Nous prendre ? Non mais, sans blague ! Elle n'avait pas confiance en lui du tout, mais il l'avait tout de même sauvée de ces assassins. Et il s'était également comporté jusqu'à présent comme un gentleman. Elle s'aventura sur le bord de l'édifice, tout en maintenant une distance sécuritaire entre elle et son sauveteur mystérieux.

Elle jeta un coup d'œil en bas. Il avait bel et bien été honnête envers elle. Ils *étaient* de l'autre côté de la rue du centre. Trois berlines noires étaient garées en double file dans la rue, et un groupe d'hommes était là à discuter. À planifier comment ils allaient s'y prendre pour la tuer. Elle était vraiment dans la merde. Peut-être qu'elle pourrait bénéficier des services d'un allié. Peut-être devrait-elle avoir confiance en ce loup-garou magnifique, mais détraqué.

— Radinka ? dit-il en tenant le téléphone portable contre sa joue. Pouvez-vous me donner le numéro de téléphone portable de Laszlo ?

« Radinka ? Laszlo ? »

Étaient-ce des noms russes ? Elle eut soudainement la chair de poule. Oh mon Dieu. Gros problème. Ce type faisait probablement semblant d'être son ami afin de pouvoir l'éloigner de la ville et…

— Merci, Radinka.

Il composa ensuite un nouveau numéro.

Shanna regarda autour d'elle et localisa la porte menant à l'escalier. Si elle pouvait seulement si rendre sans qu'il ne le remarque.

— Laszlo.

Sa voix était maintenant autoritaire.

— Apportez la voiture ici immédiatement. Nous avons une urgence.

Shanna se déplaça lentement. En douceur.

— Non, vous n'avez pas le temps de retourner au laboratoire. Faites demi-tour et revenez maintenant.

Petite pause.

— Non, je n'ai pas encore pu faire fixer ma dent, mais la dentiste est avec moi.

Il jeta un coup d'œil dans sa direction.

Elle figea et tenta d'avoir l'air ennuyée. Peut-être devrait-elle fredonner un air, mais le seul qui lui venait à l'esprit était celui qu'elle avait entendu plus tôt en soirée. *Strangers in the night*. Cet air avait au moins le mérite de convenir à la situation.

— Avez-vous fait demi-tour?

Le loup-garou sembla irrité.

— Bon. Maintenant, écoutez-moi bien. Ne passez pas, je répète, ne passez pas devant le centre. Rendez-vous plutôt à un coin de rue au nord du centre. Nous vous rencontrerons là. Est-ce que vous avez compris?

Une autre pause. Il se tourna pour regarder vers le sol. Shanna reprit son approche furtive vers l'escalier.

— Je vous expliquerai plus tard. Contentez-vous de suivre mes instructions, et nous serons en sécurité.

Elle dépassa les meubles de patio.

— Je sais que vous êtes seulement un chimiste, mais j'ai entièrement confiance en vos capacités. Souvenez-vous que nous ne voulons pas que personne d'autre sache quoi que ce soit. Et maintenant que j'y pense, est-ce que notre... passager est encore dans la voiture avec vous?

Le loup-garou marcha vers le coin de l'édifice, lui tournant le dos et parlant à voix basse.

Le voyou ne voulait donc pas qu'elle l'entende. « Est-ce que vous pouvez m'entendre ? » La phrase l'aiguillonna. Non, elle ne pouvait l'entendre, merde ! Elle marcha rapidement vers lui sur la pointe des pieds. Sa vieille professeure de ballet aurait été impressionnée par sa vitesse.

— Écoutez, Laszlo. J'aurai la dentiste avec moi et je ne veux pas l'alarmer plus que nécessaire. Prenez donc VANNA et glissez-la dans le coffre.

Shanna fit une pause. Sa bouche s'ouvrit d'étonnement. Sa gorge se contracta, tellement qu'elle avait de la difficulté à respirer.

— Je me fiche bien de ce que vous avez comme matériel dans le coffre. Nous ne voyagerons pas dans cette voiture avec un corps dénudé.

Oh non ! Elle haleta. *C'était* un tueur à gages.

Il se retourna soudainement pour lui faire face. Elle recula d'un pas en poussant un couinement étranglé.

— Shanna ?

Il coupa la conversation et lui tendit l'appareil.

— Éloignez-vous de moi.

Elle recula de nouveau en farfouillant gauchement dans sa bourse.

Il fronça les sourcils.

— Vous ne voulez pas récupérer votre téléphone ?

C'était *son* téléphone ? C'était donc un meurtrier *et* un voleur. Elle tira son Beretta de sa bourse et le pointa vers lui.

— Pas un geste !

— Pas encore ça ! Je ne peux pas vous aider si vous continuez à vous battre avec moi.

— Ouais, comme si vous vouliez vraiment m'aider.

Elle se dirigea vers l'escalier.

— Je vous ai entendu parler à votre ami : « Oh, Laszlo, nous avons de la compagnie. Mettez le cadavre dans le coffre. »

— Ce n'est pas ce que vous pensez.

— Je ne suis pas stupide, loup-garou.

Elle continua à se déplacer vers l'escalier. Il demeurait immobile et ne faisait rien. C'était au moins ça.

— J'aurais dû vous tuer la première fois.

— Ne tirez pas. Les hommes qui sont en bas l'entendront. Ils viendront ici, et je ne suis pas certain de pouvoir me charger d'eux, tous autant qu'ils sont.

— *Tous ?* Ma foi, vous avez une très bonne estime de vous-même.

Ses yeux s'obscurcirent.

— J'ai quelques talents spéciaux.

— Oh, je parie que vous en avez. Je parie que la pauvre fille dans le coffre pourrait en dire beaucoup à propos de vos *talents spéciaux.*

— Elle est incapable de parler.

— Sans blague ! Une fois morts, les gens sont un peu moins doués pour la conversation.

Sa bouche tressauta.

Elle parvint à la porte de l'escalier.

— Si vous me suivez, je vous tuerai.

Elle ouvrit la porte, mais il fut près d'elle en un clin d'œil. Il referma la porte, s'empara avec force de l'arme à feu et la rejeta. Cette dernière produisit un *bruit sourd* sur le toit et glissa plus loin. Elle se débattit, s'agita et donna un coup de pied dans ses tibias. Il l'a saisie par les poignets et l'épingla contre la porte.

— Ma parole, vous êtes difficile à contrôler !

— Vous êtes bien mieux de le croire.

Elle tira pour se libérer les poignets, mais ne put se défaire de sa prise.

Il se pencha tout près d'elle. Son souffle remua ses cheveux et déplaça ses sourcils.

— Shanna.

Il chuchota son nom comme une brise fraîche.

Elle trembla. Sa voix hypnotique l'attirait vers lui et l'apaisait, lui donnant une sensation de confort et de sécurité. De *fausse sécurité*.

— Je ne vous laisserai pas me tuer.

— Je ne veux pas vous tuer.

— Bien. Alors, lâchez-moi.

Il baissa la tête, et son souffle chatouilla sa gorge.

— Je vous veux vivante. Chaude et vivante.

Un autre frisson traversa son corps. Oh mon Dieu, il allait la toucher. Peut-être même, l'embrasser. Elle attendit, et son cœur martelait sa poitrine.

Sa voix chuchota dans son oreille.

— J'ai besoin de vous.

Elle ouvrit la bouche, puis la referma aussitôt lorsqu'elle comprit à quel point elle avait été près de lui dire oui.

Il s'éloigna d'elle quelque peu, mais ne lâcha pas ses poignets.

— J'ai besoin que vous me fassiez confiance, Shanna. Je peux vous protéger.

Son mal de tête revint au galop à l'intensité maximale, tandis que de la douleur venait agresser ses tempes. Elle rassembla toute sa force, chaque fibre de résistance, et lui enfonça son genou dans les testicules.

Il perdit le souffle, mais parvint à étrangler son cri avant que celui-ci n'éclate de sa gorge. Seulement quelques croassements se firent entendre. Il se plia en deux et tomba sur ses genoux. Son teint, qui était pâle, devint rouge.

Shanna fit une grimace. Elle l'avait bien eu. Elle vit que son arme était sous la table de patio et elle courut vers elle pour la reprendre.

— Sainte mère de Dieu! dit-il en haletant tout en se tenant à quatre pattes au sol. C'est une douleur infernale!

— C'est censé être ainsi, mon grand.

Elle laissa tomber son Beretta dans sa bourse, puis courut vers l'escalier.

— Jamais personne ne m'a fait cela avant.

Il la regarda depuis sa position, son expression tordue de douleur s'adoucissant en un regard d'étonnement abasourdi.

— Pourquoi?

— C'est un de *mes* talents spéciaux.

Elle s'arrêta près de la porte et s'empara de la poignée.

— Ne me suivez pas. La prochaine fois, c'est là que je vais tirer.

La porte s'ouvrit avec un grand bruit en raclant sur le sol.

Elle posa le pied sur le palier de l'escalier et lâcha la porte. Cette dernière commença à se fermer avec un puissant grincement. Elle était à mi-chemin dans l'escalier lorsque la porte se ferma avec un dernier grand bruit, la laissant dans l'obscurité totale. *Super.* Elle ralentit son allure. La dernière chose qu'elle voulait faire était d'agir comme une de ces filles dans les films, qui ne cessaient de tomber avant de se tordre une cheville, attendant alors en criant dans une position impuissante que le méchant arrive. Il n'y avait plus de rampe sous ses doigts, et elle avait atteint le palier du bas. Elle avança à tâtons les mains devant elle jusqu'à ce qu'elle atteigne la porte.

Elle ouvrit la porte et fut accueillie par de la lumière. Le vestibule était désert. Bon. Elle courut vers l'ascenseur. Une affiche était suspendue devant les portes de métal : «En panne.» Damnation! Elle jeta un coup d'œil derrière son épaule. Le salaud lui avait donc menti. Il n'avait pu l'emmener sur le toit en empruntant l'ascenseur. Elle regarda autour d'elle à la recherche d'un monte-charge, mais elle ne put en voir un. Il l'avait cependant bel et bien emmenée sur le toit, mais elle n'avait pas le temps de s'inquiéter de cela.

Elle trouva l'escalier central. Dieu merci, il y avait de la lumière. Elle dévala les escaliers et se rendit jusqu'au rez-de-chaussée. Il n'y avait aucun bruit derrière elle. Dieu merci. Il lui sembla donc que le loup-garou ne s'était pas lancé à sa poursuite. Elle ouvrit légèrement la porte de la cage d'escalier et regarda à l'extérieur. Le hall était vaguement éclairé et totalement désert. L'entrée principale de l'édifice comportait deux grandes portes vitrées. À travers elles, elle pouvait voir les voitures noires et les tueurs à gages.

Elle se glissa dans le hall et longea les murs jusqu'à ce qu'elle atteigne la porte arrière. Le panneau lumineux rouge qui indiquait où se trouvait la sortie l'appelait comme un phare, lui promettant la liberté. La sécurité. Elle trouverait un taxi, se rendrait dans un petit hôtel obscur et là, dans la sécurité de sa chambre, elle appellerait de nouveau Bob Mendoza. Et si l'huissier de justice américain manquait encore à l'appel, elle viderait son compte de banque le matin même et prendrait le train quelque part, pour une quelconque destination.

Elle jeta un coup d'œil à l'extérieur, ne vit personne, et sortit de l'édifice. Un bras puissant encercla immédiatement sa taille et colla son dos contre un corps bien dur. Une main vient se plaquer contre sa bouche avec une prise de fer. Elle donna un coup de pied dans les tibias de son agresseur et lui écrasa les orteils avec ses talons.

— Shanna, arrêtez un peu, c'est moi, chuchota une voix maintenant familière dans son oreille.

«Le loup-garou?»

Comment avait-il pu arriver en bas de l'escalier avant elle? Elle poussa un gémissement de frustration qui fut étouffé contre sa main.

— Allons-y.

Il l'entraîna dans la rue, et passa devant quelques tables désertes munies de parasols. Une bannière flottait au-dessus de ces derniers, annonçant le nom du bistrot. Le magasin suivant avait une devanture de verre, couverte de barres de fer à l'épreuve des cambrioleurs. Il la traîna dans l'embrasure. L'auvent au-dessus d'eux les protégeait des lampadaires de la rue.

— Laszlo sera bientôt ici. Restez calme jusqu'à ce qu'il arrive.

Elle secoua la tête, essayant de déplacer sa main.

— Pouvez-vous respirer comme il faut? demanda-t-il d'un air préoccupé.

Elle secoua de nouveau la tête.

— Vous me promettez de ne pas crier si je retire ma main ? Je suis désolé, mais vous ne pouvez faire de bruit avec les tueurs à gages si près d'ici.

Il desserra sa prise.

— Je ne suis pas si stupide, marmonna-t-elle contre sa paume.

— Je pense que vous êtes très intelligente, mais que vous êtes aussi profondément enfoncée dans la merde. Ce genre de stress peut faire en sorte que l'on pose de mauvais gestes.

Elle tourna la tête pour voir son visage. Sa mâchoire était forte et mince. Ses yeux étaient fixés sur la rue, sans doute à la recherche d'un danger potentiel.

— Qui êtes-vous ? chuchota-t-elle.

Il baissa les yeux, et l'ombre d'un sourire vint glisser sur sa grande bouche.

— Je suis quelqu'un qui a besoin d'une dentiste.

— Ne me mentez pas. Il y a des tas de dentistes dans la ville.

— Je ne vous mens pas.

— Vous m'avez menti au sujet de l'ascenseur. Il est en panne. J'ai dû utiliser les escaliers.

Sa bouche se raidit, et il se remit à la recherche des dangers sans se donner la peine de répondre.

— Comment êtes-vous arrivé ici si vite ?

— Est-ce que cela est important ? Je veux vous protéger.

— Pourquoi ? Pourquoi vous en souciez-vous ?

Il fit une pause.

— C'est compliqué.

Il la regarda, et la douleur dans ses yeux lui coupa le souffle. Peu importe qui était cet homme, il savait ce qu'était la souffrance.

— Vous n'allez pas me blesser ?

— Non, ma douce. J'ai causé suffisamment de douleur dans ma vie.

Il sourit tristement.

— Et si j'avais vraiment voulu vous tuer, j'aurais pu le faire une douzaine de fois jusqu'à maintenant.

— Voilà qui est rassurant.

Elle frissonna, puis serra ses bras contre elle.

Il y avait une affiche éclairée au néon de l'autre côté de la rue. Le médium du voisinage était encore ouvert. Shanna pensa, pendant un moment, traverser la rue en vitesse et téléphoner les policiers de cet endroit. Peut-être qu'elle devrait lui demander de lui parler de son avenir. En avait-elle seulement un? Ou est-ce que sa ligne de vie était arrivée à terme? Sentiment étrange, elle ne se sentait pas en danger. Les bras du loup-garou étaient puissants.

La poitrine contre laquelle elle s'appuyait était large et solide. Et il prétendait vouloir la protéger. Elle avait été si seule récemment. Elle voulait avoir confiance en lui.

Elle respira à fond pour se calmer les nerfs et toussa.

— Ça alors, ça pue ici! Quel est cet endroit?

— Un magasin de cigares. J'en déduis que vous ne fumez pas?

— Non. Et vous?

Il sourit avec une ironie désabusée.

— Seulement si je suis dehors au soleil.

Hein? Avant qu'elle ne puisse répondre, une voiture vert foncé roula devant eux, et le loup-garou commença à la traîner vers le bord du trottoir.

— C'est Laszlo.

Il fit un signe de la main pour attirer l'attention de son ami.

Une Honda Accord s'approcha d'eux et se gara en double file. Le loup-garou marcha à grands pas vers elle, entraînant Shanna avec lui.

Devrait-elle vraiment avoir confiance en lui? Une fois dans la voiture, comment pourrait-elle s'échapper?

— Qui est ce Laszlo? Est-il Russe?

— Non.

— Son nom ne me semble pas très américain.

Le loup-garou haussa un sourcil comme s'il trouvait sa remarque ennuyeuse.

— Il est originaire de Hongrie.

— Et vous ?

— Je suis Américain.

— Vous êtes né ici ?

Il haussa maintenant son deuxième sourcil. Il était certainement ennuyé, mais il avait vraiment un petit accent, et elle préférait être rassurée.

L'homme à l'intérieur de la Honda farfouilla à l'intérieur, et le coffre s'ouvrit légèrement. Shanna sursauta en se souvenant soudainement qu'il y avait peut-être un corps à l'intérieur.

— Détendez-vous.

Le loup-garou resserra sa prise sur elle.

— Vous plaisantez ?

Elle essaya de se libérer, mais sa tentative échoua lamentablement.

— Il n'y a pas de cadavre dans le coffre ?

Il soupira.

— Que Dieu me vienne en aide. J'imagine que j'ai mérité tout cela.

Un homme de petite taille vêtu d'une blouse blanche de laboratoire se précipita hors de la Honda verte.

— Oh, vous voilà, monsieur. Je suis venu aussi rapidement que possible.

Il remarqua Shanna et tripota un bouton sur sa blouse.

— Bonsoir mademoiselle. Vous êtes la dentiste ?

— Elle l'est.

Le loup-garou jeta un coup d'œil par-dessus son épaule.

— Nous sommes pressés, Laszlo.

— Oui, monsieur.

Laszlo ouvrit la portière arrière et se pencha à l'intérieur.

— Je vais sortir Vanna de là.

Il se redressa et extirpa le corps nu d'une femme du siège arrière.

Shanna haleta.

Le loup-garou plaqua une main contre sa bouche.

— Elle n'est pas réelle.

Shanna lutta pour s'échapper, mais il la tira contre sa poitrine et la tint bien serrée.

— Regardez-la, Shanna. C'est un jouet, mais un jouet pour les adultes.

Laszlo remarqua sa détresse.

— Il a raison, mademoiselle. Elle n'est pas réelle.

Il tira sur la perruque avant de la remettre en place.

«Oh mon Dieu.»

Son loup-garou n'était pas un tueur, mais bien un pervers!

Elle donna un bon coup de coude à l'estomac du loup-garou. Cela le prit par surprise, et elle parvint à se défaire de son emprise.

— Shanna.

Il tenta de remettre la main sur elle, mais elle bondit d'un pas vers l'arrière.

— Éloignez-vous de moi, espèce de pervers!

— *Quoi?*

Elle pointa du doigt la poupée que Laszlo glissait dans le coffre.

— Tous les hommes avec de tels jouets sont des pervers.

Le loup-garou cligna des yeux.

— Ce... ce n'est pas *ma* voiture.

— Et ce n'est pas votre jouet?

— Non.

Il jeta un coup d'œil derrière lui.

— Merde!

Il l'a saisie et la poussa vers la voiture.

— Entrez.

— Pourquoi?

Elle s'agrippa de chaque côté de la portière et bloqua ses coudes. C'était la manœuvre qui fonctionnait toujours dans les dessins animés quand un chat ne voulait pas être plongé dans une baignoire remplie d'eau.

Le loup-garou se déplaça à ses côtés, lui bloquant la vue.

— Une berline noire vient de tourner sur cette rue. Nous ne pouvons pas les laisser vous voir.

Une berline noire? Berline noire ou Honda verte. C'était les choix qui semblaient s'offrir à elle. Elle pria Dieu et espéra prendre la bonne décision. Elle grimpa sur le siège arrière de la Honda Accord et posa la bourse sur le plancher. Elle regarda par la vitre arrière, mais ne put voir de berline noire. Laszlo n'avait pas encore fermé le coffre.

— Dépêchez-vous Laszlo! Nous devons partir.

Le loup-garou s'installa à côté d'elle et ferma la porte. Il jeta un coup d'œil par la vitre arrière.

Laszlo ferma le coffre.

— Merde.

Le loup-garou saisit Shanna par les épaules et la poussa vers le bas.

— Ahhh!

Tout se passa très vite. D'abord le son de l'air qui se déplaça en vitesse, puis vlan, son nez qui se retrouva à plat contre le jean noir et rugueux. Voilà qui était génial. Elle avait maintenant le visage posé sur sa cuisse. Ses narines se remplirent d'un mélange d'odeur de mâle et de savon frais. Ou était-ce le détergent à lessive? Elle lutta pour se relever en position assise, mais il la maintint contre lui.

— Je suis désolé, mais nos fenêtres ne sont pas teintées, et je ne peux pas risquer qu'ils vous voient.

Le moteur fut lancé, et la voiture se mit en mouvement. Elle sentit les vibrations de la voiture autour d'elle, et les jeans lui donnèrent un massage facial complet.

Elle s'agita jusqu'à ce que son nez et sa bouche trouvent un espace. Après quelques respirations profondes, elle comprit que l'espace recherché se trouvait en fait entre ses jambes. Merveilleux. Elle respirait profondément dans son entrejambe.

— La voiture noire nous suit.

Laszlo sembla inquiet.

— Je sais.

Le loup-garou sembla contrarié.

— Tournez à droite à la prochaine rue.

Shanna essaya de se placer sur le côté, mais la voiture tourna, et elle perdit l'équilibre. Elle retomba sur le loup-garou, et l'arrière de sa tête vint se heurter contre sa fermeture éclair. Oups. Peut-être qu'il n'avait rien remarqué. Elle se déplaça vers l'avant, éloignant sa tête de son aine.

— Est-ce qu'il y a une raison derrière toute cette agitation ?

Oh, merde. Il avait remarqué.

— Je… je ne pouvais pas respirer.

Elle se retourna pour appuyer son épaule sur le siège et replia ses jambes près d'elle. Elle était maintenant sur le côté, la joue contre ses cuisses.

La voiture s'arrêta soudainement. Shanna glissa et se frappa de nouveau la tête contre sa fermeture éclair.

Il grimaça.

— Je suis désolée.

Zut alors. Elle lui avait d'abord donné un coup de genou, et maintenant c'était un coup de tête. Combien de coups un type pouvait-il endurer dans une soirée ? Elle déplaça de nouveau sa tête quelque peu.

— Désolé, monsieur, dit Laszlo. Le feu a viré au rouge subitement.

— Je comprends.

Le loup-garou posa doucement la main sur la tête de Shanna.

— Pourriez-vous cesser de vous agiter, s'il vous plaît ?

— Monsieur ! Ils arrivent à notre hauteur !

— C'est bien. Laissez-leur le temps de bien regarder dans notre voiture. Ils ne verront que deux hommes.

— Que devrais-je faire maintenant ? demanda Laszlo. Continuer tout droit ou tourner quelque part ?

— Tournez à gauche à la prochaine intersection. Nous verrons alors s'ils nous suivent vraiment.

— Oui, monsieur.

Laszlo commençait à se sentir mal.

— Vous savez, je ne suis pas entraîné pour ce genre de chose. Peut-être devrions-nous appeler Connor ou Ian.

— Vous vous en tirez très bien. Cela me fait justement penser à quelque chose.

Le loup-garou souleva ses hanches.

Shanna haleta et agrippa ses genoux pour demeurer stable. Les muscles de ses cuisses se contractèrent et ondulèrent sous sa joue. Oh mon Dieu, que de frissons.

— Voilà.

Il rabaissa ses hanches sur le siège.

— J'avais oublié votre damné téléphone dans ma poche arrière.

— Oh.

Elle se plaça sur le dos afin de pouvoir voir quelque chose. La voiture avança en tanguant, et elle roula sur son aine, le nez contre sa fermeture éclair.

— Désolée, murmura-t-elle avant de retirer son nez de là.

— Pas de… problème.

Il laissa tomber le téléphone sur le siège de la voiture.

— Je ne pense pas que vous devriez l'utiliser. S'ils connaissent votre numéro, ils peuvent retracer n'importe quel appel que vous ferez et découvrir votre emplacement.

Il déplaça sa main vers son épaule, espérant probablement l'empêcher de rouler de nouveau.

La voiture tourna vers la gauche. Heureusement, elle glissa seulement une fraction de seconde vers ses cuisses cette fois-ci.

— Nous suivent-ils toujours ? demanda-t-elle.

— Je ne les vois pas.

Laszlo sembla excité.

— Ne célébrons pas encore.

Le loup-garou regarda des deux côtés de la voiture.

— Continuez de rouler encore un peu pour nous en assurer.

— Oui, monsieur. Devrions-nous aller au laboratoire ou à la maison ?

— Quel laboratoire ? demanda Shanna en tentant de s'asseoir.

Le loup-garou resserra sa prise sur son épaule et l'obligea à demeurer cachée.

— Ne bougez pas de là. Ce n'est pas encore fini.

Génial. Elle commençait à soupçonner qu'il aimait la maltraiter.

— D'accord. Quel laboratoire ?

Il baissa les yeux vers elle.

— Les Industries Romatech.

— Oh, j'ai entendu parler d'elles.

Il haussa un sourcil.

— Ah oui ?

— Bien sûr. Ils ont sauvé des millions de vies avec leur s-sang artificiel. Est-ce là où vous travaillez ?

— Oui, nous travaillons là tous les deux.

Shanna poussa un soupir de soulagement.

— C'est merveilleux. Alors, vous travaillez à sauver des vies, et non… à les détruire.

— Tel est notre désir, en effet.

— Vous ne vous êtes jamais présenté. Je ne peux pas continuer à vous appeler loup-garou.

Ses sourcils se haussèrent soudainement.

— Je vous l'ai dit. Je ne suis pas un loup-garou.

— Vous avez une dent de loup dans votre poche.

— Cela fait partie d'une expérience. Comme la poupée dans le coffre.

— Oh.

Shanna tourna la tête vers le siège avant.

— Est-ce que c'est sur ça que vous travaillez, Laszlo ?

— Oui, mademoiselle. La poupée est une de mes expériences actuelles. Il n'y a aucune raison de s'en inquiéter.

— Eh bien, me voilà soulagée.

Shanna sourit.

— Je n'aimerais pas du tout l'idée d'être dans une voiture avec deux pervers.

Elle se retourna vers le loup-garou, mais son nez frôla sa fermeture éclair. Oups. Ses pantalons n'étaient pas étirés aussi loin auparavant.

Elle se hâta à se reculer un peu le nez.

— Peut-être que je devrais être assise maintenant.

— Ce n'est pas encore sécuritaire.

Bien sûr. Et elle avait le nez à quelques centimètres de l'excroissance naissante de son pantalon. Il était maintenant évident que son attaque précédente à coup de genou n'avait pas causé de dégâts durables. Le loup-garou était en voie de retrouver sa vigueur. Toute sa vigueur.

— Alors, comment vous appelez-vous ?

— Roman. Roman Draganesti.

Laszlo prit le prochain virage un peu trop vite.

Shanna glissa encore une fois sur Roman. Un Roman très vigoureux et dur comme de la pierre.

— Je suis désolée.

Elle inclina sa tête un peu plus loin de son érection. Elle devenait plus visible de minute en minute.

— Où voulez-vous aller ? demanda Laszlo. Le labo, ou votre maison ?

La main de Roman passa de son épaule à son cou. Ses doigts le caressèrent doucement en dessinant de petits cercles sur sa peau.

Elle trembla. Son cœur commença à battre très fort.

— Conduisons-la à la maison, chuchota-t-il.

Shanna avala sa salive avec difficulté. D'une façon ou d'une autre, elle savait que sa vie prenait un tournant ce soir, un tournant qui changerait le reste de sa vie.

La voiture s'arrêta brusquement. Sa tête vacilla avec le mouvement de la voiture, se frottant contre le jean tendu de l'érection monstrueuse du loup-garou. Il poussa un léger grognement et regarda fixement son visage.

Elle haleta. Ses yeux étaient rouges. Ça ne pouvait être le cas. C'était sûrement le reflet du feu rouge.

— Êtes-vous certain qu'elle sera en sécurité à votre maison? demanda Laszlo.

— Tant que ma bouche demeure fermée.

Il sourit légèrement.

— Et qu'il en est également ainsi pour ma fermeture éclair.

Shanna détourna son regard du sien en avalant difficilement sa salive. Elle aurait dû profiter de ses moments d'ennuis quand elle en avait la chance, car autant d'excitation pouvait tuer une femme.

Quatre

Il lui était maintenant impossible de dissimuler son immense désir pour elle. Roman pensa que la jolie dentiste couchée sur sa cuisse avait finalement compris qu'il était futile d'essayer d'échapper à son érection. Chaque fois qu'elle parvenait à mettre un peu de distance entre sa tête et son intimité, son érection grandissait de plus belle pour combler l'espace.

Il en était lui-même fort étonné. Il n'avait pas éprouvé autant de désir depuis au moins une centaine d'années. Au lieu de venir le frapper à l'occasion, Shanna demeurait totalement immobile la tête contre sa fermeture éclair. Ses yeux bleu fumée étaient fixés sur le plafond de la voiture, comme si de rien n'était, mais les rougeurs sur ses joues et le frisson occasionnel qui traversait son corps chaud lui faisaient comprendre tout le contraire. Elle était extrêmement consciente de lui, et elle savait qu'il la désirait.

Roman n'avait pas besoin de lire son esprit pour savoir cela. Il n'avait qu'à lire son corps. Cette distinction était nouvelle pour lui, le résultat était puissant, et alimentait encore plus son désir.

— Roman ?

Elle tourna les yeux vers lui, ce qui accentua ses rougeurs de plus belle.

— Je n'aime pas avoir l'air d'un enfant enquiquineur, mais est-ce que nous arriverons bientôt ?

Il jeta un coup d'œil à la fenêtre.

— Nous sommes à Central Park. Nous sommes presque arrivés.

— Oh. Euh, est-ce que vous vivez seul ?

— Non. Il y a un certain nombre de... personnes qui vivent là. Et j'ai des équipes de sécurité en service jour et nuit. Vous serez en sécurité.

— Pourquoi avez-vous tant de sécurité ?

Il continua à regarder par la fenêtre.

— Pour me sentir en sécurité.

— Contre quoi ?

— Vous ne voulez pas le savoir.

— Oh, c'est très clair pour moi en tout cas, murmura-t-elle.

Roman ne pouvait pas s'empêcher de sourire. Les femmes vampires de son entourage étaient si occupées à le séduire qu'elles n'affichaient jamais de mécontentement envers lui. L'attitude de Shanna était un changement rafraîchissant, mais il espérait tout de même que son irritation ne la mènerait pas à lui enfoncer de nouveau son genou dans les parties. Il était parvenu à vivre pendant un total de 544 ans sans jamais éprouver cette forme particulière de torture. Les tueurs de vampires visaient directement le cœur.

Quoique pour être honnête, Shanna assaillait son cœur. L'enveloppe asséchée de son organe vital battait au rythme d'un tambour primitif. Posséder et protéger. Il désirait cette femme, et il ne permettrait pas à son vieil ennemi de l'avoir ou de lui faire du mal.

Ça allait toutefois bien plus loin que cela. Il voulait savoir pourquoi il ne pouvait la contrôler. Elle constituait un défi mental auquel il ne pouvait résister, sans parler du fait que dans sa condition actuelle, il la trouvait également irrésistible sur le plan physique.

— Nous sommes arrivés, monsieur.

Laszlo ralentit jusqu'à l'arrêt, et se gara en double file à côté d'une des voitures de Roman.

Roman ouvrit sa porte. Il souleva la tête de Shanna une fraction de seconde, puis se glissa en dessous d'elle. Elle se prépara à s'asseoir.

— Non. Restez couchée jusqu'à ce que je m'assure que tout est en ordre.

Elle poussa un soupir de frustration.

— D'accord.

Roman descendit de la voiture et ferma la portière tandis que Laszlo faisait de même. Il fit signe au chimiste de le suivre à quelques pas de la voiture.

— Vous avez réussi, Laszlo. Merci.

— Je vous en prie, monsieur. Est-ce que je peux retourner au laboratoire maintenant ?

— Pas encore. Tout d'abord, je veux que vous alliez à l'intérieur avertir tout le monde que nous avons une invitée mortelle. Nous devons la protéger, mais elle ne doit pas non plus découvrir qui nous sommes vraiment.

— Puis-je vous demander pourquoi nous faisons cela, monsieur ?

Roman examina la rue à la recherche de la présence d'un des Russes.

— Vous avez entendu parler du maître des vampires russes, Ivan Petrovsky ?

— Oh mon Dieu.

Laszlo saisit un des deux derniers boutons de sa blouse blanche de laboratoire.

— On dit de lui qu'il est malveillant et impitoyable.

— Oui. Et pour une raison que j'ignore, il veut aussi tuer la dentiste. J'ai cependant besoin d'elle moi aussi. Nous devons donc veiller à sa sécurité sans que Petrovsky sache que nous sommes ceux qui nuisent à ses plans.

— Merde alors.

Laszlo tournoya furieusement son bouton.

— Il sera furieux s'il l'apprend. Il… il pourrait nous déclarer la guerre.

— Exactement. Il n'y a cependant aucune raison d'en informer Shanna. Nous la tiendrons dans l'ignorance autant que possible.

— Cela sera peut-être difficile si elle vit dans votre maison.

— Je sais, mais nous devons tenter le coup. Et si elle découvre trop d'informations, j'effacerai sa mémoire.

En tant que PDG d'une entreprise de premier plan, Roman luttait constamment pour demeurer invisible dans le monde des mortels. Le contrôle de la pensée et le fait de pouvoir effacer les souvenirs rendaient la tâche beaucoup plus facile. Malheureusement, il n'était pas certain de pouvoir effacer la mémoire de Shanna.

Il monta les marches de sa maison et composa le code de sécurité sur le clavier de la porte.

— Expliquez les choses aussi rapidement que possible.

— Oui, monsieur.

Laszlo ouvrit la porte et fut accueilli par un long poignard dirigé vers sa gorge.

— Houlà!

Il trébucha et retomba sur Roman, qui stoppa sa chute au bas de l'escalier.

— Je vous demande pardon, monsieur.

Connor fit glisser son poignard des Highlands dans la gaine qui pendait à sa ceinture.

— Je ne m'attendais pas à vous voir à la porte d'entrée.

— Je suis heureux que vous soyez vigilant.

Roman poussa Laszlo dans l'entrée.

— Nous avons une invitée. Laszlo vous expliquera tout.

Laszlo inclina la tête, et ses doigts cherchaient encore un bouton sur sa blouse blanche de laboratoire. Connor ferma la porte.

Roman descendit les escaliers en vitesse pour rejoindre la Honda. Il ouvrit la portière arrière et vit Shanna qui pointait son Beretta vers lui.

— Oh, c'est vous.

Elle poussa un soupir de soulagement et rangea son arme à feu dans sa bourse.

— Vous avez été parti si longtemps. Je commençais à penser que vous m'aviez abandonnée.

— Vous êtes sous ma protection maintenant. Je veillerai à votre sécurité.

Il sourit.

— Au moins, vous ne voulez plus me tuer.

— Ouais, c'est toujours un signe positif dans n'importe quelle relation.

Roman éclata de rire. Un rire rouillé, mais un rire à n'en point douter. Sang de Dieu, quand avait-il ri pour la dernière fois ? Il ne pouvait même pas s'en souvenir. Et devant lui se trouvait la belle Shanna, qui lui retournait son sourire. L'adorable dentiste avait apporté une étincelle de vie dans son existence perdue et infinie.

Il devrait cependant combattre ses envies pressantes pour être avec elle. Après tout, il était un démon, et elle, une mortelle. Historiquement, il devrait la considérer comme de la nourriture et désirer son sang, non sa compagnie, mais il *souhaitait* vraiment sa compagnie. C'était comme si son esprit attendait les prochains mots qui sortiraient de sa bouche, pour le simple plaisir de pouvoir y répondre. Et son corps attendait impatiemment le prochain contact physique accidentel. Par l'enfer, les contacts accidentels n'étaient pas suffisants.

— Je ne devrais probablement pas vous faire confiance, mais c'est tout de même le cas, pour une raison que j'ignore.

Elle sortit alors de la voiture, et le corps tout entier de Roman s'éveilla à sa proximité.

— Vous avez raison, chuchota-t-il en soulevant une main pour lui toucher la joue. Vous ne devriez pas avoir confiance en moi du tout.

Ses yeux s'élargirent.

— Je… je pensais que j'étais en sécurité avec vous.

— Il y a différentes sortes de danger.

Il glissa ses doigts le long de sa mâchoire.

Elle recula d'un pas, mais pas avant qu'il ne sente un frisson lui parcourir le corps. Elle se tourna en direction de la maison en bande tout en positionnant sa bourse sur son épaule.

— C'est donc ici que vous vivez ? C'est très beau. En fait, c'est même adorable. Superbe quartier.

— Merci.

— Sur quel étage habitez-vous ?

Elle précipita ses mots, essayant apparemment de faire semblant qu'il ne se passait rien du tout entre eux, que l'air qui les séparait n'était pas rempli de sexualité. Peut-être qu'elle ne le sentait pas. Peut-être qu'il était le seul à le sentir.

— Quel étage voudriez-vous habiter ?

Elle jeta un coup d'œil vers lui, puis son regard se fixa au sien. Son menton se souleva légèrement, et sa bouche s'ouvrit lentement. Oh oui, elle le sentait. Elle sembla à bout de souffle.

— Qu'est-ce que vous voulez dire ?

Il marcha vers elle.

— Tous ces étages m'appartiennent.

Elle recula d'un pas.

— La maison en bande dans son ensemble ?

— Oui. Et je vous fournirai une nouvelle garde-robe.

— Pardon ? Attendez un peu.

Elle libéra ses yeux de son regard et se glissa entre deux voitures avant de marcher sur le trottoir.

— Je ne serai pas une femme que vous devrez… entretenir. J'ai mes propres vêtements, et il me fera plaisir de payer ma chambre et mes repas.

— Vos vêtements sont dans votre maison, et je doute que ce soit une bonne idée pour votre espérance de vie d'y remettre les pieds.

Il marcha à côté d'elle sur le trottoir.

— Je vous fournirai des vêtements, à moins que vous ne préfériez ne pas en porter.

Elle déglutit.

— Quelques vêtements feront l'affaire. Je vous rembourserai.

— Je ne veux pas de votre argent.

— Il est peu probable que vous ayez autre chose!

— Pas même un peu de gratitude pour vous avoir sauvé la vie?

— Je vous en suis reconnaissante.

Elle le regarda fixement.

— Vous pouvez cependant vous attendre à ce que tous mes remerciements se fassent dans une position verticale.

Il s'approcha d'elle.

— Dans ce cas, laissez-moi vous rappeler que nous sommes actuellement à la verticale.

— Je… suppose que oui.

Son regard furieux se mua en un regard de spéculation prudente.

Il s'approcha si près d'elle qu'il n'y avait à peu près rien entre sa poitrine et ses seins. Il plaça une main dans le creux de son dos au cas où elle serait tentée de reculer. Elle n'essaya même pas.

Il toucha sa joue, si douce et si chaude. Elle prit une longue inspiration et ferma les yeux. Il glissa ses doigts le long de son cou. Son pouls s'accéléra. Lorsqu'elle ouvrit les yeux, il put y lire de la confiance. Et du désir.

Il la tira vers sa poitrine et caressa ses tempes de ses lèvres jusqu'à la lisière de ses cheveux doux. Il avait remarqué son expression étonnée plus tôt lorsque ses yeux étaient devenus rouges, si bien qu'il ne voulut pas tenter sa chance et évita le contact visuel avec elle jusqu'à ce que ses yeux soient fermés et ses lèvres entrouvertes, le suppliant de lui donner ce premier baiser.

Il déplaça ses cheveux pour exposer son cou, et glissa ensuite sa bouche près de son adorable oreille jusqu'à l'endroit où il devinait son pouls.

Elle inclina la tête en poussant un soupir. Il inhala son odeur, type A positif. Son sang courait dans toutes les cellules de son corps. Il dirigea le bout de sa langue le long de son artère et sentit un frisson en guise de réponse. Il se risqua alors à regarder son visage. Ses yeux étaient fermés. Elle était prête. Il approcha ses lèvres pour l'embrasser au moment même où un rayon de lumière fut soudainement dirigé vers eux.

— Oh, merde alors.

Connor venait d'ouvrir la porte d'entrée.

Shanna sursauta, puis regarda ensuite fixement dans l'embrasure.

— Qu'est-ce qui ne va pas ? demanda Laszlo. Euh, peut-être que nous devrions fermer la porte.

— Il n'en est pas question !

La voix de Gregori se fit entendre.

— Je veux voir.

Shanna se détendit en rougissant.

Roman regarda fixement les trois hommes entassés dans l'embrasure.

— Excellent choix du moment, Connor.

— Oui, monsieur.

Le teint de Connor devint quelques tons plus pâles que ses cheveux roux.

— Nous sommes maintenant prêts pour vous.

Le moment était peut-être bien choisi finalement. Maintenant qu'il y réfléchissait, Roman nota que sa bouche aurait probablement un goût de sang, et puisque Shanna avait vraiment peur de cette substance, le baiser aurait pu être un désastre. Il devrait être plus prudent à l'avenir.

L'avenir ? Quel avenir pouvait-il avoir ? Il avait juré de ne jamais s'impliquer de nouveau avec des mortels, car une fois qu'ils avaient compris qui il était vraiment, ils voulaient invariablement le tuer. Et qui pourrait les en blâmer ? Il était une créature démoniaque.

— Venez.

Il la prit par le coude pour l'escorter jusqu'au sommet de l'escalier.

Elle ne bougea pas. Elle était figée, et regardait fixement la porte.

— Shanna ?

Elle regarda fixement Connor.

— Roman, il y a un homme dans votre embrasure, et cet homme porte un kilt.

— Il y a une douzaine de types des Highlands dans la maison. Ce sont eux qui assurent ma sécurité.

— Vraiment ? Comme c'est étonnant.

Elle grimpa les marches de l'escalier sans l'attendre. Elle ne regarda même pas dans sa direction.

Merde. Avait-elle déjà oublié leur étreinte ?

— Bienvenue, milady.

Connor recula pour la laisser passer. Laszlo et Gregori reculèrent eux aussi, même si elle ne sembla pas remarquer leur présence.

Elle fit face à l'Écossais avec un sourire.

— Milady ? Je n'ai jamais été appelée par ce nom auparavant. Cela me semble presque… médiéval.

Avec raison. Le charme du Vieux Continent de Connor avait vraiment *de l'âge*. Roman grimpa les marches en vitesse.

— Il vit un peu à l'ancienne.

— Eh bien, j'aime ça.

Elle parcourut le hall d'entrée avec ses planchers de marbre poli et le vaste escalier.

— Et j'aime cette maison. Absolument ravissante.

— Merci.

Roman ferma la porte et fit les présentations.

Shanna redonna son attention à Connor.

— J'aime votre kilt. Quel est votre tissu écossais ?

— C'est celui du clan Buchanan.

Il s'inclina légèrement pour la saluer.

— Et les petits glands sur vos bas, ils correspondent à votre kilt. C'est si mignon.

— Oh, ma petite. Ce sont des parements pour soutenir mes bas.

— C'est un couteau ?

Elle se pencha pour regarder de plus près les bas de Connor.

Roman supprima un grondement. Un peu plus et elle dirait à Connor que ses genoux velus étaient mignons.

— Connor, conduisez notre invitée à la cuisine. Elle a peut-être faim.

— Oui, monsieur.

— Et dites à vos hommes de faire des rondes de surveillance complètes chaque demi-heure.

— Oui, monsieur.

Connor se déplaça vers l'arrière du hall d'entrée.

— Par ici, mademoiselle.

— Allez avec lui, Shanna. Je viendrai vous voir bientôt.

— Oui, monsieur.

Elle lui lança un regard ennuyé, puis suivi Connor à la cuisine en marmonnant.

— J'aurais dû tirer sur lui.

Gregori siffla faiblement au moment même où la porte de la cuisine se fermait.

— Bon sang, votre dentiste est une fougueuse minette !

— Gregori.

Roman lui lança un regard sévère qui fut ignoré.

Il ajusta sa cravate en soie.

— Ouais, je pense que j'ai besoin d'un contrôle. J'ai une cavité à remplir.

— Assez ! gronda Roman. Vous allez la laisser tranquille, c'est bien compris ?

— Ouais, nous le savons. Nous vous avons vus baver sur elle à l'extérieur.

Gregori marcha lentement vers Roman, les yeux brillants.

— Ainsi, vous en pincez pour une mortelle! Qu'est-ce qui est arrivé à votre «plus jamais»?

Roman haussa un sourcil.

Gregori sourit.

— Vous savez, je peux vous dire qu'elle aime vraiment ces jupes pour homme. Peut-être que Connor pourrait vous en prêter une.

— Ça s'appelle des kilts, dit Laszlo en jouant avec un bouton.

— Peu importe.

Gregori examina Roman.

— Et vos jambes, elles sont séduisantes?

Roman lui lança un regard en guise d'avertissement.

— Pourquoi donc êtes-vous ici, Gregori? Je pensais que vous alliez sortir avec Simone.

— Oh, j'y suis déjà allé. Je l'ai emmenée à ce nouveau club près de Times Square, mais elle s'est offusquée en se rendant compte que personne ne la reconnaissait.

— Pourquoi les gens devraient-ils la reconnaître?

— Parce qu'elle est un mannequin célèbre, mon frère! Elle était sur la couverture du magazine Cosmo le mois dernier. Vous n'êtes pas à jour dans vos dossiers? Elle était tellement en colère qu'elle a projeté une table à travers la piste de danse.

Roman grogna. Le fait de devenir un vampire pouvait grandement augmenter la force et raffiner les cinq sens, mais hélas, ça ne faisait rien pour améliorer l'intelligence.

— J'ai pensé que cela pourrait sembler suspect d'être si fort quand on est si maigrelet, continua Gregori. J'ai donc fait attention à cela, et j'ai effacé les mémoires de tout le monde avant de la ramener ici. Elle est donc avec votre harem maintenant, obtenant de la sympathie et une pédicurie.

— Je préférerais que vous ne parliez pas d'elles comme faisant partie de mon harem.

Roman jeta un coup d'œil vers les portes fermées du salon.

— Est-ce qu'elles sont là ?

— Ouais.

Gregori sembla amusé.

— Je leur ai dit de rester calmes, mais qui sait comment elles se comporteront ?

Roman soupira.

— Je n'ai pas le temps de m'occuper d'elles. Appelez votre mère et demandez-lui si elle peut veiller sur elles.

Gregori poussa un léger grognement.

— Elle adorera ça.

Il sortit un téléphone cellulaire de sa poche et s'éloigna pour faire son appel.

— Laszlo ?

Le petit chimiste sursauta.

— Oui, monsieur ?

— Allez à la cuisine et demandez à Shanna ce dont elle aura besoin pour la… euh… procédure ?

Laszlo sembla confus pendant un moment, puis il comprit ce que Roman voulait dire.

— Oh, oui ! La procédure.

— Et dites à Connor de venir ici une seconde.

— Oui, monsieur.

Laszlo se précipita à la cuisine.

— Maman est en route.

Gregori retourna le téléphone dans sa poche.

— La dentiste n'a donc pas encore replacé votre dent.

— Non. Nous avons dû faire face à un autre problème. Ivan Petrovsky. Il semble que la jeune dentiste soit sur sa dernière liste noire.

— Vous n'êtes pas sérieux ! Qu'a-t-elle fait ?

— Je ne le sais pas exactement.

Roman jeta un coup d'œil vers la cuisine.

— J'ai toutefois l'intention de le découvrir.

La porte de la cuisine s'ouvrit, et Connor marcha à grands pas dans le hall. Il les rencontra à la base de l'escalier.

— Pouvez-vous me dire pourquoi je viens de préparer un sandwich à la dinde pour une dentiste?

Roman soupira. Il devait mettre son chef de la sécurité au courant de la situation.

— Plus tôt ce soir, j'ai perdu une dent en menant une expérience.

Il retira le mouchoir sanglant de sa poche de jeans et lui montra son contenu.

— Vous avez perdu une canine? Jésus-Christ tout-puissant, chuchota Connor. Je n'ai jamais entendu parler d'un tel événement auparavant.

— Et moi non plus, avoua Roman tristement. Et je suis un vampire depuis plus de 500 ans.

— Oh! C'est peut-être la vieillesse alors, suggéra Gregori, qui grimaça ensuite en prenant conscience du regard que Roman et Connor portèrent sur lui.

— La seule explication à laquelle je peux penser est notre nouveau régime.

Roman enveloppa la dent et retourna son mouchoir dans sa poche.

— C'est la seule variable qui a changé depuis que nous sommes devenus des vampires.

Connor fronça les sourcils.

— Nous n'avons cependant jamais cessé de boire du sang. Je ne vois pas de différence.

— Ce n'est pas le sang, mais la façon dont nous le buvons, expliqua Roman. Nous ne mordons plus les gens. À quand remonte la dernière fois où vous avez plongé vos canines dans le cou d'un être humain?

— Je ne m'en souviens même pas.

Gregori tira sur l'extrémité de son nœud papillon noir pour le défaire.

— Qui a besoin de canines pour boire des repas à même un verre ?

— Exact, dit Connor en manifestant son accord.

— Et si on ne les rétracte pas, elles vont tinter sur le verre.

— Ouais.

Roman n'aimait pas sa conclusion, mais c'était la seule explication qu'il pouvait fournir.

— Je pense que c'est un cas du genre : « utilisez-les, ou perdez-les ».

— Merde, murmura Connor. Nous avons besoin de nos fichues canines.

Les yeux de Gregori s'élargirent.

— Enfin, nous ne pouvons pas recommencer à mordre des mortels. Je refuse ! Tout le progrès que nous avons fait serait perdu.

— Précisément.

Roman hocha la tête. Gregori Holstein était ennuyeux de temps à autre, mais il appuyait totalement leur mission de rendre le monde plus sécuritaire pour les vampires et les mortels.

— Peut-être que nous pourrions inventer une sorte de programme d'exercice.

— Ouais !

Les yeux de Gregori miroitèrent.

— Je vais m'y mettre tout de suite !

Roman sourit. Gregori attaquait chaque problème avec le même enthousiasme débordant. C'est dans des moments comme celui-là qu'il semblait judicieux à Roman d'avoir donné une promotion à Gregori.

La porte de cuisine s'ouvrit, et Laszlo se précipita vers eux.

— Il y a un problème, monsieur. La dame insiste sur le fait que la procédure d'implantation serait à son mieux si elle se déroulait dans un centre de soins dentaires. Et elle refuse de retourner à son lieu de travail.

— Elle a raison au sujet de son centre, admit Roman. Les policiers sont sûrement sur les lieux en ce moment.

Connor ferma le poing sur le manche de son poignard des Highlands.

— Laszlo nous a dit que quelques bâtards voulaient tuer cette pauvre femme. Maudits fils de pute.

— Oui.

Roman soupira. Il avait espéré que Shanna pourrait fixer sa dent dans la sécurité et l'intimité de sa maison.

— Gregori, vous devrez trouver un autre centre de soins dentaires, un qui soit situé près d'ici et que nous pourrions utiliser.

— Aucun problème, mon frère.

— Je ferais mieux d'aller surveiller la jeune femme, bougonna Connor. Nous ne pouvons la laisser farfouiller librement dans notre réfrigérateur.

L'Écossais se hâta de retourner dans la cuisine.

Laszlo tripota un bouton lâche sur sa blouse de laboratoire.

— Monsieur, la dame a mentionné un produit spécifique qui augmenterait énormément vos chances d'une réimplantation couronnée de succès. Elle est certaine que n'importe quel centre de soins dentaires aura ce produit sous la main.

— Bien.

Roman retira le mouchoir de sa poche et tendit la dent à Laszlo.

— Je veux que vous alliez avec Gregori et que vous vous occupiez de ma canine jusqu'à ce que j'arrive.

Laszlo avala sa salive et glissa la canine dans la poche de sa blouse de laboratoire.

— Nous allons entrer par effraction, n'est-ce pas?

— Ne vous inquiétez pas de ça.

Gregori saisit le petit chimiste par l'épaule et le dirigea vers la porte avant.

— L'endroit sera désert, et les mortels ne sauront jamais ce qui sera arrivé.

— Bon, d'accord.

Une fois rendu à la porte, Laszlo s'arrêta et regarda derrière lui.

— Je me dois de vous aviser de quelque chose, monsieur. Même si la jeune femme voulait bien me transmettre ces informations, elle a tout de même insisté sur le fait qu'elle ne vous implantera jamais une dent de loup dans la bouche, peu importe les circonstances.

Gregori éclata de rire.

— Elle pense que c'est une dent de loup ?

Roman haussa les épaules.

— C'est une erreur de perception logique de sa part.

— Enfin.

Gregori lui lança un regard exaspéré.

— Pourquoi n'avez-vous simplement pas glissé la bonne perception dans sa tête ?

Roman fit une pause. Laszlo et Gregori l'observèrent, en attente d'une réponse. Sang de Dieu. N'avait-il pas supporté assez d'humiliation pour une nuit ?

— Je… j'ai été incapable de contrôler son esprit.

La bouche de Laszlo s'ouvrit toute grande d'étonnement.

Gregori fut secoué.

— Merde ! Vous n'êtes pas parvenu à contrôler l'esprit d'une minable mortelle ?

Roman serra les poings.

— Non.

Gregori se frappa le front avec une main.

— Merde !

— Pourquoi diable insistez-vous autant sur le mot « merde » ? D'être dans la merde n'est pas suffisant pour vous ?

C'est dans des moments comme celui-là qu'il semblait judicieux à Roman de renvoyer Gregori.

— Cela signifie seulement que je suis dans l'incrédulité la plus totale. Merde, mon frère. Vous devez vous maintenir au niveau avec le jargon.

Laszlo fronça les sourcils, et ses doigts jouaient encore plus rapidement avec son bouton.

— Pardonnez-moi, monsieur, mais est-ce que cela vous est déjà arrivé auparavant ?

— Non.

— Peut-être que *vous* devenez vieux, suggéra Gregori.

— Allez vous faire foutre, gronda Roman.

— Non, non. Vous devez être plus moderne, mon frère. Essayez d'utiliser des variantes.

Gregori fit une pause, et alors son visage devint lentement rosé.

— Vous, euh, vous faisiez référence à moi, n'est-ce pas ?

Roman haussa un sourcil.

— Les jeunes comprennent parfois fort lentement.

Laszlo arpenta le hall.

— Il s'agit de quelque chose qui dépasse mon domaine d'expertise, mais il me semble qu'il est fortement probable que vous oubliez une possibilité distincte.

Ils se tournèrent pour regarder fixement le petit chimiste.

Il lécha ses lèvres et tira sur un bouton.

— Puisque monsieur Draganesti n'a jamais éprouvé ce genre de… euh… problème auparavant, la réponse ne se trouve peut-être pas au niveau de ses habiletés, ou d'un manque d'habiletés.

Le bouton tomba sur le sol, et le chimiste se pencha pour le reprendre.

— Que dites-vous ? demanda Gregori.

Laszlo fit glisser le bouton dans sa poche de blouse.

— Je veux dire que le problème en est peut-être un avec la mortelle.

— Elle est extrêmement obstinée, admit Roman. Je n'ai toutefois jamais entendu parler d'un mortel qui pouvait résister à notre pouvoir.

— Je suis d'accord.

Laszlo hocha la tête, et s'attaqua au dernier bouton de sa blouse blanche de laboratoire.

— Elle a tout de même résisté, et c'est un fait. Cette femme a quelque chose de différent.

Il y eut un silence total pendant que la dernière affirmation de Laszlo prenait place dans leurs cerveaux. Roman avait déjà soupçonné qu'elle était différente, mais d'entendre un de ses scientifiques les plus intelligents arriver à la même conclusion le déconcertait.

— C'est mauvais, murmura Gregori. Vraiment mauvais. Si nous ne pouvons pas la contrôler, alors elle est…

— Fascinante, chuchota Roman.

Gregori tressaillit.

— J'allais dire dangereuse.

Ça aussi, mais même la pensée du danger semblait attirante pour Roman ce soir, et particulièrement quand cela impliquait Shanna.

— Nous pourrions essayer de trouver un autre dentiste, suggéra Laszlo.

— Non.

Roman secoua la tête.

— Nous n'avons plus que quelques heures d'obscurité, et comme vous l'avez dit vous-même, Laszlo, la dent doit être fixée cette nuit. Gregori, allez avec Laszlo au centre de soins dentaires le plus près d'ici et garantissez la sécurité des locaux. Vous pouvez prendre sa voiture. Elle est devant la maison. Laszlo, faites ce que vous pouvez pour sauver ma canine. Donnez-nous trente minutes, puis appelez mon bureau.

Les yeux de Laszlo s'élargirent.

— Vous utiliserez ma voix pour vous téléporter ?

— Oui.

Ce serait la façon la plus rapide d'en finir avec la procédure. Ils ne seraient toutefois jamais capables de le faire à moins qu'ils ne parviennent à avoir le plein contrôle de l'esprit de Shanna et qu'ils puissent effacer sa mémoire par la suite.

— Gregori, revenez aussitôt que vous le pourrez. J'aurai besoin de vous et de Connor pour m'aider avec la dentiste. Nous devons gagner le contrôle de son esprit.

— Aucun problème.

Gregori haussa les épaules.

— Au club, j'ai effacé la mémoire de cent mortels d'un seul coup. Ce sera un jeu d'enfant.

L'expression inquiète qui se lisait sur le visage de Laszlo indiquait que ce dernier ne partageait pas la confiance de Gregori.

— Ça devrait fonctionner, dit Roman. Même si elle peut résister au pouvoir d'un vampire, elle ne fera pas le poids face à trois d'entre nous.

Les paroles du chimiste se répercutèrent dans l'esprit de Roman, tandis que Gregori et Laszlo se hâtaient vers la porte d'entrée. Il y avait quelque chose de différent chez Shanna. Et s'ils ne pouvaient contrôler son esprit ? Elle ne consentirait jamais à implanter sa canine tant qu'elle serait persuadée que celle-ci avait appartenu à un animal. Il serait le bouc émissaire de tous les vampires pour l'éternité. L'étonnant vampire à une dent.

Et il n'osait pas lui dire qu'il était un vampire. Elle ne voudrait pas implanter sa dent. Elle réagirait comme Éliza et voudrait lui enfoncer un pieu dans le cœur.

Cinq

— Dites-moi que vous avez trouvé Shanna Whelan.

Ivan Petrovsky regardait fixement quatre des meilleurs voyous que la mafia russe avait à offrir.

Ils évitèrent de le regarder dans les yeux. Des lâches, tous des lâches. Ivan avait insisté pour demeurer près du centre dentaire au cas où Shanna Whelan se serait cachée tout près. Ces quatre hommes avaient fouillé les allées voisines et étaient revenus les mains vides.

Trois coins de rue plus loin, des voitures de police s'arrêtèrent dans un crissement de pneus face au centre mis à sac. Leurs feux clignotants réfléchissaient sur les habitations voisines, réveillant les habitants. Les mortels s'aventurèrent dans la rue, espérant voir quelque chose d'excitant. Comme un cadavre.

C'était un frisson qu'Ivan était habituellement heureux de leur fournir, mais ce soir, les voyous de Stesha avaient raté leur coup. Bandes de lâches incompétents.

Ivan marcha à grands pas vers les deux berlines noires qu'ils avaient éloignées de la scène du crime avant l'arrivée des policiers.

— Elle ne peut avoir simplement disparu. Ce n'est qu'une mortelle.

Les quatre voyous le suivirent. Un géant blond avec une mâchoire carrée répondit :

— Nous ne l'avons pas vu quitter le centre, ni par l'avant, ni par l'arrière.

Ivan huma le parfum du Néandertalien blond. O positif. Trop doux. Trop stupide.

— Alors, tu crois qu'elle *a disparu* ?

Aucune réponse. Ils regardaient leurs pieds tout en les traînants.

— Nous avons cependant vu la porte arrière s'ouvrir, avoua finalement un des voyous au visage couvert de cicatrices d'acné.

— Et ? dit Ivan avec impatience.

— Je crois avoir vu deux personnes.

Le type au visage couvert d'acné fronça les sourcils.

— Et quand nous avons couru vers la porte, il n'y avait personne là.

— Je crois avoir entendu quelque chose. Comme un sifflement, dit un troisième voyou.

— Un sifflement ?

Ivan serra les poings.

— C'est tout ce que vous pouvez me dire ?

La tension s'accumulait en lui, se concentrant sur les muscles du haut de son dos. Il pencha subitement la tête, fit craquer son cou et sentit un léger soulagement.

Les quatre mortels tressaillirent.

Stesha Bratsk, le patron de la mafia russe locale, avait insisté pour que ses propres hommes participent à la mission Shanna Whelan. Ce fut une grosse erreur. Les doigts d'Ivan avaient fortement envie de saisir leurs gros cous de taureau et de les étouffer jusqu'à ce que la vie les quitte. Si seulement il avait eu recours à ses propres vampires. La fille Whelan serait morte, et il aurait déjà reçu la prime de 250 000 dollars.

Il allait obtenir cet argent d'une façon ou d'une autre. Il repassa la scène dans son esprit, se souvenant de l'intérieur du centre dentaire. Il n'y avait aucun signe de la fille. La seule chose intéressante qu'il avait remarquée était une pizza qui n'avait pas été mangée, dans une boîte ornée du logo du restaurant-traiteur en lettres rouges et vertes.

— Où se trouve le restaurant-traiteur Chez Carlo ?

— Dans la Petite Italie, répondit un voyou blond. Excellente pizza.

— Je préfère leur lasagne, dit l'homme à l'acné.

— Bande d'idiots !

Ivan leur lança des regards noirs.

— Comment allez-vous expliquer votre échec de ce soir à Stesha ? Son cousin de Boston a été condamné à la prison à perpétuité parce que cette petite salope a témoigné contre lui en cour.

Ils se dandinèrent d'un pied à l'autre.

Ivan prit une longue inspiration. Il ne se souciait pas de ce qui était arrivé à Stesha ou à sa famille. Ce n'était que des mortels, après tout. Ces types travaillaient cependant pour lui, et ils devaient donc démontrer plus de loyauté. Et moins de stupidité.

— Dorénavant, je vais utiliser mes propres hommes la nuit. Dans la journée, vous allez surveiller le restaurant-traiteur et l'appartement de la fille Whelan. Si vous la trouvez, vous la suivez. Vous avez compris ?

— Oui, monsieur, marmonnèrent-ils à l'unisson.

Malheureusement, Ivan n'entretenait pas beaucoup d'espoir envers leurs chances de succès. Ses propres vampires allaient être bien plus efficaces pour retrouver Shanna Whelan. Le seul problème était qu'ils ne pouvaient travailler que la nuit. Il avait besoin de ces damnés mortels pour continuer la mission en plein jour.

Une troisième berline noire vint se garer à côté des deux autres voitures, et deux autres employés de Stesha en sortirent.

— Alors ? L'avez-vous trouvée ? demanda Ivan.

Un voyou barbu avec la tête rasée s'avança vers lui.

— Nous avons découvert une autre voiture à un coin de rue d'ici, au nord. Une Honda verte. Deux hommes. Pavel pense qu'il a vu une femme.

— Oui, j'en ai vu une, insista Pavel. Ils l'ont glissé dans le coffre.

Ivan haussa les sourcils. Est-ce que quelqu'un d'autre avait capturé la fille Whelan avant lui ? Merde. Quelqu'un d'autre voulait l'argent de la récompense. *Sa* récompense.

— Où sont-ils allés ?

Pavel jura et donna un coup de pied à un pneu de la voiture.

— Nous avons perdu leur trace.

Ivan inclina subitement sa tête une nouvelle fois pour soulager la tension dans son cou.

— Il n'y a personne pour vous montrer comment travailler ? Ou est-ce que Stesha vous embauche dès que vous mettez le pied hors du bateau ?

Le visage du type chauve vira au rouge. Rouge et bien irrigué de sang. Les narines d'Ivan se dilatèrent. Type AB négatif. Dieu qu'il avait faim. Il avait planifié de se nourrir de la fille Whelan, mais il devrait maintenant regarder ailleurs.

— Nous avons toutefois noté la plaque d'immatriculation, offrit Pavel. Nous découvrirons qui possède la voiture.

— Faites cela. Et venez me faire votre rapport dans deux heures. Je serai à ma maison de Brooklyn.

Le visage de Pavel devint pâle.

— Oui, monsieur.

Il avait sans doute entendu les rumeurs. Il arrivait parfois que les gens qui entraient dans la maison du chef des vampires russes la nuit n'en ressortent jamais. Ivan s'avança tout près des six hommes et les regarda fixement dans les yeux à tour de rôle.

— Si vous la trouvez, ne la tuez pas. C'est *mon* travail. Et ne pensez même pas à garder l'argent de la récompense pour vous. Vous ne vivrez pas assez longtemps pour en profiter. Vous avez compris ?

Il y eut une série de déglutitions et de signes de tête en guise d'approbation.

— Laissez-moi à présent. Stesha attend de recevoir des nouvelles de vous.

Les six voyous se glissèrent dans les berlines noires et partirent au loin.

Ivan flâna vers la scène du crime. Des voisins rassemblés dans la rue observaient le travail des policiers. Une jolie blonde dans un peignoir de bain rose attira son attention. Il la regarda fixement.

« Viens vers moi. »

Elle tourna la tête et le regarda. Elle lui sourit, lentement. Quelle idiote. Elle pensait être en train de le séduire. Il fit un signe de tête vers une allée sombre. Elle marcha vers lui d'un pas nonchalant, en balançant les hanches et en caressant son peignoir de bain rose duveteux avec ses grands ongles roses.

Il marcha dans l'obscurité et attendit.

Elle se dirigea vers sa perte aussi sottement qu'un caniche rose sautillant dans un salon de toilettage pour chiens, désireux d'être admiré et flatté.

— Est-ce que vous êtes nouveau dans le voisinage ? Je ne me souviens pas de vous avoir vu auparavant.

« Viens tout près. »

— Est-ce que vous portez quelque chose sous ce peignoir ?

Elle rit sottement.

— Honte à vous. Vous ne savez pas que les policiers sont tout près d'ici ?

— Cela rend les choses plus excitantes, n'est-ce pas ?

Elle rit de nouveau, et sa voix adopta un ton plus enroué.

— Vous êtes un mauvais garçon, n'est-ce pas ?

Il l'a pris par les épaules.

— Vous n'en avez pas idée.

Ses canines sortirent de ses gencives en un éclair.

Elle haleta, mais les canines d'Ivan étaient déjà profondément enfoncées dans son cou avant qu'elle puisse faire quoi que ce soit.

Le sang inonda sa bouche. Il était riche et chaud, et même un peu plus épicé grâce à la proximité des policiers.

Sa soirée n'avait donc pas été un échec total. Il avait obtenu un repas délicieux, et cette fille morte serait utile pour détourner l'attention des policiers de la disparition de la dentiste.

Ivan adorait mêler les affaires et le plaisir.

Shanna arpentait le plancher de la cuisine. Elle n'allait pas le faire. Il était hors de question qu'elle implante une dent de loup dans la bouche de cet homme. Laszlo venait de partir avec l'information qu'elle lui avait donnée à contrecœur, et elle était maintenant seule dans la cuisine de la maison de Roman Draganesti. Oui, il lui avait sauvé la vie. Oui, il lui offrait généreusement l'asile. Elle se demandait toutefois pourquoi il agissait ainsi avec elle. Était-il à ce point décidé à se faire implanter une dent animale dans la bouche qu'il avait fait en sorte qu'elle ait une dette envers lui?

Elle s'arrêta près de la table pour prendre une autre petite gorgée de cola diète. Elle n'avait pas encore touché le sandwich à la dinde que Connor lui avait préparé. Elle était simplement trop nerveuse pour manger tout de suite. Elle venait d'échapper de justesse à ses assassins. L'impact de cela la frappait maintenant de plein fouet. Elle était encore en vie grâce à Roman. Cela ne signifiait toutefois pas qu'elle allait lui implanter sa stupide dent de loup.

Mais qui était ce Roman Draganesti? Certes, il était le plus bel homme qu'elle n'avait jamais rencontré, mais cela ne garantissait pas qu'il fût sain d'esprit. Il semblait sincèrement préoccupé par sa sécurité, mais pour quelle raison? Et pourquoi avait-il une petite armée de Highlanders en kilt à son service? Pourquoi une personne aurait besoin d'une telle armée? Avait-il placé une annonce dans le journal, en disant qu'il recherchait une petite armée de Highlanders en kilt?

Il avait sûrement plusieurs ennemis de première classe s'il avait besoin de tant de protection. Pouvait-elle avoir confiance en quelqu'un comme ça? Peut-être. Elle avait quelques ennemis pas piqués des vers elle aussi, et ce n'était même pas de sa faute.

Shanna poussa un soupir et s'arrêta de nouveau à la table pour prendre une autre gorgée de sa boisson. Plus elle essayait de comprendre Roman, plus elle devenait confuse à son sujet. Et pour ajouter à sa confusion, elle était venue bien près d'embrasser cet homme. À quoi pouvait-elle donc penser ?

Eh bien, elle ne pensait à rien du tout. La balade en voiture l'avait excitée. Le fait d'échapper aux Russes et de se frapper contre la virilité manifeste de Roman lui avait procuré une puissante dose d'adrénaline. C'était un mélange d'excitation et de désir. C'était ça.

La porte s'ouvrit dans un sifflement d'air, et Connor s'y engouffra en vitesse. Il jeta un coup d'œil dans la pièce.

— Est-ce que ça va, jeune fille ?

— Ouais. Avez-vous dit à Roman que je refusais de lui implanter cette dent d'animal dans la bouche ?

Connor sourit.

— Ne vous inquiétez pas. Je suis sûr que Laszlo dira à M. Draganesti ce que vous pensez de ça.

— Pour ce que ça vaudra…

Shanna s'installa sur une chaise et tira l'assiette contenant son sandwich vers elle. Selon Laszlo, M. Draganesti avait insisté sur sa coopération, et ce que M. Draganesti voulait, M. Draganesti avait. Quelle arrogance ! Cet homme avait manifestement l'habitude de diriger les autres.

Romatech. C'est là qu'il a dit qu'il travaillait. Romatech. Roman.

— Oh mon Dieu.

Elle se redressa dans sa chaise.

Connor haussa les sourcils.

— Roman est le propriétaire de Romatech, n'est-ce pas ?

Connor transféra son poids d'un pied à un autre. Il l'observa avec un regard circonspect.

— Oui. Il l'est.

— Alors, c'est lui qui a inventé la formule du sang synthétique.

— Oui, en effet.

— C'est étonnant !

Shanna se leva.

— Il doit être le scientifique vivant le plus doué de la planète.

Connor grimaça.

— Je ne dirais pas ça précisément en ces termes, mais c'est un homme très intelligent.

— C'est un génie !

Shanna leva les deux mains dans les airs. Mon Dieu, elle avait été sauvée par un génie de la science. Un homme qui avait sauvé des millions de vies dans le monde. Et qui venait maintenant de la sauver. Elle s'assit, stupéfiée.

Roman Draganesti. Magnifique, fort, séduisant, mystérieux, et possédant l'un des esprits les plus intelligents dans le monde aujourd'hui. Oh ! Il était parfait.

Trop parfait.

— Je suppose qu'il est marié.

— Non.

Les yeux bleus de Connor scintillèrent.

— Est-ce que vous êtes en train de dire que vous l'aimez, jeune fille ?

Elle haussa les épaules.

— Peut-être.

Son sandwich à la dinde lui parut soudainement très attirant, et elle en prit une grosse bouchée. Le célibataire le plus incroyable et, de surcroît, disponible était entré dans sa vie ce soir. Aussi excitant que ça puisse l'être, elle devait se souvenir de la raison bizarre qu'il avait eue de venir au centre dentaire. Elle avala sa bouchée.

— Je ne lui implanterai toujours pas sa dent.

Connor sourit.

— Roman est habitué à obtenir ce qu'il veut.

— Ouais. Ça me rappelle mon père.

C'était un autre point qui jouait en sa défaveur. Elle vida le reste de son cola diète.

— Est-ce que ça vous embête si je m'en verse un autre verre ? Je peux aller le chercher.

Elle se leva.

— Non, non, je m'en occupe.

Connor se hâta vers le réfrigérateur et en sortit une bouteille de deux litres de la tablette du bas. Il apporta la bouteille à la table.

— Ce sandwich est délicieux. Êtes-vous certain de ne pas en vouloir vous aussi ?

Il remplit son verre.

— J'ai déjà mangé, mais merci de me le proposer.

— Alors, dites-moi, pourquoi Roman a-t-il embauché une bande d'Écossais pour surveiller sa maison ? Je ne voudrais pas vous offenser, mais ça me paraît quelque peu inhabituel.

— Je suppose que oui.

Connor revissa le bouchon de la bouteille de cola diète.

— Nous faisons tous ce à quoi nous excellons. Je suis un vieux guerrier, si on peut dire. Ainsi, le fait de travailler pour MacKay est le meilleur travail pour moi.

— MacKay ?

Shanna prit une autre bouchée de son sandwich et espéra que Connor lui donnerait plus de détails.

— MacKay Sécurité et Enquête.

Connor s'assit face à elle à la table.

— C'est une grosse entreprise basée à Édimbourg. Elle est dirigée par Angus MacKay lui-même. Vous en avez entendu parler ?

Elle secoua la tête pour dire que non, car sa bouche était encore pleine.

— C'est la plus importante entreprise de ce genre dans le monde, annonça fièrement Connor. Angus et Roman sont de vieux amis. Angus se charge de toute la sécurité pour Roman, ici, et dans les bureaux de l'entreprise.

Un signal sonore se fit entendre à la porte arrière, et Connor se redressa d'un seul coup. Tout près de la porte, Shanna remarqua un interrupteur avec deux témoins lumineux, un rouge et un vert. Le rouge était allumé. Connor dégaina son poignard et se dirigea silencieusement vers la porte.

Shanna déglutit.

— Qu'est-ce qui se passe ?

— Ne vous en faites pas, jeune fille. Si la personne à l'extérieur de la porte est un de nos gardes, elle glissera sa carte d'identité dans la fente et la lumière deviendra verte.

Comme Connor disait cela, la lumière rouge s'éteignit et la verte s'alluma. Connor se déplaça du côté éloigné de la porte, sa lame toujours tirée, prêt à bondir comme un tigre.

— Alors, pourquoi êtes-vous…

— Si un ennemi attaque un garde, il pourrait voler sa carte d'identité.

Connor mit un doigt à ses lèvres pour conseiller à Shanna de garder le silence et de demeurer calme.

« Calme ? »

Elle était sérieusement en train de penser à sortir d'ici au plus vite.

La porte s'ouvrit lentement.

— Connor ? C'est moi, Ian.

— Oh, d'accord. Venez.

Connor rengaina son poignard.

Ian était un autre Higlander vêtu d'un kilt, mais Shanna le trouva incroyablement jeune pour du travail de sécurité. Il n'avait certainement pas plus de 16 ans.

Il glissa sa carte d'identité dans sa pochette de cuir à sa taille, puis il fit un timide sourire à Shanna.

— Bonsoir, mademoiselle.

— Je suis heureuse de vous rencontrer, Ian.

Oh, il était certainement très jeune. Le pauvre garçon devrait être à l'école, et non en service toute la nuit à protéger les gens contre la mafia russe.

Ian se tourna vers Connor.

— Nous avons complété une ronde de surveillance. Rien à signaler, monsieur.

Connor hocha la tête.

— C'est bien. Vous devriez retourner à votre poste maintenant.

— D'accord. Si ça ne vous embête pas, monsieur, moi et les gars avons tous soifs, après avoir couru autant. Très soif.

Ian jeta un coup d'œil nerveux à Shanna.

— Nous espérions avoir droit à un... un petit verre.

— Un verre?

Connor jeta un coup d'œil à Shanna, un regard inquiet avec un haussement de sourcil.

— Vous allez devoir aller prendre votre verre à l'extérieur.

Shanna eut l'impression qu'ils étaient soudainement inconfortables en sa présence. Elle tenta donc de son mieux pour paraître amicale. Elle saisit la bouteille de cola sur la table avec un sourire.

— Est-ce que vous voudriez cela, Ian? Je n'en ai plus envie maintenant.

Il grimaça de dégoût.

Elle déposa la bouteille.

— D'accord. C'est un cola diète, mais ce n'est pas si mal. Vraiment.

Ian la regarda, l'air contrit.

— Je suis certain que c'est très bien, mais les gars et moi préférons une autre sorte de boisson.

— Une boisson protéinée, dit Connor à brûle-pourpoint.

— Oui.

Ian hocha la tête.

— Une boisson protéinée, bien sûr.

Connor se hâta vers le réfrigérateur en faisant signe à Ian de le suivre. Ils fouillèrent dans le réfrigérateur ouvert en chuchotant, et en retirèrent quelque chose. Ils reculèrent ensuite pour permettre à la porte du réfrigérateur de se fermer, puis ils marchèrent tous deux de côté, leurs épaules rapprochées comme des jumeaux siamois, tournant le dos à Shanna en se rendant vers le four à micro-ondes sur le comptoir.

Il était évident qu'ils ne voulaient pas qu'elle voie ce qu'ils faisaient. C'était bien étrange, mais bon, tout était pour le moins étrange cette nuit. Shanna mangea son sandwich et observa les deux Écossais. On aurait dit qu'ils étaient en train d'ouvrir des bouteilles. «Clic». Probablement la porte du four à micro-ondes qui venait d'être fermée. Elle entendit ensuite une série de signaux sonores, suivis bien sûr par le ronronnement du four.

Les deux Écossais se tournèrent vers elle, leurs dos face au comptoir et leurs épaules toujours rapprochées pour l'empêcher de voir derrière eux. Elle leur sourit. Ils lui rendirent son sourire.

— C'est que nous... euh... nous préférons que notre boisson protéinée soit chaude, dit Connor comme s'il avait voulu briser le silence.

Elle hocha la tête.

— C'est bien.

— Vous êtes donc la jeune fille qui est pourchassée par les Russes? demanda Ian.

— J'en ai bien peur.

Elle repoussa son plat vide.

— Je suis désolée de vous avoir entraînés dans cette histoire. J'ai un contact au bureau de l'huissier américain. Je pourrais le laisser s'occuper de tout cela. Vous n'auriez donc plus à vous inquiéter de ma sécurité.

— Non, jeune fille, dit Connor. Vous devez rester ici.

— Oui. Ce sont les ordres de Roman, ajouta Ian.

Zut alors. Le puissant Roman a parlé, et tous doivent lui obéir. Eh bien, s'il s'attendait à ce qu'elle implante cette dent dans sa bouche, il allait avoir toute une surprise. Grâce à son père, elle était devenue une experte dans l'art de se rebeller contre les hommes dominateurs.

Le four à micro-ondes sonna, et les deux hommes se retournèrent et s'occupèrent de son contenu au comptoir. Ils semblaient être en train de refermer les couvercles des contenants de leurs boissons protéinées avant de les secouer. Puis, ils s'arrêtèrent et s'échangèrent des regards. Connor jeta un coup d'œil vers Shanna, puis il se dirigea en vitesse vers un petit placard où il prit un vieux sac de papier. Ian demeura devant les bouteilles. Lorsque Connor revint vers lui, il y eut quelques manœuvres que Shanna ne put voir, accompagnées par le froissement du papier.

Puis, Ian se retourna avec le sac de papier dans ses bras. Le haut du sac avait été roulé, et les mystérieuses boissons protéinées se trouvaient sans doute à l'intérieur. Il marcha vers la porte, et le verre des bouteilles tinta à l'intérieur du sac.

— Bon, alors je vais y aller maintenant.

Connor ouvrit la porte.

— Venez me faire un nouveau rapport dans trente minutes.

— Oui, monsieur.

Ian jeta un coup d'œil à Shanna.

— Bonsoir, mademoiselle.

— Au revoir, Ian. Soyez prudent, dit-elle à son intention.

Connor ferma la porte, et elle lui sourit.

— Connor, espèce de cachottier. Je sais ce que vous faisiez. Une boisson protéinée, mon œil !

Ses yeux s'élargirent.

— Je… vous ne savez…

— Vous devriez avoir honte de vous. Ce garçon n'a même pas l'âge.

— Ian ?

Connor eut l'air confus.

— Il n'a pas l'âge pour quoi ?

— Pour boire de la bière. N'est-ce pas ce que vous lui avez donné ? Quoique je me demande bien pourquoi quelqu'un voudrait *réchauffer* ses bouteilles de bière.

— De la *bière* ?

Connor était choqué.

— Nous n'avons pas de bière, madame. Et les gardes ne s'enivrent jamais lorsqu'ils sont en service, je vous l'assure.

Il sembla si offensé que Shanna décidât que sa conclusion devait être erronée.

— D'accord, je suis désolée. Je n'ai pas voulu insinuer que vous ne faisiez pas bien votre travail.

Il hocha la tête, et semblait avoir retrouvé son calme.

— En fait, je suis terriblement reconnaissante de votre protection.

Elle ne pouvait toutefois pas s'empêcher de formuler un commentaire.

— Je dois tout de même vous dire que ce n'est pas une bonne idée d'embaucher des gardes aussi jeunes que Ian. Ce garçon devrait être au lit et il devrait aussi aller à l'école en matinée.

Connor fronça les sourcils.

— Il est un peu plus vieux qu'il en a l'air.

— Il a quoi, 17 ans ?

Connor croisa les bras sur sa poitrine.

— Plus vieux.

— Quoi alors ? Quatre-vingt-douze ans ?

Il y avait du sarcasme dans sa voix, mais Connor ne sembla pas en être amusé. Il regarda autour de lui dans la cuisine, comme s'il était vraiment perplexe quant à la réponse qu'il devait lui offrir. La porte du couloir s'ouvrit, et une grande silhouette entra dans la pièce.

— Dieu merci, murmura Connor.

Roman Draganesti était de retour.

Six

Shanna ne doutait point que Roman dirigeât sa maison et son entreprise avec une grande assurance. Ses vêtements sombres auraient dû paraître ternes en comparaison avec les kilts colorés de son équipe de sécurité, mais ils le rendaient seulement plus dangereux en apparence. Plus distant. Plus mauvais garçon. Plus séduisant.

Elle l'observa tandis qu'il hochait la tête à l'intention de Connor, puis qu'il fixait ses yeux bruns dorés sur elle. Elle sentit de nouveau la puissance de son regard figé, comme si ce dernier avait le pouvoir de l'emprisonner et de laisser le reste du monde hors de sa portée. Elle détourna le regard et changea de position sur sa chaise en se concentrant sur son plat vide. Elle ne le laisserait pas l'atteindre. Elle se *mentait* à elle-même. La chair de poule rampait sur ses bras. Il l'atteignait, qu'elle aime ça ou non.

— Avez-vous assez mangé?

Sa voix basse se rendit jusqu'à ses oreilles.

Elle hocha la tête, et refusa de le regarder.

— Connor, laissez une note pour l'équipe de jour. Ils devront veiller à ce que la cuisine soit approvisionnée en nourriture pour la docteure…?

Shanna hésita, puis elle dit :

— Whelan.

Après tout, ils connaissaient déjà son prénom. Et ils savaient aussi que la mafia russe voulait sa peau. Il ne lui servait donc à rien de conserver sa couverture sous l'identité de Jane Wilson.

— Docteure Shanna Whelan.

Il répéta son nom comme si le simple fait de le prononcer lui donnait du contrôle sur lui. Et sur elle.

— Connor, pourriez-vous attendre dans mon bureau? Gregori sera de retour bientôt, et il vous donnera tous les détails.

— Oui, monsieur.

Connor salua Shanna d'un geste de la tête avant de partir.

Elle regarda la porte de la cuisine balancer de l'avant vers l'arrière.

— Il semble très gentil.

— Il l'est.

Roman s'appuya contre le comptoir de la cuisine, ses bras croisés contre sa large poitrine.

Un silence inconfortable s'ensuivit. Shanna joua avec sa serviette, consciente qu'il l'observait. Il devait être un des plus brillants scientifiques dans le monde. Elle adorerait visiter son laboratoire. Euh, pas vraiment finalement. Il travaillait avec du sang. Elle frissonna.

— Est-ce que vous avez froid?

— Non. Je… je veux vous remercier de m'avoir sauvé la vie.

— En êtes-vous certaine? Votre position n'est pas tout à fait verticale.

Étonnée, elle jeta un coup d'œil dans sa direction. Le coin de sa bouche était soulevé. Ses yeux miroitaient avec humour. Le coquin la taquinait à propos des histoires qu'elle avait faites plus tôt à ce sujet. La position verticale s'était toutefois avérée également dangereuse avec lui. Ses joues devinrent chaudes tandis qu'elle se remémorait leur baiser manqué de peu.

— Est-ce que vous avez faim ? Je pourrais vous faire un sandwich.

La lueur dans ses yeux devint plus intense.

— Je vais attendre.

— D'accord.

Elle se leva et apporta son plat vide et son verre dans l'évier. C'était peut-être une erreur. Il n'était plus maintenant qu'à quelques pas d'elle. Qu'est-ce que ce gars avait pour qu'elle ait ainsi envie de se jeter dans ses bras ? Elle rinça son verre.

— Je… je sais qui vous êtes.

Il recula d'un pas.

— Qu'est-ce que vous savez ?

— Je sais que vous êtes le propriétaire des Industries Romatech. Je sais que vous êtes celui qui a inventé la formule du sang synthétique. Vous avez sauvé des millions de vies dans le monde.

Elle ferma l'eau et agrippa le rebord du comptoir.

— Je pense que vous êtes absolument brillant.

Voyant qu'il ne répondait pas, elle risqua un regard vers lui. Il la fixait avec une expression abasourdie. Bon Dieu, ne savait-il pas qu'il était brillant ?

Il fronça les sourcils, puis détourna le regard.

— Je ne suis pas ce que vous pensez.

Elle sourit.

— Vous voulez dire que vous n'êtes pas intelligent ? J'admets que votre idée de vouloir ajouter une dent de loup à votre magnifique sourire n'est pas l'idée la plus géniale que j'ai entendue.

— Ce n'est pas une dent de loup.

— Ce n'est pas une dent humaine.

Elle pencha la tête sur le côté, puis l'examina.

— Est-ce que vous avez vraiment perdu une dent ? Ou est-ce que vous vous êtes simplement présenté comme un prince vaillant pour me sauver la vie et m'emporter sur votre noble coursier ?

Sa bouche tressauta.

— Il y a très longtemps que je n'ai pas possédé un noble coursier.

— Et je suppose que votre armure est un peu rouillée ?

— Oui, elle l'est.

Elle se pencha vers lui.

— Vous êtes tout de même un héros.

Son sourire, tout petit qu'il était, disparut complètement.

— Non, je ne suis pas un héros. J'ai vraiment besoin d'un dentiste. Vous voyez ?

Il souleva le coin de sa bouche avec son index.

Il y *avait* un trou là où sa canine devait être.

— Quand l'avez-vous perdue ?

— Il y a quelques heures.

— Alors, il n'est peut-être pas trop tard. Si vous avez la vraie dent, bien sûr.

— Je l'ai. En réalité, c'est Laszlo qui l'a.

— Oh.

Elle marcha tout près de lui et se hissa sur ses orteils.

— Puis-je ?

— Oui.

Il baissa la tête.

Elle déplaça son regard de ses yeux à sa bouche. Son cœur battait très fort dans sa poitrine. Elle toucha ses joues, puis retira le bout de ses doigts.

— Je ne porte pas de gants.

— Je ne m'oppose pas.

« Moi non plus. »

Bon Dieu, elle avait examiné beaucoup de bouches au cours des dernières années, mais elle n'avait jamais ressenti rien de pareil. Elle toucha légèrement ses lèvres. De grosses lèvres sensuelles.

— Ouvrez la bouche.

Il l'ouvrit. Elle glissa un doigt à l'intérieur et examina le trou.

— Comment l'avez-vous perdue ?

— Aah.

— Je suis désolée.

Elle sourit.

— J'ai la mauvaise habitude de poser des questions quand le patient ne peut pas parler.

Elle commença à retirer ses doigts, mais ses lèvres se refermèrent sur eux. Elle jeta un coup d'œil à ses yeux et se sentit aussitôt enveloppée par leur intensité dorée. Elle fit lentement glisser son doigt hors de sa bouche. Bon Dieu. Ses genoux étaient faibles. Elle eut une vision d'elle-même, glissant le long de son corps pour ensuite s'effondrer sur le plancher. Elle tendrait les bras vers lui et lui dirait : « Prenez-moi, espèce de fou. »

Il toucha son visage.

— Est-ce que c'est à mon tour ?

— Hmm ?

Elle pouvait à peine l'entendre avec le martèlement de son cœur dans ses oreilles.

Son regard s'attarda à sa bouche. Il glissa son pouce sur sa lèvre inférieure.

La porte de cuisine s'ouvrit.

— Je suis de retour, annonça Gregori.

Il les regarda et sourit.

— Est-ce que j'interromps quelque chose ?

— Oui. Ma vie.

Roman le regarda fixement.

— Allez à mon bureau. Connor vous attend.

— D'accord.

Gregori se dirigea vers la porte.

— Ma maman est ici, et elle attend. Et Laszlo est prêt.

— Je comprends.

Roman redressa ses épaules et adressa un regard terne à Shanna.

— Venez.

— Excusez-moi ?

Shanna l'observa marcher vers la porte. Non, mais quel culot. C'était donc le retour aux affaires courantes, alors? Il s'était ouvert quelque peu, mais il était maintenant redevenu le patron.

S'il pensait qu'il pouvait lui donner des ordres, alors il se trompait, et pas à peu près. Elle prit son temps pour boutonner sa blouse blanche de laboratoire. Elle s'empara ensuite de sa bourse sur la table et marcha vers lui d'un air digne.

Il se tenait à la base de l'escalier, parlant à une femme plus âgée. Elle portait un tailleur gris dispendieux et avait une bourse qui représentait le salaire mensuel de certaines personnes. Ses cheveux étaient principalement noirs, à l'exception d'une bande de cheveux argentés qui prenaient naissance près de sa tempe gauche avant de disparaître dans le chignon à la base de son cou. Elle remarqua l'approche de Shanna et haussa ses sourcils parfaitement arqués.

Roman se retourna.

— Shanna, voici la mère de Gregori, et mon assistante, Radinka Holstein.

— Bonjour, dit Shanna en tendant la main.

Radinka l'examina du regard pendant un moment. Ce n'est qu'au moment précis où Shanna avait cru que la femme allait refuser de lui serrer la main qu'elle se mit soudainement à sourire et qu'elle lui serra la main avec une certaine force.

— Vous voilà enfin.

Shanna cligna des yeux, ne sachant trop quoi répondre.

Le sourire de Radinka s'agrandit, puis elle regarda Roman, puis Shanna, et encore Roman.

— Je suis tellement heureuse pour vous deux.

Roman croisa les bras et fronça les sourcils en regardant la femme.

Elle posa la main sur l'épaule de Shanna.

— S'il y a quoi que ce soit dont vous avez besoin, faites-le-moi savoir. Je suis ici ou à Romatech chaque nuit.

— Vous travaillez la nuit? demanda Shanna.

— L'usine est ouverte 24 heures par jour et sept jours par semaine, mais je préfère travailler la nuit.

Radinka leva une main dans les airs, exhibant ses ongles parfaits recouverts d'un vernis rouge foncé luisant.

— Il y a beaucoup trop de bruit le jour, avec tous ces camions qui viennent et qui vont. Il est parfois difficile de s'entendre penser.

— Oh.

Radinka ajusta sa bourse dans le creux de son coude et regarda Roman.

— Avez-vous besoin d'autre chose?

— Non. Je vous verrai demain.

Il se tourna pour monter dans l'escalier.

— Venez, Shanna.

« Assis. Couché. Tourne. »

Elle lui lança un regard furieux dans le dos.

Radinka rit sous cape, et même cela sembla exotique et étranger.

— Ne vous inquiétez pas, ma chère. Tout ira bien. Nous nous reparlerons bientôt.

— Merci. J'ai bien aimé faire votre connaissance.

Shanna monta quelques marches. Où Roman la conduisait-elle? Elle espérait que c'était seulement dans une chambre d'ami. Et si Laszlo avait sa dent, elle devrait essayer de l'implanter aussitôt que possible.

— Roman?

Il était déjà bien loin et hors de sa vie.

Au premier palier, entre deux étages, Shanna fit une pause pour admirer la superbe entrée. Radinka se dirigeait vers deux portes closes à la droite du hall. Ses chaussures à talon en cuir gris cliquetèrent sur le plancher de marbre poli. Elle lui sembla étrange, mais Shanna se dit alors que tout le monde dans cette maison avait ses côtés étranges. Radinka ouvrit les portes, et le faible son d'une télévision se répercuta dans l'entrée.

— Radinka! dit une voix féminine sur un ton aigu. Où est le maître? Je croyais qu'il serait avec vous, poursuivit-elle avec un fort accent français.

Après l'accent écossais, un autre accent? Bon Dieu, elle était prise au piège à l'intérieur de la maison internationale des fous.

— Dites-lui de venir, dit encore cette voix. Nous voulons jouer.

D'autres voix féminines se joignirent à elle, et elles voulaient toutes que Radinka aille chercher le maître immédiatement. Shanna grogna. *Le maître.* Mais de qui pouvaient-elles donc parler ainsi? On aurait dit le chaud lapin du mois.

— Silence, Simone.

Radinka sembla fâchée en entrant dans la pièce.

— Il est occupé.

— Mais je suis venue le voir directement de Paris, dit la voix plaintive avant que la porte ne se referme sous les mains de Radinka.

Voilà qui était mystérieux. Quel type est-ce que ces dames réclamaient? Un des Écossais? Hum. Elle ne détesterait pas jeter un coup d'œil sous un kilt elle-même.

— Est-ce que vous venez?

Roman se tenait sur le deuxième étage, et il lui lançait des regards noirs.

— Oui.

Elle continua à monter l'escalier en prenant son temps.

— Vous savez, j'apprécie vraiment tout ce que vous avez fait pour assurer ma sécurité.

Son froncement de sourcils se dissipa.

— De rien.

— J'espère donc que vous ne vous objecterez pas à ce que j'émette un commentaire au sujet de votre équipe de sécurité.

Ses sourcils se haussèrent. Il jeta un coup d'œil derrière lui, et la regarda ensuite avec calme.

— Ils forment la meilleure équipe de sécurité du monde.

— Peut-être bien, mais…

Shanna avait maintenant atteint le deuxième étage et là, sur le palier derrière Roman, se tenait un autre Highlander en kilt.

L'Écossais croisa ses bras musclés sur sa large poitrine et la regarda sévèrement. Derrière lui, sur le mur, étaient suspendues une série de peintures à l'huile où on pouvait voir des portraits de gens richement vêtus et parés qui semblaient tous la regarder fixement.

— Est-ce que vous pourriez élaborer un peu plus sur le sujet? demanda tranquillement Roman avec une lueur d'amusement dans ses yeux bruns dorés.

« Lui alors! »

— D'accord.

Shanna se racla la gorge. C'était une bonne chose qu'elle soit une dentiste. De temps en temps, comme là, c'était du œil pour œil, dent pour dent.

— Je dois admettre que les Écossais sont tous de très beaux hommes. Toutes les femmes seraient assurément de mon avis.

Elle nota un certain adoucissement dans les traits du Highlander.

— Et ils ont un très bon goût vestimentaire. Et des jambes magnifiques. Et j'adore la façon dont ils parlent.

L'Écossais commençait maintenant à sourire.

— Bien récupéré, jeune fille.

— Merci, dit-elle en lui renvoyant un sourire.

Roman, cependant, fronçait les sourcils de nouveau.

— Puisque vous considérez manifestement les gardes comme étant des spécimens parfaits du genre masculin, quel serait donc votre commentaire, je vous prie?

Shanna se pencha vers lui.

— Ce sont les armes. Ils ont seulement un petit poignard à la taille…

— Un poignard des Highlands, l'interrompit Roman.

— Ouais, ça, et un petit couteau dans leurs bas.

— Le *sgian dubh*, dit-il en l'interrompant de nouveau.

— Peu importe.

Elle le regarda fixement.

— Regardez un peu ce petit couteau. Il est en bois ! C'est avant l'âge du bronze, ça. Et les Russes ont de fichues mitrailleuses ! Est-ce que je dois préciser davantage ?

L'Écossais rit sous cape.

— C'est une dame fort intelligente que celle-là, monsieur. Est-ce que je devrais lui faire une petite démonstration ?

Roman soupira.

— D'accord.

L'Écossais se tourna aussitôt, souleva un portrait sur le mur qui cachait un compartiment caché, et se retourna pour faire face à Shanna de nouveau. Tout cela se passa si vite qu'elle eut à peine le temps d'admirer le mouvement de son kilt avant qu'elle ne comprenne qu'il la tenait maintenant en joue avec une mitrailleuse.

— Oh, dit-elle.

L'Écossais remit l'arme en place et referma le portrait dont le cadre comportait une penture sur un côté.

— Est-ce que vous êtes satisfaite à présent, jeune fille ?

— Oh oui. Vous avez été magnifique.

Il sourit.

— N'importe quand.

— Il y a des armes cachées partout dans la maison, gronda Roman. Quand je vous dis que vous êtes en sécurité, je le pense vraiment. Est-ce que je dois préciser davantage ?

Elle fit une moue désapprobatrice.

— Non.

— Alors, venez.

Il grimpa une nouvelle série de marches.

Shanna poussa un soupir. Il n'y avait aucune raison de se montrer grossier. Elle se tourna une fois de plus vers l'Écossais.

— J'aime votre tissu écossais. Il est différent des autres.

— Shanna !

Roman attendait sur le palier suivant.

— J'arrive!

Elle grimpa les marches d'un pas lourd tandis que l'Écossais riait sous cape derrière elle. Mince alors, pourquoi est-ce que Roman était d'une humeur si massacrante soudainement?

— Pendant que nous sommes sur le sujet de la sécurité, il y a encore un problème dont j'aimerais discuter.

Il ferma les yeux momentanément et respira à fond.

— Et de quel problème est-il question?

Il grimpa la prochaine série de marches.

— Il s'agit d'Ian. Il est trop jeune pour un travail aussi dangereux.

— Il est plus vieux qu'il n'en a l'air.

— Il n'a pas plus de 16 ans. Ce garçon devrait être à l'école.

— Je vous assure que Ian a fait ses études.

Roman avait maintenant atteint le troisième plancher, et il salua de la tête le garde en kilt qui était posté là.

Shanna salua le garde de la main et se demanda si une de ces peintures cachait un dispositif thermonucléaire. Elle n'était pas convaincue qu'une maison remplie d'armes était tout à fait sécuritaire.

— Le point est que je m'objecte à ce qu'un enfant soit en charge de ma sécurité.

Roman continua son ascension.

— Votre objection est notée.

C'était tout? Objection notée et écartée du revers de la main?

— Je suis sérieuse à propos de ça. Vous êtes le patron ici, donc je suis sûre que vous pouvez faire quelque chose à ce sujet.

Roman fit une pause.

— Comment avez-vous découvert que je suis le propriétaire de Romatech?

— Je l'ai d'abord deviné, puis Connor l'a confirmé.

Roman soupira, puis reprit son ascension de plus belle.

— Je vais devoir avoir une petite conversation avec Connor.

Shanna le suivit.

— Et si vous ne faites rien, je vais en parler à son patron, Angus MacKay.

— *Quoi ?*

Roman s'arrêta de nouveau. Il jeta un coup d'œil vers elle, ses yeux agrandis d'étonnement.

— Comment avez-vous entendu parler de lui ?

— Connor m'a dit qu'il était le propriétaire de MacKay Sécurité et Enquête.

— Sang de Dieu, chuchota Roman. Je vais devoir avoir une *longue* conversation avec Connor.

Il monta les marches en se traînant les pieds jusqu'au quatrième étage.

— À quel étage allons-nous ?

— Au cinquième.

Shanna continua à monter.

— Qu'est-ce qu'il y a au cinquième étage ?

— Mon bureau privé.

Son cœur fit un bond. Oh, Seigneur. Elle atteignit le quatrième étage et s'arrêta pour reprendre son souffle. Un garde en kilt se tenait dans l'ombre.

— Où sont les chambres d'amis ?

— La vôtre sera au quatrième étage. Je vous y conduirai plus tard.

Et il continua à monter l'escalier.

— Venez.

— Pourquoi allons-nous à votre bureau ?

— Nous devons discuter de quelque chose d'important.

— Nous ne pouvons pas en discuter maintenant ?

— Non.

Quel homme têtu. Elle poussa un soupir tout en tentant de penser à ce dont ils allaient discuter.

— Avez-vous déjà songé à faire installer un ascenseur ?

— Non.

Elle tenta d'aborder un autre sujet.

— De quel pays Radinka est-elle originaire ?

— Je crois que ce pays est maintenant connu sous le nom de République tchèque.

— Qu'est-ce qu'elle voulait dire par « vous voilà enfin », demanda Shanna en montant le dernier escalier.

Roman haussa les épaules.

— Radinka croit qu'elle possède des pouvoirs de médium.

— Vraiment ? Est-ce que vous pensez qu'elle en a ?

Il atteignit le sommet de l'escalier.

— Je ne me soucie pas de ce qu'elle croit tant qu'elle fait son travail.

— Je vois.

L'homme avait manifestement raté sa formation dans le domaine de la sensibilité.

— Vous lui faites donc confiance pour ce qui est du travail, mais vous ne la croyez pas lorsqu'elle dit qu'elle est un médium.

Il fronça les sourcils.

— Certaines de ses prédictions sont fausses.

— Comment le savez-vous ?

Shanna se hissait avec peine dans le dernier escalier.

Son froncement de sourcils fut encore plus prononcé.

— Elle a prévu que je trouverais une grande joie dans ma vie.

— Qu'est-ce qui ne va pas avec cette prédiction ?

— Est-ce que j'ai l'air particulièrement joyeux ?

— Non.

Quel homme exaspérant !

— Vous vous rendez la vie misérable simplement pour lui prouver que sa prédiction est fausse ?

Ses yeux lancèrent des éclairs.

— Je ne fais pas cela. J'ai été malheureux pendant des années avant de rencontrer Radinka. Elle n'a aucun rapport avec cela.

— Alors, je vous félicite. Vous avez donc pris un engagement perpétuel avec la misère.

— Je n'ai pas fait cela.

— Vous l'avez fait.

Il croisa ses bras.

— Ceci est enfantin.

Elle croisa les siens.

— Ça ne l'est pas.

Elle se mordit la langue pour s'empêcher de rire. C'était vraiment trop amusant pour elle d'aiguillonner cet homme.

Il l'a regarda soigneusement, puis le coin de sa bouche trembla.

— Vous essayez de me torturer, n'est-ce pas ?

— Vous aimez la misère, n'est-ce pas ?

Il éclata de rire.

— Comment me faites-vous cela ?

— Vous faire rire ?

Elle sourit.

— C'est une nouvelle expérience pour vous ?

— Non, mais je manque de pratique.

Il la considéra avec étonnement.

— Réalisez-vous à quel point vous êtes passée près de vous faire tuer cette nuit ?

— Ouais, je le réalise. La vie peut vraiment être désagréable parfois. On peut en rire ou en pleurer, et moi je préfère quelquefois en rire.

Elle avait déjà pleuré plus souvent qu'à son tour.

— Qui plus est, j'ai vraiment été chanceuse, ce soir. J'ai trouvé un ange gardien au moment même où j'en avais besoin.

Le corps de Roman se raidit.

— Ne pensez pas cela de moi. Je suis bien loin de… je suis un cas désespéré.

Le remords lui monta aux yeux comme des larmes d'or.

— Roman.

Elle toucha son visage.

— Il y a toujours de l'espoir.

Il recula d'un pas.

— Pas pour moi.

Shanna attendit en espérant qu'il dirait quelque chose, qu'il se confierait à elle un petit peu, mais il demeura silencieux. Elle pivota, puis regarda autour d'elle. Un autre garde était debout dans un coin sombre. Il y avait deux portes le long du couloir avec une grande peinture entre les deux. Elle se rapprocha pour examiner le paysage. La peinture représentait un coucher de soleil au-dessus d'un pâturage vert et vallonné. Au creux de la vallée se trouvaient des ruines d'édifices en pierre couvertes par une brume, des édifices de style roman.

— C'est beau, murmura-t-elle.

— C'est… c'était un monastère en Roumanie. Il n'y a plus rien de cela maintenant.

Rien que des souvenirs, pensa Shanna, et pas de très bons souvenirs à en juger par l'expression de dureté sur le visage de Roman. Pourquoi conserverait-il une peinture de la Roumanie ici si cela le dérangeait tant ? Ah oui, c'est vrai. L'homme aimait la misère. Elle examina la peinture plus attentivement. La Roumanie ? Cela expliquerait son léger accent. Peut-être que les édifices avaient été détruits pendant la Seconde Guerre mondiale ou l'occupation soviétique, mais d'une façon ou d'une autre, la destruction semblait beaucoup, beaucoup plus ancienne que cela. Étrange. Quel pouvait bien être le lien entre les ruines d'un vieux monastère et Roman ?

Il se dirigea vers la porte de droite.

— C'est mon bureau.

Il ouvrit la porte et attendit qu'elle entre.

Une impulsion soudaine la traversa comme un éclair, la pressant de dévaler les marches à toute vitesse. Pourquoi ? L'homme lui avait sauvé la vie ce soir. Pourquoi lui ferait-il du mal maintenant ? Qui plus est, elle avait toujours son Beretta. Elle retira sa bourse de son épaule et la tint contre sa poitrine. Merde. Après tout ce qu'elle avait vécu au cours des derniers mois, elle était incapable de faire complètement confiance à une autre personne.

Et c'était ce qu'il y avait de pire dans tout cela. Elle devrait être une solitaire pour le reste de sa vie. Tout ce qu'elle avait toujours voulu était une vie normale : un mari, des enfants, un bon travail, une maison agréable dans un quartier agréable, avec peut-être une clôture avec des piquets blancs. Une vie normale, tout simplement. Merde. Et ça n'arriverait jamais. Les Russes ne l'avaient peut-être pas tuée comme ils l'avaient fait avec Karen, mais ils étaient malgré tout parvenus à lui voler sa vie.

Elle redressa ses épaules et entra dans la vaste pièce. Elle regarda autour d'elle, curieuse de découvrir le goût de Roman en matière de meubles, lorsqu'un mouvement dans la pièce attira son regard. Deux hommes apparurent de l'ombre. Connor et Gregori. Elle aurait dû se sentir soulagée, mais leurs expressions sévères l'inquiétèrent. La pièce lui parut soudainement froide. Trop froide en fait, avec de l'air glacial qui tourbillonnait autour de sa tête.

Elle frissonna, et se tourna vers la porte.

— Roman ?

Il verrouilla la porte et glissa la clé dans sa poche.

Elle avala sa salive.

— Qu'est-ce qui se passe ?

Roman la regarda fixement, et ses yeux dansaient comme des flammes dorées. Puis, il marcha vers elle.

— Le temps est venu, chuchota-t-il.

Sept

Les vampires se servaient du contrôle de l'esprit depuis des siècles. C'était leur seule façon de séduire les mortels afin qu'ils acceptent de leur servir de nourriture. C'était aussi la seule façon d'effacer leur mémoire par la suite. Avant son invention de la formule du sang synthétique, Roman utilisait le contrôle de l'esprit toutes les nuits. Il n'avait jamais eu de scrupules à s'en servir. C'était une question de survie. C'était normal.

C'était ces faits qu'il se remémorait tandis qu'il conduisait Shanna dans les escaliers vers son bureau. Il n'avait aucune raison de se sentir coupable de quoi que ce soit. Une fois que Gregori, Connor et lui auraient pris le contrôle de l'esprit de Shanna, il pourrait lui ordonner d'implanter sa canine. Puis, une fois le travail accompli, il pourrait effacer sa mémoire à ce sujet. C'était simple. Normal. Mais alors, pourquoi devenait-il de plus en plus frustré à chaque palier d'escaliers? Au moment où il atteignit son bureau, ce plan le faisait douter sérieusement. Trois vampires se mettant à plusieurs contre une mortelle? C'était peut-être le seul moyen de traverser les défenses mentales de Shanna. C'était peut-être la seule façon de faire en sorte que sa dent soit réparée. Ça commençait toutefois à ressembler à un assaut brutal.

Maintenant qu'elle se tenait dans son bureau à leur merci, la culpabilité déferlait en lui. Il se répétait qu'il n'y avait pas d'autre façon de faire. Il ne pouvait être honnête avec elle. Si elle découvrait qu'il était un démon, elle n'accepterait jamais de l'aider de plein gré. Sans plus attendre, Gregori et Connor sautèrent dans la mêlée. Il pouvait voir leurs pouvoirs psychiques descendre en piqué dans la chambre en se concentrant sur l'esprit de Shanna.

Sa bourse tomba sur le plancher. Elle gémit, puis appuya les paumes de ses mains contre ses tempes.

Roman planait mentalement au-dessus d'elle pour voir si elle allait bien. C'était le cas. Elle avait érigé un bouclier avec plus de vitesse et d'énergie qu'il avait pu l'imaginer chez un humain. C'était étonnant.

Gregori renforça son attaque, la recouvrant avec une détermination glaciale.

« Vos pensées seront les miennes ! »

« Et les miennes. »

L'esprit de Connor ciselait ses défenses.

« Non ! »

Roman jeta à ses amis un regard d'avertissement. Ils reculèrent et le regardèrent fixement, totalement abasourdis. Ils s'étaient attendus à de la résistance de la part de Shanna, mais pas lui. La vérité était qu'il voulait ses pensées pour lui-même. Et il voulait qu'elle soit en sécurité. Peut-être qu'il fallait énormément de puissance psychique pour briser ses défenses, mais une fois son bouclier détruit, une telle puissance aurait le potentiel de détruire son esprit et de le laisser en lambeaux.

Il marcha vers elle à grands pas et l'appuya contre sa poitrine.

— Est-ce que ça va ?

Elle s'appuya contre lui.

— Je ne me sens pas bien. Ma tête... et j'ai si froid.

— Ça ira.

Il l'entoura de ses bras, et souhaita que sa vieille carcasse puisse produire plus de chaleur corporelle.

— Vous serez en sécurité avec moi.

Il lui couvrit l'arrière de la tête avec sa main comme s'il voulait protéger son esprit d'un nouvel assaut.

Ses deux amis échangèrent des regards inquiets.

Connor se racla la gorge.

— Pourrais-je parler avec vous ?

— Dans un moment.

Ils s'attendaient à une explication, mais Roman ne savait pas du tout quoi leur dire. Comment pourrait-il expliquer tous ces sentiments étranges qui le tourmentaient ce soir ? La luxure, le désir, la crainte, l'amusement, la culpabilité, le remords. C'était comme si le fait d'avoir rencontré Shanna avait réveillé son cœur d'un sommeil profond. Il n'avait pas compris à quel point il était mort avant de la rencontrer, et à quel point il se sentait vivant maintenant.

Un frisson traversa son corps.

— Venez vous reposer.

Il la guida vers la chaise de velours où il s'était nourri de Vanna plus tôt dans la nuit.

Elle se pelotonna dans le fauteuil, enveloppant ses bras autour d'elle-même.

— J'ai si froid.

Il pensa un instant aller chercher l'édredon en daim sur son grand lit dans la pièce attenante, mais il remarqua ensuite une couverture de couleur bordeaux en chenille posée sur un des fauteuils à oreilles. Il ne l'avait jamais utilisée, mais Radinka l'avait achetée pour son bureau, déclarant que la pièce avait besoin de plus de chaleur. Il s'empara de la douce couverture et la déposa sur Shanna.

— Merci.

Elle tira l'extrémité qui se terminait avec des franges jusqu'à son menton.

— Je ne sais pas ce qui est arrivé, mais j'ai soudainement eu le pire frisson de ma vie.

— Vous vous réchaufferez bientôt.

Il lissa ses cheveux et souhaita avoir le temps de faire de même avec toutes ses craintes. Cependant, Connor marchait à pas mesurés face au bar, et Gregori était appuyé contre un mur et le regardait fixement.

— Gregori, pouvez-vous vous assurer que la docteure Whelan soit à l'aise ? Elle aimerait peut-être avoir quelque chose de la cuisine. Peut-être du thé chaud.

— D'accord.

Gregori avança vers elle.

— Hé, ma jolie. Qu'est-ce qu'il y a ?

« Ma jolie ? »

Roman grimaça et traversa la pièce pour discuter avec Connor.

Le Highlander tourna le dos à Shanna et parla très doucement. Seul un vampire avec une ouïe extraordinaire pouvait entendre ses paroles.

— Laszlo prétendait que la jeune fille était différente. Je ne le croyais pas, mais je suis maintenant de son avis. Je n'ai jamais encore croisé la route d'une mortelle avec une telle force mentale.

— Je suis d'accord.

Roman jeta un coup d'œil vers Shanna. Gregori était manifestement en train de la charmer, car elle semblait amusée.

— Laszlo m'a aussi dit que si votre dent n'était pas fixée ce soir, il serait trop tard.

— Je sais.

— Nous n'avons pas le temps de trouver un autre dentiste.

Connor fit un signe de la tête vers l'horloge ancienne posée sur la tablette de la cheminée.

— Laszlo appellera dans 18 minutes.

— Je comprends.

— Alors pourquoi nous avez-vous arrêtés ? Nous étions près du but.

— Son esprit était sur le point de céder. Je craignais qu'autant de puissance psychique puisse endommager son esprit une fois ses défenses vaincues.

— Oh.

Connor frotta son menton avec son index.

— Et si son esprit est endommagé, elle sera incapable de réparer votre dent. Je vois.

Roman fronça les sourcils. Il n'avait pas même pensé à sa maudite dent. Il avait été préoccupé par Shanna. Qu'est-ce qu'elle était en train de lui faire ? Il avait commis trop de péchés dans le passé pour avoir une quelconque forme de conscience. Il jeta un coup d'œil vers elle. Gregori s'était assis à l'extrémité du fauteuil. Il avait soulevé les pieds de Shanna et les avait placés sur ses cuisses.

— Que pouvons-nous faire alors ? demanda Connor en détournant l'attention de Roman qui était concentré sur Shanna.

— Je dois gagner sa confiance. Elle doit me laisser entrer par sa propre volonté.

— Hum. Depuis quand une femme daigne-t-elle coopérer ? Vous pourriez y consacrer une centaine d'années, mais vous avez seulement dix-huit minutes.

Connor regarda l'horloge.

— Ou plutôt dix-sept.

— Je suppose que je devrai être très charmant.

Comme s'il savait comment faire. Roman regarda une nouvelle fois Shanna. Gregori était en train de retirer les souliers de ses pieds.

— Oui.

Connor hocha la tête.

— Les femmes apprécient le charme.

Roman plissa les yeux. Gregori massait les pieds de Shanna. Des souvenirs lui passèrent à toute allure dans la tête. Gregori en train de jouer avec les pieds de VANNA, en frottant ses dents contre ses orteils. Et ses yeux qui étaient devenus rouges. Bon sang !

— Enlevez vos maudites mains de sur elle !

Il cria si fort que toutes les personnes dans la pièce sursautèrent.

Gregori replaça les pieds de Shanna sur le fauteuil en se relevant.

— Vous m'avez dit de m'assurer qu'elle soit à l'aise.

Shanna bâilla et s'étira.

— Et vous faisiez un très bon travail, Gregori. J'étais à moitié endormie lorsque Roman a commencé à mugir comme une vache folle.

— Une vache folle ?

Gregori éclata de rire avant de remarquer l'expression sur le visage de Roman. Il se racla la gorge, puis s'éloigna de Shanna.

— Connor, il y a du whisky dans le meuble du bar, là, dit Roman en désignant le bar du doigt.

Le Highlander ouvrit le meuble.

— Talisker de l'île de Skye. Qu'est-ce que vous faites avec du whisky de malt ?

— Angus me l'a envoyé. Il espère que j'inventerai un nouveau cocktail pour lui avec ma cuisine fusion.

— Oh. Ce serait génial.

Connor souleva la bouteille pour l'admirer.

— Je me suis vraiment ennuyé de cette substance.

— Versez un verre pour Mlle Whelan.

Roman marcha à grands pas vers le fauteuil.

— Est-ce que vous vous sentez mieux maintenant ?

— Oui.

Elle porta une main à son front.

— J'avais un épouvantable mal de tête, mais il semble avoir disparu. C'était vraiment étrange. Je pourrais avoir juré avoir entendu des voix dans ma tête.

Elle fit une grimace.

— Ça doit vous paraître fou.

— Non, pas du tout.

C'était de bonnes nouvelles. Elle n'avait pas reconnu les voix qu'elle avait entendues. Et elle n'avait pas relié ses maux de tête à leurs tentatives de contrôle de son esprit.

Elle se frotta le front.

— Je combats peut-être un virus.

Elle grimaça.

— Ou je souffre peut-être de schizophrénie. Mince alors. Bientôt, ce sera le chien de quelqu'un qui me dira ce que je dois faire.

— Je ne pense pas que vous devez vous en inquiéter.

Il se percha sur la chaise à côté d'elle.

— Il y a une explication toute simple à ce que vous éprouvez. C'est le stress post-traumatique.

— Oh ouais, c'est probablement cela.

Elle se déplaça quelque peu pour lui faire de la place.

— Une psy du Bureau fédéral d'investigation m'a parlé de cela. Elle m'a dit de m'attendre à des attaques de panique pour le reste de mes jours. N'est-ce pas joyeux?

— Le Bureau fédéral d'investigation? s'interrogea Connor en lui apportant son verre de whisky.

Shanna tressaillit.

— Je ne suis pas censée en parler, mais vous avez été super avec moi. Vous méritez de savoir ce qui se passe.

— Dites-nous seulement ce avec quoi vous êtes à l'aise.

Roman prit le verre des mains de Connor et l'offrit à Shanna.

— Cela vous aidera à vous réchauffer.

«Et ça déliera votre langue. Et ça abaissera vos défenses.»

Elle se souleva sur un coude.

— Je ne bois habituellement rien de plus fort qu'une bière.

— Vous avez été en enfer ce soir.

Un enfer avec plein de démons. Roman lui glissa le verre dans la main.

Elle en avala une gorgée, puis elle toussa.

— Oh!

Ses yeux se remplirent d'eau.

— Bon sang! Ce n'était pas dilué avec de l'eau, non?

Roman haussa une épaule et posa le verre sur le plancher.

— À quoi vous attendez-vous lorsqu'un Highlander vous verse un verre?

Elle se recoucha sur la chaise, et plissa ses yeux.

— Mince alors, Roman, essayiez-vous de faire une plaisanterie?

— Peut-être. Est-ce que ça a fonctionné?

Accéder à l'esprit d'une femme en étant charmant était une nouvelle expérience pour lui. Avant cette nuit, il prenait simplement ce dont il avait besoin.

Elle sourit lentement.

— Je pense que vous avez eu tort tout à l'heure. Il y *a* de l'espoir pour vous.

Sang de Dieu. Elle avait un tel optimisme inébranlable. Allait-il devoir l'anéantir un jour en lui révélant la cruelle réalité? Il n'y avait pas d'espoir pour un démon meurtrier. En attendant, il choisissait toutefois de laisser son espoir fantaisiste en vie. Particulièrement si cela l'aidait à entrer dans son esprit.

— Vous nous parliez du Bureau fédéral d'investigation?

— Oh, oui. Je suis dans le programme de protection des témoins. Il y a un huissier de justice avec qui je suis censée communiquer si je fais face à des ennuis, mais il n'était pas là quand je l'ai appelé.

— Est-ce que Shanna est votre vrai nom?

Elle soupira.

— Mon nom est censé être Jane Wilson. Shanna Whelan est morte.

Il toucha son épaule.

— Vous êtes très vivante à mes yeux.

Elle ferma les yeux avec force.

— J'ai perdu ma famille. Je ne peux plus jamais les revoir.

— Parlez-moi d'eux.

Roman jeta un coup d'œil à l'horloge. Plus que douze minutes.

Elle ouvrit les yeux et regarda au loin sans se concentrer sur quoi que ce soit.

— J'ai une sœur et un frère, et ils sont tous les deux plus jeunes que moi. Nous étions très près les uns des autres en grandissant, car nous n'avions que nous sur qui compter. Mon père travaille pour le Département d'État, et nous avons ainsi grandi dans plusieurs pays étrangers.

— Dans quels pays ?

— La Pologne, l'Ukraine, la Lettonie, la Lituanie, la Biélorussie.

Roman échangea un regard avec Connor.

— Qu'est-ce que votre père fait exactement ?

— Il était un genre d'assistant, mais il ne nous a jamais vraiment dit ce qu'il faisait. Il voyageait beaucoup.

Roman inclina la tête vers son bureau. Connor hocha la sienne et se déplaça tranquillement vers l'ordinateur.

— Quel est le nom de votre père ?

— Sean Dermot Whelan. De toute façon, ma mère avait été une enseignante, alors elle nous a enseigné à la maison. Ce fut ainsi jusqu'à…

Shanna fronça les sourcils et tira la couverture de chenille jusqu'à sa joue.

— Jusqu'à ce que ?

Roman entendit Connor taper sur le clavier. L'enquête sur Sean Dermot Whelan venait de commencer.

Shanna soupira.

— À l'âge de 15 ans, mes parents m'ont envoyée dans une école privée avec internat au Connecticut. Ils ont dit que ce serait mieux pour moi d'avoir quelques bulletins scolaires formels, si je voulais pouvoir entrer dans une bonne université.

— Cela me semble raisonnable.

— Je le croyais aussi, à l'époque, mais…

— Mais ?

Elle se tourna sur le côté, lui faisant face.

— Ils n'ont jamais envoyé mon frère ou ma sœur dans une telle école. Seulement moi.

— Je vois.

Ses parents avaient décidé que c'est elle qui allait quitter la famille. Roman la comprenait plus qu'il ne voulait l'admettre.

Elle tortilla une frange de chenille autour de son doigt.

— Je me suis alors imaginé que j'avais dû faire quelque chose de mal.

— Comment auriez-vous pu? Vous n'étiez qu'une enfant.

Des souvenirs se mirent à envahir l'esprit de Roman, des souvenirs qu'il avait cru disparus pour toujours.

— Vous vous êtes ennuyée de votre famille.

— Ouais. Vraiment beaucoup au début, puis j'ai rencontré Karen. Elle est devenue ma meilleure amie. C'est elle qui avait voulu devenir dentiste en tout premier lieu. Je me moquais gentiment d'elle à l'époque en lui disant qu'elle voulait gagner sa vie en glissant ses doigts dans la bouche des gens. Et quand est venu le temps pour moi de prendre une décision quant à mon avenir, j'ai également voulu être une dentiste.

— Je vois.

— Je voulais aider les gens et faire partie d'une communauté. Être la dentiste du quartier qui parrainerait l'équipe de softball locale des enfants. Je voulais m'établir et avoir une vie normale. Je ne voulais plus me déplacer dans le monde entier. Et je voulais avoir des enfants. J'ai toujours aimé les enfants.

Ses yeux humides étaient luisants.

— Je n'ose plus penser à avoir des enfants maintenant. Ces maudits Russes.

Elle se pencha, s'empara du verre de whisky sur le plancher et en avala une autre gorgée.

Roman prit le verre de sa main tandis qu'elle toussait et bafouillait. Merde alors. Il voulait qu'elle se détende, et non qu'elle se saoule. Il jeta un coup d'œil à l'horloge. Laszlo appellerait dans huit minutes.

— Parlez-moi des Russes.

Elle se cala de nouveau dans le fauteuil.

— Karen et moi partagions un appartement à Boston. Nous avions l'habitude de sortir chaque vendredi soir au même restaurant-traiteur. Nous nous empiffrions alors de pizza et de carrés au chocolat et nous maudissions les hommes de ne pas avoir de rendez-vous galant avec l'une d'entre nous. Puis, un soir...

Elle frissonna.

— Ce qui se passa ressemble à un vieux film de gangsters.

Roman se demanda pourquoi elle n'avait pas de rendez-vous galant. Les hommes mortels devaient être aveugles. Il prit sa main dans la sienne.

— Continuez. Ils ne peuvent plus vous faire de mal maintenant.

Ses yeux se remplirent à nouveau de larmes.

— Ils me font encore mal. Chaque jour. Je ne peux me mettre au lit sans revoir Karen mourir sous mes yeux. Et je ne peux plus travailler comme dentiste désormais !

Elle se pencha pour saisir le verre de whisky.

— Mince alors, je déteste vraiment m'apitoyer sur moi-même.

— Attendez une minute.

Il mit le verre de whisky hors de sa portée.

— Que voulez-vous dire quand vous dites que vous ne pouvez plus travailler comme dentiste ?

Elle se laissa tomber dans le fauteuil.

— Je dois faire face à la réalité. J'ai aussi perdu ma carrière avec tout ça. Comment pourrais-je travailler comme dentiste quand je faiblis à la seule vue du s... sang ?

Ah oui, c'est vrai. Sa peur du sang. Il l'avait oublié.

— Cette peur que vous avez du sang, ça a commencé cette nuit-là au restaurant-traiteur ?

— Oui.

Shanna s'essuya les yeux.

— J'étais à la toilette quand j'ai entendu de terribles cris perçants. Ils tiraient partout dans le restaurant-traiteur. Je pouvais entendre les balles percuter les murs. Et je pouvais entendre les cris perçants des gens... quand ils recevaient des balles.

— C'était les Russes?

— Oui. Les tirs ont cessé, et j'ai fini par me glisser hors de la toilette. J'ai alors vu Karen étendue sur le plancher. Elle... elle avait reçu des balles dans l'estomac et dans la poitrine. Elle était encore en vie, et elle secouait la tête comme si elle tentait de m'avertir.

Shanna posa ses mains sur ses yeux.

— C'est à ce moment que je les ai entendus. Ils étaient de retour derrière le four à pizza, et ils poussaient des hurlements en russe.

Elle leva les mains pour regarder Roman.

— Je ne connais pas vraiment le russe, mais je sais reconnaître les jurons dans cette langue. Mon frère et moi avions l'habitude de jouer à un jeu, qui consistait à apprendre le plus de jurons dans différentes langues.

— Est-ce que les Russes vous ont vue au restaurant-traiteur?

— Non. Dès que j'ai entendu leurs voix, je me suis cachée derrière un comptoir de service et de grosses plantes vertes. J'ai entendu d'autres coups de feu dans la cuisine, après quoi ils sont sortis de là. Ils se sont arrêtés près de Karen et ils l'ont regardé. J'ai vu leurs visages. Et ils sont partis du restaurant-traiteur.

— Est-ce qu'ils se sont arrêtés devant d'autres victimes comme ils l'ont fait devant Karen?

Shanna fronça les sourcils et tenta de se remémorer la scène.

— Non, seulement devant Karen. En fait...

— Quoi?

— Ils ont ouvert sa bourse et ont regardé son permis de conduire. Puis, ils sont entrés dans une sainte colère, ont poussé un grand nombre de jurons et ont rejeté la bourse sur le plancher. C'était si étrange. Ils ont tout de même tué dix personnes dans ce restaurant-traiteur. Pourquoi se donneraient-ils la peine de vérifier l'identité de Karen?

Pourquoi, en effet ? Roman n'aimait pas les conclusions qu'il était en train de tirer, mais il ne voulait pas alarmer Shanna jusqu'à ce qu'il soit sûr de son coup.

— Vous avez donc témoigné contre les Russes en cour, et on vous a donné une nouvelle identité ?

— Oui. Je suis devenue Jane Wilson et j'ai déménagé à New York, il y a environ deux mois.

Shanna soupira.

— Je ne connais personne ici, sauf Tommy, le livreur de pizza. C'est agréable d'avoir quelqu'un à qui parler. Vous faites preuve d'une bonne écoute.

Il jeta un nouveau coup d'œil à l'horloge sur le manteau de la cheminée. Il n'avait plus que quatre minutes. Peut-être qu'elle avait maintenant assez confiance en lui pour le laisser entrer dans sa tête.

— Je peux faire plus que simplement écouter, Shanna. Je… je suis un expert en hypnose thérapeutique.

— En hypnose ?

Ses yeux s'élargirent.

— Vous faites de la régression dans les vies antérieures et des trucs comme ça ?

Il sourit.

— En réalité, je pensais que nous pourrions utiliser l'hypnose pour guérir votre peur du sang.

— Oh.

Elle cligna des yeux, puis s'assit bien droit.

— Est-ce que vous êtes sérieux ? Je pourrais être guérie aussi facilement que ça ?

— Oui. Il faudrait que vous ayez confiance en moi.

— Ce serait génial ! Je n'aurais plus à renoncer à ma carrière.

— Oui. Mais il faudrait vraiment que vous ayez confiance en moi.

— Bien, d'accord.

Elle lui lança un regard soupçonneux.

— Vous ne ferez aucune de ces mystérieuses suggestions posthypnotiques, n'est-ce pas? Comme de me mettre toute nue et d'imiter le chant d'un coq chaque fois que quelqu'un hèle un taxi.

— Je n'ai aucune envie de vous entendre chanter comme un coq. Et quant à l'autre chose que vous avez mentionnée…

Il se pencha tout près d'elle et chuchota.

— Ça me semble fort intrigant, mais je préférerais que vous vous mettiez toute nue de façon totalement volontaire.

Elle baissa la tête, et ses joues prirent une belle couleur rouge.

— Oui, bien sûr.

— Alors, allez-vous me faire confiance?

Elle leva les yeux pour croiser les siens.

— Vous voulez faire ça maintenant?

— Oui.

Il supplia mentalement que ses yeux demeurent ainsi fixés sur les siens.

— Ce sera vraiment facile. Tout ce que vous devez faire est de vous détendre.

— Me détendre?

Elle continua à le regarder dans les yeux, mais sa vision s'émoussait.

— Étendez-vous.

Il la baissa doucement dans une position allongée.

— Continuez à regarder mes yeux.

— Oui, chuchota-t-elle.

Son front se plissa.

— Vous avez des yeux peu communs.

— Vous avez de beaux yeux.

Elle sourit, puis grimaça tandis qu'une expression de douleur déformait ses jolis traits.

— J'ai encore froid.

— Ça s'estompera sous peu, et vous vous sentirez bien. Voulez-vous vaincre votre peur, Shanna?

— Oui. Oui, je le veux.

— Alors, vous réussirez. Vous serez forte et confiante. Rien ne vous empêchera d'être une excellente dentiste.

— Cela me semble merveilleux.

— Vous vous sentez très détendue, très endormie.

— Oui, murmura-t-elle.

Ses paupières se fermèrent.

Il y était. Sang de Dieu, ça avait vraiment été facile. Elle avait laissé la porte grande ouverte. Il n'avait eu besoin que de la bonne motivation. Il devait se souvenir de cela, au cas où il aurait affaire à d'autres mortels difficiles à l'avenir. C'est toutefois en s'installant dans les pensées de Shanna qu'il sut qu'il n'y avait personne d'autre comme elle.

À la surface, son esprit intelligent était bien organisé, mais tout juste sous cette couche extérieure bien structurée se cachait de fortes émotions. Elles l'entouraient et l'attiraient. La peur. La douleur. Le chagrin. Le remords. Et sous la tempête, il y avait une volonté entêtée de persévérer, peu importe les obstacles. Ces émotions lui étaient toutes familières, mais elles étaient également très différentes, car elles venaient de Shanna. Ses sentiments étaient frais et à l'état pur. Les siens se mouraient depuis 500 ans. Sang de Dieu, que c'était grisant et intoxicant de sentir cela à nouveau. Elle avait énormément de passion qui n'attendait que d'être libérée. Et il pouvait y arriver. Il pouvait ouvrir son cœur et son esprit.

— Roman.

Gregori vérifia sa montre.

— Vous avez 45 secondes.

Il se secoua mentalement.

— Shanna, m'entendez-vous ?

— Oui, chuchota-t-elle, les yeux toujours fermés.

— Vous ferez un rêve merveilleux. Vous vous retrouverez dans un centre dentaire. Un centre dentaire tout nouveau et totalement sécuritaire. Je serai votre patient et je vous demanderai d'implanter une dent. Une dent ordinaire. Comprenez-vous ?

Elle hocha lentement la tête.

— S'il y a du sang, vous ne faiblirez pas. Vous n'hésiterez pas. Vous continuerez, calme et confiante, jusqu'à ce que la procédure soit complétée. Vous dormirez ensuite profondément pendant 10 heures et vous aurez oublié tout ce qui se sera passé. Vous vous réveillerez, heureuse et ragaillardie. Est-ce que vous comprenez?

— Oui.

Il dégagea délicatement ses cheveux de son visage.

— Vous pouvez dormir pour le moment. Votre rêve commencera bientôt.

Roman se leva. Elle était couchée et dormait paisiblement, une main repliée sous son menton, une frange de chenille entourant son doigt. Elle avait l'air si innocente, si confiante.

Le téléphone sonna.

Connor répondit.

— Attendez une seconde. Je vous mets sur le haut-parleur.

— Allo? Est-ce que vous m'entendez?

La voix de Laszlo sembla nerveuse.

— J'espère que vous êtes prêts. Nous n'avons pas beaucoup de temps. Il est déjà 4 h 45.

Roman se demanda si le petit chimiste avait encore des boutons sur sa blouse blanche de laboratoire.

— Nous vous entendons très bien, Laszlo. Je serai bientôt là avec la dentiste.

— Elle... elle coopère?

— Oui.

Roman se tourna vers Gregori.

— Découvrez-moi l'heure exacte du lever du soleil. Appelez-nous alors au centre dentaire cinq minutes avant l'aube afin que nous puissions nous téléporter ici.

Gregori grimaça.

— Ce sera très juste. Je n'aurai pas le temps de retourner à la maison.

— Vous pourrez dormir ici.

— Moi aussi? demanda Laszlo au téléphone.

— Oui. Ne vous inquiétez pas. Nous avons amplement de chambres d'amis.

Roman prit Shanna dans ses bras. Elle dormait toujours.

— Monsieur.

Connor se leva.

— À propos de son père, c'est comme si cet homme n'existait pas. Je pense qu'il fait peut-être partie de l'Agence centrale de renseignement. Je pourrais envoyer Ian à Langley pour le vérifier.

— Très bien.

Roman assura sa prise sur Shanna.

— Allez-y Laszlo, parlez et continuez de le faire jusqu'à ce que nous soyons sur place.

— Oui, monsieur. Comme vous voulez, monsieur. Je… enfin, tout est prêt ici. J'ai placé la dent dans la solution Save-a-Tooth pour la préserver avant la réimplantation, comme la dentiste l'avait recommandé. Cela me rappelle quelque chose. N'y avait-il pas un film à propos d'un dentiste, un dentiste très méchant qui n'arrêtait pas de demander : «Est-ce sécuritaire?» Quel était donc le nom de cet acteur…

La voix de Laszlo continua de se faire entendre, mais Roman ne se concentrait pas sur les mots prononcés individuellement. Il se servait plutôt de la voix en guise de phare, la recherchant avec son esprit jusqu'à ce qu'une connexion soit effectuée. Pour les voyages ordinaires, de sa maison à son bureau de Romatech, par exemple, le voyage était ancré dans sa mémoire psychique. Par contre, s'il était peu familier avec une destination ou avec un point de départ, la façon la plus sûre de se téléporter était d'utiliser un genre d'ancre sensorielle. S'il pouvait voir un endroit, alors il pouvait s'y rendre. S'il pouvait s'ancrer sur une voix, alors il pouvait s'y rendre aussi. Sans une telle ancre, un vampire pourrait accidentellement se matérialiser au mauvais endroit, comme à l'intérieur d'un mur de brique ou en plein soleil.

Gregori allait demeurer dans le bureau du domicile de Roman, et les appellerait ensuite avant le lever du soleil, leur servant ainsi de phare pour le voyage de retour à la maison. La pièce se dissipa sous ses yeux, et Roman suivi la voix de Laszlo jusqu'au centre dentaire. En se matérialisant sur place, il put entendre Laszlo pousser un soupir de soulagement. Le bureau dentaire était sans relief, dans des teintes de terre de Sienne. Une odeur de désinfectant régnait dans l'air.

— Dieu merci, vous avez réussi, monsieur. Venez, c'est par ici.

Laszlo se dirigea vers la salle des examens.

Roman regarda Shanna pour s'assurer qu'elle allait bien. Elle sommeillait paisiblement dans ses bras. Il suivit Laszlo en se demandant quelles informations Ian allait découvrir au sujet de son père. Si l'homme avait été aux prises avec la mafia russe alors qu'il était à l'étranger, cela expliquerait pourquoi les Russes avaient voulu se venger. Et s'ils ne pouvaient pas se venger sur le père, ils pouvaient le faire sur sa fille. Cela expliquerait aussi pourquoi ils avaient vérifié l'identité de Karen, et puis seraient entrés dans une sainte colère. Les bras de Roman serrèrent Shanna. Il espérait que ses soupçons étaient faux, mais son instinct lui criait qu'il avait raison.

La mafia russe ne voulait pas tuer Shanna seulement parce qu'elle avait été témoin de leur massacre dans un restaurant-traiteur de Boston. C'était à cause d'elle que ce massacre avait eu lieu. Leur cible première était Shanna, et ils ne la lâcheraient pas jusqu'à ce qu'elle soit morte.

Huit

Ivan Petrovsky parcourut le courrier non ouvert sur son bureau. Facture d'électricité. Facture de gaz. Le cachet de la poste sur ces lettres remontait à plusieurs semaines. Il haussa les épaules. Trois semaines, ce n'est vraiment rien quand on est âgé de plus de 600 ans. Qui plus est, il détestait être ainsi lié au monde terre-à-terre des mortels. Il décacheta la première enveloppe. Oh, c'était son jour de chance. Il avait droit à l'assurance vie. Bande d'idiots. Il jeta la lettre aux ordures.

Une enveloppe ivoire attira son attention. L'adresse de l'expéditeur était celle des Industries Romatech. Un grognement sourd vibra dans sa gorge. L'enveloppe et son contenu étaient presque complètement déchirés en deux lorsqu'il cessa son mouvement. Pour quelle raison est-ce que ce maudit Roman Draganesti lui ferait parvenir du courrier? Ils ne s'adressaient même pas la parole. Ivan retira la carte de l'enveloppe et posa les deux moitiés côte à côte sur son bureau.

Ivan et sa bande étaient cordialement invités au gala d'ouverture de la Conférence du printemps 2005, qui devait avoir lieu aux

Industries Romatech deux nuits plus tard. Oh, c'était déjà de retour. Draganesti organisait cet événement majeur chaque année. Des vampires du monde entier y assistaient, et les maîtres des bandes en profitaient pour se réunir secrètement afin de discuter de diverses questions pertinentes à la vie des vampires modernes. Petits bâtards geignards. Ne savaient-ils pas que le vampirisme était un mode de vie supérieur ? Les mortels étaient responsables de leurs problèmes, et il n'y avait qu'une seule façon de les régler. Il s'agissait simplement de s'en nourrir et de les détruire. Il n'y avait pas de discussion nécessaire. La planète compte des milliards de mortels, et ils ne cessent de se multiplier. Ce n'était pas comme si les vampires allaient bientôt manquer de nourriture.

Ivan lança l'invitation dans les ordures. Il n'avait pas assisté à leur conférence débile au cours des 18 dernières années, soit depuis que ce traître de Draganesti avait présenté son nouveau sang synthétique au monde des vampires. Ivan avait claqué la porte avec dégoût, et n'y était jamais retourné.

Il était étonné de recevoir une invitation de Draganesti année après année. L'imbécile devait encore espérer qu'Ivan et ses disciples changeraient d'avis et embrasseraient sa nouvelle philosophie du vampire qui ne ferait pas de mal à une mouche, ni à un humain. Cette seule pensée lui donna un haut-le-cœur.

La frustration et la tension se firent sentir sur le cou d'Ivan. Il se massa les muscles sous chaque oreille et ferma les yeux. Une vision traversa son esprit. Draganesti et ses disciples au gala d'ouverture, dansant dans leur tenue de soirée élégante, buvant de petites gorgées de ce faux sang gluant dans des flûtes de cristal, tout en se félicitant d'être devenu des vampires aux sensibilités plus évoluées. Cela était assez pour le faire vomir.

Il n'allait jamais renoncer au sang humain bien frais, pas plus qu'au frisson de la chasse, ou encore à l'extase de la morsure. Draganesti et ses disciples trahissaient la définition même du vampirisme. C'était une abomination. Un réel déshonneur.

Et juste au moment où Ivan s'était dit que ça ne pouvait être pire que cela, ils étaient parvenus à descendre encore plus bas, en passant de la trahison à l'absurdité la plus totale. Il y a deux ans, Draganesti avait présenté sa dernière invention, la cuisine Fusion pour vampires. Ivan poussa un grognement. Son cou lui fit mal. Pour soulager cette tension, il fit craquer ses vertèbres comme un mortel le ferait avec ses jointures.

La *cuisine Fusion*. C'était ridicule. C'était honteux. C'était insidieux et alléchant. Il en était toujours question dans les annonces publicitaires sur le Réseau de télévision numérique des vampires. Il avait même découvert deux femmes de son propre harem qui s'étaient procuré clandestinement des bouteilles de Chocosang, une des boissons fusions de Draganesti, qui combinait le sang avec du chocolat. Ivan avait ordonné que ces femmes soient fouettées. Il soupçonnait toutefois que son harem parvenait à boire la désagréable substance quand il n'était pas là. Pour la première fois depuis des siècles, ses adorables femmes fort désirables prenaient du poids.

Ce maudit Draganesti ! Il détruisait le mode de vie des vampires, en transformant les hommes en de faibles lâches et les femmes en vaches grasses. Et comme si cela n'était pas suffisant, il accumulait ainsi une fortune considérable. Lui et sa bande de vampires profitaient de la belle vie, tandis qu'Ivan et ses disciples vivaient comme des sardines dans un duplex de Brooklyn.

Tout cela allait cependant bientôt changer. Il livrerait sous peu le cadavre de Shanna Whelan à son client, ce qui lui rapporterait 250 000 dollars. Après quelques autres assassinats bien payés, il deviendrait aussi riche que ces arrogants maîtres de bandes qu'étaient Roman Draganesti, Angus MacKay et Jean-Luc Écharpe. Ils pourraient alors prendre leur cuisine Fusion de luxe et se la foutre là où le soleil brille avec éclat.

On frappa à la porte d'Ivan, ce qui détourna son attention des pensées infectes qu'il entretenait à l'endroit de Roman Draganesti.

— Entrez.

Son fidèle ami Alek entra.

— Un mortel demande à vous voir. Il dit se nommer Pavel.

Un homme blond et trapu s'aventura dans la petite pièce. Ses yeux regardaient furtivement tout autour de lui. Stesha prétendait qu'il était le plus intelligent de sa bande de voyous, ce qui signifiait que ce type savait probablement lire.

Ivan se dressa sur ses pieds. Il aurait pu s'élever jusqu'au plafond, mais c'était un tour qu'il conservait pour plus tard.

— Dites-moi, quelle a été la réaction de Stesha en apprenant votre lamentable échec ?

Pavel grimaça.

— Il n'en fut pas très heureux. Nous avons cependant une très bonne piste.

— La pizzéria ? Est-ce qu'elle a été vue à cet endroit ?

— Non. Nous ne l'avons pas revue.

Ivan se percha sur le coin de son bureau.

— Qu'elle est donc cette piste alors ?

— Il s'agit de la voiture que j'ai vue. La Honda verte. J'ai fait une recherche avec la plaque d'immatriculation.

Ivan attendit un moment.

— Et ?

Dieu qu'il détestait cette manie des mortels d'essayer de prendre un ton dramatique à propos de tout et de rien.

— Elle appartient à Laszlo Veszto.

— Et alors ?

Une certaine douleur se fit sentir dans le cou d'Ivan. Sa patience était déjà à bout.

— Je n'ai jamais entendu parler de lui.

Alek plissa les yeux.

— Moi non plus.

Le sourire de Pavel était un peu trop fier.

— Cela ne m'étonne pas. Nous ne savions également pas qui il était, mais nous avions certainement entendu parler de son employeur. Vous ne devinerez jamais de qui il s'agit.

Ivan s'avança près de Pavel à la vitesse d'un éclair. Ce dernier recula d'un pas, les yeux bien grands. Ivan l'agrippa par la chemise et le tira vers lui.

— Ne prenez pas cette maudite attitude, Pavel. Dites-moi ce que vous savez, et cessez de me faire perdre mon temps.

Pavel sentit sa gorge se serrer.

— Laszlo Veszto travaille chez Romatech.

Ivan le relâcha, et recula d'un pas.

« Merde. »

Il aurait dû le deviner. Roman Draganesti était derrière cela. Ce maudit bâtard avait toujours été une épine dans son pied. Et la source d'une douleur royale dans son cou. Ivan inclina sa tête, essayant de remettre ses vertèbres en place.

Pavel tressaillit.

— Ce Laszlo travaille-t-il de jour, ou de nuit ?

— Je... je crois qu'il travaille de nuit, monsieur.

Un vampire. Cela expliquerait comment Shanna Whelan avait pu disparaître si rapidement.

— Vous avez l'adresse de ce Laszlo ?

— Oui.

Pavel tira un morceau de papier de la poche de son pantalon.

— Excellent.

Ivan s'empara du bout de papier et l'examina.

— Je veux que votre surveillance s'étende à deux nouveaux endroits pendant la journée, soit l'appartement de Laszlo Veszto, et la maison en bande de Roman Draganesti.

Ivan serra les dents.

— Il vit dans le Upper East Side.

— Oui, monsieur.

Pavel hésita.

— Je... je suis libre de m'en aller ?

— Si vous parvenez à sortir ici avant que mes femmes ne décident que vous avez l'air d'un goûter.

Pavel murmura un juron, et courut ensuite vers la porte d'entrée.

Ivan tendit le papier à Alek.

— Rendez-vous à cette adresse avec quelques hommes. Ramenez-moi M. Veszto en un seul morceau avant l'aube.

— Oui, monsieur.

Alek fourra le bout de papier dans sa poche.

— On dirait bien que Draganesti a la femme. Qu'est-ce qu'il peut bien vouloir d'elle?

— Je ne sais pas.

Ivan retourna lentement vers son bureau.

— Je ne peux l'imaginer en train de tuer une mortelle pour de l'argent. C'est une véritable mauviette.

— *Ouais*. Et il n'a pas besoin de l'argent non plus.

À quoi jouait donc cet infect Draganesti? Pensait-il être en mesure de contrecarrer les plans de la nouvelle richesse d'Ivan? Maudit *bâtard*. Le regard d'Ivan se posa sur l'invitation déchirée qui se trouvait dans sa poubelle.

— Dites à Vladimir de surveiller la maison de Draganesti. La femme est probablement là. Il n'y a pas de temps à perdre.

— Oui, monsieur.

Alek ferma la porte derrière lui.

Ivan se pencha pour récupérer l'invitation dans la poubelle. Ce serait la façon la plus simple de confronter Draganesti. Le bâtard était autrement impossible à atteindre, constamment entouré de sa petite armée de vampires écossais.

Roman Draganesti avait raison de s'entourer d'une telle sécurité. Il avait survécu à quelques tentatives d'assassinats au cours des dernières années. Son équipe de sécurité avait également découvert quelques bombes aux Industries Romatech, offertes par une société secrète nommée les «Vrais.» Malheureusement, les bombes avaient été découvertes avant qu'elles aient pu exploser.

Ivan fouilla dans les tiroirs de son bureau jusqu'à ce qu'il trouve un rouleau de ruban adhésif. Il s'attarda ensuite soigneusement à redonner à l'invitation son aspect original. Il était impossible d'assister à ces conférences sans invitation, et Ivan allait s'y rendre avec quelques amis de confiance pour la première fois en 18 ans. Il était temps que Draganesti apprenne qu'il ne pouvait se mêler des affaires d'Ivan Petrovsky et continuer à vivre comme si de rien n'était en s'en réjouissant.

Ivan était plus que le maître de la bande de vampires russes. Il était aussi le chef des Vrais, et il ferait en sorte que le gala d'ouverture soit une nuit dont tout le monde se souviendrait.

Neuf

C'était vraiment dommage que les mortels aient besoin de tant de lumière pour parvenir à y voir clair. Roman ferma ses yeux pour les protéger de la lumière éblouissante de la lampe suspendue. Il était étendu sur le dos, au centre de soins dentaires, et portait un bavoir d'enfant autour du cou. Au moins, jusqu'à présent, le contrôle de l'esprit fonctionnait. Il pouvait entendre Shanna se déplacer avec une efficacité semblable à celle d'un robot. Il n'avait qu'à faire en sorte que tout soit calme et sous contrôle pour que la procédure soit couronnée de succès. Il ne fallait pas que quoi que ce soit fasse sortir Shanna de ce qui était un rêve pour elle.

— Ouvrez la bouche.

Sa voix était calme et monotone.

Il sentit une piqûre dans ses gencives. Il ouvrit les yeux. Elle retira une seringue de sa bouche.

— Qu'est-ce que c'était que ça ?

— Un anesthésique local. Vous ne ressentirez donc pas de douleur.

Trop tard. La piqûre elle-même lui avait infligé de la douleur. Roman devait toutefois admettre que la dentisterie avait fait pas mal de progrès depuis la dernière fois où il en avait eu besoin. Jeune enfant, il avait vu le coiffeur du village arracher des dents pourries avec ses tenailles rouillées. Roman avait fait de son mieux pour que ses dents demeurent saines, et ce, même si sa brosse à dents n'était alors qu'une brindille usée. Il s'était tout de même rendu jusqu'à l'âge de trente ans avec une dentition complète.

C'est à cet âge que sa nouvelle vie, ou plutôt sa nouvelle mort, avait commencé. Une fois la transformation achevée, son corps demeura inchangé pour les 514 années qui suivirent. Pas que sa vie en tant que vampire ait été paisible, oh que non. Il avait eu des coupures, des entailles, des fractures, et même des coups de feu à l'occasion, mais rien qui ne pouvait se guérir en une bonne journée de sommeil. Jusqu'à présent.

Il était maintenant à la merci d'une dentiste, et il ne savait pas dans quelle mesure il pouvait la contrôler avec son esprit.

Shanna enfila une paire de gants de latex.

— L'anesthésique agira dans quelques minutes.

Laszlo se racla la gorge pour attirer l'attention de Roman, puis il pointa sa montre du doigt. Il craignait de manquer de temps.

— Je ne sens déjà plus rien.

Roman pointa sa bouche du doigt. Par l'enfer, son corps entier était techniquement mort. Il s'était certainement senti mort pendant un très long moment. Et ce soir, ça lui avait fait mal en diable lorsqu'elle lui avait enfoncé son genou dans l'aine. Et il en avait presque fait sauter un fusible dans la voiture. Il semblait revenir à la vie, maintenant que Shanna était dans la sienne. Particulièrement en dessous de la ceinture.

— Pouvons-nous commencer maintenant?

— Oui.

Elle s'installa sur une petite chaise munie de roues et roula jusqu'à lui. Elle se pencha sur lui, et ses seins s'appuyèrent contre son bras. Il étouffa un gémissement.

— Ouvrez.

Elle glissa un doigt dans sa bouche et explora sa gencive supérieure.

— Sentez-vous quoi que ce soit ?

Oh oui, nom de Dieu. Il se retint de refermer sa bouche sur son doigt et d'en retirer ce fichu latex.

« Enlevez votre gant, ma douce, et je vous montrerai ce que je ressens. »

Elle fronça les sourcils, puis elle retira son doigt de sa bouche. Elle regarda sa main, puis se mit ensuite à retirer son gant.

— Non !

Il lui toucha le bras.

« Merde. »

Elle était encore plus liée à lui qu'il ne l'avait imaginé.

— Je n'ai rien senti. Continuons avec la procédure.

— D'accord.

Elle replaça le gant sur sa main.

Sang de Dieu ! Il n'arrivait pas à y croire. Le contrôle de l'esprit des mortels avait toujours été à sens unique. Il glissait ses instructions dans leurs têtes et lisait leurs pensées, mais aucun mortel ne pouvait lire les siennes. Un mortel ne pouvait sûrement pas lire dans l'esprit d'un vampire. Roman observa Shanna avec prudence. Jusqu'à quel point pouvait-elle lire dans son esprit ?

Il devait donc se montrer très prudent avec ses pensées. Il ne devait plus penser qu'à des choses sans conséquence. Il ne devait plus penser à sa bouche et aux parties de son corps de femme qui pourraient s'y glisser. Non. Plus de pensées de ce genre. Il penserait à quelque chose de complètement différent. Comme à *sa* bouche à elle, et aux parties de *son* corps qui pourraient y trouver refuge. Son entrejambe se raidit. Non ! Pas de sexe. Pas maintenant. Il fallait que sa maudite dent soit réparée.

— Voulez-vous que j'implante votre dent maintenant ?

Elle inclina sa tête, puis fronça quelque peu les sourcils.

— Ou devrions-nous passer à l'amour oral ?

Roman regarda Shanna fixement. Bon Dieu. Non seulement lisait-elle en lui comme dans un livre, mais elle désirait apparemment avoir des relations sexuelles avec lui. Étonnant.

Laszlo cherchait de l'air à respirer.

— Mon Dieu, comment a-t-elle fait pour avoir une pensée aussi outrageuse...

Il plissa ses yeux, puis fixa Roman.

— M. Draganesti ! Comment osez-vous ?

Pourquoi n'oserait-il pas, si Shanna le désirait ? L'amour oral avec une mortelle ? Intéressant. Du sexe avec une mortelle dans une chaise d'examen ? Très intéressant.

— Monsieur !

La voix de Laszlo passa à l'octave supérieure. Il fit tourner un bouton de ses doigts.

— Vous n'avez pas le temps pour... deux traitements. Vous devez choisir entre votre... dent, ou votre...

Il grimaça, et jeta un coup d'œil au jeans gonflé de Roman.

« Ma dent ou mon serpent ? »

Ce dernier était fermement appuyé contre sa fermeture éclair, comme s'il avait voulu s'en extirper avec force en criant : « Moi, moi ! »

— Monsieur ?

Les yeux de Laszlo étaient agrandis par la panique.

— Je réfléchis, dit Roman en poussant un grognement.

Merde alors. Il regarda Shanna. Elle était debout, tout près de lui, les yeux mornes et le visage sans expression, son corps dégageant toute la vitalité d'un mannequin de plastique. Merde. Ce n'était même pas réel pour elle. Ce serait comme s'il avait une relation sexuelle avec VANNA. Pire encore, car Shanna le détesterait par la suite. Il ne pouvait s'y résoudre. Il désirait Shanna avec force, mais il devait attendre. Et s'assurer qu'elle s'offrirait à lui de son plein gré.

Il prit une longue et profonde inspiration.

— Je veux que ma dent soit réparée. Est-ce que vous ferez cela pour moi, Shanna ?

Elle le regarda, ses yeux fixés dans le vide.

— Je dois implanter une dent. Une dent ordinaire, dit-elle en répétant les instructions qu'elle avait reçues plus tôt.

— Oui. Exactement.

— C'est une sage décision, monsieur, si je peux vous le dire.

Laszlo fixait le sol, apparemment troublé par le récent changement dans les plans. Il s'avança vers Shanna et lui tendit une fiole.

— La dent est à l'intérieur.

Elle dévissa le bouchon et retira la passoire du contenant, dans laquelle se trouvait la canine. Roman retint son souffle tandis qu'elle en retirait la dent. La vue de sa canine ferait-elle en sorte qu'elle échappe à son contrôle ?

— Elle est dans une très bonne condition, annonça-t-elle.

Bien. Dans son esprit, c'était une dent ordinaire.

Laszlo jeta un coup d'œil à sa montre.

— Il est 5 h 15, monsieur.

Il tira une nouvelle fois sur son bouton, et ce dernier lui resta dans la main.

— Merdouille. Nous n'y parviendrons pas.

— Appelez Gregori, et dites-moi ensuite à quelle heure précise le soleil se lèvera.

— D'accord.

Le chimiste laissa tomber le bouton dans sa poche de manteau et il en retira son téléphone portable. Il marcha à pas mesurés dans le bureau tandis qu'il composait le numéro.

Cela donnait au moins quelque chose à faire à Laszlo. L'homme était à court de boutons de manteau, et cela ne lui laissait que sa chemise et ses pantalons. Roman frissonna à cette dernière pensée. Shanna se pencha vers lui. Ses seins s'appuyèrent de nouveau contre son bras. Ses pantalons devinrent encore plus serrés.

« N'y pense pas »

— Ouvrez.

Si seulement elle avait voulu parler de sa fermeture éclair. Il ouvrit sa bouche. Elle avait les seins fermes, sans être durs. Il se demanda quelle était la taille de son soutien-gorge. Pas trop grande, mais pas trop petite, non plus.

— 36 B, murmura-t-elle en choisissant un instrument sur son plateau.

Sang de Dieu! Pouvait-elle entendre tout ce qu'il pensait? À quel point pouvait-il entendre ses propres pensées?

«Vite, quelques essais. Quelle taille de vêtements devons-nous acheter pour vous?»

— Des vêtements de taille 10. Non.

Elle grimaça.

— De taille 12.

«Trop de pizza. Et de gâteau au fromage. Dieu, j'ai horreur de prendre du poids. Je regrette de ne pas avoir de carré au chocolat sous la main», pensa-t-elle.

Roman avait envie de sourire, mais sa bouche était déjà tendue au maximum. Elle était au moins péniblement honnête.

«Alors, que pensez-vous de moi?»

«Beau... mystérieux... étrange.»

Elle se concentra sur son travail.

«Intelligent... arrogant... étrange.»

Ses pensées étaient distantes et confuses, mais elle parvenait néanmoins à demeurer concentrée sur ses mains et sur ce qu'elle faisait.

«Excité. Avec un membre digne d'un cheval...»

«Voilà qui était assez, merci.»

Un membre digne d'un cheval? Est-ce que cela signifiait qu'elle en était dégoûtée, ou qu'elle en était ravie? Merde, il n'aurait pas dû se poser la question. Pourquoi se souciait-il de ce que pouvait penser une mortelle, de toute façon?

«Contentez-vous de fixer ma maudite dent.»

Et pourquoi avait-elle pensé qu'il était étrange?

Elle s'assit soudainement sur sa chaise.

— C'est très étrange.

Ouais, étrange. C'était lui.

Elle regarda fixement l'un de ses instruments. C'était une longue tige chromée avec un miroir circulaire à l'extrémité.

« Oh non. »

— Elle doit être brisée, suggéra-t-il.

— Je peux cependant me voir.

Elle fronça les sourcils, et secoua la tête.

— Cela n'a aucun sens. Pourquoi ne pouvais-je voir votre bouche ?

— Le miroir est brisé. Procédez sans lui.

Elle continua à regarder fixement le miroir.

— Il n'est pas brisé, puisque je peux me voir.

Elle posa sa main sur son front.

Merde ! Elle était sur le point de quitter son rêve.

Laszlo revint vers eux avec le téléphone portable collé contre son oreille. Il prit connaissance de ce qui se passait.

— Zut alors. Est-ce qu'il y a un problème ?

— Déposez le miroir, Shanna, ordonna Roman fort tranquillement.

— Comment se fait-il que je ne voie pas votre bouche ?

Elle regarda Roman d'un air inquiet.

— Je ne vous voyais pas du tout.

Laszlo tressaillit.

— Zut de zut, chuchota-t-il au téléphone. Gregori, nous avons un problème.

C'était là une façon retenue de parler de la situation. Si Shanna se libérait de son contrôle, Roman savait que sa canine ne serait jamais fixée. Elle verrait la dent comme elle était vraiment et refuserait de l'implanter. Et ce n'était là que le commencement.

Elle pourrait aussi deviner pourquoi il n'y avait aucune réflexion dans le miroir.

Roman se concentra sur Shanna.

— Regardez-moi.

Elle se tourna vers lui.

Il l'emprisonna dans son regard et resserra son emprise sur son esprit.

— Vous devez implanter ma dent. Vous vous en souvenez ? Vous avez accepté de le faire. Vous avez souhaité vaincre votre peur du sang.

— Ma peur, chuchota-t-elle. Oui. Je ne veux plus avoir peur désormais. Je veux sauver ma carrière. Je veux une vie normale.

Elle déposa son instrument à miroir sur son plateau et s'empara de sa canine.

— Je vais maintenant implanter votre dent.

Roman poussa un soupir de soulagement.

— Bien.

— Oh, mon Dieu, il s'en est fallu de peu, chuchota Laszlo au téléphone. De *bien* peu.

Roman ouvrit sa bouche afin que Shanna puisse faire son travail.

Laszlo entoura le téléphone de sa main, mais on pouvait encore l'entendre parler.

— Je vous l'expliquerai plus tard, mais disons que pendant un moment, on aurait dit que notre dentiste allait se transformer en *Dr No.*

Il s'approcha afin de pouvoir être témoin de la scène.

— Et maintenant, le calme est de retour. C'est *trop* calme.

Pas encore assez calme. Roman grogna intérieurement.

— Tournez un peu votre tête.

Shanna déplaça son menton vers la gauche.

— Le train est de retour sur sa voie, à présent, chuchota Laszlo. En avant, toute !

Roman pouvait sentir sa canine de retour dans sa cavité.

— La dentiste a la chose en main, lança Laszlo, tout en poursuivant sa description détaillée au téléphone. Elle retourne l'oiseau dans son nid. Je répète, l'oiseau est de retour dans son nid.

Il y eut une pause.

— Je dois parler comme ça, Gregori. Nous devrons veiller à ce qu'elle demeure dans la maison, mais les lumières fermées. Elle est venue terriblement près d'ouvrir un interrupteur un peu plus tôt.

— Mmmm !

Roman regarda fixement Laszlo.

— M. Draganesti est incapable de parler, continua Laszlo. C'est probablement mieux ainsi. Il a presque laissé tomber le plan lorsque la dentiste lui a fait une offre scandaleuse.

— Grrr !

Roman regarda fixement le chimiste.

— Oh.

Laszlo tressaillit.

— Je… je suis mieux de ne pas en parler.

Il fit une pause pour écouter son interlocuteur.

De nombreux jurons s'alignèrent dans la tête de Roman. Gregori était sans doute en train de chercher à obtenir plus de détails.

— J'expliquerai tout cela plus tard, chuchota Laszlo, avant de reprendre sa voix normale. Je transmettrai l'information à M. Draganesti. Merci.

Il remit son téléphone dans sa poche.

— Gregori dit que l'aube se lèvera précisément à 6 h 06. Il téléphonera à 6 h, mais nous pouvons l'appeler plus tôt si nous avons terminé.

Laszlo jeta un coup d'œil à sa montre.

— Il est actuellement 5 h 40.

— Mmm.

Roman lui fit comprendre par ce son qu'il avait bien saisi. Laszlo n'était enfin plus au téléphone.

Shanna souleva sa lèvre supérieure pour examiner la canine réimplantée.

— Votre dent est de retour, mais elle aura besoin d'une attelle pendant deux semaines afin qu'elle puisse tenir en place.

Elle poursuivit son travail. Il goûta rapidement au sang. Elle haleta, et son visage perdit de ses couleurs.

«Bon Dieu, ne vous évanouissez pas maintenant.»

Il la regarda fixement, canalisant sa force dans son esprit.

«Vous n'allez pas tressaillir. Vous n'allez pas hésiter.»

Elle s'avança vers lui petit à petit.

— O-ouvrez.

Elle s'empara d'un outil semblable à un tuyau et pulvérisa de l'eau dans sa bouche. Elle glissa ensuite un autre tuyau dans sa bouche.

— Fermez.

Le mélange de sang et d'eau fut aspiré de sa bouche.

Ce processus fut répété à plusieurs reprises, et à chaque occasion où Shanna voyait du sang, elle réagissait de moins en moins fort.

Laszlo arpentait la pièce en vérifiant constamment l'heure sur sa montre.

— Plus que dix minutes avant 6 h, monsieur.

— Et voilà, murmura Shanna. Votre dent est maintenue en place grâce à l'attelle. Vous devrez revenir dans deux semaines afin que nous puissions la retirer et effectuer une dévitalisation du canal radiculaire.

L'attelle de fil métallique semblait énorme dans sa bouche, mais Roman savait qu'elle pourrait être retirée dès la nuit suivante. Son corps achèverait le processus de guérison pendant son sommeil.

— Alors, c'est terminé?

— Oui.

Elle se releva lentement.

— Ouais!

Laszlo donna un coup de poing de satisfaction dans les airs.

— Et nous avons devancé l'heure limite de neuf minutes!

Roman se releva dans sa chaise.

— Vous avez réussi, Shanna. Et vous n'étiez pas effrayée.

Elle retira ses gants de latex.

— Vous devriez éviter de manger des aliments croquants, durs ou gluants.

— Ce ne sera pas un problème.

Roman observa son visage dénué d'expression. C'était vraiment dommage qu'elle ne comprenne pas qu'il y avait là matière à célébrer. Il pourrait alors lui montrer sa dent le lendemain soir et lui dire comment elle avait bravé sa peur du sang. Et alors, elle aurait envie de célébrer. Avec lui, comme il l'espérait. Même s'il était étrange.

Elle laissa tomber ses gants sur le plateau avant de fermer les yeux. Elle chancela lentement sur un côté.

— Shanna?

Roman se leva. Il l'attrapa au moment même où ses jambes avaient cessé de la soutenir.

— Qu'est-ce qui ne va pas?

Laszlo voulut saisir un bouton, mais il n'en restait plus un seul.

— Tout allait si bien.

— Ça va. Elle dort.

Roman l'étendit sur la chaise de dentiste. Elle réagissait simplement à sa suggestion du départ. Il lui avait dit qu'elle allait dormir profondément pendant dix heures une fois le travail terminé.

— Je ferais mieux d'appeler Gregori.

Laszlo sortit son téléphone de sa poche et se dirigea vers la salle d'attente.

Roman se pencha au-dessus de Shanna.

— Je suis fier de vous, ma douce.

Il dégagea les cheveux de son front.

— Je n'aurais pas dû vous suggérer de vous endormir après coup. J'aurais vraiment voulu que vous passiez vos bras autour de moi et que vous m'embrassiez passionnément. Ça aurait été beaucoup mieux.

Il glissa le bout de son doigt le long de sa mâchoire. Elle allait dormir pendant dix heures. Cela signifiait qu'elle allait se réveiller vers 16 h. Il ne pourrait la réveiller avec un baiser, car le soleil brillerait encore dans le ciel.

Roman s'étira en poussant un soupir. La nuit avait été très longue. Un peu comme si elle avait duré toute une semaine. Il examina l'outil doté d'un miroir qui avait semé tant de confusion auprès de Shanna. Maudits miroirs. Même après 514 ans, ça le déconcertait encore de se tenir devant un miroir et de voir tout y être reflété, sauf lui. Il avait fait retirer tous les miroirs de sa maison. À quoi cela aurait-il pu servir de se faire rappeler ainsi qu'il était mort depuis longtemps ?

Il regarda Shanna dormir. Belle, et brave Shanna. S'il lui restait encore un peu d'honneur dans son âme misérable, il la laisserait tranquille. Il s'assurerait qu'elle soit en lieu sûr et il ne la reverrait jamais. Pour le moment, il était presque à court de minutes nocturnes. Le mieux qu'il pouvait faire avant que le soleil le fasse dormir était de l'installer dans une de ses chambres d'amis.

Laszlo bondit de la salle d'attente, son téléphone portable appuyé contre son oreille.

— Oui, nous sommes prêts à partir.

Il jeta un coup d'œil à Roman.

— Voulez-vous y aller en premier ?

— Non. Vous pouvez y aller.

Roman tendit la main vers le téléphone.

— Je vais en avoir besoin.

— Oh, oui, bien sûr.

Laszlo inclina la tête vers le téléphone que Roman tenait maintenant dans sa main. Il ferma les yeux, se concentra sur la voix de Gregori, et disparu tout doucement.

— Gregori, veuillez patienter une minute.

Roman posa le téléphone, puis prit Shanna dans ses bras. Il eut besoin de quelques secondes pour bien positionner son corps aux muscles relâchés, puis il parvint à reprendre le téléphone en main. La position était peu commode, et il dut se plier en deux et coller son visage sur le sien.

Il entendit rire au téléphone. Que se passait-il ?

— Gregori, est-ce que c'est vous ?

— *Amour oral ?*

Gregori eut un nouvel éclat de rire.

Roman serra sa dent nouvellement fixée. Ce damné Laszlo. Il n'avait eu besoin que de quelques secondes pour faire du commérage.

— Ça alors ! Quelle femme ! Attendez que j'en parle aux gars. Ou peut-être que je devrais en glisser un mot à votre harem.

Gregori imita le son produit par des chats qui se battent dans les ruelles.

— Fermez là, Gregori. Je dois revenir avant le lever du soleil.

— Je ne peux la fermer, comme vous dites, car vous avez besoin de ma voix.

Et il éclata de rire de plus belle.

— Vous n'aurez plus de voix lorsque je vous aurai tordu le cou.

— Oh, allez. Ne soyez pas si sérieux. Alors, c'est bien vrai ? Vous aviez de la difficulté à décider du traitement que vous vouliez recevoir ?

Gregori pouffa de rire.

— J'ai entendu dire que vous auriez *voulu* la seconde option.

— Lorsque je vous aurai étranglé, je couperai la langue de Laszlo et je l'offrirai à un chien.

— Vous n'avez pas de chien.

La voix de Gregori sembla plus faible.

— Pouvez-vous le croire ? Il nous menace de nous faire mal physiquement.

Cette dernière phrase devait être destinée à Laszlo. Roman entendit un cri perçant au loin.

— Mauviette ! hurla Gregori. Laszlo vient de partir en courant vers une chambre d'amis. Je suppose qu'il a entendu parler de ces rumeurs selon lesquelles vous étiez une espèce de bête sauvage meurtrière dans le passé.

Ce n'était pas des rumeurs. Gregori n'avait été transformé que 12 ans auparavant, et n'avait conséquemment aucune idée de l'ampleur des péchés que Roman avait pu commettre au fil des siècles.

— Et il y a les autres rumeurs, voulant que vous ayez été un prêtre ou un moine.

Gregori rit de plus belle.

— Je sais toutefois que celle-là est fausse. Sincèrement, un type qui possède un harem composé de dix femmes vampires en chaleur n'est pas exactement…

Roman laissa les mots se dissiper tandis qu'il se concentrait sur l'emplacement de la voix de Gregori. Le centre de soins dentaires valsa devant ses yeux, puis vint la noirceur. Il était de retour à la maison.

— Oh, vous êtes là.

Gregori raccrocha le téléphone. Il s'appuya contre le dossier de la chaise du bureau de Roman.

Roman le regarda silencieusement d'un air renfrogné.

— Ainsi, la dentiste est endormie.

Gregori posa ses pieds sur le bureau de Roman et sourit.

— Est-ce que vous l'avez épuisée ?

Roman déposa le téléphone de Laszlo sur le bureau, puis il se dirigea vers le fauteuil. Il installa Shanna sur le velours rouge sang.

— J'ai entendu dire qu'elle avait fait du bon travail avec votre canine, poursuivit Gregori. Vous savez, j'ai réfléchi à ce programme d'exercice dont vous avez parlé, celui qui ferait en sorte que nos canines demeurent en santé, et j'ai eu une excellente idée.

Roman se tourna vers le bureau.

— Nous pourrions faire une vidéo d'exercice et la vendre sur le Réseau de télévision numérique des vampires. J'en ai parlé avec Simone, et elle a accepté d'être la vedette du programme. Qu'en pensez-vous ?

Roman s'approcha lentement du bureau.

Le sourire de Gregori s'effaça.

— Qu'est-ce qui se passe, mon frère ?

Roman posa ses paumes sur le bureau avec vigueur, puis se pencha vers l'avant.

Gregori retira ses pieds du bureau et le regarda prudemment.

— Quelque chose ne va pas, patron?

— Vous ne répéterez rien de ce qui est arrivé ce soir. Rien sur ma canine, et particulièrement rien sur Shanna. Comprenez-vous?

— Ouais.

Gregori se racla la gorge.

— Il ne s'est rien passé

— Bon. Maintenant, allez.

Gregori se dirigea vers la porte, en parlant à voix basse.

— Vieux grincheux.

Il posa la main sur la poignée de porte et jeta un coup d'œil à Shanna.

— Ça ne me regarde pas, mais je pense que vous devriez la garder auprès de vous. Elle sera bonne pour vous.

Puis, il franchit le seuil.

Peut-être que oui, mais il n'était certainement pas bon pour elle. Roman se laissa tomber lourdement dans sa chaise. Le soleil devait être sur le point d'apparaître à l'horizon, car il se sentit soudainement épuisé. C'était la dure vérité, mais lorsque l'obscurité disparaissait, il en était de même pour la force d'un vampire. Il n'aurait bientôt plus assez de force pour demeurer éveillé.

C'était la plus grande faiblesse des vampires, le moment où ils étaient le plus vulnérables, et cela se produisait chaque maudite journée. Combien de fois au cours des siècles s'était-il endormi en se demandant avec inquiétude si un mortel n'allait pas découvrir son corps en plein jour, et ensuite lui enfoncer un pieu dans le cœur pendant son sommeil, alors qu'il était impuissant? Ça lui était presque arrivé en 1862, la dernière fois où il avait partagé la vie d'une femme mortelle. Éliza.

Il n'avait jamais oublié l'horreur qu'il avait pu ressentir à son réveil, après le coucher du soleil, en constatant que son cercueil était grand ouvert et qu'un pieu de bois était appuyé contre sa poitrine.

La question de cette damnée vulnérabilité devait être réglée une fois pour toutes. Il y travaillait dans son laboratoire. Il recherchait une formule qui permettrait à un vampire de demeurer éveillé le jour tout en conservant sa force. Ils devraient encore éviter les rayons directs du soleil, mais cela serait néanmoins un accomplissement important. Roman était très près d'une percée. S'il réussissait, il pourrait changer le monde des vampires pour toujours.

Il pourrait presque faire semblant d'être en vie.

Il regarda Shanna tandis qu'elle sommeillait dans une douce ignorance. Comment réagirait-elle si elle apprenait la vérité à son sujet ? Pourrait-elle faire semblant qu'il était vivant, ou est-ce que le fait qu'il était un démon sans vie glisserait un pieu entre eux pour toujours ?

Il s'effondra sur son bureau, et sentait son énergie le quitter. Peut-être que c'était attribuable au soleil, mais il soupçonnait aussi que c'était peut-être la dépression. Il redoutait le regard horrifié qui apparaîtrait sur le visage de Shanna si elle apprenait la vérité.

La honte. La culpabilité. Le remords. Tout cela était nul. Il ne pouvait lui imposer cela. Elle méritait d'être heureuse dans sa vie.

Il prit un stylo et une feuille blanche. Il écrivit le nom « Radinka » en haut de la feuille. Sa secrétaire verrait cela sur son bureau lorsqu'elle viendrait prendre les messages. « Achetez tout ce dont Shanna aura besoin. Taille 12. 36B. Je veux… » Sa main progressait lentement sur la feuille de papier. Ses paupières devenaient lourdes… « Je veux des vêtements de couleur. Pas de noir. » Pas pour Shanna. Elle était comme le soleil… il la manquait douloureusement, mais elle était pour toujours au-delà de sa portée. Elle ressemblait à un arc-en-ciel, pleine de couleur, et suscitant en lui une douce promesse d'espoir. Il cligna des yeux et regarda une dernière fois la feuille de papier. « Allez lui chercher des carrés au chocolat. » Il laissa tomber le stylo et se leva.

Il souleva Shanna dans ses bras en poussant un grognement. Il marcha en traînant les pieds de son bureau jusqu'au sommet de l'escalier. Il descendit lentement, un pas à la fois. Il fit une pause sur le palier. Sa vision devenait floue, comme s'il tentait de voir au loin dans un long tunnel.

Quelqu'un montait dans l'escalier.

— Bonjour, monsieur, dit une voix enjouée.

C'était Phil, un des gardes mortels de l'équipe de jour qui travaillait pour MacKay Sécurité et Enquête.

— Vous n'êtes habituellement pas encore debout si tard.

Roman ouvrit la bouche pour répondre, mais il avait besoin de toute la force qu'il lui restait pour éviter d'échapper Shanna.

Les yeux du garde s'agrandirent.

— Quelque chose ne va pas ? Avez-vous besoin d'aide ?

Il grimpa les marches quatre à quatre pour les rejoindre sur le palier.

— Chambre bleue, quatrième étage, haleta Roman.

— Je m'en charge.

Phil prit Shanna dans ses bras et descendit les marches vers le quatrième étage.

Roman le suivit d'un pas chancelant. Dieu merci, ces gardes de jour étaient dignes de confiance. Angus MacKay les avait bien formés, et il leur versait une petite fortune afin qu'ils gardent le silence. Ils savaient exactement quel genre de créatures ils protégeaient, et ne s'y étaient pas opposés. Selon Angus, certains de ces gardes étaient aussi des créatures.

Phil s'arrêta face à une porte au quatrième étage.

— Est-ce que c'est la bonne chambre ?

Roman lui répondit en hochant la tête, et le garde tourna la poignée avant d'ouvrir la porte avec son pied.

La lumière du soleil traversa la porte maintenant ouverte.

Roman s'immobilisa aussitôt.

— Les stores, chuchota-t-il.

— Je m'en occupe.

Phil se hâta vers la fenêtre.

Roman attendit. Il s'appuya contre un mur, hors de portée des rayons du soleil qui s'étiraient sur le tapis du hall. Sang de Dieu! Il était assez fatigué pour dormir debout. Il entendit ensuite un déclic métallique, et la bande de lumière disparue. Phil avait fermé les gros stores en aluminium de la fenêtre.

Roman marcha d'un pas tremblant jusqu'à la porte. Là, il vit que Phil avait déposé Shanna sur le dessus du lit.

— Est-ce que je peux faire autre chose? demanda Phil en se dirigeant vers la porte.

— Non. Merci.

Roman avança en chancelant dans la chambre et s'agrippa à un placard.

— Bon matin, ou bonne nuit, alors.

Phil le regarda d'un air sceptique, puis ferma la porte derrière lui.

Roman se faufila jusqu'au lit. Il ne pouvait pas laisser Shanna dormir avec ses chaussures. Il retira ses chaussures de sport blanches et les laissa tomber sur le plancher. La blouse blanche de laboratoire souillée devait elle aussi être retirée. Il se pencha au-dessus d'elle et passa bien près de s'effondrer sur elle. Il secoua la tête.

« Reste éveillé! »

Juste encore un peu plus longtemps. Il déboutonna la blouse, tira sur ses manches et la tourna sur le côté afin de pouvoir retirer la blouse qui était sous elle. Il la laissa tomber sur le plancher à côté de ses chaussures. Il chancela autour du très grand lit, puis tira les couvertures pour révéler des draps blancs propres. Il déploya un nouvel effort pour rouler Shanna sur le drap contour, puis il glissa ses pieds sous les couvertures et remonta le drap et le couvre-lit jusqu'à son menton. Là, elle était à l'aise.

Et il ne put aller nulle part ailleurs.

* * *

Shanna se réveilla en se sentant totalement régénérée et heureuse. Ce sentiment s'estompa cependant dès l'instant où elle se rendit compte qu'elle n'avait aucune idée de l'endroit où elle se trouvait. Une chambre sombre. Un lit confortable. Et malheureusement aucun souvenir d'être entrée dans cette pièce ou de s'être couchée dans ce lit. En fait, la dernière chose dont elle se souvenait était de s'être aventurée dans le bureau de Roman Draganesti. Elle avait souffert d'un violent mal de tête, et s'était reposée sur un fauteuil de velours. Et puis, plus rien.

Elle ferma ses yeux, et s'efforça de stimuler sa mémoire. Un centre de soins dentaires effleurait son esprit. Un centre étrange, pas celui où elle travaillait. Bizarre. Elle devait avoir rêvé d'un nouvel emploi.

Elle repoussa les couvertures et s'assit sur le bord du lit. Ses bas se frottèrent sur un tapis épais. Où étaient ses chaussures? Les chiffres rouges du radio-réveil luisaient à côté du lit. Quatre heures six minutes. Du matin, ou bien de l'après-midi? La chambre était si sombre qu'il était difficile de le savoir. Elle était entrée dans le bureau de Roman à 4h du matin. Il devait donc être 16 heures.

Elle chercha à tâtons le long de la table de nuit jusqu'à ce que ses doigts touchent la base d'une lampe. Elle actionna l'interrupteur et retint son souffle.

Quelle belle lampe de verre coloré! Des nuances de bleu et de lavande brillaient dans la pièce faiblement éclairée. Elle pouvait voir la chambre à présent. Elle était plus vaste que son appartement entier dans le quartier de SoHo. Le tapis était gris, les murs bleu pâle. Des rideaux aux bandes bleu et lavande entouraient la fenêtre. La fenêtre elle-même était complètement recouverte d'un store métallique brillant, solidement fermé. Pas étonnant que la chambre soit si sombre.

Le lit baldaquin était en chêne blanc pâle. Des voiles légers dans les teintes de bleu et de lavande étaient drapés le long du cadre supérieur. Un beau lit. Shanna regarda par-dessus son épaule.

C'était un lit occupé.

Elle poussa un cri perçant étranglé, puis sauta sur ses pieds. Oh mon Dieu! Roman Draganesti était dans son lit! Comment osait-il dormir dans son lit? Que Dieu lui vienne en aide. Peut-être qu'elle avait dormi dans *le sien*? Peut-être que c'était sa chambre? Comment pouvait-elle ne pas avoir de souvenirs de cela?

Elle vérifia ses vêtements. Elle n'avait plus ses chaussures ni sa blouse blanche de laboratoire, mais elle semblait intacte, et n'avait pas été molestée. Il était étendu sur le dos par-dessus le couvre-lit, toujours vêtu de son chandail noir et de ses jeans. Zut alors, il avait même ses chaussures.

Pourquoi diable dormirait-il avec elle? Était-il à ce point déterminé à la protéger? Ou avait-il d'autres motifs? Son regard se dirigea vers ses jeans. Il n'avait rien fait pour lui dissimuler son intérêt. Merde. Ce serait bien dommage d'apprendre qu'un homme aussi beau ait tenté de la séduire, et qu'elle n'en ait aucun souvenir.

Elle contourna le lit, et l'examina. Il avait l'air très paisible, presque innocent, quoiqu'elle en ait vu d'autres. Ça ne la surprendrait même pas s'il feignait simplement d'être endormi.

Elle vit ensuite sur le plancher, sa blouse de laboratoire et ses chaussures. Elle ne se souvenait pas de les avoir enlevés, et c'était donc Roman qui s'en était chargé. Pourquoi diable avait-il gardé ses propres chaussures?

Elle s'approcha tout près de lui.

— Allo? Bon matin… ou bon après-midi.

Pas de réponse.

Elle se mordilla la lèvre, et se demanda ce qu'elle devait faire. Il ne la protégeait guère en étant ainsi endormi si profondément. Elle se pencha près de son visage.

— Les Russes arrivent!

Son visage demeura impassible. Zut alors. Il serait vraiment utile en cas de besoin. Elle jeta un coup d'œil dans la chambre. Il y avait deux portes. Elle entrouvrit la première et vit un long couloir avec plusieurs portes de chaque côté. Elle devait donc être au quatrième étage dans une chambre d'ami. Le cinquième étage n'avait pas de couloir. Roman avait cet étage pour lui tout seul. Elle remarqua la présence d'un homme qui lui faisait dos près de l'escalier. Il ne portait pas de kilt, mais avait un étui à arme à feu sur sa ceinture. Un garde, supposa-t-elle, mais certainement pas un Highlander. Ses pantalons kaki et sa chemise polo bleu marine n'avaient rien de particulier.

Elle ferma cette première porte et ouvrit la seconde. Super! Une salle de bains. Tout était là, soit la toilette, la baignoire, le lavabo, des serviettes, de la pâte dentifrice, des brosses à dents, tout, sauf un miroir. C'était mystérieux. Elle fit ce qu'elle avait à faire, puis déverrouilla la porte et jeta un coup d'œil à l'extérieur. Roman dormait encore sur le lit. Elle joua à quelques reprises avec l'interrupteur de la salle de bains, créant un effet stroboscopique sur son visage. Toujours rien. Il dormait vraiment comme un loir.

Elle se lava le visage et se brossa les dents. Elle se sentait maintenant mieux équipée pour une éventuelle confrontation avec l'intrus qui se trouvait dans son lit.

Elle marcha à pas mesurés vers lui, un sourire collé sur son visage, et elle s'adressa à lui d'une voix forte.

— Bonjour, M. Draganesti. Est-ce que ce serait trop vous demander que de m'attendre à ce que vous dormiez dans votre propre lit dorénavant?

Aucune réponse. Pas même un ronflement. Les hommes ne ronflent-ils pas habituellement? Hmm, pas s'il feignait.

— Ce n'est pas que je ne trouve pas votre compagnie stimulante. Vous êtes en effet un vrai sac à blagues.

Elle se rapprocha de lui, et lui toucha l'épaule.

— Allons, je sais que vous faites semblant.

Rien.

Elle se pencha au-dessus de lui, et lui chuchota à l'oreille :

— Vous comprenez que cela signifie que c'est maintenant la guerre.

Toujours aucune réponse. Elle l'examina sur toute sa longueur. De longues jambes, une taille fine, de larges épaules, une mâchoire volontaire, un nez droit, quoique juste un peu trop long. Il lui allait bien, cependant, compte tenu de son arrogance. Une mèche de cheveux noirs était posée sur sa pommette. Elle repoussa cette mèche vers l'arrière. Ses cheveux étaient fins et doux.

Aucune réaction du tout. Il était certainement très fort pour faire le mort.

Elle se percha à côté de lui sur le lit et plaça ses mains sur ses épaules.

— Je suis venue pour abuser de votre corps. Toute forme de résistance est futile.

Rien. Zut alors! Était-elle aussi facile à résister? Bon, d'accord, il ne lui restait plus qu'à le torturer. Elle bondit jusqu'au bout du lit, et lui retira ses souliers. Ils tombèrent sur le plancher avec grand bruit. Toujours rien. Elle glissa ses doigts le long de ses épaisses chaussettes noires, puis commença à lui chatouiller la plante du pied. Il ne bougea même pas.

Elle tira sur le gros orteil de son pied gauche. Elle passa ensuite à tous les autres orteils, puis fit marcher ses doigts le long de sa longue jambe.

Elle s'arrêta à sa hanche. Son visage demeura calme, inchangé. Son regard erra jusqu'à sa fermeture éclair. Voilà qui saurait le réveiller. Si elle osait tenter le coup.

Elle jeta un coup d'œil à son visage.

— Je sais que vous faites semblant. Aucun mâle ardent ne pourrait dormir en subissant cela.

Aucune réponse. Qu'il soit maudit. Il attendait de voir jusqu'où elle oserait aller. D'accord. Elle allait le réveiller d'une façon qu'il n'oublierait jamais.

Elle souleva son chandail noir jusqu'à ce qu'elle puisse voir la ceinture de ses jeans. La vue de sa peau accéléra son pouls, et elle souleva le chandail un peu plus haut.

— Vous ne prenez pas souvent de bain de soleil, n'est-ce pas?

Sa peau était pâle, mais sa taille et son ventre étaient beaux et définis. Une ligne de poils noirs partait de sa poitrine, tourbillonnait ensuite autour de son nombril, et poursuivait ensuite sa route jusqu'à l'intérieur de ses jeans noirs. Merde alors. Il était réellement magnifique. Si masculin. Si séduisant.

Si inconscient.

— Réveillez-vous, merde !

Elle se pencha sur lui, posa sa bouche sur son nombril, et souffla avec force, produisant ainsi un bruit de dérision.

Rien.

— Ça alors ! Vous dormez comme si vous étiez mort !

Elle se laissa tomber lourdement à ses côtés. Et c'est alors que la réalité la frappa. Il ne ronflait pas. Il ne respirait pas. Elle tendit une main chancelante et toucha son ventre. Froid.

Elle retira brusquement sa main. Non, non, ça n'était pas en train de lui arriver. L'homme avait été tout à fait normal la nuit précédente.

Personne ne pouvait cependant dormir aussi profondément. Elle souleva son bras, puis le lâcha. Il retomba sur le lit en produisant un bruit sourd.

Oh mon Dieu, c'était vrai ! Elle bondit hors du lit. La terreur se forma dans sa gorge et éclata en un cri perçant.

Roman Draganesti était mort.

Dix

Elle avait dormi avec un cadavre. Bon, d'accord, peu d'hommes ayant partagé son lit en avaient profité pour la faire renaître. Et après un moment, ils s'éloignaient généralement sans jamais y revenir. Shanna n'avait donc jamais estimé le fait qu'ils soient mobiles comme étant un avantage.

Roman était toujours aussi paisiblement installé dans la même position après son stupéfiant hurlement. Il devait être mort.

« Merde, alors ! »

Elle cria de nouveau.

La porte s'ouvrit soudainement. Elle sursauta et se retourna dans un seul mouvement.

— Qu'est-ce qui ne va pas ?

L'homme qu'elle avait aperçu plus tôt dans le corridor se tenait maintenant dans l'embrasure de la porte, un pistolet à la main.

Shanna pointa le lit du doigt.

— Roman Draganesti est... mort.

— Quoi ?

L'homme replaça l'arme dans son étui.

— Il est mort! dit Shanna en pointant de nouveau du doigt vers le lit. Je me suis réveillée, et je l'ai trouvé dans mon lit. Mort.

L'homme s'approcha du lit avec un regard inquiet.

— Oh.

Son froncement de sourcils disparut.

— Il n'y a aucun problème, mademoiselle. Il n'est pas mort.

— Je suis certaine qu'il est mort.

— Non, non. Il est seulement endormi.

Le garde plaça deux doigts sur le cou de Roman.

— Son pouls est excellent. Il n'y a pas de quoi s'inquiéter. Je suis un spécialiste de la sécurité. Je saurais reconnaître une personne morte.

— Eh bien, moi je suis une professionnelle de la santé, et je sais reconnaître un cadavre quand j'en vois un.

Et elle en avait vu beaucoup trop le jour de la mort de Karen. Les genoux de Shanna tremblèrent, et elle jeta un coup d'œil autour d'elle à la recherche d'une chaise. Il n'y en avait pas. Seulement un lit. Et le pauvre Roman.

— Il n'est pas mort, insista le garde. Il dort, tout simplement.

Dieu que cet homme était bouché.

— Comment vous appelez-vous?

— Je me nomme Phil. Je suis un des gardes du service de jour.

— Phil.

Shanna s'appuya contre une des quatre colonnes de soutien du lit.

— Je sais que vous ne voulez pas l'admettre. Après tout, vous êtes un garde, et vous êtes censé veiller à ce que les gens demeurent en vie.

— Il *est* vivant.

— Il ne l'est pas!

La voix de Shanna se fit de plus en plus forte.

— Il est mort! Il est décédé! *L'empire Roman n'est plus!*

Les yeux de Phil s'agrandirent, et il recula d'un pas.

— Bon, calmez-vous.

Il tira un émetteur-récepteur portatif de sa poche.

— J'ai besoin d'aide au quatrième étage. L'invitée est en train de perdre la tête.

— Ce n'est pas le cas!

Shanna marcha à grands pas vers la fenêtre.

— Peut-être que nous pourrions ouvrir ce store, et faire la lumière sur cette affaire.

— *Non!*

Phil réagit d'une manière si désespérée que Shanna s'arrêta net.

Il y eut un peu de friture sur l'émetteur-récepteur portatif, puis une voix se fit entendre.

— Quel est le problème, Phil?

« Bip »

— Nous avons une situation ici, répondit Phil. Mademoiselle Whelan s'est réveillée et a trouvé M. Draganesti dans son lit. Elle pense qu'il est mort.

Un éclat de rire se fit entendre dans l'émetteur-récepteur portatif. La bouche de Shanna s'ouvrit et demeura bouche bée. Ces gens étaient vraiment froids au niveau de leurs émotions. Elle se dirigea vers Phil et son dispositif de communication.

— Pourrais-je parler avec votre superviseur, s'il vous plaît?

Phil la regarda d'un air penaud.

— C'était mon superviseur.

Il appuya sur un bouton.

— Howard, pourriez-vous venir ici, s'il vous plaît?

— Oui, répondit Howard. Je ne voudrais pas manquer ça.

« Bip »

Phil glissa l'émetteur-récepteur portatif dans sa poche.

— Il s'en vient.

— Excellent.

Shanna examina la pièce, mais ne pouvait trouver de téléphone.

— Pourriez-vous s'il vous plaît appeler le numéro d'urgence?

— Je... je ne peux pas. M. Draganesti n'aimerait vraiment pas ça.

— Dans l'état où il est, M. Draganesti se fiche bien de ce qu'il aime ou pas.

— S'il vous plaît! Croyez-moi. Tout ira bien.

Phil jeta un coup d'œil à sa montre.

— Nous n'avons qu'à attendre environ deux heures.

« Attendre? »

Sera-t-il moins mort dans deux heures? Shanna arpenta la pièce en long et en large. Merde! Comment Roman avait-il pu mourir ainsi? Il semblait si fort et en santé. Il avait sûrement eu un accident vasculaire cérébral, ou une crise cardiaque.

— Nous devons prévenir le parent le plus proche.

— Ils sont tous morts.

Aucune famille? Shanna s'immobilisa. Pauvre Roman. Il avait donc été seul. Comme elle. Une vague de chagrin la submergea tandis qu'elle pensait à ce qu'ils auraient pu s'apporter l'un à l'autre. Elle ne pourrait plus jamais regarder ses beaux yeux bruns dorés. Ou sentir ses bras autour d'elle. Elle s'appuya contre une colonne du lit et s'attarda sur son beau visage.

On frappa à la porte, et un homme de forte carrure et d'un certain âge entra dans la chambre en faisant de grands pas. Il portait des pantalons kaki et un polo bleu marine comme Phil. La ceinture utilitaire autour de sa taille retenait un assortiment de trucs comme un pistolet et une torche électrique. Il ressemblait à un ancien joueur de football américain, avec son énorme cou et son nez crochu et bosselé qui avait sûrement été brisé plusieurs fois. Il aurait eu l'air tout à fait intimidant si son faux toupet n'était pas si évident et si ses yeux ne brillaient pas autant avec humour.

— Mlle Whelan?

Il avait une voix nasale, en raison de son nez amoché. Il ronflait probablement assez fort pour être entendu dans l'État voisin du New Jersey.

— Je suis Howard Barr, chef de la sécurité de l'équipe de jour. Comment vous sentez-vous ?

— Je me sens bien en vie, ce qui n'est pas le cas de votre employeur.

— Hum.

Howard jeta un coup d'œil vers le lit.

— Phil, est-ce qu'il est mort ?

Les yeux de Phil s'agrandirent.

— Non. Bien sûr que non.

— Bon.

Howard fit claquer ses mains, puis les frotta en guise de satisfaction.

— Voilà qui règle la situation. Est-ce que vous voudriez m'accompagner à la cuisine pour y déguster une tasse de café ?

Shanna cligna des yeux.

— Pardon ? Vous n'allez même pas examiner le corps ?

Howard ajusta sa ceinture et s'approcha du lit.

— Il me semble en bon état, mais je trouve tout de même cela vraiment étrange qu'il ait décidé de dormir ici. Je n'ai jamais vu M. Draganesti dormir dans le lit de quelqu'un d'autre.

Shanna serra les dents.

— Il n'est pas endormi.

— Je pense que je sais ce qui est arrivé, dit Phil. Je l'ai vu ce matin, un peu après 6 h, en train de descendre l'escalier avec Mlle Whelan dans les bras.

Howard fronça les sourcils.

— Après 6 h ? Le soleil était déjà en train de se lever.

Une terrifiante pensée envahit l'esprit de Shanna.

— Il me portait ?

— Ouais, répondit Phil.

— Et ce fut une bonne chose que j'arrive à ce moment-là, car il était vraiment à bout de force.

Shanna retint son souffle.

« Oh non. »

Phil haussa les épaules.

— Je suppose qu'il était simplement trop fatigué pour remonter à sa chambre.

Shanna s'effondra sur le lit à côté des pieds de Roman. Oh mon Dieu, elle avait été trop lourde pour lui. Elle était la cause de sa crise cardiaque.

— C'est épouvantable. Je... je l'ai tué.

— Mlle Whelan, dit Howard en la regardant d'un air exaspéré. C'est totalement impossible. Il n'est pas mort.

— Bien sûr qu'il l'est.

Elle jeta un coup d'œil à son corps, tout près du sien.

— Je ne mangerai plus jamais de pizza.

Phil et Howard échangèrent un regard inquiet. Leurs récepteurs-émetteurs portatifs émirent des signaux sonores. Howard agrippa le sien en premier.

— Oui?

Une voix éraillée se fit entendre.

— Radinka Holstein est de retour de sa tournée des magasins. Elle suggère que Mlle Whelan la rejoigne dans le salon.

— Bonne idée.

Howard soupira, visiblement soulagé.

— Phil, voulez-vous accompagner Mlle Whelan au salon?

— Oui, d'accord.

Phil sembla tout aussi soulagé.

— Par ici, mademoiselle.

Shanna hésita, puis jeta un coup d'œil à Roman.

— Qu'est-ce que vous allez faire de lui?

— Ne vous inquiétez pas.

Howard ajusta sa ceinture utilitaire.

— Nous allons le déplacer dans sa chambre à coucher. Et dans quelques heures, quand il se réveillera, vous en rirez tous les deux.

— Ouais, c'est sûr.

Shanna marcha dans le corridor à côté de Phil en se traînant les pieds.

Ils descendirent les escaliers en silence. Hier, dans la nuit, elle avait monté ce même escalier avec Roman. Il y avait quelque chose à propos de lui, une tristesse distante, qui lui avait donné envie de se moquer gentiment de lui et de le faire rire. Et lorsqu'il s'était éclaté de rire, il en avait paru si étonné qu'elle s'était sentie doublement récompensée.

Mince, elle le connaissait à peine, mais elle allait s'ennuyer de lui. Il était fort, mais doux. Il était vif d'esprit et représentait un stimulant mental pour elle. Son insistance envers sa protection était tellement virile. Et il l'avait presque embrassée. Deux fois. Shanna soupira. Elle ne connaîtrait donc jamais la sensation d'embrasser Roman.

Elle ne pourrait jamais visiter son laboratoire ou entendre parler de sa prochaine découverte majeure. Elle ne pourrait plus jamais lui parler. Sa tristesse atteignit son comble lorsqu'elle parvint au rez-de-chaussée. Le regard compatissant de Radinka causa sa perte. Ses yeux se remplirent de larmes.

— Radinka, je suis vraiment désolée. Il est parti.

— Allez, viens ici.

Radinka la prit dans ses bras et lui parla de sa voix grave et accentuée.

— Ne t'inquiète pas ma chérie. Tout ira bien.

Elle conduisit Shanna dans la pièce à la droite du hall.

Elle était déserte. Shanna pensait qu'elle aurait été remplie de femmes comme la nuit précédente. Il y avait trois divans en cuir bordeaux au centre de la pièce, disposés sur trois des quatre côtés d'une table carrée, ainsi qu'un énorme téléviseur sur le quatrième côté de la table, recouvrant le mur.

Shanna s'affala sur un divan.

— Je n'arrive pas à croire qu'il soit parti.

Radinka posa son sac à main sur la petite table, puis s'assit.

— Il se réveillera, ma chérie.

— Je ne le pense pas.

Une larme glissa le long de son visage.

— Ces hommes ont la capacité de dormir très profondément. Mon fils, Gregori, est comme ça lui aussi. Impossible de le réveiller une fois qu'il est endormi.

Shanna essuya une larme.

— Non, il est mort.

Radinka balaya de la main des peluches inexistantes de son tailleur de couturier.

— Peut-être que vous vous sentiriez mieux si je vous expliquais ce qui s'est passé. J'étais ici, tôt ce matin, et Gregori m'en a glissé un mot. Roman vous a emmené dans un centre de soins dentaires, et vous avez travaillé sur sa dent.

— C'est impossible.

Le souvenir d'un centre de soins dentaires s'incrusta précairement dans ses pensées, légèrement hors de portée.

— Je... je pensais que c'était un rêve.

— C'était réel. Roman s'est servi d'une forme d'hypnose sur vous.

— *Quoi ?*

— Gregori m'a assuré que vous étiez d'accord avec ce procédé.

Shanna ferma les yeux, essayant de se souvenir. Oui. Elle était installée dans le fauteuil du bureau de Roman lorsqu'il lui avait suggéré de l'hypnotiser, et elle avait été d'accord. Elle mourait d'envie de sauver sa carrière, et avait un grand besoin d'une chance d'enfin avoir accès à cette vie normale qu'elle désirait plus que tout.

— Il m'a donc vraiment hypnotisée ?

— Oui. Ce fut une bonne chose pour vous deux. Il avait besoin de l'aide d'une dentiste et vous aviez besoin d'aide pour surmonter votre peur du sang.

— Vous... êtes au courant de ma peur du sang ?

— Oui. Vous avez tout raconté à Roman au sujet de l'incident épouvantable qui s'est déroulé au restaurant. Gregori était là, et il a donc tout entendu lui aussi. J'espère que ça ne vous dérange pas qu'il me l'ait dit.

— Non, je suppose que c'est correct.

Shanna s'appuya contre les coussins de cuir et reposa sa tête.

— J'ai vraiment travaillé sur les dents de Roman hier dans la nuit ?

— Oui. Vos souvenirs sont sans doute un peu vagues, mais cela finira pour vous revenir.

— Est-ce que je me suis évanouie, ou est-ce que j'ai perdu la tête en voyant du sang ?

— D'après ce que j'ai cru comprendre, vous auriez fait un excellent travail.

Shanna grogna.

— Je ne sais pas comment j'ai pu réussir à faire quoi que ce soit si j'étais quelque peu envoûtée. Qu'est-ce que j'ai fait, exactement ?

— Vous avez réimplanté une dent qu'il avait perdue.

Shanna se redressa brusquement.

— Pas la dent de loup ! Ne me dites pas que j'ai implanté une dent d'animal dans sa bouche. Aïe, merde alors !

Elle s'affala contre les coussins. Qu'est-ce que ça peut bien faire à présent ? Le pauvre type est mort.

Radinka sourit.

— C'était une dent ordinaire.

— Oh, d'accord. Je peux imaginer le visage du coroner s'il trouve une dent de loup en examinant le corps.

Pauvre Roman. Il était si jeune pour mourir. Et si beau.

Radinka soupira.

— Je regrette de ne pas être en mesure de vous convaincre qu'il est toujours vivant. Hum.

Elle appuya un index contre ses lèvres fermées. Le vernis à ongles rouge foncé était identique à son rouge à lèvres.

— Est-ce que vous lui avez donné un médicament pour diminuer la douleur ?

— Comment pourrais-je le savoir ? J'ai peut-être chanté des airs d'opéra en ne portant que mes sous-vêtements. Je n'ai aucune idée de ce que j'ai fait hier dans la nuit.

Shanna se frotta le front, essayant de se souvenir de quelque chose.

— Je le mentionne seulement parce que cela pourrait expliquer pourquoi il dort si profondément.

Shanna haleta et bondit sur ses pieds.

— Oh mon Dieu! Et si je l'avais tué en lui administrant un médicament anesthésiant?

Les yeux de Radinka s'agrandirent.

— Ce n'est pas ce que j'ai voulu dire.

Shanna grimaça.

— Je lui ai peut-être donné une trop forte dose. Ou alors, j'étais trop lourde pour qu'il puisse me porter. D'une façon ou d'une autre, je pense que j'ai causé sa mort.

— Ne dites pas de bêtises, mon enfant. Pourquoi vous blâmez-vous?

— Je ne sais pas. C'est en moi, j'imagine.

Les yeux de Shanna se remplirent de nouveau de larmes.

— Je me blâme de ce qui est arrivé à Karen. J'aurai dû l'aider d'une façon ou d'une autre. Elle était encore en vie quand je l'ai trouvée.

— C'est votre jeune amie qui est morte au restaurant?

Shanna poussa un petit grognement et hocha la tête.

— Je suis vraiment désolée. Je sais que c'est difficile pour vous d'y croire, mais Roman se réveillera lorsque l'effet du médicament cessera. Vous verrez alors par vous-même qu'il ira très bien.

Shanna poussa un gémissement et s'étendit sur le divan.

— Vous l'aimez beaucoup, n'est-ce pas?

Shanna soupira en regardant fixement au plafond.

— Oui, c'est vrai, mais je n'ai pas beaucoup d'espoir envers une relation de longue durée avec un homme mort.

— Mme Holstein?

Une voix masculine s'adressait à elle depuis l'embrasure de la porte. Shanna jeta un coup d'œil par-dessus son épaule et vit un autre garde vêtu d'un pantalon kaki et d'un polo bleu marine.

Qu'était-il arrivé à tous ces hommes en kilts? Elle s'ennuyait des Highlanders avec leurs motifs écossais et leur accent adorable.

— Les paquets sont arrivés de chez Bloomingdale, annonça le garde. Où voudriez-vous que nous les déposions?

Radinka se leva de manière gracieuse.

— Apportez quelques boîtes ici et déposez le reste dans la chambre de Mlle Whelan.

— Dans ma chambre? demanda Shanna. Pourquoi?

Radinka sourit.

— Parce que ces choses sont pour vous, ma chérie.

— Mais... je ne peux rien accepter. Et vous ne devriez pas mettre quoi que ce soit dans ma chambre alors qu'un cadavre s'y trouve.

Le garde roula les yeux.

— Nous l'avons déplacé dans sa chambre.

— Bon. Vous pouvez donc procéder.

Radinka se rassit.

— J'espère que vous aimerez ce que j'ai choisi pour vous.

— Je suis sérieuse, Radinka. Je ne peux pas accepter tous ces cadeaux. Vous m'avez déjà offert le gîte pour une nuit. Je... j'ai besoin de communiquer avec le ministère de la Justice afin de prendre de nouvelles dispositions.

— Roman veut que vous restiez ici. Et il veut que vous ayez ces choses.

Radinka se tourna vers le garde alors qu'il entrait dans la pièce, des boîtes plein les bras.

— Mettez-les juste ici sur la table, s'il vous plaît.

Shanna regarda les boîtes avec consternation. Il était si tentant de les prendre. Elle n'oserait plus retourner à son appartement à présent, et elle n'avait rien d'autre que les vêtements qu'elle portait en ce moment. Elle ne pouvait cependant pas accepter tous ces cadeaux.

— J'apprécie vraiment votre générosité, mais...

— La générosité de Roman.

Radinka posa un paquet sur ses genoux, puis l'ouvrit.

— Oh, oui. Ceux-ci sont beaux. Vous les aimez ?

Blottis dans du papier de soie blanc se trouvaient un soutien-gorge et un slip en dentelle rouge.

— Oh là là.

Shanna prit le soutien-gorge. C'était un modèle bien plus raffiné que ce qu'elle avait l'habitude de porter. Et bien plus cher également. Elle vérifia l'étiquette. 36B.

— C'est la bonne taille.

— Oui. Roman m'avait laissé une note avec vos mensurations.

— Quoi ? Comment a-t-il pu connaître la taille de mon soutien-gorge ?

— Je suppose que vous lui avez dit lorsque vous étiez hypnotisée.

Shanna avala sa salive. Merdouille. Elle *avait* peut-être vraiment chanté des airs d'opéra en ne portant que ses sous-vêtements.

— Un instant.

Radinka farfouilla dans son sac à main.

— Je crois que j'ai encore son message.

Elle tendit la note à Shanna.

— Oh.

Il devait s'agir des derniers mots qu'il avait écrits avant sa mort. Shanna parcouru la note. « Taille 12. 36B. » Roman avait en effet su ses mensurations. Est-ce qu'elle lui avait révélé cela sous hypnose ? Qu'est-ce qu'elle avait fait d'autre encore ? « Allez lui chercher des carrés au chocolat. » Elle retint son souffle, et des larmes lui montèrent aux yeux.

— Qu'est-ce qui ne va pas, ma chérie ?

— Des carrés au chocolat. Il est si gentil.

Correction. Il *était* si gentil.

— Il ne pensait pas que j'avais besoin de perdre du poids ?

Radinka sourit.

— Apparemment, non. J'ai laissé des carrés au chocolat dans la cuisine, mais vous devriez vous dépêcher si vous en voulez. Les gardes de jour salivaient en les regardant. Ces hommes mangeraient n'importe quoi.

— Peut-être plus tard, merci.

Shanna commençait à ressentir les effets de la faim, mais chaque fois qu'elle pensait à manger, elle était hantée par l'image de Roman luttant pour la porter dans l'escalier.

— Voyons ce qu'il y a d'autre.

Radinka ouvrit bien grand le reste des boîtes.

Il y avait d'autres sous-vêtements de dentelle assortis, un peignoir de bain en chenille bleue, un chandail sans manches rose saumoné et un blazer assorti, et une chemise de nuit en soie bleue avec des pantoufles assorties.

— C'est encore mieux que le jour de Noël, murmura Shanna. C'est vraiment trop.

— Vous les aimez?

— Oui, bien sûr, mais...

— Alors, c'est réglé.

Radinka empila les boîtes.

Je vais monter ces boîtes dans votre chambre et je vais laisser une note dans le bureau de Roman afin qu'il passe vous voir à son réveil.

— Mais...

— Il n'y a pas de mais.

Radinka se leva et prit les boîtes dans ses bras.

— Je veux que vous alliez à la cuisine et que vous mangiez. J'ai dit à un des gardes de vous préparer un sandwich, et il vous attend. Ensuite, je veux que vous preniez une bonne douche chaude et que vous enfiliez des vêtements propres. Lorsque vous aurez terminé tout cela, Roman sera réveillé.

— Mais...

— Je suis trop occupée pour discuter davantage. Nous avons un million de choses à faire pour Romatech, ce soir.

Radinka quitta la pièce avec les boîtes.

— Je vous verrai plus tard, ma chérie.

Mince alors. Shanna avait l'impression que Radinka Holstein était un vrai bourreau de travail, mais elle avait vraiment du bon goût en matière de vêtements. Ça allait vraiment lui faire mal de retourner la plupart de ces vêtements, mais c'était la bonne chose à faire. Est-ce qu'elle oserait s'aventurer hors de cette maison ? Ça allait lui faire encore plus mal si les Russes mettaient la main sur elle.

Shanna mangea son sandwich dans la cuisine et fit de son mieux pour ignorer la boîte de carrés au chocolat qui traînait sur la table. Elle se rendit ensuite dans sa chambre. Elle ouvrit la porte et jeta un coup d'œil à l'intérieur. Le lit était vide. Les sacs et les boîtes avaient été empilés au pied du lit. Elle prit une longue douche chaude, puis se couvrit du peignoir de bain en chenille avant de s'approcher des sacs et des boîtes. Cela aurait dû être un moment de réjouissances, mais elle devenait de plus en plus triste en pensant au fait que l'homme qui avait payé la facture venait de mourir.

La culpabilité la tenaillait. Elle ne pouvait pas accepter tous ces cadeaux. Et elle ne pouvait pas rester ici. Elle avait besoin d'entrer en contact avec l'huissier de justice Bob Mendoza, et d'ensuite commencer une nouvelle vie ailleurs, dans un endroit où elle ne connaissait personne, et où personne ne la connaissait. Encore une fois.

Dieu, que c'était déprimant. Sous le programme de protection des témoins, elle ne pouvait plus jamais entrer en contact avec sa famille ou ses amis de longue date. Elle voulait cependant avoir de la compagnie. Elle voulait l'amour dans sa vie. Elle ne savait pas à quel point elle en avait envie jusqu'à ce qu'elle rencontre Roman. Merde. Ce n'était pas comme si elle demandait la lune. Elle voulait seulement la même chose que des milliards de femmes voulaient, soit un mari qui l'aime, et des enfants. De beaux enfants.

Malheureusement, les événements avaient modifié ses objectifs de vie. Elle tentait maintenant de survivre à chaque nouvelle journée.

Elle se dirigea vers la fenêtre et son affreux store d'aluminium. Elle trouva un interrupteur derrière les rideaux et elle l'enclencha. Le store s'ouvrit, et la pâle lumière du soleil entra dans la chambre. La vue était belle. Au-dessous d'elle se trouvait une rue bordée d'arbres, et au loin se trouvait Central Park. Le soleil se couchait à l'ouest, et il colorait le ciel de bandes pourpres et roses dans les nuages. Shanna se tenait face à la fenêtre et elle observait le tout. Un sentiment de paix l'envahissait à mesure que la nuit s'installait. Peut-être parviendrait-elle à survivre à tout cela. Si seulement Roman était toujours vivant.

Radinka pouvait-elle avoir raison? Pouvait-il être encore sous l'effet de l'anesthésiant? Shanna tressaillit. C'était vraiment terrible de ne pas pouvoir se souvenir de ce qu'elle avait fait au pauvre homme. Peut-être devrait-elle demeurer sur place encore un peu. Soit on déclarerait Roman officiellement mort, soit il se réveillerait de façon miraculeuse. D'une façon ou d'une autre, elle ne pouvait pas s'en aller avant d'avoir eu l'heure juste.

Elle choisit quelques vêtements et s'habilla. Elle trouva un téléviseur à l'intérieur de l'armoire. Bon. Elle pourrait ainsi passer le temps en attendant la suite des événements. Elle parcourut les chaînes. Oh, il y avait une chaîne qu'elle n'avait jamais vue auparavant. Une chauve-souris animée noire vola vers elle, avant de se figer dans un logo qui ressemblait à celui de Batman. Sous le logo se trouvait un message : «Bienvenue sur RTNV, le réseau qui fonctionne 24 heures par jour et sept jours par semaine, parce qu'il fait toujours nuit quelque part.»

RTNV? Un réseau de télévision de quelque chose? Et qu'est-ce que la nuit avait à voir avec le fait que le réseau fonctionne ou non? Le logo de la chauve-souris disparu, et une autre phrase apparue sur l'écran : «RTNV. Si vous n'êtes pas au numérique, on ne vous verra pas.» C'était étrange. On frappa à sa porte, ce qui l'interrompit dans ses pensées. Elle éteignit le téléviseur et se rendit à la porte. C'était probablement Phil. Il semblait être le responsable du quatrième étage.

— Connor !

Elle glapit de surprise.

— Vous êtes de retour !

— Oui.

Il se tenait dans l'embrasure de la porte, tout sourire.

— Je suis là.

Elle jeta ses bras autour de son cou et l'étreignit.

— Je suis si heureuse de vous voir.

Il recula avec de la couleur aux joues.

— J'ai entendu dire que vous aviez eu une bonne frousse.

— Oh, c'est épouvantable, n'est-ce pas ? Je suis si désolée, Connor.

— Pourquoi donc seriez-vous désolée, jeune fille ? C'est M. Draganesti lui-même qui m'a envoyé ici. Il veut vous voir.

Sa peau se couvrit de chair de poule.

— Ça... ça ne se peut pas.

— Il veut vous voir tout de suite. Je vous conduirai auprès de lui.

« Il était vivant ? »

— Je connais le chemin.

Shanna courut vers l'escalier.

Onze

Roman Draganesti se réveilla en ne sachant pas du tout comment il était revenu dans son lit. Il était couché tout habillé sur l'édredon en suède, et avait encore ses chaussures aux pieds. Il passa sa langue à l'intérieur de sa bouche. L'attelle de fil métallique était encore en place. Il toucha sa canine avec ses doigts. Elle était solide. Bien entendu, il ne savait pas si sa canine pourrait encore saillir et se rétracter de sa gencive, mais il ne pourrait la mettre à l'essai tant que l'attelle serait en place. Il devrait convaincre Shanna de lui enlever cette attelle.

Il prit une douche rapide et enfila son peignoir de bain avant de marcher vers son bureau à pas feutrés pour vérifier ses messages. L'écriture en pattes de mouche de Radinka retint son attention. Elle avait complété les achats pour Shanna. *Bien*. Elle allait se rendre tôt à Romatech pour s'assurer que tout était prêt pour le gala d'ouverture. Puisqu'elle travaillait maintenant la nuit et le jour, elle estimait mériter une autre augmentation.

« Une autre ? Pas de problèmes. »

Jean-Luc Écharpe et Angus MacKay, les maîtres des bandes de vampires de France et d'Angleterre, devaient se pointer à 5 h. *Bien*. Les chambres d'amis au troisième étage étaient prêtes pour les accueillir. Roman avait prévu de présenter deux nouveaux produits de sa cuisine Fusion au bal d'ouverture. Il avait fait préparer cinq cents bouteilles pour l'occasion. Tout semblait en ordre.

Puis, il lut le dernier paragraphe. Shanna Whelan l'avait découvert dans son lit à son réveil.

« Oh non ! »

Elle avait décidé qu'il était mort et en était terriblement bouleversée.

« Oh merde. »

Bien sûr qu'elle penserait qu'il était mort. Il n'avait pas de pouls en plein jour. D'un autre côté, cela lui signifiait qu'elle s'était réellement souciée de lui.

Radinka avait essayé de convaincre Shanna que son profond sommeil était attribuable au médicament qu'elle lui avait administré au centre de soins dentaires. Cette théorie l'avait malheureusement menée à la conclusion qu'elle l'avait tué.

« Merdouille. »

Elle était bouleversée non pas parce qu'elle ressentait de l'affection pour lui, mais bien parce qu'elle se sentait coupable. Il pouvait imaginer le scénario : Shanna entrant dans la chambre en courant, bouleversée, tandis qu'il était couché là, comme un morceau de bois mort.

« Merde. »

Roman chiffonna le bout de papier dans sa main et le jeta à la poubelle. C'était la goutte qui faisait déborder le vase. Il devait découvrir la formule qui lui permettrait de demeurer éveillé en plein jour. Il ne pouvait demeurer endormi et impuissant quand Shanna avait besoin de lui.

Il appuya sur un des boutons de son interphone.

— La cuisine, répondit une voix nasale.

— Howard ? Est-ce que c'est vous ?

— Oui, monsieur! Je suis heureux d'apprendre que vous êtes éveillé. Il y a eu un peu d'excitation pendant que vous dormiez.

Roman pouvait entendre un rire étouffé en arrière-plan. Sang de Dieu. On pourrait croire que le fait d'être le maître de la plus grande bande de vampires en Amérique du Nord lui donnerait droit à un peu de respect.

— Pas que nous nous plaignons de cela, poursuivit Howard. C'est habituellement si ennuyeux ici. Oh, Connor vient d'entrer dans la cuisine.

— Howard, nous aurons des invités importants, ce soir. Votre employeur, M. MacKay, sera ici. Je m'attends à ce que la sécurité soit intensifiée pendant le jour et je m'attends aussi à la discrétion absolue.

— Je comprends, monsieur. Nous prendrons soin d'eux. Les Highlanders arrivent, alors je vais partir. Bonne nuit.

— Bonne nuit. Connor, êtes-vous là?

Il y eut une pause, puis divers signaux sonores.

— Oui, je suis là.

— Escortez Mlle Whelan à mon bureau dans dix minutes.

— Oui, monsieur.

Roman marcha à grands pas vers le bar, prit une bouteille de sang synthétique dans le petit réfrigérateur et la glissa dans le four à micro-ondes. Il retourna ensuite dans sa chambre, où il enfila un pantalon noir et une chemise grise. Il faisait ainsi l'effort d'avoir une apparence un peu plus formelle étant donné qu'il recevait des invités importants, cette nuit. Angus et son entourage allaient être parés de leurs plus beaux vêtements traditionnels écossais, et Jean-Luc serait accompagné par ses plus belles femmes vampires, vêtues de leurs plus magnifiques robes de soirée.

Roman remarqua au fond de son armoire le smoking noir et la cape assortie que Jean-Luc lui avait donnés trois ans auparavant. Roman poussa un grognement. Il devrait enfiler ce damné costume une fois de plus. Jean-Luc aimait peut-être s'habiller selon le style vestimentaire hollywoodien de Dracula, mais Roman préférait le style plus décontracté des temps modernes. Il sortit le smoking du cabinet. Il devrait le faire repasser avant le gala d'ouverture.

La sonnerie du micro-ondes se fit entendre. Son premier repas de la soirée était prêt. Il jeta le smoking sur son lit. Au même moment, la porte de son bureau s'ouvrit.

— Roman ? cria Shanna. Êtes-vous là ?

Il y avait quelque chose de caractéristique dans sa voix. De la nervosité, de la panique. Elle était à bout de souffle.

Impossible que les dix minutes se soient déjà écoulées. Elle devait avoir couru depuis le quatrième étage. Merde. C'en était fait de son petit déjeuner.

— Je suis ici, répondit-il en marchant à grands pas pieds nus vers la porte de sa chambre.

Elle était debout près de son bureau, son visage rouge d'avoir couru, et sa jolie bouche grande ouverte. Ses yeux s'agrandirent alors qu'il se délaçait vers son bureau.

— Oh mon Dieu, chuchota-t-elle.

Des larmes rendaient ses yeux luisants. Elle couvrit sa bouche de ses doigts tremblants.

Sang de Dieu ! Elle avait vraiment vécu l'enfer. Il baissa les yeux, embarrassé par l'épreuve qu'il venait de lui faire subir. Oh, bon sang, il lui offrait toute une vue. Sa chemise était grande ouverte, et son pantalon était déboutonné et suffisamment bas sur ses hanches pour que son caleçon court noir soit visible. Il dégagea ses cheveux noirs humides de son visage, puis se racla la gorge.

— J'ai entendu parler de ce qui est arrivé.

Elle se tenait tout simplement là, à le regarder fixement.

Connor traversa la porte en coup de vent.

— Je suis désolé, monsieur. J'ai essayé de la ralentir, mais...

Il remarqua la tenue de Roman.

— Oh, nous aurions dû frapper avant d'entrer.

— Vous êtes vivant.

Shanna s'avança petit à petit vers lui.

La sonnerie du micro-ondes se fit entendre de nouveau. C'était un son qui lui rappelait que son petit déjeuner l'attendait toujours, et qu'il devrait encore l'attendre jusqu'à ce que Shanna ne soit plus en sa présence.

Connor tressaillit. Il savait que c'était au réveil que les vampires étaient le plus affamé.

— Nous devrions revenir plus tard, quand M. Draganesti aura fini de se vêtir, suggéra-t-il à Shanna.

Elle ne sembla pas entendre la remarque de Connor. Elle se déplaçait lentement vers Roman. Il prit une longue inspiration, et détecta son odeur. Elle avait une odeur délicieuse, et ce haut sans manches orange pâle qu'elle portait la rendait aussi juteuse qu'une pêche mûre. Le peu de sang que son corps contenait encore déferla vers son aine, le laissant doublement affamé de chair et de sang.

L'intensité de son appétit avait dû être remarquée, car Connor retraita vers la porte.

— Je vais donc vous laisser tous les deux.

Et il sortit, en refermant la porte derrière lui.

Shanna était maintenant assez près de lui pour qu'il puisse la saisir. Il forma des poings avec ses mains, résistant à la tentation.

— On m'a dit que je vous avais fait peur. J'en suis sincèrement désolé.

Une larme quitta son œil, mais elle l'essuya avant qu'elle n'atteigne sa joue.

— Je suis seulement heureuse que vous soyez bien.

Est-ce qu'elle se souciait vraiment de lui ? Roman l'observa de près. Elle posa son regard sur lui, s'arrêtant sur sa poitrine nue, puis glissant plus bas vers son ventre. Merde, il avait vraiment envie d'elle. Il espérait que ses yeux ne se mettent pas à rougeoyer.

— Vous allez vraiment bien.

Elle toucha doucement sa poitrine du bout des doigts, mais cela le secoua comme s'il venait de se faire frapper par la foudre. Il réagit rapidement à cela en la serrant tout contre lui.

Elle se raidit d'abord sous l'effet de la surprise, puis se détendit en nichant sa joue contre les poils de sa poitrine. Elle posa doucement ses mains sur sa chemise.

— J'ai eu peur de vous avoir perdu.

— En réalité, il est plutôt difficile de se débarrasser de moi.

Sang de Dieu qu'il avait faim.

«Garder le contrôle. Il devait garder le contrôle.»

— Radinka a dit que j'avais travaillé sur vos dents hier dans la nuit.

— Oui.

— Laissez-moi regarder.

Elle tendit la main vers sa bouche et examina l'attelle.

— Votre dent semble en très bonne condition, et est un peu plus pointue que la norme. Elle semble avoir guéri très rapidement.

— Oui. Vous pouvez enlever l'attelle.

— Quoi? Non, je ne peux pas. Ces choses prennent du temps.

Le micro-ondes sonna de nouveau, attirant son attention.

— Est-ce que vous avez besoin de ça?

Il prit sa main et embrassa ses doigts.

— J'ai seulement besoin de vous.

Elle poussa un petit grognement et retira sa main de son emprise.

— C'est donc vrai, alors, que vous m'avez hypnotisée?

— Oui.

C'était tout près de la vérité.

Elle le regarda en fronçant les sourcils.

— Je n'ai rien fait d'étrange, n'est-ce pas? Ça me trouble terriblement de savoir que j'ai fait des choses et que je n'en ai aucun souvenir.

— Vous avez été très professionnelle.

Il reprit sa main, puis embrassa sa paume. Si seulement elle lui proposait de nouvelles caresses buccales.

— Je n'ai pas perdu la tête en voyant du sang?

— Non.

Il embrassa l'intérieur de son poignet. Du sang de type A positif coulait dans ses veines.

— Vous avez été très courageuse.

Ses yeux s'illuminèrent.

— Vous savez ce que cela signifie? Ma carrière n'est pas finie. C'est génial!

Elle passa les bras autour de son cou et lui donna un baiser sur la joue.

— Merci, Roman.

Ses bras se serrèrent autour d'elle. Son cœur fut soudainement animé d'une lueur d'espoir. Il se rappela ensuite la suggestion qu'il lui avait faite au centre de soins dentaires.

«Enfer et damnation!»

Elle ne faisait que suivre ses suggestions. Il se dégagea de ses bras.

Elle haleta, clairement étonnée. Puis, son visage sembla se décomposer, mais seulement pendant un moment, avant d'adopter un aspect froid comme de la pierre. Merde. Elle devait penser qu'il la rejetait, et elle tentait vraiment de masquer sa douleur. Elle s'est vraiment souciée de lui, et voilà qu'il se comportait comme un idiot, lui faisant vivre une grosse frousse en plein jour, et la blessant maintenant au niveau de ses sentiments. Il avait si peu d'expérience avec les mortelles.

Le micro-ondes sonna encore une fois. Il marcha à grands pas vers le four et débrancha la prise. Cette machine cesserait enfin de le tenter avec du sang chaud. Malheureusement, Shanna représentait une tentation bien plus difficile à résister. Son sang était frais.

— Je crois que je vais y aller maintenant.

Elle recula vers la porte du bureau.

— Je... je suis heureuse de savoir que vous êtes vivant, et que votre dent est en bon état. Et j'apprécie votre protection et tous les superbes... cadeaux, que je ne peux vraiment pas garder.

— Shanna.

Elle tendit la main vers la poignée de porte.

— Vous êtes un homme occupé, alors je ne vous dérangerai pas. En fait, je vais partir...

— Shanna, attendez.

Il s'avança vers elle.

— Je dois vous expliquer quelque chose.

Elle refusa de le regarder.

— Nul besoin d'expliquer quoi que ce soit.

— Oui, il le faut. Hier, dans la nuit, pendant que vous étiez... hypnotisée, j'ai glissé une pensée dans votre esprit. Je n'aurais pas dû faire cela, mais je vous ai suggéré de jeter vos bras autour de moi et de me donner un baiser passionné. Et lorsque vous l'avez fait, il y a un moment, j'ai compris que je...

— Attendez une minute.

Elle le regarda d'un air incrédule.

— Vous pensez que j'avais été programmée pour vous embrasser?

— Oui. Ce n'était pas bien de ma part de faire cela, mais...

— C'est fou! Tout d'abord, je ne suis *pas* sous votre contrôle. Merde, je suis à peine en contrôle de moi-même.

— Peut-être, mais...

— Et deuxièmement, je parie que je suis bien plus difficile à contrôler que vous pourriez le croire.

Il n'ajouta rien à cela. Elle avait raison, mais il ne voulait pas lui confirmer.

— Et finalement, ce n'était *pas* un baiser passionné. C'était seulement une petite bise sur votre joue. Un homme de votre âge devrait savoir faire la différence.

Il haussa les sourcils.

— Devrais-je?

Il pouvait difficilement lui expliquer qu'il avait passé la majeure partie de ses années de mortel dans un monastère.

— Bien sûr. Il y a une énorme différence entre une bise sur la joue et un baiser passionné.

— Et vous êtes fâchée contre moi parce que je n'ai pas su faire la différence entre les deux ?

— Je ne suis pas fâchée ! Enfin, peut-être un peu.

Elle le regarda fixement.

— Vous m'avez repoussée comme si j'avais la lèpre.

Il s'avança vers elle.

— Cela ne se reproduira plus.

Elle poussa un petit grognement.

— Vous pourriez me redire ça un jour.

Il haussa une épaule.

— Shanna, je suis un scientifique. Je ne peux pas faire une analyse comparative des différents types de baisers si je ne peux pas avoir accès aux données nécessaires.

Ses yeux se plissèrent.

— Je sais ce que vous attendez de moi. Vous essayez de mettre la main sur un échantillon gratuit.

— Vous voulez dire qu'ils ne sont habituellement pas gratuits ?

Il sourit.

— Quel serait donc le coût d'un baiser passionné ?

— Je les offre gratuitement quand j'ai envie de le faire, ce qui n'est *vraiment pas* le cas en ce moment.

Elle lui lança des regards noirs.

— Il fera froid en enfer lorsque j'aurai envie de vous donner un baiser passionné.

« Ouille. »

Il s'imagina que c'était là le prix à payer pour l'avoir blessé un peu plus tôt.

— En fait, j'ai trouvé cette bise très excitante.

— Oh, je vous en prie. Je parle de la véritable passion ici. De la chaleur humaine, des sueurs, de la fièvre comme celle dont on pourrait souffrir dans la jungle. Croyez-moi. Si un jour l'enfer devient froid pour une raison que j'ignore, et que je décide alors de vous donner un baiser passionné…

Elle fit une pause en s'appuyant contre la porte et en croisant les bras.

— Alors, vous n'aurez aucune difficulté à reconnaître la différence.

— En tant que scientifique, je ne peux pas me fier à des paroles.

Il se déplaça tout près d'elle.

— J'ai besoin de preuves.

— Vous ne les obtiendrez pas de moi.

Il s'arrêta devant elle.

— Peut-être que vous n'êtes pas en mesure de me les donner.

— Ha! Et peut-être que vous ne pourriez pas le supporter.

Il appuya sa paume sur la porte, près de sa tête.

— Est-ce que vous me lancez un défi?

— C'est une préoccupation d'ordre médical. Étant donné l'état douteux de votre santé, je ne suis pas sûre que votre cœur puisse y résister.

— J'ai survécu à votre dernier baiser.

— Ce n'était rien! Un véritable baiser passionné doit être donné sur la bouche.

— En êtes-vous certaine? Cette définition me semble un peu limitée.

Il appuya son autre paume de l'autre côté de sa tête, la prenant au piège entre ses bras. Il la regarda alors lentement de la tête aux pieds.

— Je peux penser à plusieurs autres endroits où j'aimerais vous embrasser avec passion.

Son visage prit une teinte rosée.

— Bon, eh bien je devrais y aller maintenant. Je me suis réellement inquiétée, car je croyais que vous étiez mort, ou éteint, mais vous semblez certainement être...

— Allumé?

Il se pencha vers elle.

— Je le suis vraiment.

Elle se retourna, et chercha gauchement la poignée de porte.

— Je vous laisse vous habiller.

— Je suis désolé, Shanna. Je n'ai pas voulu vous faire peur ou vous blesser.

Elle le regarda. Ses yeux brillaient grâce aux larmes qui ne les quittaient pas.

— Oh, Roman, espèce d'idiot. J'ai cru vous avoir perdu.

Espèce d'idiot? Personne ne l'avait traité de la sorte en 544 ans d'existence.

— Je serai toujours là.

Elle sauta dans ses bras en entourant les siens autour de lui. Surpris par la force soudaine de son attaque, Roman tituba d'un pas vers l'arrière. La pièce se brouilla à ses yeux pendant quelques secondes. Il écarta les jambes pour éviter de tomber. Peut-être était-ce la faim qui l'étourdissait ainsi, ou peut-être était-ce le choc de recevoir de l'affection. C'était un monstre, après tout. À quand remontait la dernière fois où quelqu'un avait voulu le prendre dans ses bras?

Il ferma les yeux et huma le parfum de son shampooing, de son savon, et de ses artères où circulait son sang. La faim le tenaillait avec force. Il embrassa le dessus de sa tête, puis s'attarda sur son front bien lisse. Son sang battait dans ses tempes, l'attirant à cet endroit. Il l'embrassa à cet endroit, humant son riche arôme. Elle inclina son visage pour le regarder, mais comme il craignait que ses yeux rougeoient, il plongea vers son cou. Il mordilla son cou jusqu'à son oreille, puis il en pinça le lobe.

Elle gémit, et fit glisser ses mains dans ses cheveux.

— Je craignais vraiment de ne plus jamais avoir l'occasion de vous embrasser.

— J'ai eu envie de vous embrasser dès la première fois où je vous ai rencontrée.

Il glissa ses lèvres sur sa mâchoire et les dirigea vers sa bouche.

Leurs lèvres se touchèrent brièvement avant de s'éloigner de nouveau. Son souffle était chaud contre son visage. Ses yeux étaient fermés. Bon. Il pouvait donc cesser de s'inquiéter de ses propres yeux.

Il prit son visage entre ses mains. Elle semblait si innocente et confiante. Sang de Dieu. Elle n'avait réellement aucune idée de ce dont il était capable. Il espérait seulement être capable de résister. Il l'embrassa tout doucement. Elle resserra sa prise sur sa tête et l'approcha plus près d'elle. Il suça sa lèvre inférieure dans sa bouche et lui donna de petits coups avec le bout de sa langue. Son corps entier frissonna. Sa bouche s'ouvrit, s'offrant à lui.

Il passa à l'attaque. Il l'explora. Elle répondit à chacun de ses mouvements et à chacune de ses caresses avec sa propre langue. Elle était si vivante et si chaude que tous ses sens irradiaient. Il pouvait la voir s'accrocher à lui, devenant plus fiévreuse. Il pouvait entendre son pouls dans ses veines. Sentir le frémissement de ses nerfs. Ressentir la chaleur qui l'envahissait. Le bouillonnement de chaleur. Sentir ses liquides qui s'accumulaient.

Il ne restait plus que le goût.

Il l'enveloppa de ses bras. Il glissa une main derrière son dos et colla sa poitrine contre la sienne. Elle respirait rapidement, et ses seins se déplaçaient contre sa peau. Son autre main descendit le long de son corps, jusqu'à ses fesses. Sang de Dieu ! C'était le paradis. Des fesses rondes et fermes. Et elle n'avait pas menti sur sa capacité de démontrer de la passion.

Elle se colla contre son érection. Bon Dieu, elle se frottait contre lui et se tortillait, se délectant du plaisir de suivre son instinct primaire qui la poussait à procréer, à créer une nouvelle vie.

Cela était vraiment triste. Son instinct primaire à lui était de détruire la vie.

Il fondit sur son cou. Sa canine gauche s'extirpa brusquement de sa gencive. Sa canine droite voulut faire de même, mais se buta contre l'attelle de fil métallique.

« Ouille ! »

Il se retira brusquement en serrant les lèvres. Il souffrait le martyre, mais la douleur avait au moins eu le mérite de le ramener à ses sens.

Il ne pouvait pas mordre Shanna. Sang de Dieu, il avait juré de ne plus jamais mordre un mortel. Il relâcha son emprise, puis s'éloigna d'elle.

— Qu'est-ce qui ne va pas ?

Elle semblait à bout de souffle.

Il posa rapidement la main contre sa bouche. Il ne pouvait pas lui répondre avec une de ses canines ainsi exposée.

— Oh mon Dieu ! Est-ce que c'est l'attelle ? Ou votre dent ? Est-ce que nous l'avons accrochée, et qu'elle est lâche ?

Elle se précipita vers lui.

— Laissez-moi voir.

Il secoua la tête. Ses yeux devinrent humides tellement il déployait d'efforts pour rétracter ses canines alors qu'il avait encore terriblement faim.

— Vous semblez éprouver de la douleur.

Elle toucha son épaule.

— S'il vous plaît, laissez-moi voir.

— Mmm.

Il secoua la tête, puis recula d'un autre pas. Merde, c'était embarrassant, mais il le méritait sans aucun doute tellement il était venu près de la mordre.

— Je n'aurais pas dû vous embrasser avec cette attelle dans votre bouche.

Elle grimaça.

— Merde, je n'aurais simplement pas dû vous embrasser.

Sa canine gauche accepta finalement de lui obéir et retourna dans sa cavité. Il parla avec une main devant la bouche.

— Ça va aller.

— J'ai tout de même violé une règle très importante, soit celle de ne jamais sortir avec un client. Je ne devrais vraiment pas sortir avec vous.

Il baissa la main.

— Dans ce cas, vous êtes renvoyée.

— Vous ne pouvez pas me renvoyer. Vous avez encore mon attelle dans votre bouche.

Elle s'approcha de lui.

— Ouvrez maintenant votre bouche, et laissez-moi voir.

Il fit ce qu'elle lui avait demandé. Elle donna une petite poussée sur son attelle, et il en profita pour lui chatouiller les doigts avec sa langue.

— Voulez-vous bien cesser cela !

Elle retira brusquement sa main de sa bouche.

— Je n'arrive pas à y croire. L'attelle est lâche.

— Eh bien, vous embrassez comme une vraie diablesse !

Elle rougit.

— Je ne sais pas ce que j'ai pu faire pour que... ne vous faites pas de souci. Je ne vous embrasserai plus. Comme je suis votre dentiste, je suis d'abord et avant tout responsable de votre santé dentaire...

— Je vous ai renvoyée.

— Vous ne pouvez pas. Pas tant que l'attelle...

— Je vais l'arracher moi-même.

— Ne faites pas cela !

— Je ne veux pas vous perdre, Shanna.

— Vous ne me perdrez pas. Nous devrons seulement attendre une semaine, ou à peu près.

— Je ne veux pas attendre.

Il avait attendu plus de cinq cents ans avant de finalement éprouver quelque chose comme ça. Il n'attendrait pas une autre maudite semaine. Et il n'allait désormais plus courir de risque avec la qualité douteuse de son contrôle de l'esprit. Il marcha à grands pas vers sa chambre. Des points noirs se mirent à tourbillonner autour de sa tête. Il les ignora, tout comme il ignorait la faim qui faisait rage à l'intérieur de lui.

— Roman !

Elle courut à sa suite.

— Vous ne pouvez pas enlever l'attelle.

— Je ne l'enlèverai pas.

Il ouvrit un tiroir de sa commode-coiffeuse et fouilla sous une pile de sous-vêtements. Là, au fond, se trouvait une poche de feutre rouge. Il la retira du tiroir. Il pouvait ressentir la chaleur de l'argent sous le feutre, et sans ce dernier, sa main serait déjà couverte de marques de brûlures.

Il la tendit vers elle. Elle ne le remarqua pas parce qu'elle était occupée à jeter un coup d'œil circulaire dans sa chambre. Son regard s'attarda sur son grand lit.

— Shanna?

Elle le regarda, puis remarqua ensuite la poche qu'il tenait à la main.

— Je veux vous donner ceci.

Il se balança d'un pied à un autre. Il devrait manger bientôt, d'une façon ou d'une autre.

— Je ne peux pas accepter plus de cadeaux.

— *Prenez-le!*

Elle tressaillit.

— Vous devriez travailler sur vos manières avec une femme près de votre lit.

Il s'appuya sur sa commode-coiffeuse.

— Je veux que vous le portiez autour de votre cou. Il vous protégera.

— Vous semblez être quelque peu superstitieux.

Elle prit la poche, desserra le cordon et laissa son contenu tomber dans sa main.

Il avait pratiquement le même aspect que lorsqu'il l'avait reçu en l'an 1479, le jour où il avait prononcé ses vœux. La chaîne en argent était ordinaire, mais de bonne qualité, et le crucifix représentait l'art médiéval à son mieux.

— Oh! Il est très beau.

Shanna l'examina de près.

— Il semble être vraiment vieux.

— Portez-le. Il vous protégera.

— Il me protégera contre quoi?

— J'espère que vous ne le découvrirez jamais.

Il regarda le crucifix avec tristesse. Il avait été si fier quand le Père Constantine l'avait attaché autour de son cou. La fierté. Cela avait entraîné sa chute.

— Vous voulez m'aider à le mettre?

Shanna fit demi-tour sur elle-même, et forma une queue de cheval avec ses cheveux. Elle lui tendit le collier.

Il recula avant que l'argent ne puisse le brûler.

— Je ne peux pas. Si vous voulez bien m'excuser, je dois aller travailler. J'ai beaucoup de choses à faire ce soir.

Elle le regarda avec méfiance.

— D'accord.

Elle relâcha sa queue de cheval, et ses cheveux châtains retombèrent sur ses épaules.

— Regrettez-vous de m'avoir embrassée?

— Non, pas du tout.

Il s'accrocha à la commode-coiffeuse pour se retenir.

— Le crucifix. Mettez-le.

Elle continua à l'étudier du regard.

— *S'il vous plaît.*

Ses yeux s'agrandirent.

— Je ne savais pas que ce mot faisait partie de votre vocabulaire.

— Je le garde pour les urgences.

Elle sourit.

— Dans ce cas...

Elle glissa le crucifix autour de son cou, puis souleva ses cheveux pour que le collier soit contre sa peau. La croix alla se positionner sur ses seins comme une armure.

— Merci.

Il rassembla ses forces et l'escorta jusqu'à la porte.

— Allons-nous nous revoir?

— Oui. Plus tard, ce soir. Lorsque je reviendrai de Romatech.

Il ferma la porte et la verrouilla. Il chancela ensuite jusqu'à son bureau et s'empara de la bouteille qui se trouvait dans le micro-ondes. Il la vida d'un seul trait malgré son contenu refroidi. Sang de Dieu ! Sa vie avait vraiment été mise sens dessus dessous par Shanna. Il avait vraiment hâte de l'embrasser à nouveau. C'était un démon qui avait goûté au ciel.

L'enfer était certainement en train de geler.

Douze

Shanna descendit l'escalier en ne pensant qu'à Roman. Dieu merci, il était en vie! La question à laquelle elle devait maintenant répondre était de savoir si elle devait demeurer sous sa protection, ou prendre d'autres dispositions avec Bob Mendoza. L'idée de demeurer auprès de Roman était très tentante. Elle ne s'était jamais sentie aussi attirée par un homme. Ou ainsi intriguée.

Elle entra dans la cuisine d'un pas nonchalant et remarqua la présence de Connor, qui était occupé à rincer des bouteilles avant de les mettre dans le lave-vaisselle.

— Est-ce que vous allez bien, jeune fille?

— Ouais.

Elle aperçut une boîte de pansements sur le comptoir.

— Vous êtes-vous coupé?

— Non. Je pensais que vous en auriez peut-être eu besoin.

Il examina son cou attentivement.

— Oh, une chaîne en argent. Cela vous protégera.

— Roman me l'a donné.

Shanna admira le vieux crucifix.

— Oui, c'est un homme bon.

Connor rangea la boîte de pansements dans un tiroir.

— Je n'aurais pas dû douter de lui.

Shanna ouvrit un petit placard.

— Où sont les verres ?

— Ici.

Connor ouvrit un autre placard et en sortit un verre.

— Que voudriez-vous boire ?

— De l'eau.

Shanna s'avança vers le distributeur d'eau fixé dans la porte du réfrigérateur.

— Je peux me servir moi-même.

Connor lui tendit le verre à contrecœur, puis la suivit jusqu'au réfrigérateur.

— Je ne suis pas impotente, vous savez.

Elle fit tomber quelques glaçons dans son verre, puis sourit au Highlander qui s'appuyait contre la porte du réfrigérateur.

— Vous êtes tous trop gentils. Vous allez faire de moi une femme gâtée.

Elle remplit son verre d'eau.

Connor rougit.

Elle s'assit ensuite à la table et fixa l'intérieur de la boîte de carrés au chocolat.

— Miam.

Elle en prit un.

— Est-ce que vous croyez pouvoir me procurer quelques instruments dentaires ? Je dois resserrer l'attelle dans la bouche de Roman.

Connor s'assit face à elle.

— Oui. Nous pouvons nous en charger.

— Merci.

Shanna croqua un coin de son carré au chocolat.

— Est-ce qu'il y a quelque chose à faire par ici ?

— Nous avons une bibliothèque bien garnie de l'autre côté du salon. Et il devrait y avoir une télévision dans votre chambre.

Shanna termina son carré au chocolat, et alla ensuite explorer la bibliothèque. Oh. Trois murs entiers étaient couverts de livres du plancher au plafond. Certains semblaient très vieux, et d'autres étaient écrits dans des langues qu'elle ne connaissait pas.

Une grande fenêtre couverte de rideaux très épais s'étirait le long du quatrième mur. Elle jeta un coup d'œil par la fenêtre et vit la rue faiblement éclairée avec quelques voitures garées de chaque côté. Ça semblait vraiment calme et paisible. Il était difficile pour elle de croire qu'il y avait des gens dehors qui voulaient lui faire la peau.

Elle entendit des voix dans le hall. Des voix de femmes. Elle s'avança près de la porte. Elle devait admettre qu'elle était curieuse d'en savoir plus sur ces mystérieuses femmes qui regardaient la télévision dans le salon de Roman. Elle jeta un coup d'œil près du montant de la porte.

Deux belles femmes s'approchaient du salon.

La première, vêtue d'une combinaison-pantalon de fibre syn-thétique élastique noire, avait l'allure d'un mannequin et marchait comme une panthère anorexique. Ses cheveux étaient longs et noirs, et tombaient librement dans son dos. De faux diamants étincelants étaient regroupés sur la ceinture noire qu'elle portait autour de sa taille minuscule. Du vernis à ongles noir luisait sur ses longs ongles, et chaque ongle était surplombé d'un autre faux diamant.

La deuxième femme était menue, et ses cheveux noirs étaient coupés au carré. Elle portait un chandail noir serré qui offrait à la vue de tous un décolleté plongeant, et une mini-jupe noire qui révélait ses minces jambes recouvertes de bas noirs en résille. Elle était mignonne et toute petite, mais ses souliers noirs produisaient un bruit sourd qui lui donnait l'allure d'un buffle.

La femme dans la combinaison-pantalon faisait des gestes de colère tandis que ses ongles luisaient sous le lustre.

— Comment ose-t-il me traiter ainsi? Ne sait-il pas que je suis une célébrité?

— Il est très occupé, Simone, répondit la dame aux souliers bruyants. Il a un million de choses à faire avec la conférence qui commence demain.

Simone rejeta ses cheveux noirs soyeux sur son épaule.

— Je suis tout de même venue plus tôt afin que ce rat puisse me voir!

Shanna tressaillit en entendant la femme prononcer ces mots. On aurait dit qu'elle avait du mucus coincé dans la gorge et qu'elle essayait de cracher pour le faire sortir.

Simone râla.

— Il est si imp-oli!

Shanna serra les dents. Elle avait assurément quelque chose de coincé dans la gorge. Probablement une boule de poils.

Simone ouvrit avec force la porte à deux battants qui donnait sur le salon. La pièce était remplie de femmes qui flânaient sur les trois divans couleur bordeaux. Elles buvaient quelque chose dans des verres à vin en cristal.

— Bonsoir Simone, bonsoir Maggie, dirent les femmes en les accueillant dans le hall.

— Est-ce que notre émission est commencée? demanda Maggie en entrant dans la pièce avec ses énormes souliers noirs bruyants.

— Non, répondit une des femmes.

Elle était assise sur le divan du centre, de sorte que Shanna ne pouvait voir que l'arrière de sa tête. Elle avait des cheveux courts à l'allure punk, teints en rouge foncé, presque pourpre.

— Nous en sommes encore au bulletin d'informations.

Shanna regarda le téléviseur grand format. Un présentateur masculin à l'allure ordinaire articulait silencieusement ses paroles. Un symbole de sourdine rougeoyant était affiché dans le coin de l'écran. Ces femmes ne s'intéressaient manifestement pas aux actualités. Sous le symbole de sourdine se trouvait le logo de chauve-souris noir. Elles regardaient RTNV.

Shanna compta un total de onze femmes, qui semblaient toutes être dans la vingtaine. Que diable se passait-il ? Si elle avait l'intention d'être en relation avec Roman, elle avait besoin de savoir pourquoi ces femmes étaient ici. Elle entra dans le hall.

Simone remplit un verre à vin avec une carafe de cristal posé sur la petite table.

— Est-ce que quelqu'un a vu le maître ?

Elle se percha sur l'extrémité éloignée du divan sur la gauche.

La femme aux cheveux pourpres admirait ses longs ongles pourpres.

— J'ai entendu dire qu'il voit une autre femme.

— *Quoi ?*

Les yeux de Simone lancèrent des éclairs. Elle se pencha vers l'avant, puis posa bruyamment son verre sur la table.

— Vanda, tu mens. Il est impossible qu'il préfère la compagnie d'une autre femme quand je suis ici, et disponible pour lui.

Vanda haussa les épaules.

— Je ne mens pas. C'est Phil qui m'en a parlé.

— Le garde de jour ?

Maggie s'assit à côté de Simone.

Vanda se leva. Elle portait elle aussi une combinaison-pantalon noire, mais sa ceinture était formée de bandes de cuir tressé. Elle passa la main dans ses cheveux pourpres à l'allure punk.

— Phil a le béguin pour moi. Il me dit tout ce que je veux savoir.

Simone se laissa retomber sur le divan, et son corps décharné courait le risque de se faire avaler entièrement par ce dernier.

— Alors, c'est donc vrai ? Il y a une autre femme ?

— Oui.

Vanda tourna la tête et poussa un petit grognement.

— Qu'est-ce que c'est ?

Elle aperçut Shanna dans le hall.

— Tiens, en parlant du loup.

Les onze femmes fixèrent toutes Shanna des yeux.

Elle sourit et fit son entrée dans la pièce.

— Bonsoir.

Shanna examina toutes les femmes. Des vêtements noirs n'étaient pas inhabituels pour la ville de New York, mais certains de ces vêtements étaient tout de même un peu étranges. Une des dames portait une robe qui avait une allure médiévale. Une autre robe lui faisait penser à l'époque victorienne. Était-ce une robe munie d'un arceau?

La femme nommée Vanda contourna la petite table et adopta une pose théâtrale près du téléviseur. Oh. Son décolleté plongeait jusqu'à sa taille. Shanna pouvait donc voir une plus grande partie de l'anatomie de Vanda que ce qu'elle aurait vraiment voulu voir.

— Mon nom est Shanna Whelan. Je suis dentiste.

Vanda plissa les yeux.

— Nos dents sont parfaites.

— Bien.

Shanna se demandait ce qu'elle avait pu faire pour que ces femmes la regardent ainsi aussi fixement. Il y en avait une, assise à l'écart des autres, qui lui souriait amicalement. Elle avait des cheveux blonds et des vêtements modernes.

La femme à la robe victorienne prit la parole. Elle semblait être originaire du Sud.

— Une femme dentiste? Je déclare ignorer pourquoi le maître l'inviterait ici.

La femme à la robe médiévale manifesta son accord.

— Elle n'a pas d'affaire ici. Elle devrait partir.

La blonde amicale s'adressa au groupe.

— Hé, c'est la maison de votre maître. Il peut bien inviter le pape s'il le souhaite.

Les autres femmes lancèrent à la blonde des regards malveillants.

Vanda secoua la tête.

— Ne les montez pas contre vous, Darcy. Elles vous rendront la vie misérable.

— Parlez-moi d'une vie.

Darcy roula les yeux.

— Oh, j'ai si peur. Que pourraient-elles me faire? Me tuer?

La femme à la robe médiévale leva son menton.

— Ne nous tentez pas. Votre place n'est pas plus ici qu'elle.

Quel groupe étrange. Shanna recula d'un pas.

La femme du Sud lança des regards noirs à Shanna.

— C'est bien vrai alors? Vous êtes la nouvelle petite amie du maître?

Shanna secoua la tête.

— Je ne sais pas qui est ce maître dont vous parlez.

Les femmes se mirent à rire sous cape. Darcy tressaillit.

— Bon.

Simone se pelotonna comme un chat rassasié dans son coin du divan.

— Vous allez donc le laisser tranquille. Je suis venue depuis Paris pour être avec lui.

Maggie se pencha vers Simone et lui chuchota quelque chose à l'oreille.

— Non!

Les yeux de Simone s'agrandirent.

— Zut alors! Il ne lui a pas dit?

Elle râla.

— Et il m'ignore! Dire que j'avais envie de baiser avec lui. Quel bâtard!

Maggie soupira.

— Il n'a plus jamais de relations sexuelles avec nous désormais. Je m'ennuie du bon vieux temps.

— Moi aussi, dit Vanda, et toutes les femmes hochèrent la tête.

« Mince alors. »

Shanna grimaça. Ce maître avait eu du sexe avec toutes ces femmes? Ça lui donnait vraiment la chair de poule.

— Il me baisera, déclara Simone. Aucun homme ne peut me résister.

Elle regarda Shanna avec mépris.

— Pourquoi voudrait-il cette femme ? Elle doit être une taille 14.

— *Pardon ?* dit Shanna en regardant fixement Simone.

— Oh, regardez ! dit Maggie en pointant le téléviseur.

— C'est la fin des actualités. Notre feuilleton va commencer.

Les femmes oublièrent la présence de Shanna en se tournant toutes pour regarder la télévision. Maggie appuya sur le bouton sourdine de la télécommande pour rétablir le son. Il y avait une annonce publicitaire dans laquelle une femme vantait le goût riche et savoureux d'une boisson nommée «Chocosang.»

Vanda se glissa furtivement autour des divans et se dirigea vers Shanna. En y regardant de plus près, Shanna comprit que la ceinture de Vanda était réellement un fouet. Elle arborait aussi un tatouage de chauve-souris sur la courbe intérieure d'un de ses seins. De couleur pourpre, bien entendu.

Shanna croisa les bras sur sa poitrine, refusant de se laisser intimider.

Vanda s'arrêta à côté d'elle.

— J'ai entendu dire que le maître s'est endormi dans le lit de quelqu'un d'autre.

— Non !

Les autres femmes oublièrent la télévision et se tournèrent toutes pour fixer Vanda du regard.

Vanda sourit, appréciant toute l'attention qu'elle recevait. Elle tapota doucement ses cheveux pourpres à l'allure punk.

— C'est ce que Phil m'a dit.

— Dans le lit de qui ? insista Simone. Je vais lui arracher les yeux.

Vanda regarda Shanna. Les autres femmes la regardèrent fixement.

Shanna leva les mains.

— Écoutez, les filles, vous avez tort si vous pensez qu'il s'agit de mon lit. Je ne connais pas ce maître effrayant qui est le vôtre.

Vanda rit sous cape.

— Elle n'est pas très intelligente, vous ne trouvez pas ?

C'en était assez.

— D'accord, madame. Je suis assez intelligente pour ne pas teindre mes cheveux pourpres. Ou pour partager un homme avec dix autres femmes.

Les femmes réagirent. Certains, en riant, d'autres, en s'offensant.

— Phil m'a dit qu'il y avait un homme dans votre lit, dit Vanda d'un ton moqueur. Vous vous êtes réveillée et avez pensé qu'il était mort.

Les femmes rirent sottement.

Shanna fronça les sourcils.

— C'était Roman Draganesti.

Vanda sourit lentement.

— Roman *est* le maître.

La bouche de Shanna s'ouvrit, et demeura ainsi. Cela pouvait-il être vrai ? Roman pouvait-il avoir onze petites amies en résidence ?

— Non.

Elle secoua la tête.

Les dames l'observèrent avec des regards suffisants. Vanda s'appuya contre le montant de la porte, et afficha un sourire triomphant.

Un frisson parcourut la peau de Shanna. Non, ce n'était pas vrai. Ces femmes voulaient seulement la blesser.

— Roman est un homme bon.

— C'est un bâtard, déclara Simone.

La tête de Shanna était dans tous ses états. *Roman* est un *homme bon*. Elle l'avait senti jusque dans son âme. Il voulait la protéger. Il ne voulait pas la blesser.

— Je ne vous crois pas. Roman se soucie de moi. Il m'a donné ceci.

Le crucifix avait glissé sous son blazer. Elle l'en sortit.

Les femmes reculèrent.

Vanda se raidit, puis poussa un sifflement.

— Nous sommes ses femmes. Vous n'avez pas d'affaire ici.

Shanna avala sa salive. Roman pouvait-il vraiment avoir onze amantes?

Comment pouvait-il l'embrasser, alors qu'il avait déjà plusieurs femmes? Oh mon Dieu. Elle pressa la croix contre sa poitrine.

— Je ne vous crois pas.

— Alors, vous êtes une idiote, dit Simone. Nous ne devrions pas avoir à partager Roman avec quelqu'un comme vous. C'est insultant.

Shanna regarda fixement les femmes. Elles devaient être en train de lui mentir, mais pour quelle raison? La seule explication logique de leur colère était qu'elle fréquentait leur maître. Roman.

Comment pouvait-il lui faire cela? La faire sentir si spéciale alors qu'il avait une maison remplie de femmes. Elle avait vraiment été idiote de penser qu'il voulait la protéger de ces types qui voulaient sa mort. Il voulait seulement qu'elle l'accompagne dans sa maison afin qu'elle se joigne au groupe, et qu'il complète sa douzaine. Simone avait raison. C'était un bâtard! Onze femmes à son service, et ce n'était pas assez pour lui. Quel porc!

Elle quitta la pièce en courant et grimpa les marches de l'escalier quatre à quatre. Elle parvint au quatrième étage, et bouillait maintenant de rage. Elle n'allait demeurer ici sous aucun prétexte. Elle se fichait bien de la sécurité qu'elle avait contre les Russes. Elle ne voulait plus jamais revoir Roman. Elle pouvait s'occuper d'elle-même.

De quoi aurait-elle besoin? Quelques vêtements, sa bourse. Elle se souvint d'avoir vu sa bourse de Marilyn Monroe dans le bureau du Roman. Dans le bureau de ce porc de Roman.

Elle monta au cinquième étage en vitesse. Un Highlander gardait l'étage, il s'approcha d'elle.

— Est-ce que vous avez besoin de quelque chose, mademoiselle?

— J'ai seulement besoin de ma bourse.

Elle fit un signe en direction de la porte du bureau.

— Je l'ai laissée à l'intérieur.

— Très bien.

La garde lui ouvrit la porte.

Elle se glissa à l'intérieur et trouva sa bourse sur le plancher à côté du fauteuil de velours. Elle en examina le contenu. Son portefeuille, son chéquier, et son Beretta étaient toujours là. Dieu merci.

Elle se souvint d'avoir pointé son arme à feu vers Roman la nuit précédente. Pourquoi avait-elle décidé de lui faire confiance ? Elle lui avait accordé sa confiance la plus totale dès qu'elle était montée dans la voiture avec lui. Elle lui avait confié sa vie.

Elle regarda le fauteuil de velours avec tristesse. La nuit dernière, elle s'était couchée là, et elle l'avait laissé l'hypnotiser. Elle avait eu confiance en lui de nouveau, lui confiant cette fois sa carrière, ses rêves et ses craintes. Ils avaient ensuite échangé leur premier baiser près de la porte. Un baiser de l'enfer. Et elle avait eu confiance en lui avec son cœur.

Une larme roula sur sa joue. Merde ! Elle essuya ses yeux. Ce bâtard ne méritait pas que l'on verse une larme pour lui. Elle était à mi-chemin de la porte lorsqu'elle s'arrêta.

Elle voulait qu'il sache. Elle voulait qu'il sache qu'elle le rejetait. Personne ne la traitait ainsi. Elle revint vers le bureau, retira le crucifix et le laissa sur son bureau. Là. C'était un message qu'il comprendrait.

Elle quitta le bureau et nota la présence d'un garde près de la porte. Zut alors. Comment allait-elle pouvoir quitter la maison ? Il y avait des gardes partout. Elle descendit l'escalier jusqu'au quatrième étage, en réfléchissant intensément. Plus tôt, quand elle avait rencontré les femmes de Roman, elle avait vu un Highlander à la porte d'entrée, un garde qu'elle n'avait encore jamais rencontré. Connor serait posté près de la porte de service. Impossible de passer sous son nez. Il fallait donc qu'elle tente le coup avec la porte d'entrée. Elle n'avait aucune carte d'identité, et ne connaissait pas le code pour le pavé numérique. Elle devrait donc convaincre le garde de lui ouvrir la porte.

De retour dans sa chambre, elle marcha à pas mesurés dans les deux sens, échafaudant des plans. Cela l'agaçait d'accepter quoi que ce soit de Roman, le roi des porcs, mais elle luttait pour survivre, et se devait de penser avec son côté pratique. Elle s'empara du plus grand sac et le remplit avec des vêtements et des objets de première nécessité.

Radinka n'avait rien acheté de noir. Merde. Elle avait besoin de vêtements noirs pour que son plan fonctionne. Ah! Les pantalons qu'elle portait la nuit dernière étaient noirs. Elle remit ses vieux vêtements, et glissa les nouveaux dans le sac. Elle enfila ensuite ses vieilles chaussures de sport blanches. C'était les meilleurs souliers pour la marche.

Elle se dirigea dans l'escalier avec sa bourse et son sac. Le garde du quatrième étage la salua de la tête.

Elle sourit.

— Je m'en vais essayer ces vêtements avec… Darcy.

Elle souleva son sac pour le montrer au garde.

— Elle a cependant oublié de me dire quelle chambre est la sienne.

— Oh, la jolie jeune fille avec les cheveux blonds.

Le Highlander sourit.

— Toutes les femmes du harem dorment au deuxième étage.

Le sourire de Shanna se figea. Le *harem*? C'est ainsi qu'ont les appelait? Elle serra les dents.

— Merci.

Elle descendit les marches d'un pas lourd. Ce maudit Roman. Le maître et son harem. Complètement malade! Elle arriva au deuxième étage, choisit une porte et entra à l'intérieur. Il y avait deux lits à deux places, et les draps des deux lits étaient un peu froissés. On dirait que les femmes du harem de Roman devaient partager leurs chambres. Ça faisait pitié.

Elle regarda dans le placard. Des combinaisons-pantalons? Elle
ne pouvait pas porter ça. Là. Une blouse à résille. Elle glissa cela
par-dessus son t-shirt rose. Vanda ne porterait sans doute rien sous
cette blouse.

Elle remarqua un béret noir et fourra ses cheveux châtains à
l'intérieur. Était-elle assez déguisée? Elle examina la pièce du
regard. Aucun miroir. C'était dur à croire. Comment ces femmes
pouvaient-elles survivre sans un miroir?

Elle trouva du rouge à lèvres rouge foncé dans la salle de bains,
et l'appliqua en se servant d'un miroir de poche qu'elle avait dans sa
bourse. Elle appliqua également du fard à paupières rouge. Là. Elle
semblait aussi effrayante qu'elles. Elle prit son sac et sa bourse et
descendit les escaliers.

Une fois au rez-de-chaussée, elle remarqua que les portes du
salon étaient fermées. Bon. Le *harem* était fermé de l'intérieur. Ce
n'était pas comme si elles allaient tenter de l'empêcher de partir. Elle
vit ensuite Connor qui venait vers elle depuis la cuisine. Il
bousillerait sans doute son plan en l'arrêtant.

Elle courut derrière le grand escalier à la recherche d'une place
pour se cacher, et elle remarqua un escalier étroit qui descendait
vers le sous-sol. Peut-être y avait-il une autre sortie à partir de là.
Elle atteignit le bas de l'escalier. Il y avait un générateur de chaleur,
une laveuse, une sécheuse, et une porte. Elle l'ouvrit.

C'était une grande pièce avec une table de billard en son centre.
Une lampe en verre coloré était suspendue au-dessus de la table de
billard, et sa faible lumière illuminait la pièce. Il y avait des appareils
d'exercice un peu partout. Des bannières confectionnées avec du
tissu écossais et ornées de devises brodées décoraient les murs.
Entre elles se trouvaient des épées et des haches. Il y avait un divan
de cuir et deux fauteuils décorés de tissu écossais rouge et vert
contre un autre mur. Ça devait être l'endroit où les Highlanders
passaient le temps quand ils n'étaient pas en service.

Shanna entendit des pas dans l'escalier. Zut. Ils allaient la voir
si elle quittait la pièce. Le divan était poussé contre le mur, et il n'y

avait donc aucun moyen de se dissimuler derrière lui. Elle découvrit une autre porte.

Les pas se rapprochèrent. Il y avait plus qu'une personne. Shanna se hâta vers la porte et se glissa à l'intérieur. L'obscurité totale l'enveloppa. Est-ce que c'était un placard? Elle posa son sac et sa bourse près de ses pieds. Elle tendit les mains, mais ne sentit rien autour d'elle.

Elle se pressa contre la porte. Elle entendit des voix dans la salle des gardes, puis des rires. Les voix finirent par se taire. Elle entrouvrit la porte. La salle des gardes était vide, mais ils avaient ouvert les lumières à leur pleine puissance.

Elle ramassa ses sacs et sortit de sa cachette sur la pointe des pieds. Elle se retourna pour fermer la porte et haleta. La lumière de la salle des gardes éclairait une partie de sa cachette.

Ça ne pouvait être vrai. Elle laissa tomber ses sacs sur le plancher, se pencha dans l'autre pièce, puis glissa la main le long du mur à la recherche d'un interrupteur. «Clic.»

Elle haleta de nouveau. Sa peau se couvrit de chair de poule. La pièce étroite ressemblait à un dortoir macabre avec deux longues rangées, mais les rangées n'étaient pas formées de lits. Oh non. C'était plutôt des cercueils. Plus d'une douzaine de cercueils. Tous ouverts. Tous vides, à part les oreillers et les couvertures de tissu écossais à l'intérieur de chacun d'eux.

Elle éteignit la lumière et ferma la porte. Mon Dieu! Complètement malade! Elle s'empara de ses sacs et quitta la salle des gardes en titubant. Son estomac se noua. C'en était trop. D'abord, la trahison de Roman avec ces femmes psychopathes, et ensuite ces *cercueils*? Les Highlanders dormaient-ils vraiment là-dedans? Une vague de nausée déferla vers le haut de sa gorge. Elle avala sa salive avec difficulté. Non! Elle ne céderait pas à la peur. Ou à l'horreur. Son paradis s'était soudainement métamorphosé en enfer, mais il ne la vaincrait pas.

Elle allait quitter cet endroit.

De retour au rez-de-chaussée, elle remarqua la présence du garde à la porte d'entrée. Place au spectacle. Elle prit une profonde inspiration pour calmer ses nerfs chancelants.

« Ne pense pas aux cercueils. Sois forte. »

Elle redressa ses épaules et souleva son menton.

— Bonsoir.

Elle marcha vers la porte d'entrée avec ses sacs dans les mains.

— Je dois sortir pour aller chercher de la teinture à cheveux. Simone veut des mèches pour ses cheveux.

Le garde lui jeta un regard perplexe.

— Vous savez, des mèches blondes. C'est ce qui fait fureur, en ce moment !

Il fronça les sourcils.

— Qui êtes-vous ?

— Je suis la coiffeuse personnelle de Simone. Je suis Angélique, de Paris. Vous avez entendu parler de moi, n'est-ce pas ?

Il secoua la tête.

— Merde !

Sa connaissance des jurons dans d'autres langues avait parfois été un avantage pour elle. Et ses trois années d'études françaises dans son école privée avec internat étaient également utiles.

— Si je ne reviens pas avec la teinture, Simone sera furieuse !

L'Écossais pâlit. Il avait dû être témoin d'une des colères de Simone dans le passé.

— Je suppose que vous pouvez sortir pendant un moment. Vous saurez comment revenir ici, jeune fille ?

Shanna sembla exaspérée.

— Est-ce que j'ai l'air d'une idiote ?

Le Highlander glissa sa carte d'identité dans la fente prévue à cet effet. La lumière verte s'alluma. Il ouvrit la porte, puis jeta un coup d'œil aux alentours.

— Tout semble en ordre, jeune fille. Lorsque vous reviendrez, appuyez sur le bouton de l'interphone, afin que je puisse vous laisser entrer.

— Merci bien.

Shanna passa à l'extérieur, puis attendit que l'Écossais ferme la porte. Ouf! Elle attendit que son cœur cesse de battre la chamade. Elle avait réussi! Elle regarda à gauche et à droite. La rue était calme. Quelques personnes flânaient plus loin sur le trottoir. Elle augmenta le rythme et tourna à droite en direction de Central Park.

Un moteur de voiture démarra derrière elle. Son cœur bondit dans sa poitrine, mais elle n'arrêta pas de marcher.

«Ne regarde pas derrière toi. Ce n'est rien.»

La rue s'éclaira lorsque la voiture derrière elle alluma ses phares. De la sueur perlait sur son front.

«Ne regarde pas derrière toi.»

Elle ne pouvait se retenir plus longtemps. Elle devait savoir.

Elle jeta un coup d'œil par-dessus son épaule. Une berline noire se mettait en mouvement.

Merde! Elle tourna brusquement sa tête vers l'avant. La voiture ressemblait à une de celles que les Russes avaient garées devant le centre de soins dentaires.

«Ne panique pas.»

Il y a des millions de voitures noires dans la ville.

Elle fut tout à coup aveuglée par des phares de voiture. Une voiture garée devant elle venait d'allumer ses phares. Elle plissa les yeux. C'est un VUS noir avec des fenêtres teintées.

Le conducteur de la berline derrière elle fit monter le régime de son moteur. Le VUS fit un écart dans la rue. Il se dirigea droit vers elle, puis s'arrêta dans un crissement de pneus en se positionnant de travers dans la rue, ce qui bloqua la voie. La berline noire était coincée. Le conducteur sortit de sa voiture en jurant.

Des jurons en russe.

Shanna courut. Elle arriva au coin de la rue, puis tourna à gauche sans jamais arrêter de courir. Son cœur voulait exploser et sa peau devint trempée de sueur. Elle courait de plus belle. Elle arriva à Central Park et se mit à marcher. Elle jeta un coup d'œil autour d'elle pour vérifier si elle était suivie.

Bon Dieu, elle avait échappé de peu aux Russes. Sa peau refroidissait en même temps que sa sueur. Elle frissonna. N'eut été du VUS, elle serait probablement déjà un cadavre. Le fait de penser aux cadavres la ramena d'un seul coup aux cercueils du sous-sol. Son estomac voulut se révolter.

Elle s'arrêta et prit de profondes respirations.

«Détends-toi.»

Elle ne pouvait être malade maintenant.

«Ne pense pas aux cercueils.»

Hélas, sa prochaine pensée était tout aussi déconcertante.

Qui donc conduisait le VUS?

Treize

Roman traversa la salle de danse en compagnie de Radinka. Une petite armée de concierges était au travail. Trois hommes manipulaient leurs polisseuses de gauche à droite, lustrant le linoléum à carreaux noirs et blancs jusqu'à ce que le fini soit brillant. D'autres nettoyaient les fenêtres qui donnaient sur le jardin.

Radinka avait sa planchette à pince en main et cochait des articles dans sa liste.

— J'ai téléphoné afin de m'assurer que les sculptures de glace soient livrées à l'heure demain. Vingt heures trente, précisément.

— Pas de gargouille ou de chauves-souris, s'il vous plaît, murmura Roman.

— Que préféreriez-vous avoir à la place ? Des cygnes et des licornes ?

Radinka le regarda avec impatience.

— Ai-je besoin de vous rappeler que ce sera un bal de vampires ?

— Je le sais.

Roman gémit. Il y a dix ans, il avait insisté pour que soient éliminées les décorations macabres. C'était une conférence du printemps, après tout, et non une fête Halloween. Les convives s'étaient cependant tellement plaints, qu'il était maintenant coincé avec le même thème ridicule de Dracula année après année. Les mêmes horribles sculptures de glace, les mêmes ballons noirs et blancs qui flottaient près du plafond. Les mêmes invités, tous les ans, toujours parés en noir et blanc.

Chaque année, l'événement se déroulait dans les locaux de Romatech. On ouvrait alors une douzaine de salles de conférences pour obtenir une énorme salle de danse, et des vampires du monde entier venaient à la fête. Il avait commencé la tradition 23 ans plus tôt pour faire plaisir aux femmes de la bande. Elles avaient adoré ça. Il en était venu à la détester. C'était une perte de temps, et il était d'avis que son temps était plus utile dans son laboratoire.

Ou avec Shanna. Elle n'était jamais en noir et blanc. Elle était haute en couleurs. Des yeux bleus, des lèvres roses, et des baisers chauffés au rouge. Il avait vraiment hâte de la revoir, mais il devait d'abord accomplir un peu de boulot dans son labo. Il s'était téléporté à son travail plus de quarante minutes auparavant, mais il avait été si occupé avec ces choses ridicules qu'il n'avait pas encore mis les pieds dans son labo.

— Au fait, est-ce que mon paquet en provenance de la Chine est arrivé?

— Quel paquet?

Radinka glissa un doigt sur sa liste en passant les articles en revue.

— Je ne vois rien en provenance de la Chine.

— Cela n'a rien à voir avec ce fichu bal. C'est pour la formule que j'élabore dans mon labo.

— Oh. Dans ce cas, je n'en sais rien.

Elle pointa un article sur sa planchette.

— Nous allons avoir un nouvel orchestre demain. Ils se nomment les « High Voltage Vamps », et ils peuvent jouer de tout, du menuet au rock moderne. Ça ne sera pas amusant, à votre avis ?

— Hilarant, en effet. Je m'en vais dans mon labo.

Il se dirigea vers la porte.

— Roman, attendez-moi !

Il entendit la voix de Gregori derrière lui et se retourna. Gregori et Laszlo venaient d'entrer dans la salle de danse.

— Enfin.

Roman marcha à grands pas vers eux.

— Laszlo, j'ai encore votre téléphone portable.

Il sortit le téléphone de sa poche.

— Et j'ai besoin de vous pour retirer ces fils de ma bouche.

Laszlo le regarda fixement. Ses yeux étaient grands, et ne regardaient nulle part en particulier. Ses doigts étaient sujets à des spasmes saccadés, comme s'il avait voulu saisir un bouton, mais il n'était pas tout à fait capable de maîtriser le mouvement.

— Tiens, mon homme.

Gregori l'escorta vers une des chaises qui étaient alignées contre le mur.

— Salut M'man.

— Bonsoir, chéri.

Radinka donna une bise sur la joue de son fils, puis s'assit à côté du chimiste.

— Hé, Laszlo, qu'est-ce qui ne va pas ?

Comme il ne répondait pas, elle se tourna vers Roman.

— Je crois qu'il est en état de choc.

— Nous le sommes tous les deux.

Gregori glissa une main dans ses épais cheveux châtains.

— J'ai de mauvaises nouvelles. De véritables mauvaises nouvelles.

Génial. Roman ordonna aux ouvriers de prendre une pause de trente minutes. Il attendit qu'ils quittent les lieux, puis il fit face à Gregori.

— Expliquez-moi tout.

— J'ai offert à Laszlo de faire du covoiturage ce soir pour aller au travail, et il m'a demandé d'arrêter à son appartement pour qu'il puisse changer de vêtements. Nous y sommes donc allés, et nous avons trouvé l'appartement sens dessus dessous. Enfin, tout était littéralement détruit. Les meubles ont été brisés, les coussins éventrés. Il y avait même de la peinture sur les murs.

— Ils veulent me tuer, chuchota Laszlo.

— Ouais.

Gregori grimaça.

— Ils ont peint un message sur le mur : « Mort à Laszlo Veszto. Mort à Shanna Whelan. »

Roman retint son souffle. Maudit enfer.

— Les Russes savent que nous hébergeons Shanna.

— Comment l'ont-ils découvert ? demanda Radinka.

— Sûrement grâce à la voiture de Laszlo, dit Roman. Ils ont retracé l'adresse avec la plaque d'immatriculation.

— Qu'est-ce que je vais faire ? chuchota Laszlo. Je ne suis qu'un chimiste.

— Ne vous inquiétez pas. Vous êtes sous ma protection, et vous vivrez dans ma maison tant que vous en aurez besoin.

— Tu vois, mon homme, dit Gregori en tapotant le chimiste sur l'épaule. Je t'avais bien dit que tout irait bien.

C'était loin d'aller bien. Roman échangea un regard inquiet avec Gregori. Ivan Petrovsky allait considérer les actions de Roman comme une insulte personnelle. Il pourrait même encourager sa bande à passer à l'attaque. En protégeant Shanna, Roman avait exposé sa propre bande à la possibilité d'une guerre.

Radinka serra la main de Laszlo.

— Tout ira bien. Angus MacKay arrivera à la maison ce soir avec davantage de Highlanders. Nous aurons plus de sécurité que la Maison Blanche.

Laszlo prit une longue respiration mal assurée.

— Ça va. Ça va aller.

Roman ouvrit le téléphone portable de Laszlo.

— Si les Russes croient qu'elle est dans ma maison, ils pourraient attaquer.

Il composa le numéro de sa maison.

— Connor, je veux que la sécurité soit renforcée autour de la maison. Les Russes...

— Monsieur !

Connor l'interrompit.

— Vous appelez juste à temps. Nous ne pouvons la trouver dans la maison. Elle manque à l'appel.

Cette nouvelle lui fit l'effet d'un coup de pied dans le ventre.

— Vous parlez de Shanna ?

— Oui. Elle est partie. J'allais justement vous appeler.

— Merde ! cria Roman. Comment a-t-elle pu vous filer entre les doigts ?

— Qu'est-ce qui se passe ? demanda Gregori en marchant vers lui.

— Elle... elle est partie, croassa Roman.

Tout à coup, sa gorge ne semblait plus fonctionner comme il faut.

— Elle a dupé le garde posté à la porte d'entrée, dit Connor.

— Comment ? Il ne s'est pas rendu compte qu'elle était une mortelle ?

— Elle s'était habillée comme une de vos femmes, monsieur, expliqua Connor. Et elle a prétendu qu'elle était ici avec Simone. Quand elle a insisté pour sortir, il l'a laissé passer.

Pourquoi le quitterait-elle ? Ils avaient échangé un baiser seulement une heure auparavant. À moins que...

— Êtes-vous en train de me dire qu'elle a rencontré les autres femmes ?

— Oui, dit Connor. Elles lui ont dit qu'elles faisaient partie de votre harem.

— Oh merde.

Roman s'éloigna de quelques pas et baissa le bras qui tenait le téléphone. Il aurait dû se douter que ces femmes n'auraient pu la fermer. Et voilà que Shanna était encore plus en danger.

— Si les Russes l'attrapent…

Gregori ne compléta pas sa phrase.

Roman ramena le téléphone à son oreille.

— Connor, vous allez poster quelqu'un à l'extérieur de la maison d'Ivan Petrovsky. Si elle se fait capturer, c'est là qu'on la conduira.

— Oui, monsieur.

— Faites parvenir une note aux membres de la bande. Peut-être que l'un d'entre eux la verra.

Il avait des disciples dans les cinq quartiers de la ville qui occupaient des emplois la nuit. C'était possible que l'un d'entre eux la voie ce soir. Ce n'était pas probable, mais c'était là leur meilleure chance de la retrouver.

— Je le ferai. Je suis réellement désolé, monsieur.

La voix de Connor se brisa.

— J'aimais bien la jeune fille.

— Je sais.

Roman raccrocha. Sang de Dieu. Sa belle Shanna. Où pouvait-elle être ?

Shanna se trouvait devant le magasin de jouets Toys "R" Us, à Times Square. Cet endroit était toujours très éclairé et grouillant de gens, et elle avait pensé que c'était un endroit sûr où aller. Les touristes prenaient des photos et regardaient bêtement les édifices couverts d'écrans. Il y avait des vendeurs de sacs à main sur les coins de rue.

Elle s'était rendu compte en marchant qu'elle avait désespérément besoin d'argent. De l'argent avec lequel on ne pourrait la retracer. Elle ne pouvait pas entrer en contact avec des membres de sa famille ou avec de vieux amis sans les mettre en danger. De plus, sa famille était à l'étranger. Ils étaient venus à Boston l'été dernier pour une courte visite, et étaient repartis pour la Lituanie. Et ses vieux amis étaient dans un autre État.

Elle allait donc appeler de nouveaux amis. Les types au restaurant-traiteur Chez Carlo avait été témoin de la destruction du centre de soins dentaires et était prêt à l'aider. Elle avait demandé à Tommy de la rencontrer ici.

Elle s'était collée contre le bâtiment afin d'éviter de se faire emporter par la vague interrompue de gens en déplacement. En voyant Tommy, elle hurla et lui fit signe de la main.

— Hé !

Le livreur de pizza sourit tout en évitant des piétons. Il tenait dans ses mains un sac de transport de pizza muni d'une fermeture éclair.

— Hé, Tommy.

— Désolé de ne pas être arrivé plus tôt.

Les jeans de Tommy glissèrent sur sa silhouette dégingandée, révélant des caleçons ornés de personnages de Scooby Doo.

Elle lui fit une caresse.

— Merci beaucoup. Et je t'en prie, remercie Carlo pour moi aussi.

— Aucun problème.

Il se pencha tout près de son oreille.

— L'argent comptant est dans un sac en plastique sous la pizza. J'ai pensé que nous devrions rendre cette livraison aussi réelle que possible.

— Oh. Bonne idée.

Elle sortit son chéquier de sa bourse.

— Combien te dois-je ?

— Pour la pizza ? demanda Tommy d'une voix forte en regardant autour de lui.

Il baissa ensuite la voix.

— Il y a quatre enchiladas. C'est tout ce que nous avions sous la main.

Il semblait tirer du plaisir de la situation, comme s'il venait de se joindre à la distribution d'un film d'espionnage.

— Je suppose que cela représente 400.

Elle fit un chèque au nom du restaurant Chez Carlo, puis le remit à Tommy.

— Si vous pouviez attendre environ une semaine avant de l'encaisser, ce serait apprécié.

— Qu'est-ce qui se passe, doc?

Il ouvrit le sac de livraison et en retira une petite boîte de pizza.

— Des types costauds à l'accent russe se sont pointés au restaurant et ont posé des questions sur vous.

— Oh non!

Elle regarda autour d'elle, soudainement inquiète qu'ils aient pu faire suivre Tommy.

— Hé, il n'y a pas de problème. Nous n'avons rien dit.

— Oh. Merci, Tommy.

— Pourquoi ces types veulent-ils vous faire du mal?

Shanna soupira. Elle avait horreur d'impliquer des innocents.

— Disons simplement que j'ai vu quelque chose que je n'aurais pas dû voir.

— Le Bureau fédéral d'investigation pourrait vous aider. Hé, je parie que c'était ces types.

— Quels types?

— Les hommes en noir. Ils sont venus poser des questions sur vous, eux aussi.

— Eh bien, je suppose que je suis très populaire par les temps qui courent.

Elle devait appeler Bob Mendoza très bientôt. Elle espérait qu'il allait répondre à l'appel, cette fois-ci.

— Est-ce que nous pouvons faire autre chose pour vous?

Les yeux de Tommy brillaient.

— C'est plutôt amusant.

— Ce n'est pas un jeu. Ne dis à personne que tu as été en contact avec moi.

Elle fouilla dans sa bourse.

— Laisse-moi te donner un pourboire.

— Non. Sans-façon. Vous avez besoin de votre argent.

— Oh, Tommy. Comment pourrais-je jamais te remercier ?

Elle l'embrassa sur la joue.

— Oh ! Ça fera l'affaire. Ne vous en faites pas, doc.

Il s'en alla avec le sourire.

Shanna ramassa ses choses et se dirigea dans la direction opposée. Elle entra dans une pharmacie et utilisa un téléphone public pour appeler Bob.

— Mendoza.

Sa voix semblait fatiguée.

— Bob, c'est… Jane. Jane Wilson.

— Comme je suis soulagé de vous entendre. J'étais vraiment inquiet. Où étiez-vous ?

Quelque chose n'était pas normal. Shanna ne pouvait pas exactement mettre le doigt dessus. Il n'avait tout simplement pas l'air soulagé ou inquiet.

— Dites-moi où vous êtes.

— Je suis partout et nulle part à la fois, Bob. Qu'en pensez-vous ? Je dois sortir de New York.

— Vous êtes toujours à New York ? Où, exactement ?

Shanna ressentit un petit malaise. Ses pensées rationnelles lui disaient de se confier à l'huissier de justice, mais son instinct lui disait que quelque chose ne tournait pas rond.

— Je suis dans un magasin. Est-ce que je dois vous rencontrer à votre bureau ?

— Non. Je viendrai vous chercher. Dites-moi où vous êtes.

Shanna avala sa salive avec difficulté. Il y avait quelque chose d'étrange dans sa voix, quelque chose de distant et de mécanique.

— Je… j'aimerais mieux passer à votre bureau, demain matin.

Il y eut une autre pause. Shanna crut entendre une voix au loin. Une voix de femme.

— Je vais vous donner les coordonnées d'un endroit sûr. Soyez-y, demain soir, à 20 h 30.

— D'accord.

Shanna nota l'adresse. C'était quelque part dans le quartier de New Rochelle.

— Je vous revois demain. Au revoir.

— Attendez! Dites-moi, où étiez-vous ces derniers jours? Comment vous êtes-vous échappée?

Essayait-il de faire en sorte qu'elle reste en ligne? Bien sûr, il tentait de retracer l'origine de son appel.

— Au revoir.

Elle raccrocha. Sa main tremblait. Bon Dieu, elle devenait parano. Elle en était au point où même un huissier de justice semait le doute dans son esprit. Encore une autre semaine, et elle se parlerait à elle-même en se racontant des histoires d'extraterrestres et en portant des feuilles d'aluminium sur sa tête.

Elle regarda le plafond comme si elle voulait communiquer avec Dieu, et elle poussa un long gémissement silencieux de frustration.

«Pourquoi moi? Je voulais seulement avoir une vie normale!»

Elle acheta une boîte de teinture pour les cheveux et un sac de nylon bon marché avec une glissière à pression pour transporter ses quelques affaires. Puis, elle trouva un hôtel abordable sur la 7e Avenue et s'y enregistra sous un faux nom en payant avec de l'argent comptant. Elle poussa un grand soupir de soulagement et s'enferma dans sa chambre. Elle y était arrivée. Elle avait échappé aux Russes. Échappé à Roman le porc et à sa maison des horreurs. Elle ne savait pas ce qui la vexait le plus. Les goûts de Roman en matière de femme ou les cercueils au sous-sol. Merde alors! Elle frissonna.

«Oublie tout ça. Pense à l'avenir et à ce que tu dois faire pour survivre.»

Elle se rendit dans la salle de bains et appliqua la teinture sur ses cheveux. Elle s'installa ensuite sur le lit, et attendit 30 minutes. Elle mangea sa pizza en parcourant les chaînes de télévision. Elle tomba sur une chaîne de nouvelles locales et s'arrêta. Bon Dieu, c'était le centre de soins dentaires SoHo Sobright. Il y avait du verre brisé partout sur le trottoir ainsi que des bandes de ruban jaune de scènes de crime.

Elle monta le volume. Le présentateur expliqua de quelle façon le centre avait été détruit la nuit dernière. Les policiers menaient leur enquête en lien avec un homicide découvert dans les environs.

Shanna haleta lorsqu'une image d'une jeune femme blonde fut montrée à l'écran. On avait découvert son corps dans une allée près de la clinique. La cause officielle de la mort était encore inconnue, mais le journaliste avait entendu des rumeurs voulant qu'elle soit décédée suite à une blessure bizarre. Deux trous dans le cou comme une morsure d'animal. Les gens du voisinage blâmaient une secte secrète d'adolescents marginaux qui aimaient prétendre être des vampires.

« Des vampires ? »

Shanna poussa un petit grognement. Elle avait entendu parler de l'existence de sociétés secrètes et de jeunes désabusés de la société qui n'avaient rien de mieux à faire avec leur temps et leur argent que de boire du sang et de faire modifier leurs canines afin qu'elles ressemblent à celles des vampires. Complètement malade. Aucun dentiste de bonne réputation ne ferait une telle chose.

Des souvenirs lui traversèrent malgré tout l'esprit sans qu'elle puisse y faire quoi que ce soit. Une canine de loup dans la main de Roman. Son corps apparemment sans vie étendu dans son lit. Un sous-sol rempli de cercueils.

Un frisson lui parcourut l'échine. Non. Les vampires n'existent pas. Elle avait vécu trop de traumatismes. Elle était en train de devenir parano. C'est tout. Les gens font seulement semblant d'être des vampires.

Et il y avait des explications raisonnables pour tout. Elle avait vérifié la dent de Roman, et elle était de taille normale. Bon, d'accord, elle était un peu plus pointue que la moyenne. Cela pouvait également être expliqué. C'était un trait génétique peu commun. Une personne pouvait naître avec des doigts ou des orteils palmés sans pour autant être une sirène.

Et les cercueils? Mon Dieu. Quelle explication possible pouvait-il y avoir pour cela?

Elle retourna dans la salle de bains pour se rincer les cheveux. Elle les sécha avec une serviette et se regarda dans le miroir. Des cheveux blond platine, comme Marilyn Monroe. La comparaison n'était pas très réjouissante. Marilyn était morte jeune. Shanna pensa à elle-même et en fut consternée. Elle ressemblait beaucoup à la femme qu'elle venait de voir à la télévision.

La femme blonde tuée par un vampire.

— Ce n'est pas du tout mon domaine d'expertise, monsieur, dit Laszlo en tripotant un bouton sur sa nouvelle blouse blanche de laboratoire.

— Ne vous inquiétez pas.

Roman se précipita vers un tabouret dans son laboratoire de Romatech.

— Qui plus est, comment pourriez-vous me blesser? Je suis déjà mort.

— Enfin, techniquement, vous n'êtes pas mort, monsieur. Votre cerveau est toujours actif.

Son cerveau était en bouillie, quoique Roman ne voulait pas l'admettre. Il avait de la difficulté à suivre le fil de ses propres pensées depuis qu'il avait reçu la nouvelle de la disparition de Shanna.

— Vous avez fait du bon boulot en faisant en sorte que VANNA puisse fonctionner avec tout son filage interne. Je suis sûr que vous vous débrouillerez avec moi.

Laszlo choisit des cisailles, puis changea d'avis et opta plutôt pour des pinces à long bec.

— Je ne suis pas tout à fait certain de ce qu'il faut faire.

— Vous n'avez qu'à couper ces fichus fils de ma bouche.

— Oui, monsieur.

Laszlo s'approcha de la bouche ouverte de Roman avec les pinces.

— Je m'excuse tout de suite de la douleur que je pourrais vous infliger.

— Mmm, dit Roman, lui signifiant qu'il avait compris sa remarque.

— J'apprécie la confiance que vous placez en moi.

Laszlo commença son travail sur les fils.

— Je suis content d'avoir quelque chose à faire. Sinon, je commence à penser...

Il baissa la main et fronça les sourcils.

— Ahhh.

Roman avait des fils qui poussaient contre l'intérieur de sa bouche. Ce n'était pas le temps pour Laszlo de se faire du mauvais sang à propos des menaces de mort qu'il avait pu recevoir.

— Oh, désolé.

Laszlo reprit son travail.

— Je n'ai toujours pas récupéré ma voiture. Nous l'avons laissée au centre de soins dentaires la nuit dernière, et VANNA est encore dans le coffre. Je n'ai donc rien à faire ce soir.

Roman se rappela de la conclusion malheureuse qui avait suivi sa première utilisation de VANNA. Ce jouet avait grandement alimenté son désir de boire du sang. Elle allait rappeler à tous les vampires à quel point il était agréable de mordre. Il n'avait pas du tout envie de dire à Laszlo que son projet devait être abandonné, particulièrement quand le type vivait l'enfer. Peut-être lui annoncerait-il après la conférence.

— Là.

Laszlo enleva le dernier fil.

— C'est terminé, monsieur. Comment vous sentez-vous ?

Roman glissa sa langue le long de ses dents.

— Bien. Merci.

Il n'aurait donc pas à participer à la conférence avec des fils dans la bouche. Et Shanna ne pourrait plus utiliser l'attelle comme excuse pour éviter de l'embrasser. Il n'avait toutefois que peu d'espoirs de l'embrasser de nouveau.

Il jeta un coup d'œil à l'horloge de son laboratoire. Trois heures trente. Il avait appelé Connor toutes les trente minutes pour une mise à jour, mais personne n'avait vu Shanna. Elle avait vraiment réussi sa disparition.

Roman savait qu'elle était résistante et intelligente. Et elle avait son crucifix pour la protéger. Il ne pouvait cependant s'empêcher de s'inquiéter. Il ne pouvait pas se concentrer sur son travail. Le paquet de la Chine était arrivé, mais cela ne l'aidait pas à détourner son attention de la frustration et de l'inquiétude qui grandissaient en lui.

— Est-ce que je peux faire quelque chose d'autre ? demanda Laszlo, qui avait retrouvé sa manie de tripoter ses boutons.

— Voudriez-vous m'aider sur mon projet actuel ?

Roman rassembla une pile de papiers sur son bureau.

— J'en serais honoré, monsieur.

— Je travaille sur une formule qui nous permettrait de rester éveillés en plein jour.

Roman remit les papiers à Laszlo.

Ses yeux s'agrandirent.

— Fascinant.

Il examina les papiers.

Roman retourna à son bureau et ouvrit le paquet.

— C'est la racine d'une plante rare qui pousse dans le sud de la Chine. Il paraît qu'elle possède des effets énergisants remarquables.

Il fouilla à travers un tas de morceaux de mousse de polystyrène et en retira une racine séchée, emballée dans une enveloppe couverte de bulles d'air.

— Puis-je la voir ?

Laszlo tendit la main vers la plante séchée.

— Bien sûr.

Ce projet l'avait fasciné depuis une bonne semaine, mais il avait maintenant perdu tout intérêt envers lui. Pourquoi se donner la peine de ne pas dormir pendant le jour, s'il ne pouvait pas partager ce temps avec Shanna? Sang de Dieu, elle avait eu un effet sur lui encore plus fort que ce qu'il avait imaginé. Et maintenant qu'elle était partie, il ne pouvait rien faire à ce sujet.

Deux heures plus tard, Roman retourna à la maison. Ses invités européens étaient en sécurité dans les chambres d'amis du troisième et du quatrième étage. Son prétendu harem avait été réprimandé pour leur grossièreté à l'endroit de Shanna. Elles étaient allées se cacher dans leurs chambres au deuxième étage.

Il entra dans son bureau et se dirigea vers le bar pour son repas léger avant l'heure du coucher. Il erra dans son bureau pendant que le contenu de sa bouteille réchauffait dans le four à micro-ondes. Des souvenirs de Shanna envahissaient son esprit. Il pouvait la voir en train de se reposer sur le fauteuil rouge sang en velours. Il pouvait s'imaginer en train de l'embrasser près de la porte.

Il s'arrêta d'un coup sec. Là, sur son bureau, se trouvaient la chaîne en argent et le crucifix.

— Shanna, non!

Il ramassa la croix, mais elle lui brûla instantanément la chair.

— Merde!

Il la laissa tomber sur son bureau et examina la peau brûlée sur le bout de ses doigts. Il aurait pu se passer de ce rappel douloureux lui indiquant que Dieu l'avait bel et bien abandonné. Zut alors. Il guérirait pendant son sommeil, mais qu'allait-il arriver à Shanna? Sans la croix en argent, elle n'avait aucune protection contre les vampires russes.

C'était de sa faute. Il aurait dû se montrer plus honnête envers elle. Elle avait maintenant rejeté dans un geste de colère la chose dont elle avait le plus besoin pour survivre.

Roman ferma ses yeux et se concentra. Il avait été lié à elle mentalement la nuit dernière, et cela avait été un lien étonnamment puissant, et dans les deux sens. Peut-être que ce lien existait encore.

Il la rechercha.

«Shanna! Shanna! Où êtes-vous?»

Sang de Dieu ! Il se sentait vraiment seul et impuissant.

Shanna gémit dans son sommeil, hantée par un rêve étrange. Elle
était au travail. Tommy était assis dans la chaise d'examen, et lui
disait de garder son calme. Puis, il se transforma en Roman. Il leva
la main, la paume vers le haut. Une canine de loup s'y trouvait dans
une flaque de sang.

Shanna roula dans le lit.

« Non, pas de sang. »

Toujours dans son rêve, elle prit ses instruments et regarda
l'intérieur de la bouche de Roman. Elle jeta un coup d'œil au miroir
dentaire. Que se passait-il donc ? Le miroir lui renvoyait l'image
d'une chaise vide, mais Roman était assis dans la chaise. Il s'empara
soudainement de sa main. Il lui retira violemment le miroir dentaire
des mains et le rejeta sur le plateau.

— Venez avec moi.

Ils se retrouvèrent aussitôt de retour dans le bureau de Roman.
Il l'a pris dans ses bras et s'adressa à elle en chuchotant.

— Faites-moi confiance.

Shanna se sentit fondre sur place.

Puis, il l'embrassa. Il lui donnait des baisers qu'elle ne voulait
jamais voir s'arrêter. Des baisers si passionnés qu'elle repoussa la
couverture de son lit avec ses pieds. Il la conduisit vers sa chambre
et ouvrit la porte. Son grand lit n'était plus là.

Au milieu de la chambre se trouvait un cercueil noir.

« Non, pas ça. »

Shanna le regarda fixement avec horreur.

Roman lui tendit la main en l'invitant à le suivre. Elle se dirigea
vers son bureau, mais son harem était là et se moquait d'elle en
riant. Il y avait une nouvelle femme dans le harem — la blonde dont
elle avait vu le corps sans vie dans le reportage télévisé. Du sang
coulait goutte à goutte des deux trous dans son cou.

Shanna se redressa dans son lit en sursaut et à court d'air. Oh mon Dieu. Elle était agitée même lorsqu'elle dormait. Elle appuya la tête dans ses mains et se frotta les tempes.

« Shanna ! Shanna ! Où êtes-vous ? »

— Roman ?

Elle regarda autour d'elle dans la chambre sombre, s'attendant presque à ce qu'une ombre se déplace vers elle. L'horloge sur la table de nuit affichait l'heure en chiffres rouges. Cinq heures trente. Elle alluma la lampe de chevet.

Il n'y avait personne. Elle respira à fond. C'était mieux ainsi. Roman ne pouvait pas l'aider. Elle ne pouvait lui faire confiance. Des larmes de frustration menacèrent de déborder de ses yeux.

Mon Dieu. Elle se sentait vraiment seule et impuissante.

Quatorze

Shanna demeura cachée dans sa chambre d'hôtel la majeure partie de la journée qui suivit, attendant le moment de la rencontre avec Bob dans le lieu sûr qu'il avait mentionné. Ses pensées revinrent vers Roman. Comment avait-elle pu se tromper à ce point à son sujet?

C'était un scientifique brillant et un homme magnifique. Il lui avait sauvé la vie sans se soucier de sa propre sécurité. Il avait aussi su se montrer gentil et généreux. Elle avait également perçu autre chose à l'intérieur de lui. Beaucoup de remords et de regrets. Elle avait compris sa douleur. Dieu sait qu'elle avait vécu avec de la culpabilité et des remords chaque jour de sa vie. Karen était encore en vie lorsqu'elle l'avait d'abord trouvée au restaurant, mais elle n'avait rien fait pour l'aider, car elle avait été envahie par la peur.

Son instinct lui avait dit que Roman avait vécu avec le même genre de supplice. Elle s'était sentie liée à lui d'une manière très intime, comme si leurs âmes respectives savaient ce qu'il fallait faire pour se consoler, encore plus que personne d'autre ne pourrait jamais le faire. Il lui avait donné espoir envers l'avenir, et elle aurait pu jurer devant Dieu qu'elle lui en avait donné aussi. Elle s'était réellement senti bien avec lui.

Comment pouvait-il donc être un coureur de jupons invétéré, disposant même d'un harem dans sa propre maison ? Est-ce que sa solitude et ses craintes avaient biaisé ses perceptions d'une façon telle qu'elle ne pouvait plus deviner les gens avec justesse ? Avait-elle projeté ses propres sentiments de culpabilité et de désespoir sur lui d'une façon ou d'une autre, le rendant ainsi totalement différent de ce qu'il était vraiment ? Qui était le vrai Roman Draganesti ?

Elle avait été si certaine de son jugement par rapport à lui. Elle pensait même qu'il était l'homme parfait, et qu'elle pourrait tomber amoureuse de lui. Une larme roula sur sa joue. Pour être totalement honnête, elle avait déjà commencé à l'aimer. C'était la raison pour laquelle ça lui avait fait si mal de découvrir l'existence de son harem.

Elle utilisa le poste informatique de l'hôtel durant l'après-midi et fit une recherche sur le Web. Elle ne trouva rien à propos de Roman, mais un site Web des Industries Romatech apparu à l'écran, avec une image de l'usine située près de White Plains, à New York. L'usine semblait très belle, et était entourée de jardins entretenus avec grand soin. Elle imprima la page et l'a glissa dans sa bourse. Pourquoi faisait-elle cela ? Elle ne voulait plus le revoir. C'était un porc qui s'intéressait à de nombreuses femmes en même temps. C'était bien ce qu'il était, non ? Elle soupira. Peu importe ce qu'il était, il la rendait folle, et elle devait s'occuper de choses plus importantes, comme de rester en vie.

Il était maintenant 19 h 45, et elle était prête à se rendre dans ce lieu sûr. Les vêtements que Radinka avaient achetés pour elle n'étaient pas conçus pour se fondre dans le paysage. Sa camisole et ses pantalons moulants roses et son gros chandail de coton orange fluo la faisaient repérer à des kilomètres. Enfin. Elle n'avait plus qu'à s'imaginer qu'elle était déguisée. Personne ne s'attendait à ce qu'elle ressemble à une Marilyn Monroe séduisante.

Elle ramassa ses affaires et prit l'ascenseur pour atteindre le hall. Elle attendit ensuite quelques minutes devant l'hôtel dans la file de personnes qui avaient besoin d'un taxi. Le soleil s'était couché, mais la ville brillait encore de mille feux grâce à ses nombreux lampadaires. Elle remarqua un VUS noir garé de l'autre côté de la rue. Elle retint son souffle. C'était tout simplement une coïncidence. Il y avait des centaines de VUS noirs à New York.

Le taxi suivant fut le sien. Elle monta à bord et fut immédiatement assaillie par une odeur de bœuf fumé bien chaud. Elle se pencha vers le chauffeur pour lui refiler l'adresse et remarqua son sandwich à demi entamé dans un bout de papier d'aluminium sur le siège avant. Le taxi démarra, ce qui la fit reculer dans son siège.

— New Rochelle ? demanda le chauffeur en longeant l'avenue et en se dirigeant au nord vers Central Park.

Shanna jeta un coup d'œil derrière elle. Le VUS quitta son stationnement. Génial. Son taxi vira à droite. Elle respira à fond, attendit un moment, puis tourna la tête. Le VUS tourna au même endroit.

« Merde ! »

Elle se pencha vers le chauffeur de taxi.

— Vous voyez le VUS noir derrière nous ? Il nous suit.

Le chauffeur regarda dans le rétroviseur.

— Non, il ne nous suit pas.

Elle ne pouvait situer son accent, mais son teint indiquait qu'il était originaire de l'Afrique, ou peut-être des Caraïbes. Elle jeta un coup d'œil à sa pièce d'identité.

— Oringo, je suis sérieuse. Tournez ici, et constatez-le vous-même.

Il haussa les épaules.

— Si vous voulez.

Il tourna à gauche sur la 6ᵉ Avenue, puis lui fit un sourire.

— Vous voyez ? Pas de VUS noir.

Le VUS tourna sur la 6ᵉ Avenue.

Le sourire d'Oringo s'effaça.

— Est-ce que vous avez des ennuis, mademoiselle ?

— Je vais en avoir s'ils nous rattrapent. Pouvez-vous les semer ?

— Vous voulez dire comme dans les films ?

— Oui, exactement.

— Est-ce que nous sommes dans un film ?

Oringo jeta un coup d'œil autour de lui, comme s'il s'attendait à voir des caméras sur le trottoir.

— Non, mais je peux vous donner cinquante dollars de plus si vous les semez.

Shanna fit le compte de l'argent qu'il lui restait dans sa tête. Merdouille. Il ne lui resterait plus grand-chose une fois cette course de taxi terminée.

— D'accord.

Oringo enfonça l'accélérateur et traversa deux voies avant de tourner vers la droite.

Shanna s'enfonça de nouveau dans son siège. Elle tenta de localiser une ceinture de sécurité. Elle allait en avoir pour son argent.

— Merde ! Il est encore derrière nous.

Oringo tourna de nouveau à droite. Ils progressaient maintenant en direction sud, à l'opposé de leur destination.

— Quel genre d'ennuis avez-vous ?

— C'est une longue histoire.

— Oh.

Oringo traversa un stationnement et se retrouva dans une nouvelle rue sans jamais ralentir.

— Je sais où vous pouvez vous procurer une bonne Rolex. Ou un sac Prada. De véritables aubaines. Des imitations parfaites.

— J'apprécie votre offre, mais je n'ai pas vraiment le temps de faire ce genre d'achats en ce moment.

Shanna tressaillit lorsque le taxi brûla un feu rouge et passa bien près de se faire emboutir par une camionnette de livraison.

— Dommage.

Oringo lui sourit dans le rétroviseur.

— Vous semblez être une bonne cliente.

— Merci.

Shanna regarda derrière elle. Le VUS noir était encore dans leur sillage, mais il avait été immobilisé momentanément par le feu rouge. Elle jeta un coup d'œil à l'horloge du tableau de bord. Il était 20 h 15. Elle allait arriver en retard dans le lieu sûr.

Si elle y parvenait, bien sûr.

Roman arriva à Romatech à 20 h 20. Le gala devait commencer à 21 h précises. Il erra dans la salle de danse. Un essaim de ballons planait près du plafond, telle une colonie de chauves-souris noires et albinos. Il grogna intérieurement. Pourquoi diable ses invités aimaient-ils cette atmosphère macabre ? Il n'avait certainement pas envie de faire la fête quand tout ce qu'il voyait autour de lui, lui rappelait qu'il était mort.

Les tables étaient couvertes de nappes noires sur lesquelles on avait placé d'autres nappes blanches en diagonale. Des vases noirs dans lesquels étaient glissés des lys blancs du type que l'on voit dans les funérailles se trouvaient aux extrémités de chaque table. Le centre de chacune des tables était libre pour l'instant. Cet espace était réservé pour les sculptures de glace.

Derrière chacune des trois tables se trouvait un cercueil noir. Il n'y avait pas de satin à l'intérieur. Ces cercueils étaient en fait d'immenses glacières. Les cubes de glace gardaient au frais des bouteilles des nouvelles saveurs qu'il allait présenter ce soir, soit Sang Pétillant et Sang Léger.

Une petite scène avait été aménagée à une extrémité de la salle, face aux fenêtres qui donnaient sur le jardin. Les membres de l'orchestre étaient déjà sur place, et ils préparaient leur équipement.

Une porte à deux battants s'ouvrit soudainement. Des ouvriers tenaient les portes ouvertes, tandis que d'autres roulaient des sculptures de glace à l'intérieur de la salle. Il y avait beaucoup d'animation autour des sculptures. Tout le monde était excité.

Roman ne s'était jamais senti aussi déprimé. Son smoking était inconfortable. Sa cape était ridicule. Et il n'avait pas eu de nouvelles de Shanna. Elle avait disparu, et il était rongé par l'inquiétude. Qui plus est, son vieux cœur fatigué dépérissait suite à cette perte. Il avait demandé à Connor de surveiller la maison de Petrovsky cette nuit. L'Écossais avait acquiescé, mais cela signifiait aussi qu'il allait manquer le bal d'ouverture. Selon ce que Roman en savait, les Russes n'avaient également pas retrouvé Shanna.

Radinka marcha à grands pas vers lui, les joues rouges d'excitation.

— N'est-ce pas merveilleux ? Ce sera assurément la fête la plus réussie de toutes celles que j'ai pu organiser.

Il haussa les épaules.

— J'imagine.

Il remarqua une petite lueur de désapprobation dans les yeux de Radinka.

— La décoration est magnifique. Vous avez fait un excellent travail.

Elle poussa un petit grognement.

— Je sais que vous me traitez avec condescendance. Et votre nœud papillon n'est pas droit.

Elle l'ajusta.

— C'est difficile de s'assurer qu'il soit bien droit sans miroir. Qui plus est, le nœud papillon ne faisait pas partie du style vestimentaire au monastère.

Radinka fit une pause.

— Ainsi, c'est donc vrai ? Vous étiez un moine ?

— Pas un très bon moine. J'ai violé la plupart de mes vœux.

Tous, sauf un.

Elle fit un son qui témoignait du fait qu'elle en faisait peu de cas, et elle finit d'ajuster son nœud papillon.

— Vous êtes encore un homme bon. Je vous serai toujours reconnaissante.

— Vous n'avez pas de regrets ? demanda doucement Roman.

Ses yeux s'emplirent de larmes.

— Non. Et je n'en aurai jamais. Il serait mort si vous n'aviez pas...

Transformé son fils en démon? Roman pensa qu'elle ne tenait pas à entendre la cruelle vérité.

Radinka recula d'un pas et cligna des yeux pour en chasser les larmes.

— Ne me faites pas devenir toute sentimentale. J'ai trop de travail à faire.

Roman hocha la tête.

— Nous ne l'avons toujours pas retrouvée.

— Shanna? Ne vous inquiétez pas. Elle reviendra. Elle doit revenir. Elle est dans votre avenir.

Radinka toucha son front.

— Je l'ai vue.

Roman soupira.

— Je veux vous croire. Je le veux vraiment, mais j'ai perdu la foi, il y a plusieurs années.

— Et vous vous êtes tourné vers la science?

— Oui. On peut se fier à la science. Elle me donne des réponses.

«Et elle ne m'a pas abandonnée comme Dieu l'a fait. Et ne m'a pas trahie comme Éliza. Et ne s'est pas enfuie en courant comme Shanna.»

Radinka secoua la tête, et le regarda avec tristesse.

— Vous êtes un homme très âgé, mais il vous reste encore beaucoup de choses à apprendre.

Elle fit une moue désapprobatrice.

— Vous comprenez que vous devrez vous débarrasser de votre harem si vous voulez que Shanna fasse partie de votre avenir.

— Shanna est parti. Ça ne compte plus vraiment.

Radinka plissa les yeux.

— Pourquoi conservez-vous votre harem? D'après ce que j'en sais, vous les ignorez de toute façon.

— Et vous êtes censée ne pas vous intéresser à ma vie privée, vous vous en souvenez ?

— Comment puis-je ne pas m'y intéresser, quand je constate que vous êtes si malheureux ?

Roman respira à fond. Une des sculptures de glace était en place. Sang de Dieu ! C'était le lutin le plus affreux qu'il n'avait jamais vu.

— Le maître d'une bande de vampires doit posséder un harem. C'est une tradition très ancienne. Le harem est le symbole de son pouvoir et de son prestige.

Radinka le regarda fixement avec douceur, et n'était pas impressionnée.

— C'est un truc de vampire, d'accord ?

Elle croisa les bras contre sa poitrine.

— Dans ce cas, j'espère que mon fils ne deviendra jamais le maître d'une bande de vampires.

— Elles n'ont pas d'autre endroit où aller. Elles ont vécu à une époque où les femmes ne travaillaient pas. Elles n'ont développé aucune compétence.

— Elles sont très habiles pour vivre comme des parasites.

Roman haussa un sourcil.

— Elles ont besoin d'un endroit où vivre et de sang à boire. J'ai besoin d'avoir toutes les apparences d'un harem. Cet arrangement a été mutuellement profitable jusqu'à présent.

— C'est seulement pour les apparences, alors ? Vous n'avez pas eu de relations sexuelles avec elles ?

Roman se dandina d'un pied sur l'autre. Il tendit la main vers le nœud papillon qui l'étranglait.

— Vous allez le défaire ! dit Radinka en repoussant vivement la main de Roman avec la sienne.

Elle le regarda fixement.

— Pas étonnant que Shanna soit si fâchée contre vous.

— Elles ne représentent rien pour moi.

— C'est là votre justification ?

Radinka poussa un petit grognement.

— Les hommes. Que vous soyez humains ou vampires, vous êtes tous les mêmes.

Elle jeta un coup d'œil à côté d'elle.

— Parlant de vampires, ils sont arrivés. Et je dois retourner travailler.

Elle se dirigea vers une des tables.

— Radinka.

Elle se retourna en entendant son nom.

— Merci. Vous vous êtes vraiment surpassée.

Elle lui sourit d'un air narquois.

— Pas mal pour une mortelle, n'est-ce pas ?

— Vous êtes la meilleure.

Il espéra qu'elle sentait qu'il ne la traitait pas avec condescendance. Il demeura sur place pendant que des hommes s'approchaient de lui. Jean-Luc, Gregori et Laszlo étaient en tête du groupe, tandis qu'Angus et ses Highlanders fermaient la marche.

Angus MacKay était une armoire à glace, un féroce guerrier qui s'était à peine adouci au cours des siècles. Il portait un costume de Highlander traditionnel, soit une veste noire enfilée par-dessus une chemise blanche munie de lacets au cou et aux manches. Puisque les couleurs du bal étaient le noir et le blanc, les Highlanders portaient les kilts noir et blanc des Scott, ou bien le tissu écossais gris des Douglas. Les sporrans qu'ils portaient sur le devant de leurs kilts étaient faits de fourrure de rat musqué noir. Angus fit un signe de tête à ses Highlanders, qui se dispersèrent pour vérifier la sécurité des lieux.

Angus avait fait un effort pour avoir l'air quelque peu civilisé. En effet, il avait attaché ses cheveux auburn qui lui allaient aux épaules avec une bande de cuir noir. Un poignard au manche noir était à peine visible dans un des bas noirs qui montaient jusqu'à ses genoux. Angus avait toujours une arme en sa possession. En fait, Roman pensait même que son vieil ami avait sûrement dissimulé un glaive dans une des plantes vertes près de l'entrée de la salle.

Jean-Luc était tout le contraire d'Angus, tellement que c'était presque risible de les voir ainsi côte à côte. Jean-Luc Écharpe avait développé l'art d'être sophistiqué à son plus haut niveau. Il était bien plus que le maître de la bande de vampires de l'Europe occidentale. C'était aussi un grand couturier de renommée mondiale. Jean-Luc avait d'abord concentré ses efforts sur les tenues de soirée, car lui et ses disciples étaient seulement actifs pendant la nuit. Son chiffre d'affaires avait toutefois explosé lorsque des vedettes se mirent à porter ses créations. Il avait conséquemment développé une ligne de prêt-à-porter de premier plan, Chique Gothique.

Jean-Luc portait un smoking noir avec une cape noire doublée de soie grise. Il tenait à la main une canne noire, mais n'en avait pas du tout besoin. C'était le vampire le plus agile que Roman n'avait jamais rencontré. Grand et mince, il pouvait escalader la façade d'un édifice sans même sourciller. Ses cheveux noirs bouclés avaient un aspect échevelé recherché, et ses yeux bleus brillants mettaient quiconque au défi de ne pas partager ses goûts vestimentaires.

Jean-Luc avait toutes les apparences d'un dandy, mais Roman savait que le Français pouvait devenir hautement dangereux en moins de deux.

Roman salua ses amis d'un signe de la tête.

— Voulez-vous me suivre dans mon bureau ?

— Oui, dit Angus en répondant au nom du groupe. Gregori m'a dit que vous alliez nous présenter de nouvelles boissons ce soir.

— Oui. Ce sont les dernières créations de ma ligne de cuisine Fusion.

Roman escorta les hommes dans le corridor qui menait à son bureau.

— Le premier, Sang Pétillant, est une combinaison de sang et de champagne. Nous en ferons la promotion en le proposant comme boisson de choix pour les occasions spéciales dans le monde des vampires.

— Formidable, mon ami, dit Jean-Luc en souriant. Je m'ennuyais sincèrement du goût du champagne.

— Enfin, ça goûte plus le sang que le champagne, j'en ai bien peur, poursuivit Roman. Les bulles sont toutefois au rendez-vous, de même que la teneur en alcool. Vous ressentirez certainement un effet euphorique après quelques verres.

— Je peux en témoigner, ajouta Gregori. Je me suis proposé comme goûteur, et j'en ai avalé plusieurs rasades. C'est une boisson très intéressante. Enfin, je crois qu'elle l'était.

Il sourit.

— Je ne me souviens plus de grand-chose de cette soirée de dégustation.

Laszlo joua avec un bouton de son smoking de location.

— Nous vous avons sorti de la voiture en vous roulant dans une chaise de bureau.

Les hommes rirent sous cape. Laszlo rougit. Roman pensa que le chimiste était nerveux d'être ainsi en compagnie de trois importants maîtres de bandes de vampires, mais bon, Laszlo semblait toujours nerveux.

— As-tu reçu le whisky que je t'ai fait parvenir? demanda Angus.

— Oui.

Roman donna une tape sur l'épaule de son vieil ami.

— La fusion entre ta boisson et le sang est la prochaine sur notre liste.

— Oh. Parfait, dit Angus.

— J'ai essayé le Chocosang, dit Jean-Luc en faisant une grimace. C'était trop sucré pour moi, mais les femmes aiment ça.

— Elles aiment un peu trop ça.

Roman ouvrit la porte de son bureau.

— C'est pourquoi j'ai inventé la deuxième boisson que nous allons vous présenter ce soir. Sang Léger.

— Une boisson de régime? demanda Jean-Luc en entrant dans son bureau.

— Oui.

Roman demeura près de la porte jusqu'à ce que tous les hommes soient entrés dans son bureau.

— Je recevais trop de plaintes de la part des femmes de ma bande. Elles prenaient du poids, puis rejetaient la faute sur moi.

— Ah! dit Angus en s'assoyant sur une chaise face au bureau de Roman. Les femmes de ma bande ont aussi râlé quelque peu, mais ça ne les a pas empêchées de vouloir en boire.

— Elles aiment ça, dit Gregori en posant son derrière sur le coin du bureau de Roman. Les ventes ont triplé au cours du dernier trimestre.

— On espère que Sang Léger réglera la question de la prise de poids. C'est une boisson faible en cholestérol, qui a aussi une très faible teneur en sucre.

Roman remarqua que Laszlo demeurait près de la porte, et il en profita pour poser la main sur son épaule.

— Laszlo est mon chimiste le plus doué. Il a reçu une menace de mort la nuit dernière.

Laszlo baissa les yeux vers ses souliers noirs éraflés et joua avec un bouton de son smoking de location.

Angus changea de position dans sa chaise, et examina Laszlo avec un air grave.

— Qui oserait menacer cet homme?

— Nous croyons qu'il s'agissait d'Ivan Petrovsky.

Roman ferma la porte, puis traversa la pièce jusqu'à son bureau.

— Oh, dit Angus en fronçant les sourcils.

— Le maître de la bande de vampires russes est ici en Amérique. Selon mon service de renseignements, il se fait engager comme tueur à gages. Qui payerait pour faire tuer ton petit chimiste?

— Les Mécontents voudraient tuer toutes les personnes qui sont impliquées dans la fabrication du sang synthétique, dit Jean-Luc.

— Oui, c'est vrai, acquiesça Angus. Est-ce que c'est le cas?

Roman s'assit derrière son bureau.

— Nous n'avons pas eu de leurs nouvelles depuis le mois d'octobre dernier, lorsqu'ils avaient laissé un petit cadeau d'Halloween à ma porte d'entrée.

— Vous voulez parler des explosifs ?

Jean-Luc se tourna vers l'Écossais.

— C'est toi l'expert. À ton avis, qui est le chef des Vrais ?

— Nous avons réduit notre liste à trois suspects, dit Angus en desserrant le col de dentelle autour de sa gorge. Je pensais que nous en aurions discuté lors de la conférence. Nous devons faire quelque chose à propos d'eux.

— Je suis d'accord, dit Jean-Luc en frappant le plancher de sa canne, comme s'il voulait ajouter du poids à son opinion. Il avait d'ailleurs ses raisons de le faire, car les Mécontents avaient aussi tenté de le tuer.

Roman croisa les doigts de ses mains sur son bureau.

— Je ne sais pas si Ivan Petrovsky figure sur votre liste de suspects, mais si ce n'est pas le cas, vous devriez ajouter son nom.

— Son nom trône déjà au sommet de notre liste, dit Angus. Pourquoi aurait-il menacé votre chimiste ? Vous seriez une bien meilleure cible que lui.

— Je suis sûr qu'il voudra s'en prendre à moi lorsqu'il comprendra que je suis responsable de sa dernière déconfiture.

Angus plissa les yeux.

— Tu peux m'expliquer de quoi il s'agit ?

Roman se déplaça dans sa chaise.

— C'est une longue histoire.

— Ce sont toutes de longues histoires.

Jean-Luc lui fit un sourire entendu.

— Et elles impliquent toujours une femme, n'est-ce pas ?

— Dans ce cas, oui.

Roman respira à fond.

— Son nom est Shanna Whelan. Elle est la plus récente cible d'Ivan Petrovsky. La mafia russe veut sa mort, et Ivan travaille pour eux.

— Tu as accordé ta protection à cette femme ? demanda Angus.

— Mais bien sûr, dit Jean-Luc en haussant les épaules. Si elle fait partie de sa bande, il est de son devoir de la protéger.

— Laszlo a contribué à son évasion, expliqua Gregori. C'est pourquoi Petrovsky veut le tuer.

Laszlo poussa un gémissement et il se pencha pour saisir un bouton qui était tombé sur le plancher.

— Tu dois donc protéger la femme et le chimiste, dit Angus en martelant les bras de sa chaise de ses doigts. C'est une situation risquée, sans aucun doute, mais tu ne pouvais agir autrement. C'est notre responsabilité la plus sacrée en tant que maîtres d'une bande de vampires de protéger nos disciples.

Roman avala sa salive avec difficulté. L'affaire était sur le point d'éclater.

— Elle ne fait pas partie de ma bande.

Angus et Jean-Luc le regardèrent fixement pendant cinq secondes entières.

— C'est une mortelle.

Jean-Luc cligna des yeux. Les articulations d'Angus blanchirent lorsqu'il agrippa les bras de sa chaise. Ils échangèrent des regards méfiants.

Angus finit par se racler la gorge.

— Tu es intervenu dans l'assassinat d'une mortelle ?

— Oui. Je lui ai offert ma protection. J'avais le sentiment d'agir de la bonne façon puisqu'elle était chassée par l'un des nôtres.

Jean-Luc plaça ses deux mains sur le pommeau doré de sa canne et se pencha vers l'avant.

— Ce n'est pas ton genre de t'impliquer ainsi dans les affaires des mortels, surtout que cela pourrait mettre ta bande en danger.

— Je… j'avais besoin de ses services quand ça s'est produit.

Jean-Luc haussa les épaules.

— Nous avons tous des besoins de temps en temps, mais comme le dit l'expression, la nuit, tous les chats sont gris. Pourquoi avoir pris autant de risque pour cette mortelle ?

— C'est difficile à expliquer. Elle... elle est spéciale.

Angus frappa sa chaise de son poing.

— Il n'y a rien de plus important pour nous que de s'assurer que notre existence soit un secret pour les mortels. J'espère que tu ne t'es pas confié à cette femme.

— J'ai fait mon possible pour la maintenir dans l'ignorance.

Roman soupira.

— Malheureusement, mon... harem n'a pas su la fermer.

Le froncement des sourcils d'Angus était rébarbatif.

— Qu'est-ce qu'elle sait exactement ?

— Elle connaît mon nom, et celui de mon entreprise. Elle sait où j'habite et sait aussi que j'ai un harem. Elle ignore que nous sommes des vampires.

Jusqu'à présent, du moins. Roman savait qu'elle était assez intelligente pour deviner la vérité.

Angus grogna.

— J'espère que la jeune femme en valait la peine. Si Petrovsky découvre que tu la caches chez toi...

— Il le sait déjà, dit Gregori.

— Merde, chuchota Jean-Luc.

Angus grimaça.

— Est-ce qu'il a été invité au bal ?

— Oui.

Roman croisa ses bras sur le bureau et se pencha vers l'avant.

— Les invitations avaient déjà été envoyées avant que ce problème ne fasse surface. Petrovsky est invité chaque année en guise de bonne volonté, mais il ne s'est pas présenté au bal au cours des 18 dernières années.

— Soit depuis l'introduction du sang synthétique, ajouta Jean-Luc. Je me souviens de sa réaction. Il était furieux. Il a refusé d'y goûter et a quitté la salle avec fracas en poussant des jurons et en menaçant tous ceux qui trahissaient son idéologie périmée.

Angus déboutonna sa veste et retira un pistolet d'un étui qu'il portait sur l'épaule pendant que Jean-Luc parlait. Il vérifia qu'il était bien chargé.

— Je suis prêt pour ce bâtard. J'ai des balles d'argent.

Roman tressaillit.

— Essaie de ne pas tuer un membre de ma bande, Angus.

L'Écossais haussa un sourcil.

— Je parie qu'il viendra. Après tout, il sait que tu as la femme. Est-ce qu'elle est ici, à Romatech?

— Je ne l'ai plus. Elle s'est échappée.

— *Quoi?* dit Angus en bondissait sur ses pieds. Est-ce que tu es en train de me dire qu'elle s'est échappée alors que mes Highlanders étaient en service?

Roman échangea un regard avec Gregori.

— Enfin, oui. C'est ce qu'elle a fait.

Jean-Luc rit sous cape.

— Elle est spéciale, n'est-ce pas?

Angus poussa un juron étouffé, et rangea son arme à feu dans son étui. Il marcha à pas mesurés dans le bureau.

— Je n'arrive pas à y croire. Une jeune mortelle a su berner un de mes Highlanders? Qui était responsable le jour où elle s'est enfuie? Je l'écorcherai vivant, le bâtard.

— Connor était responsable, répondit Roman, mais elle a fait preuve d'intelligence, et elle l'a évité. Elle a jeté son dévolu sur un garde qui ne la connaissait pas. Elle s'est servie d'un déguisement et a feint d'être arrivée à la maison avec Simone. Elle fut apparemment très convaincante.

— Elle me plaît de plus en plus, dit Jean-Luc.

Angus gronda et continua à marcher à pas mesurés.

Le téléphone portable de Gregori sonna.

— Je vais y répondre hors d'ici.

Il se dirigea vers la porte.

— En parlant de Simone…

Roman regarda Jean-Luc en fronçant les sourcils.

— Pourquoi l'as-tu laissée venir si tôt avant la conférence? Tu sais qu'elle n'apporte que des ennuis.

Le Français haussa les épaules.

— Tu as ta réponse dans ta question, mon ami. Elle ne m'apporte que des ennuis à moi aussi. J'avais besoin d'une pause.

— Elle a détruit une boîte de nuit la première nuit où elle est arrivée. Hier, dans la nuit, elle a menacé d'assassiner certaines de mes… femmes.

— Mais bien sûr. La jalousie. Ça rend les femmes folles.

Jean-Luc plaça sa canne sur ses genoux.

— Heureusement que Simone ne fait pas partie de mon harem. C'est déjà assez difficile d'être son employeur. Si j'étais son maître, je crois qu'elle me réduirait au désespoir. J'ai suffisamment de problèmes avec mon harem à l'heure actuelle.

Angus marchait toujours à pas mesurés dans le bureau, et il lançait des regards noirs au plancher.

— Je pense moi-même à me défaire du mien, bougonna-t-il.

Il prit peu à peu conscience du fait que les autres hommes le regardaient fixement. Il s'arrêta et redressa ses larges épaules.

— Ce n'est pas que je ne les apprécie pas. C'est l'enfer, je profite d'elles en tout temps. Ces femmes ne me laissent jamais tranquille.

— Ah. Moi aussi, dit Jean-Luc en hochant la tête avant de se tourner vers Roman.

— Moi aussi, dit Roman.

Il se demanda si les autres hommes mentaient eux aussi.

Angus gratta son menton.

— C'est difficile de faire en sorte qu'elles soient toutes heureuses autant qu'elles sont. Elles pensent qu'il est de mon devoir de les divertir chaque soir. Elles ne comprennent pas que je dois veiller aux intérêts de mon entreprise.

— Oui, exactement, murmura Jean-Luc. Je me demande parfois si je fais preuve d'égoïsme, en gardant toutes ces belles femmes pour moi. Plusieurs vampires mâles sont bien seuls dans le monde.

Sang de Dieu. Roman n'arrivait pas à y croire. Les autres maîtres en avaient eux aussi assez d'avoir un harem. Radinka avait peut-être raison, et il était donc temps de se départir des anciennes traditions. Après tout, il avait convaincu la plupart des vampires dans le monde de renoncer aux morsures et de leur préférer les bouteilles.

Gregori revint dans le bureau en glissant son téléphone portable dans sa poche.

— C'était Connor. Petrovsky et quelques-uns de ses disciples sont en mouvement. Ils se dirigent au nord, vers New Rochelle. Connor les suit de près.

— Des nouvelles de Shanna? demanda Roman.

— Non, mais ils portent des vêtements de soirée. Des vêtements noirs et blancs.

Gregori regarda Laszlo d'un air inquiet.

«Sang de Dieu, pensa Roman. Ils vont venir au bal.»

— Que devrais-je faire? demanda Laszlo, les yeux soudainement bien grands. Je ne peux pas rester ici.

— Calme-toi, mon garçon.

Angus s'approcha de Laszlo et lui agrippa l'épaule.

— Je ne les laisserai pas te faire de mal. Mes hommes seront en état d'alerte maximale.

Roman regarda Angus tirer son pistolet de son étui. Jean-Luc tourna le pommeau de sa canne et en retira une longue épée pointue. Merde. Est-ce que ça allait être un bal, ou un bain de sang?

La porte s'ouvrit sans avertissement, et Angus pointa son arme vers l'embrasure.

Ian cligna des yeux.

— Zut alors. Ce n'est pas tout à fait le genre d'accueil auquel je m'attendais.

Angus éclata de rire, puis rangea son arme dans son étui.

— Ian, mon vieil ami. Comment vas-tu?

— Je vais très bien.

Ian échangea quelques claques sur les épaules avec son patron.

— Je reviens tout juste de Washington.

— Eh bien, tu arrives juste à temps. Ivan Petrovsky est en route pour le bal. Nous allons peut-être avoir quelques ennuis.

Ian grimaça.

— Nous allons avoir bien plus d'ennuis que ça.

Il jeta un coup d'œil à Roman.

— J'ai bien fait d'aller à Langley. Nous sommes maintenant avertis.

— Qu'est-ce que tu veux dire, mon homme ? demanda Angus.

— J'ai mené ma petite enquête sur le père de la docteure Whelan, expliqua Ian.

Roman se leva.

— Est-ce qu'il fait partie de l'Agence centrale de renseignement ?

— Oui, dit Ian en hochant la tête. Sa dernière affectation était en Russie, mais il vient d'être rappelé à Washington il y a trois mois pour diriger un nouveau programme. Les fichiers sont fortement cryptés, mais j'ai été capable d'en saisir l'essentiel.

— Continuez, insista Roman.

— Il est responsable d'une opération connue sous le nom de code « *Stake-Out* », qui se traduit par le nom « Surveillance ».

Angus haussa les épaules.

— Il s'agit d'un terme commun dans le domaine de l'application de la loi.

— Sauf que ce n'est pas utilisé dans ce sens.

Ian fronça les sourcils.

— Ils ont un logo pour accompagner leur nom de code. En anglais, « *Stake* », de l'expression « *Stake-Out* », peut aussi représenter un pieu. Leur logo est donc un pieu qui traverse le corps d'une chauve-souris.

— Quelle merde, chuchota Angus.

— Oui. Ils sont à compiler une liste de vampires dans le but de les éliminer. Petrovsky et quelques-uns de ses amis en font partie.

Ian jeta un regard triste à Roman.

— Vous êtes également sur cette liste.

Roman retint son souffle.

— Est-ce que vous me dites que toutes les personnes sur cette liste sont des vampires?

— Oui.

Ian grimaça.

— Je suis sûr que vous savez ce que cela signifie.

Roman se laissa tomber lourdement dans sa chaise. Sang de Dieu. C'était épouvantable. Sa voix fut semblable à un chuchotement.

— Ils savent que nous existons.

Quinze

Ivan Petrovsky vérifia l'adresse que Katya lui avait donnée.

— Nous y sommes, Vlad. Gare la voiture.

Vladimir dénicha un espace libre non loin du lieu sûr du quartier New Rochelle. La rue faiblement éclairée était bordée des deux côtés par de hautes et étroites maisons de bois. Des porches s'avançaient vers de toutes petites cours avant. La plupart des maisons avaient de la lumière aux fenêtres, mais le refuge était sombre.

Katya était la femme vampire qu'Ivan respectait le plus, et elle venait de lui prouver une fois de plus qu'elle valait bel et bien son pesant d'or. Membre de longue date de sa bande de vampires russes, Katya était tout aussi malfaisante que lui. C'était elle qui avait trouvé et séduit l'huissier de justice, qui était responsable du dossier de Shanna Whelan. L'huissier était passé complètement sous son contrôle, et elle avait ensuite pu mettre ce piège au point.

Ivan ordonna à Vlad de demeurer dans la voiture, puis il fonça vers le refuge comme un éclair avec la vitesse que possèdent les vampires. Il s'arrêta près de la porte arrière, puis attendit qu'Alek, et

Galina, membre de son harem, le rejoignent. Ils se glissèrent à l'intérieur de la maison, aidés par leur vision supérieure qui leur permettait de voir dans l'obscurité. Ils traversèrent la cuisine et un étroit vestibule. Ivan trouva enfin Katya sur le divan dans la pièce avant, en compagnie de l'huissier de justice. Elle était assise à califourchon sur l'huissier, et sa jupe était remontée jusqu'à ses hanches.

— Tu t'offres du bon temps ? demanda Ivan.

Katya haussa les épaules.

— Je m'emmerdais. Ça faisait passer le temps.

— Est-ce que je peux en profiter à mon tour ? demanda Galina en s'assoyant à côté de l'huissier.

Ses yeux étaient vitreux. Des gouttes de sang perlaient des trous dans son cou.

Ivan passa la main devant le visage de l'huissier. Aucune réaction. Il fut tenté de poser un autocollant sur le front de l'homme. Chambre à louer.

— Alors, où est donc la femme Whelan ?

Katya descendit des cuisses de l'huissier, puis se leva. L'ourlet de sa jupe moulante noire se déroula jusqu'au sol et vint frôler ses sandales noires.

— Ça vous plaît ?

Elle adopta une pose offrant à ses yeux la fente qui lui permettait d'exhiber sa cuisse sur toute sa longueur jusqu'à sa hanche. Avec cette jupe, il était facile de voir que Katya ne portait pas de slip. Sa blouse blanche sans manches était drapée en plis jusqu'à sa taille, exposant ainsi une bonne partie de ses seins.

— J'aime ça. J'aime vraiment ça. Ça ne me dit toutefois pas où est la femme Whelan.

Ivan jeta un coup d'œil à sa montre. Il était 20 h 40. Ils devaient quitter les lieux dix minutes plus tard. Ça ne lui prendrait que quelques minutes pour tuer Shanna Whelan, mais il avait cependant envie de jouer avec elle avant de l'achever.

Katya regarda le lieutenant d'Ivan avec un air compatissant.

— Pauvre Alek. Tu vois toujours ton patron avec ses femmes, mais tu ne peux jamais en profiter.

Elle glissa sa main sous sa jupe et souligna le contour de ses fesses nues.

Alek détourna le regard en serrant les poings.

— Katya, ça suffit.

Pourquoi tentait-elle ainsi de créer des problèmes entre Alek et lui ? Ce n'était pas facile d'avoir de bons employés ces temps-ci. Des vampires mâles puissants qui suivraient ses ordres à la lettre et qui laisseraient son harem tranquille. Au cours des années, Ivan avait exécuté des tas de vampires qui s'étaient un peu trop intéressés à ses femmes. Il ne pouvait en perdre d'autres pour cette même raison.

Il s'avança vers l'huissier devenu zombie.

— Je présume que la femme Whelan est dans un état semblable grâce à vos bons soins. Où est-elle ? En haut ?

Katya recula d'un pas et avait un regard méfiant.

— Elle n'est pas encore arrivée.

— *Quoi ?* dit Ivan en s'avançant vers elle.

Katya tressaillit, s'attendant assurément à recevoir un coup.

La main d'Ivan forma un poing. La tension s'accumula dans son cou jusqu'à en devenir insupportable. Il fit alors craquer sa vertèbre, ce qui produisit un bruit distinct. Katya devint toute pâle. Peut-être craignait-elle que son joli cou subisse le même sort.

Elle hocha la tête.

— Je suis anéantie de vous avoir ainsi déçu, mon maître.

Elle revint ainsi à la façon la plus ancienne qu'elle avait de s'adresser à lui.

— Tu m'avais dit que la femme Whelan serait ici vers 20 h 30. Que s'est-il passé ?

— Je ne sais pas. Bob lui a dit de venir ici, et elle avait accepté.

Ivan serra les dents.

— Et elle n'est pas encore ici.

— Non, mon maître.

— Est-ce qu'elle a tenté de communiquer avec lui ?

— Non.

— J'avais prévu de me nourrir d'elle avant d'aller à ce maudit bal.

Ivan marcha à pas mesurés à travers la pièce. Son plan était génial. Il allait empocher 250 000 dollars, et aurait également le plaisir de regarder Roman Draganesti souffrir. Il allait tout d'abord vider la femme Whelan jusqu'à la dernière goutte, puis il se rendrait au bal de Draganesti et jetterait le corps de la femme morte à ses pieds. Draganesti et ses faibles amis paniqueraient, puis Alek et Vladimir en profiteraient pour ajouter la touche finale à la soirée. C'était parfait. Ça aurait dû être parfait. Où diable était donc cette femme ? Il détestait attendre après son repas.

— Chienne stupide ! dit Ivan en inclinant sa tête sur le côté.

Katya tressaillit.

— Elle peut encore arriver. Elle est peut-être en retard.

— Je ne peux pas l'attendre toute la nuit. Nous devons aller à ce maudit bal. C'est notre seule chance d'entrer à l'intérieur des Industries Romatech sans que ces Highlanders nous arrêtent.

Ivan marcha à pas mesurés vers le mur et le traversa d'un coup de poing.

— Je dois maintenant me rendre à ce maudit bal avec le ventre vide, et il n'y aura rien de bon à manger sur place.

— J'ai faim, moi aussi.

Galina joua avec sa lèvre inférieure. En tant qu'ancienne prostituée de l'Ukraine, la séduisante rouquine savait comment faire la moue et séduire les hommes.

— Il y a encore amplement de sang dans le corps de Bob, dit Katya. J'ai seulement cassé la croûte.

— Mmm. Ça me fait saliver.

Galina l'enfourcha en se léchant les lèvres.

Ivan jeta un coup d'œil à sa montre.

— Nous avons cinq minutes.

Il regarda Galina planter ses canines dans le cou de l'huissier.

— Laisse-m'en un peu.

L'homme avait fait son temps.

Gregori vérifia l'heure sur sa montre.

— Presque 21 h. Nous ferions mieux de nous rendre à la salle de danse.

Roman se leva de sa chaise derrière son bureau. Il redoutait ce bal. Comment allait-il pouvoir faire la fête en sachant que Shanna était en danger? La simple pensée de boire du Sang Pétillant lui retournait l'estomac. Et voilà qu'en plus de ça, le père de Shanna était à la tête d'un groupe qui voulait le tuer.

Sang de Dieu. Est-ce que l'histoire devait se répéter? Ça ressemblait beaucoup à la débâcle qu'il avait connue à Londres, en 1862. Il avait rencontré une jolie demoiselle nommée Éliza. Lorsque le père d'Éliza avait découvert le secret de Roman, il avait exigé que Roman quitte le pays. Roman accepta, mais avait espéré qu'Éliza comprenne quel était son dilemme, et qu'elle décide de s'enfuir avec lui en Amérique. Il s'était donc confié à elle. La nuit suivante, il s'était réveillé dans son cercueil ouvert, avec un pieu de bois posé sur sa poitrine.

Il était donc allé affronter le père, mais découvrit que c'était Éliza qui avait laissé le pieu sur lui. Son père l'avait empêché de le tuer par crainte que d'autres créatures démoniaques viennent assouvir leur vengeance sur sa famille. Dégoûté par toute cette affaire, Roman effaça les souvenirs qu'ils pouvaient avoir de lui dans leurs mémoires. Il ne pouvait malheureusement pas effacer les siens. Il commença donc une nouvelle vie en Amérique, mais cette triste affaire ne cessa de le hanter. C'est alors qu'il jura de ne jamais s'impliquer dans la vie d'une autre femme mortelle. Malgré cela, Shanna était entrée dans sa vie, et avait rempli d'espoirs toutes les zones sombres de son cœur.

Comment réagirait-elle, si elle apprenait la vérité? Est-ce qu'elle tenterait aussi de le tuer dans son sommeil? Ou attendrait-elle tout simplement que son père fasse le travail?

Comment l'Agence centrale de renseignement avait-elle appris la vérité au sujet des vampires ? Sûrement qu'un imbécile avait exécuté un truc de vampire devant des mortels sans prendre ensuite le temps d'effacer leurs souvenirs. Leur existence avait cependant été mise à jour, et cela constituait un problème sérieux. Angus, Jean-Luc et lui allaient donc passer la majeure partie de la conférence à décider des moyens à prendre pour traiter la question.

Roman marcha vers la salle de danse en compagnie des hommes avec qui il venait de passer du temps dans son bureau.

— Ian, qu'est-ce que vous avez pu découvrir au sujet du programme *Stake-Out* ? Combien y a-t-il d'agents au sein de leur équipe ?

— Ils sont cinq, et cela comprend le père de Shanna.

— Seulement cinq ? demanda Angus.

— Ce n'est pas si mal. Est-ce que vous avez leurs noms ? Peut-être pourrions-nous nous charger d'eux avant qu'ils tentent de se charger de nous.

Roman tressaillit. Tuer le père de Shanna ? Cela allait sûrement augmenter ses chances de vivre une belle histoire d'amour.

— Cela me semble illogique, dit Jean-Luc en tapant le plancher de sa canne tout en marchant. Aucun mortel ne peut nous attaquer lorsque nous sommes éveillés. Nous pouvons prendre le contrôle de leurs esprits de façon instantanée.

Roman s'arrêta soudainement. Était-ce donc cela ? Shanna avait fait montre d'une résistance remarquable face au contrôle de son esprit, et sa capacité de lire dans son esprit lorsqu'ils étaient liés était étrange. Il était très possible qu'elle possède des capacités psychiques. Capacités psychiques dont elle aurait hérité. Sang de Dieu. Une équipe de tueurs de vampires, agissant avec l'autorisation du gouvernement, dont les membres pourraient résister au contrôle de l'esprit. C'était déconcertant.

— Ils planifient sûrement de nous tuer en plein jour, dit Angus. Je vais devoir former plus de gardes de jour.

— M. Draganesti travaille sur une formule qui nous permettrait de demeurer éveillés en plein jour.

Laszlo jeta un coup d'œil nerveux vers Roman.

— Peut-être que je n'aurais pas dû en parler.

— C'est vrai ? demanda Angus en saisissant Roman par l'épaule. Tu peux y arriver, mon homme ?

— Je crois que oui, répondit Roman. Je ne l'ai pas encore testée.

— Je serai votre cobaye, offrit Gregori avec un sourire.

Roman secoua la tête.

— Je ne permettrai pas qu'il vous arrive quoi que ce soit. J'ai besoin d'hommes comme vous pour veiller sur l'entreprise pendant que je travaille dans mon laboratoire.

Jean-Luc ouvrit la porte à deux battants menant à la salle de danse, puis il haleta et retraita dans le vestibule.

— Merde. C'est cette vilaine femme de RTNV. Je pense qu'elle nous a vus.

— Une journaliste aux actualités ? demanda Roman.

— Pas exactement.

Jean-Luc frissonna.

— C'est Corky Courrant. Elle anime l'émission de célébrités *En direct avec ceux qui ne sont pas morts.*

Angus râla avec impatience.

— Pourquoi est-elle ici ?

— Vous *êtes* des célébrités.

Gregori leur lança des regards incrédules.

— Vous l'ignoriez ?

— Oui.

Laszlo inclina la tête.

— Vous êtes tous célèbres.

Roman fronça les sourcils. Ses inventions avaient peut-être changé le monde des vampires, mais il passait encore de longues heures chaque nuit à travailler dans son laboratoire. D'ailleurs, il regrettait intensément de ne pas être dans son laboratoire en ce moment même.

— Ne laissez pas son sourire vous duper, l'avertit Angus. Selon mes enquêtes, elle a déjà été responsable de la chambre des tortures dans la Tour de Londres pour le compte d'Henry VIII. Elle s'appelait alors Catherine Courrant. On dit qu'elle a personnellement obtenu la confession d'inceste du frère d'Anne Boleyn.

Jean-Luc ignora cela à sa manière habituelle.

— Et elle travaille maintenant pour les médias. Ce n'est pas surprenant.

— Les gars et moi, on la surnomme «Jolis Implants.»

La remarque d'Ian fut accueillie par des regards interrogateurs.

— Vous savez, on plaisante avec ça et le fait que ça rime avec son nom — Corky Courrant, Jolis Implants.

— J'aime ça, dit Gregori.

Il positionna ensuite ses mains devant sa poitrine, comme s'il tenait deux gros melons casaba.

— Elle a de très gros seins. Ce sont sûrement des faux.

— Ouais, acquiesça Ian. Ils sont énormes.

— Ça suffit!

Roman serra les dents.

— Merci à tous d'avoir partagé ces informations. Peu importe son passé douteux, ou bien sa poitrine… tout aussi douteuse, le fait demeure néanmoins que nous ne pouvons passer la soirée à nous cacher ici dans le vestibule.

— Tu as raison, dit Angus en redressant les épaules. Nous devons faire face au dragon.

Ian respira à fond.

— Nous devons *être* le dragon.

La porte à deux battants s'ouvrit.

Les hommes reculèrent sans émettre une simple bouffée de fumée.

— Vous voilà! annonça la femme dragon, les yeux brillants d'avoir remporté une petite victoire. Vous ne pouvez plus m'échapper maintenant.

Corky Courrant fit signe à ses équipiers de se mettre en place. Deux hommes se chargèrent de tenir les portes grandes ouvertes. Un autre homme de forte carrure tenait une caméra numérique en main pendant qu'une femme faisait des retouches de dernière minute au maquillage de Corky. Tous les membres de son équipe portaient des jeans et des t-shirts noirs avec les lettres blanches « RTNV » sur la poitrine. Les invités, qui portaient des vêtements de soirée noirs et blancs, se massèrent derrière la journaliste en bloquant avec succès cette échappatoire.

« Nous sommes pris au piège. »

Roman pouvait seulement retraiter vers son bureau, mais la journaliste tenace le talonnerait sans doute jusque-là.

— Ne pensez même pas à vous esquiver.

Elle plissa les yeux en regardant les hommes.

— Vous *allez* parler.

Ces quelques mots avaient sûrement été ses préférés lorsqu'elle s'occupait de la chambre des tortures. Roman échangea un regard avec Angus.

— Ça suffit ! dit la journaliste en écartant d'un geste la personne qui la maquillait.

Elle toucha du doigt un petit écouteur niché dans son oreille droite et pencha la tête pour entendre une voix.

— Nous serons en ondes dans trente secondes. Tout le monde à son poste.

Elle se posta devant le caméraman, et sa robe noire révélait une grande partie de sa poitrine surdimensionnée.

Elle avait manifestement des implants mammaires, sans aucun doute gracieuseté du docteur Uberlingen, à Zurich. C'était le seul spécialiste de chirurgie esthétique de vampire connu, et il pouvait aider un vampire à avoir l'air jeune et beau pour l'éternité, moyennant des honoraires exorbitants. Les implants de la journaliste l'avaient probablement aidée à obtenir un des emplois de choix à RTNV. Le Réseau de télévision numérique des vampires était encore relativement nouveau, et attirait chaque semaine des centaines de vampires pleins d'espoirs, désireux de devenir la prochaine grande vedette de la télévision.

Il avait été impossible de filmer les vampires avant l'avènement des caméras numériques. Cette technologie avait donc permis de découvrir un nouveau monde de possibilités et de problèmes. En fait, Roman n'aurait pas été surpris d'apprendre que c'était de cette façon que l'Agence centrale de renseignement avait appris leur existence. Ils avaient peut-être découvert la fréquence secrète que RTNV utilisait pour la radiodiffusion.

Le téléphone de Gregori sonna. Il l'ouvrit et s'éloigna de quelques pas.

— Hé, Connor, dit-il à voix basse. Qu'est-ce qui se passe?

Roman se concentra sur la conversation à sens unique.

— Une maison dans le quartier New Rochelle? demanda Gregori. Qu'est-ce qui s'est passé?

Le caméraman fit un signe à la journaliste, et elle s'illumina soudainement avec un sourire digne des meilleures annonces publicitaires de dentifrice.

— Ici Corky Courant, pour l'émission *En direct avec ceux qui ne sont pas morts*. Nous avons quelque chose de spécial à vous mettre sous la dent ce soir. Nous sommes en direct du plus grand bal de vampires de l'année! Je suis certaine que vous voudrez en apprendre davantage sur les célébrités de la soirée.

Elle s'avança vers Angus MacKay et expliqua qui il était. Elle fit ensuite de même avec Jean-Luc Écharpe. Roman tourna la tête pour saisir quelques fragments de conversation à partir du téléphone de Gregori.

— En êtes-vous certain? chuchota Gregori. La personne est *décédée*?

Roman avala sa salive avec difficulté. Parlaient-ils de Shanna? Son esprit visualisa une image de son corps sans vie. Non! Pas sa Shanna.

— Roman Draganesti!

La journaliste s'avança vers lui.

— Nous avons des milliers de téléspectateurs qui aimeraient vous rencontrer.

— Ce n'est pas un bon moment, Madame Implants.

Roman sentit que Jean-Luc lui donnait une bourrade dans le dos avec sa canne.

— Pardon, Mme... Merde alors... quel est donc votre nom ?

Les yeux de la journaliste lancèrent des éclairs comme du feu de dragon. Elle montra les dents, mais ne souriait plus.

— Mademoiselle Courrant, intervint Jean-Luc. Puis-je avoir l'honneur de la première danse ?

— Mais oui, bien sûr.

Corky lança un sourire malfaisant à la caméra tout en serrant les doigts autour du bras de Jean-Luc.

— C'est le rêve de toutes les femmes de danser avec le grand maître de l'Europe occidentale. Il est presque de sang royal !

Elle se rendit nonchalamment vers la salle de danse avec Jean-Luc.

Roman marcha à grands pas vers Gregori.

— Que s'est-il passé ? Dites-le-moi.

Angus, Ian et Laszlo se joignirent à lui.

Gregori glissa son téléphone portable dans sa poche.

— Connor a suivi Ivan Petrovsky jusqu'à une maison dans le quartier de New Rochelle. Ivan et ses amis sont entrés dans la maison. Connor a donc pensé que Shanna pouvait s'y trouver, alors il contourna la maison, se souleva par lévitation jusqu'à une fenêtre du deuxième étage et se téléporta à l'intérieur.

Les nerfs de Roman se tendirent.

— Est-ce qu'elle était là ?

— Non, répondit Gregori. Toutes les chambres du haut étaient désertes.

Roman poussa un soupir de soulagement.

— Ils détenaient toutefois un mortel prisonnier au rez-de-chaussée, continua Gregori. Connor les écouta parler. Ivan était furieux que Shanna ne se soit pas présentée. Ils ont donc tué le mortel. Connor était fortement contrarié, car il ne pouvait que les écouter. Il savait qu'il ne pouvait pas vaincre quatre vampires à lui seul.

— Merde alors, murmura Angus.

— Connor a ensuite entendu la sonnerie d'un téléphone, et ils sont tous rapidement sortis par la porte d'entrée. Il est descendu et a trouvé leur victime. Un huissier de justice américain.

— Sang de Dieu.

Roman grimaça.

— C'était probablement la personne-ressource de Shanna.

— Par l'enfer, murmura Angus. Pas étonnant que l'Agence centrale de renseignement souhaite notre mort. Ce sont des vampires comme Petrovsky qui nous donnent une bien mauvaise réputation.

— Je ne veux faire de mal à personne.

Laszlo tripota un bouton sur la veste de son smoking.

— Ne pouvons-nous pas convaincre l'Agence centrale de renseignement que certains d'entre nous sont paisibles?

— Nous devrons tenter le coup.

Angus croisa ses bras sur sa large poitrine.

— Et s'ils ne croient pas que nous sommes paisibles, alors nous devrons tuer ces bâtards.

— Oui, dit Ian en hochant la tête.

Roman fronça les sourcils. D'une façon ou d'une autre, leur logique de Highlander lui échappait.

— Où est Connor maintenant?

— Il se dirige ici, répondit Gregori. Tout comme Petrovsky. Connor l'a entendu parler de quelque chose qu'il planifiait faire au bal.

— Oh, nous devons être prêts à tout.

Angus marcha à grands pas dans la salle de danse.

Roman attendit près de la porte. L'orchestre jouait une valse. Des couples de vampires valsaient sur le plancher de danse. Jean-Luc et la journaliste dansaient tout près, et le maître de la bande de vampires de France lança à Roman un regard trahissant sa lassitude. Angus donnait ses ordres à un régiment de Highlanders dans un coin de la salle de danse.

Ivan Petrovsky était en route, et il allait causer des ennuis. Ils en étaient donc avertis. C'était plutôt ce qu'il ne savait pas qui rendait Roman malade d'inquiétude. Où était donc Shanna, par l'enfer?

L'horloge du tableau de bord du taxi affichait 20 h 50. Shanna était en retard, mais on ne la suivait plus. Oringo, son chauffeur de taxi, était parvenu à semer le VUS noir grâce à ses habiletés au volant.

— Voici la rue.

Shanna jeta un coup d'œil sur le bout de papier où elle avait noté l'adresse.

— 5267. Est-ce que vous la voyez?

La rue était faiblement éclairée, et les numéros sur les maisons étaient donc difficiles à lire. Ils passèrent devant une maison qui était dans l'obscurité la plus totale.

Oringo ralentit.

— Je crois que c'était là.

— La maison dans l'obscurité?

Pourquoi Bob l'attendrait-il dans l'obscurité? Un fort sentiment de doute passa comme un frisson glacial sur la nuque de Shanna. Bob avait également semblé étrange au téléphone.

Oringo se gara.

— Voilà. J'ai mérité cinquante dollars de plus, c'est bien ça?

— Oui.

Shanna sortit son portefeuille de sa bourse. Elle jeta un nouveau coup d'œil à la maison sombre.

— Est-ce que cette maison a l'air d'un refuge pour vous?

— Ça m'a l'air désert.

Oringo prit une bouchée de son sandwich à la viande fumée, puis se retourna pour la regarder.

— Vous voulez aller ailleurs ?

Elle avala difficilement sa salive.

— Je n'ai pas d'autres endroits où aller.

Elle jeta un coup d'œil au quartier. Il y avait plusieurs voitures garées le long de la rue. Est-ce qu'elle voyait bien une berline noire ? Le frisson passa de sa nuque à sa colonne vertébrale.

— Pouvez-vous passer devant cette voiture noire ?

— D'accord.

Oringo appuya sur l'accélérateur et passa lentement devant la berline.

Shanna regarda dans la berline depuis le siège arrière. Un homme était assis derrière le volant de la berline.

— Oh mon Dieu !

C'était le même homme qui avait poussé des jurons en russe devant la maison de Roman.

Il la regarda fixement à son tour, et ses yeux se plissèrent.

Shanna lui tourna le dos.

— Conduisez ! Vite !

Oringo enfonça l'accélérateur. Les pneus crissèrent. Shanna jeta un coup d'œil derrière elle. Le Russe hurlait dans son téléphone portable. Oringo arriva au bout de la rue et tourna à gauche, faisant disparaître la berline du champ de vision de Shanna.

Oh merde ! Les Russes avaient découvert l'emplacement du lieu sûr. Où pouvait-elle donc aller ?

— Ah !

Elle s'enfonça dans le siège et couvrit son visage.

— Est-ce que ça va, mademoiselle ?

— Je… j'ai besoin de réfléchir.

Une amie, elle avait besoin d'une amie. Quelqu'un qui pourrait la cacher, lui prêter de l'argent comptant.

« Pense ! »

Elle tapota son front avec le talon de la paume de sa main. Elle ne pouvait aller bien loin, et n'avait presque plus d'argent. Une amie, près d'ici.

— Radinka ! dit Shanna en se redressant.

— Pardon ? dit Oringo en lui jetant un regard inquiet dans le rétroviseur.

— Pouvez-vous me conduire jusqu'aux Industries Romatech ?

Elle farfouilla dans sa bourse et en retira la feuille qu'elle avait imprimée plus tôt.

— Voici l'adresse. C'est tout près de White Plains.

Elle se pencha vers l'avant pour le montrer à Oringo.

— D'accord. Pas de problèmes, mademoiselle.

Shanna s'appuya contre le dossier de son siège. Radinka l'aiderait. Elle était gentille et compréhensive. Et elle avait dit qu'elle travaillait à Romatech en soirée. Il y aurait aussi des gardes de sécurité à l'usine. Et des tas de gens travaillaient là, incluant Roman Draganesti.

Shanna frissonna. Il était hors de question qu'elle demande de l'aide à ce coureur de jupons libertin. Elle expliquerait à Radinka qu'elle n'avait aucun désir de revoir Roman. Elle avait seulement besoin d'un endroit sûr où se cacher jusqu'à ce qu'elle puisse communiquer avec le bureau de l'huissier de justice dans la matinée.

Pauvre Bob. Elle espérait qu'il allait bien. Le fait de repenser au Russe dans la berline noire lui donnait la chair de poule. Elle regarda fixement par la fenêtre arrière.

— Est-ce qu'ils nous suivent ?

— Je ne crois pas, dit Oringo. Nous avons eu un excellent départ.

— Mon Dieu, je l'espère.

— Cela me rappelle la chasse dans la savane. J'aime la chasse. C'est mon nom, vous savez ? Oringo, ça veut dire « qui aime la chasse ».

Shanna s'enveloppa de ses bras.

— Comment vous sentez-vous dans le rôle de la proie ?

Il éclata de rire, puis tourna soudainement à droite.

— Ne vous en faites pas. Si la voiture noire réapparaît, je vais la semer.

Ils furent bientôt à l'extérieur des Industries Romatech. Une longue allée formait un cercle depuis la grille d'entrée jusqu'à la porte d'entrée de l'usine, avant de repasser dans les jardins soigneusement entretenus et de revenir vers la grille d'entrée. Des limousines noires bloquaient complètement l'allée.

— Est-ce que je me place dans la file? demanda Oringo.

Shanna regarda la longue file de voitures avec inquiétude. Qu'est-ce qui se passait ici? Ce n'était pas une bonne idée pour elle de se retrouver coincée dans la circulation sans pouvoir s'échapper.

— Non, laissez-moi descendre ici.

Oringo se rangea sur le côté de la route.

— Il doit y avoir un grand événement à l'intérieur.

— Je crois que oui.

Enfin. Plus on est de fous, plus on rit. Une foule pouvait bien être sa meilleure garantie de sécurité en ce moment. Les Russes ne voudraient pas d'un grand nombre de témoins.

— Tenez.

Elle donna à Oringo une liasse de billets.

— Merci, mademoiselle.

— Je regrette de ne pouvoir vous donner un meilleur pourboire. Je suis vraiment reconnaissante de votre aide, mais je suis à court d'argent.

Oringo sourit, et ses dents blanches luisaient dans l'obscurité.

— Pas de problèmes. Je n'ai pas eu autant de plaisir depuis mon arrivée en Amérique.

— Prenez soin de vous.

Shanna s'empara de sa bourse et de son sac, puis se dirigea au pas de course vers la grille d'entrée de Romatech.

— Halte!

Un garde marcha à grands pas vers elle depuis le poste de garde. Un Highlander.

Shanna figea lorsque le souvenir des cercueils ouverts au sous-sol traversa son esprit comme un éclair.

« N'y pense pas. Rends-toi jusqu'à Radinka. »

Le kilt de l'Écossais était cousu dans un tissu gris foncé et blanc. Il la regarda d'un air soupçonneux.

— Vous n'êtes pas vêtue de noir et de blanc.

Est-ce qu'il y avait une loi contre le rose ?

— Je suis ici pour voir Radinka Holstein. Pouvez-vous lui dire que Shanna Whelan est ici ?

Les yeux de l'Écossais s'agrandirent.

— Jésus-Christ ! Vous êtes celle qu'ils cherchent partout. Ne bougez pas, mademoiselle. Restez ici.

Il marcha vers le poste de garde et s'empara d'un téléphone. Shanna pivota et regarda les limousines. Depuis quand les laboratoires de recherche accueillaient-ils de grandes réceptions ?

Elle retint son souffle. Elle vit dans la rue une berline noire se placer en ligne.

« Merde. »

Elle se retourna et courut vers l'entrée. Elle souhaitait maintenant qu'un régiment complet de Highlanders armés se trouve à l'intérieur.

« Oublie un peu ces maudits cercueils. »

Tant qu'ils étaient de son côté, elle s'organiserait pour ne pas penser aux cercueils. Enfin, pas complètement.

Elle se rendit jusqu'à la porte d'entrée, où des hommes et des femmes vêtus de tenues de soirée noires et blanches sortaient d'une limousine. Ils la regardèrent de haut. Quelques-uns d'entre eux reniflèrent l'air comme si elle dégageait une odeur étrange.

« Quelle bande de prétentieux », pensa Shanna en se glissant à l'intérieur.

Le vaste hall était rempli d'hommes et de femmes tous très élégants, rassemblés en petits groupes et occupés à discuter. Elle traversa la foule en étant consciente des regards hautains qu'ils posaient sur elle. Merde alors. Elle avait l'impression de se présenter à une fête d'école vêtue de linge sale et sans petit ami pour l'accompagner.

Elle vit des portes à deux battants du côté droit, et chaque porte était retenue par une grosse plante verte. De la musique et des voix s'échappaient de la salle. Elle se dirigea vers les portes.

Elle vit soudainement un groupe de Highlanders qui marchait dans le hall. Elle se glissa derrière une porte et la plante verte qui la maintenait ouverte. Ils se dispersèrent et fouillèrent l'entrée principale.

— Cherchez-vous la mortelle ? demanda un homme aux cheveux gris vêtu d'un smoking.

— Une *mortelle* ?

— Oui, répondit un des Highlanders. Est-ce qu'elle est entrée ?

— Oui, répondit l'homme aux cheveux gris. Elle portait d'affreux vêtements.

— C'était certainement une mortelle, ajouta sa compagne en reniflant. On peut toujours les détecter à l'odeur.

Oh, voyons donc. Pendant que les riches snobinards occupaient les Highlanders, Shanna en profita pour se glisser par les portes et se retrouva dans la salle de danse. Des couples vêtus de noir et de blanc semblaient danser au rythme d'un menuet comme s'ils se trouvaient en plein dix-huitième siècle. D'autres invités erraient, bavardaient et buvaient de petites gorgées dans des verres à vin.

Elle se fit un chemin parmi la foule. Les gens se retournaient pour la regarder fixement. Génial. Elle montrait vraiment à tous son statut d'intruse en affichant ainsi ses vêtements roses. Il fallait vraiment qu'elle trouve Radinka au plus vite. Elle passa près d'une table ornée d'une sculpture de glace géante représentant une chauve-souris. Une chauve-souris ? Nous n'étions pourtant pas en octobre. Pour quelle occasion voudrait-on des sculptures de chauves-souris au printemps ?

Elle figea littéralement en voyant un cercueil ouvert derrière la table. On s'en servait comme d'une grande glacière. Il fallait vraiment être malade ! Elle continua de se frayer un chemin parmi la foule. Où était donc Radinka ? Et était-ce bien Roman qui montait sur la scène ? Il la verrait à coup sûr. Elle se cacha derrière un homme qui avait une large poitrine et qui portait un t-shirt noir. RTNV. Il tenait une caméra numérique à la main.

— Vous êtes en ondes.

L'homme fit un signe à la femme aux énormes seins.

— Ici Corky Courrant pour l'émission *En direct avec ceux qui ne sont pas morts*. Quelle soirée passionnante ! Comme vous pouvez le voir derrière moi — la journaliste pointa la scène du doigt —, Roman Draganesti est sur le point de nous accueillir au 23ᵉ gala d'ouverture. Comme vous le savez, Roman est le PDG de Romatech, inventeur de la cuisine Fusion, et maître de la plus grande bande de sorciers d'Amérique du Nord[3].

« Une bande de sorciers ? »

Shanna regarda autour d'elle. Ces gens étaient-ils donc des sorciers et des sorcières ? Cela expliquerait les vêtements noirs et les détails sanglants, comme les cercueils.

— Prendriez-vous un verre ?

Un serveur s'arrêta devant elle et tenait un plateau noir rempli de verres.

Est-ce qu'il était un sorcier, lui aussi ? Et Radinka ? Et Roman ?

— Je… est-ce que vous avez une boisson de régime ?

— Oui ! La dernière invention de M. Draganesti.

Le serveur lui donna un verre à vin.

— À votre santé.

Et il s'éloigna.

Shanna jeta un coup d'œil à son verre. Le liquide était rouge. Son attention fut détournée par le son de la voix de Roman. Dieu qu'il avait une voix séduisante. Le bâtard.

— Je vous souhaite tous la bienvenue aux Industries Romatech.

Ses yeux parcoururent la foule.

---

3. N.d.T. : Dans le texte anglais, il est question de «*Coven Master*», et «*Coven*» se traduit habituellement par «bande de sorcières, ou de sorciers». Ce livre traite de vampires, et nous avons jusqu'à présent parlé de «bande de vampires.» Ici, Shanna entend le mot «*Coven*», et interprète ce mot à sa façon. Nous avons donc décidé de vous l'expliquer pour que vous puissiez comprendre sa réaction.

Shanna tenta de se faire aussi petite que possible derrière le caméraman de RTNV, mais ainsi vêtue de rose, elle ressemblait plutôt à un feu d'artifice.

— Et c'est avec plaisir que je vous accueille à notre gala annuel...

Roman s'arrêta.

Shanna jeta un coup d'œil à côté du caméraman de RTNV. Bon Dieu. Roman regardait tout droit vers elle. Il fit un signe de la main, et Ian grimpa sur la scène. Le jeune Highlander se tourna et la vit à son tour. Il descendit les marches en vitesse et marcha à grands pas vers elle.

— ... d'ouverture, conclut Roman. Amusez-vous bien.

Il suivit Ian en bas de l'escalier.

— Oh, merveilleux! s'exclama la journaliste. Roman Draganesti vient par ici. Allons lui parler un moment. Oh, Roman!

Oh merde. Que devait-elle faire maintenant? Faire confiance au Highlander qui dormait dans un cercueil? Ou faire confiance à Roman, le coureur de jupons qui devait être un genre de grand sorcier?

Le caméraman de RTNV recula et l'accrocha au passage.

— Oh, je suis désolé.

— Aucun problème, murmura-t-elle.

Puis, elle se souvint soudainement de la chauve-souris volante à la télévision ainsi que du slogan : «RTNV, le réseau qui fonctionne 24 heures par jour et sept jours par semaine, parce qu'il fait toujours nuit quelque part.» Était-ce un genre de réseau de sorcier?

— Que signifient les lettres RTNV?

L'homme grogna.

— Où étiez-vous au cours des cinq dernières années?

Ses yeux se plissèrent.

— Attendez une minute. Vous êtes une mortelle. Que faites-vous ici?

Shanna avala sa salive. Si elle était la seule mortelle sur place, alors qu'est-ce que ces gens étaient? Elle recula d'un pas.

— Que signifient les lettres RTNV?

L'homme sourit lentement.

— Réseau de télévision numérique des vampires.

Elle haleta. Non. C'était sûrement encore une blague de très mauvais goût. Les vampires n'existent pas.

Ian tendit la main vers elle.

— Venez avec moi, Mlle Whelan. Vous n'êtes pas en sécurité ici.

Elle tressaillit.

— Restez loin de moi. Je… je sais où vous dormez. Des cercueils. Les vampires dorment dans des cercueils.

Il fronça les sourcils.

— Et maintenant, donnez-moi ce verre. Je vais vous conduire à la cuisine et vous donner de la vraie nourriture.

De la vraie nourriture? Et dans ce verre, il y avait quoi? Shanna souleva son verre à vin et le sentit. Du *sang*! Elle poussa un gémissement et lança le verre au sol. Il vola en éclats sur le plancher, l'éclaboussant de sang.

Une femme hurla.

— Regardez ce que vous avez fait! Des taches de sang sur ma nouvelle robe blanche. Eh bien, vous…

Elle regarda fixement Shanna et poussa un sifflement.

Shanna recula. Elle regarda autour d'elle. Tous ces gens buvaient dans des verres à vin. Ils buvaient du sang. Elle colla ses sacs contre sa poitrine. Des *vampires*.

— Shanna, s'il vous plaît.

Roman s'approcha d'elle très lentement.

— Venez avec moi. Je peux vous protéger.

Elle posa une main tremblante contre sa bouche.

— Vous… vous en êtes un, vous aussi.

Il portait même une cape noire comme Dracula.

Le caméraman de RTNV cria:

— Corky, venez tout de suite !

La journaliste se fraya un chemin parmi la foule.

— Nous avons un fait passionnant. Une mortelle s'est introduite dans un bal de vampires sans y avoir été invitée.

Elle glissa un micro sous le nez de Shanna.

— Dites-moi. Quel effet ça fait d'être entourée de vampires affamés ?

— Allez au diable !

Shanna se retourna, mais il y avait des Russes à la porte.

— Vous venez avec moi.

Roman s'empara de Shanna d'une prise ferme, et il les entoura tous les deux de sa cape.

Tout devint sombre.

Seize

Shanna ne put sentir ses pieds sur le sol pendant un moment de pure terreur. Elle flottait, confuse et étourdie, mais elle avait conscience d'être dans les bras de Roman Draganesti. L'obscurité l'enveloppa, désorientante et effrayante. Puis, elle se retrouva sur ses pieds. Enfin, elle se sentait tituber.

— Doucement.

Il continua à lui tenir le bras. Il abaissa sa cape, et une brise fraîche vint caresser ses joues et l'entourer d'un parfum terreux de paillis de pin et de fleurs.

Ils étaient à l'extérieur, dans le jardin qui entourait Romatech. De faibles lumières éclairaient les formes des buissons et des arbres tout en projetant des ombres à faire frémir sur la pelouse.

Comment était-elle arrivée ici ? Et voilà qu'elle était seule avec Roman Draganesti. Roman, le… le… Oh Dieu, elle ne voulait pas penser à ça. Ça ne pouvait être vrai.

Elle s'éloigna de lui, et ses chaussures de sport dérapèrent sur le gravier du sentier du jardin. Elle pouvait voir, non loin de là, la salle de danse vivement éclairée par les fenêtres de verre.

— Comment? Comment avons-nous…

— Par téléportation, répondit-il doucement. C'était la façon la plus rapide de vous faire sortir de là.

Ça devait être un truc de vampire, ce qui signifiait que seul un vrai vampire pouvait le faire. Quelqu'un comme… Roman. Shanna trembla. Ça ne pouvait être vrai. Elle n'avait jamais cru à la notion moderne d'un vampire romantique. Une créature démoniaque, par sa vraie nature, devait être révoltante. Les vampires étaient sûrement d'affreuses créatures à la chair verte pourrie et aux ongles d'un kilomètre de long, sans parler de leur mauvaise haleine, qui aurait pu aplanir un troupeau de buffles. Ils ne pouvaient pas être aussi magnifiques et séduisants comme Roman. Ils ne pouvaient pas embrasser comme lui.

Oh mon Dieu, elle l'avait embrassé! Elle avait glissé sa langue dans la bouche d'une créature diabolique. Oh merde, ça produirait tout un effet dans le confessionnal. Dites deux «Je vous salue Marie», et évitez de nouveaux contacts avec le rejeton du diable.

Elle marcha dans l'herbe vers l'ombre d'un arbre. Elle ne voyait que la silhouette de Roman dans l'obscurité. Sa cape noire remuait sous la brise fraîche.

Sans réfléchir plus longtemps, elle se lança dans une course folle en direction des lumières de la grille d'entrée. Elle courut aussi vite qu'elle le pouvait, et ne permit pas à sa bourse ni à son sac de la ralentir. Son adrénaline monta en flèche, et l'espoir qu'elle avait de s'échapper ne faisait qu'augmenter. Encore quelques mètres et…

Quelque chose passa à toute vitesse près d'elle. Une tache dans la nuit, qui s'arrêta soudainement devant elle. *Roman.* Shanna glissa sur le sol pour éviter d'entrer en collision avec lui. Elle cherchait de l'air. Il ne semblait même pas essoufflé.

Elle se pencha pour rattraper son souffle.

— Il est impossible pour vous de me distancer à la course.

— Je l'ai remarqué.

Elle le regarda avec méfiance.

— C'est mon erreur. Je viens de réaliser que je ne devrais rien faire pour stimuler votre appétit.

— Vous n'avez pas à vous en inquiéter. Je ne...

— Vous ne me mordrez pas? N'est-ce pas là précisément ce que vous faites?

Une image de la canine de loup apparu dans son esprit.

— Oh merde. Cette dent que je vous ai réimplantée... c'était vraiment une canine?

— Oui. Merci de m'avoir aidé.

Elle grogna.

— Je vous enverrai ma facture.

Elle rejeta la tête vers l'arrière pour regarder les étoiles.

— Ça ne peut être vrai.

— Nous ne pouvons pas rester ici.

Il fit un geste en direction de la salle de danse.

— Les Russes pourraient nous voir. Venez.

Il marcha vers elle.

Elle recula de plusieurs pas.

— Je n'irai nulle part avec vous.

— Vous n'avez pas le choix.

— C'est ce que vous pensez.

Elle glissa son sac sur son épaule, puis ouvrit sa bourse.

Il poussa un soupir irrité et impatient.

— Vous ne pouvez tirer sur moi.

— Bien sûr que je le peux. Je ne serai même pas accusée de meurtre. Vous êtes déjà mort.

Elle en retira le Beretta.

Il lui arracha des mains à toute vitesse et le rejeta dans un parterre de fleurs.

— Comment osez-vous! J'en ai besoin pour ma protection.

— Il ne vous protégera pas. Il n'y a que moi qui puisse le faire.

— Enfin, vous êtes riche et puissant? Le problème, c'est que je ne veux rien de vous, et surtout pas de traces de dents.

Elle l'entendit pousser un grognement de frustration. Elle mettait donc sa patience à l'épreuve. Dommage. *Il* testait vraiment sa santé mentale.

Il pointa du doigt vers la salle de danse.

— N'avez-vous donc pas vu les Russes à l'intérieur ? Leur maître est Ivan Petrovsky, et la mafia russe l'a embauché pour vous tuer. C'est un assassin professionnel, et il est très doué dans son métier.

Shanna recula et trembla tandis qu'une brise fraîche ébouriffait ses cheveux.

— Il est venu à votre fête. Vous le connaissez.

— C'est la coutume d'inviter tous les maîtres des bandes de vampires.

Roman s'avança vers elle.

— Les Russes ont engagé un vampire pour vous tuer. Votre seul espoir de survie réside dans l'aide d'un autre vampire. Moi.

Elle inhala brusquement. Il venait d'admettre la terrible vérité à son sujet. Elle ne pouvait plus le nier, même si c'était ce qu'elle souhaitait désespérément. La vérité était bien trop effrayante.

— Nous devons y aller.

Il s'empara rapidement d'elle. Avant même qu'elle puisse soulever une objection, Shanna vit sa vision passer au noir. La désorientation tourbillonnante était terrifiante. Elle ne pouvait plus sentir son corps.

Elle reprit conscience des parties de son corps seulement pour se rendre compte qu'elle se trouvait maintenant debout dans une pièce sombre. Elle trébucha, puis regagna son équilibre.

— Faites attention.

Roman la stabilisa.

— Il faut quelques expériences avant de s'habituer à la téléportation.

Elle repoussa son bras.

— Ne me faites plus jamais ça ! Je n'aime pas ça.

— D'accord. Alors, nous marcherons.

Il s'empara de son coude.

— Cessez cela.

Elle retira brusquement son bras.

— Je ne vais nulle part avec vous.

— Vous n'avez pas compris ce que j'ai dit? Je suis votre seul espoir d'échapper à Petrovsky.

— Je ne suis pas impuissante! Je m'en suis bien tirée par mes propres moyens. Et je peux obtenir de l'aide du gouvernement.

— Auprès de votre huissier de justice dans le quartier New Rochelle? Il est mort, Shanna.

Elle haleta.

Bob était mort?

— Attendez une minute. Comment le savez-vous?

— J'avais demandé à Connor de surveiller la maison de Petrovsky, à Brooklyn. Il a suivi les Russes jusqu'à New Rochelle et a trouvé votre contact à cet endroit. Votre huissier de justice n'avait aucune chance contre un groupe de vampires. Et vous non plus.

Elle avala difficilement sa salive. Pauvre Bob. Mort. Que devrait-elle faire?

— Je vous ai cherchée partout.

Il lui toucha le bras.

— Laissez-moi vous aider.

Elle trembla en sentant ses doigts glisser sur son bras. Pas qu'il la répugnait, au contraire. Cela lui rappelait à quel point il avait été déterminé à la sauver, à quel point il avait été gentil, attentionné, doux et généreux. Son désir de l'aider était bien réel. Elle savait cela jusqu'au fond de son âme, bien qu'elle soit sous le choc de sa dernière révélation. Comment pouvait-elle accepter son aide, maintenant qu'elle connaissait la vérité? Comment pouvait-elle la refuser? N'y avait-il pas un adage qui disait qu'il fallait combattre le feu par le feu? Peut-être que cela s'appliquait aussi avec les vampires.

Bon sang, à quoi pensait-elle? Faire confiance à un vampire? Elle était une fichue source de nourriture pour eux.

— Est-ce que c'est votre vraie couleur de cheveux? demanda-t-il avec douceur.

— Pardon?

Shanna remarqua qu'il s'était rapproché d'elle et qu'il la regardait un peu trop attentivement. Comme s'il avait faim.

— J'ai toujours su que le brun n'était pas votre vraie couleur.

Il toucha une mèche de cheveux sur son épaule.

— Est-ce que celle-là est votre vraie couleur?

— Non.

Elle recula d'un pas et repoussa ses cheveux derrière ses épaules. Oh génial. Elle venait d'exposer son cou.

— Quelle est votre vraie couleur de cheveux?

— Pourquoi discutons-nous de la couleur de mes cheveux?

Sa voix trembla et augmenta en intensité.

— Est-ce que les blondes en panique ont un meilleur goût?

— J'ai pensé qu'un sujet terre-à-terre pourrait calmer vos nerfs.

— Eh bien, ça n'a pas fonctionné. Je n'arrive toujours pas à croire que vous êtes un démon suceur de sang de l'enfer!

Il se raidit d'un seul coup. Bon, génial. Elle venait de le blesser. Cela n'enlevait cependant rien au fait qu'elle avait le droit d'être en colère. Pourquoi se sentait-elle donc mal de lui avoir lancé des remarques cinglantes?

Elle se racla la gorge.

— J'ai peut-être été un peu dure dans mes remarques.

— Votre description est essentiellement correcte. Cependant, puisque je n'ai jamais été en enfer, il n'est pas approprié de dire que je viens de là.

Son ombre se déplaça lentement à travers la pièce.

— Quoiqu'on pourrait dire que j'y suis maintenant.

Aïe. Elle l'avait vraiment blessé.

— Je... je suis désolée.

Il y eut un long silence. Puis, il lui répondit :

— Je n'ai pas besoin d'excuses. Vous n'êtes pas coupable de quoi que ce soit. Et je n'ai certainement pas besoin de votre pitié.

Aïe, encore une fois. Elle ne gérait pas la situation à son mieux. Et encore, il fallait avouer qu'elle n'avait pas beaucoup d'expérience à parler avec des démons.

— Euh, pouvons-nous allumer une lumière ?

— Non, car elle serait visible par la fenêtre, et Petrovsky saurait que nous sommes ici.

— Où sommes-nous, exactement ?

— Dans mon laboratoire. Il surplombe le jardin.

Une odeur curieuse était imprégnée dans la pièce. Un mélange de nettoyant antiseptique et de quelque chose de riche et de métallique. Du *sang*. L'estomac de Shanna se révulsa. Bien sûr, il travaillait avec du sang. Il était l'inventeur du sang synthétique. Et il en buvait aussi. Elle frissonna.

Mais si le sang artificiel de Roman alimentait les vampires, alors ces mêmes vampires ne s'alimentaient plus directement dans le cou des gens. Roman sauvait des vies de deux façons différentes. Il était encore un héros.

Et il était encore un démon, buveur de sang. Comment pouvait-elle gérer cela ? Une partie d'elle était horrifiée, mais une autre partie d'elle voulait lui tendre la main et lui dire qu'il n'était pas si mal pour un… vampire.

Elle poussa un gémissement intérieur et réalisa qu'il n'avait pas besoin d'être réconforté. Il avait dix femmes vampires à la maison pour lui tenir compagnie les nuits où il se sentait seul. Onze femmes, en comptant Simone.

Il ouvrit la porte qui donna sur un vestibule faiblement éclairé. Elle pouvait voir l'expression sur son visage pour la première fois depuis leur départ de la salle de danse. Il semblait pâle. Tendu. En colère.

— Si vous voulez bien me suivre, s'il vous plaît.

Il marcha vers le hall.

Shanna s'avança lentement vers lui.

— Où me conduisez-vous ?

Elle regarda fixement la porte. Le vestibule était vide.

Il ne répondit pas. Il ne la regarda pas. Au lieu de cela, il examina le vestibule, comme s'il s'attendait à ce que des types mal intentionnés apparaissent d'un moment à l'autre. Ils pouvaient apparaître n'importe quand grâce au pouvoir de la téléportation. Roman avait raison. Son seul espoir de survivre aux intentions meurtrières d'un vampire était de pouvoir compter sur l'aide d'un autre vampire. Lui.

— C'est bien. Allons-y.

Elle le suivit dans le hall.

Il marcha avec raideur vers un ascenseur, et sa cape flottait derrière lui.

— Il y a une chambre souterraine ici, à Romatech, une chambre aux murs totalement tapissés d'argent. Aucun vampire ne peut se téléporter à travers ses murs. Vous serez en sécurité à cet endroit.

— Oh.

Shanna se tenait devant l'ascenseur, et regardait fixement le bouton qui la conduirait vers le bas.

— Je suppose que l'argent est votre kryptonite ?

— Oui.

Les portes de l'ascenseur s'ouvrirent. Roman empêcha les portes de se refermer, et fit un signe à Shanna pour que cette dernière ose y entrer. Elle hésita.

Sa mâchoire se serra.

— Vous devez avoir confiance en moi.

— Je sais. J'essaye. Est-ce la raison pour laquelle vous m'aviez donné ce crucifix en argent ? Pour me protéger des vampires russes ?

— Oui.

Une expression de douleur apparut sur son pâle visage.

— Et de moi.

Sa bouche s'ouvrit. Avait-il eu envie de la mordre ?

Ses yeux se plissèrent.

— Est-ce que vous venez ?

Elle avala difficilement sa salive. Quels étaient ses choix ? Elle marcha donc à l'intérieur de l'ascenseur.

Il lâcha les portes, qui se fermèrent dans un sifflement. Elle était loin de lui, et regardait fixement les boutons.

« C'est encore le même homme que tu as connu auparavant. C'est encore le même homme. »

— Vous n'avez plus confiance en moi, n'est-ce pas ?

Elle prit une respiration chancelante.

— J'essaye.

Il lui lança des regards noirs.

— Je ne pourrai jamais vous faire de mal.

Un éclat de colère remonta à la surface.

— Vous m'avez blessée, Roman. Vous avez eu l'impudence… de me courtiser et de m'embrasser alors que vous avez dix maîtresses en résidence. Et ensuite, comme si ce n'était pas suffisant, je découvre que vous êtes un… un…

— Un vampire.

— Une créature démoniaque qui a déjà pensé à me mordre.

Il se tourna vers elle. Ses yeux s'obscurcirent et prirent une teinte dorée foncée.

— Je savais que cela arriverait. Vous voulez maintenant me tuer, n'est-ce pas ?

Shanna cligna des yeux. Le *tuer* ?

— Un pieu de bois ou une lame d'argent en plein cœur, et vous serez débarrassée de moi.

Il marcha vers elle et pointa du doigt contre sa poitrine.

— C'est ici que se trouve mon cœur, ou plutôt ce qu'il en reste.

Elle regarda fixement sa large poitrine. Bon Dieu, elle avait posé la tête à cet endroit. Elle l'avait même embrassé, et il avait eu un goût sucré et avait paru bien vivant. Comment pouvait-il être mort ?

Il prit sa main et la posa contre sa poitrine.

— C'est ici que vous devrez frapper. Allez-vous vous en rappeler ? Vous devriez attendre que je sois endormi. Je serai alors sans défense.

— Cessez cela.

Elle retira brusquement sa main de sa poitrine.

— Pourquoi ?

Il se pencha vers elle.

— Vous ne voulez pas tuer le démon suceur de sang de l'enfer ?

— Cessez cela ! Je ne pourrai jamais vous faire de mal.

— Oh, mais vous l'avez déjà fait, Shanna.

Son souffle s'arrêta. Elle détourna le regard tandis que des larmes bien chaudes montaient à ses yeux. Les portes d'ascenseur s'ouvrirent. Il marcha avec raideur dans le vestibule ombragé.

Elle hésita. Comment devait-elle gérer cette situation ? Le fait que sa vie était en danger n'était pas suffisant ? Son cœur lui faisait toutefois mal pour une raison totalement différente. Elle essayait de comprendre, d'accepter la vérité à propos de Roman. Elle se souciait réellement de lui, mais elle ne faisait qu'aggraver les choses. Elle le blessait, alors qu'il essayait de l'aider. Mais merde ! Il la blessait, lui aussi. Elle avait cru qu'il était l'homme parfait. Comment pouvait-elle avoir une relation quelconque avec lui, maintenant ?

Et il n'avait pas besoin d'elle. Il avait dix femmes de sa propre race à la maison. Elles le connaissaient probablement depuis une centaine d'années. Elle ne le connaissait que depuis quelques jours. Comment pouvait-elle rivaliser avec ça ? Elle marcha dans le vestibule en se traînant les pieds.

Il se tenait face à une porte massive, et il entra un code sur le pavé numérique.

— Est-ce qu'il s'agit de la chambre tapissée d'argent ?

— Oui.

Il appuya son front contre un dispositif. Un rayon rouge balaya ses yeux. Il ouvrit la lourde porte de métal et lui fit signe d'entrer.

— Vous serez en sécurité ici.

Elle entra dans la chambre. C'était un appartement miniature complet avec un lit et une cuisine. Elle découvrit une salle de bains par une porte ouverte. Elle laissa tomber ses sacs sur la table de cuisine, et remarqua alors que Roman était entré dans la pièce et qu'il avait retiré sa cape. Il l'avait enroulé sur ses mains.

— Que faites-vous?

— Ce côté de la porte est tapissé avec de l'argent. Cela brûlerait ma peau.

Il se servit de la cape comme isolant, et ferma la porte. Il tourna ensuite le verrou, puis glissa une lourde barre en place.

— Allez-vous rester ici avec moi?

Il la regarda.

— Avez-vous peur que je vous morde?

— Enfin, peut-être. Vous allez nécessairement avoir faim un moment donné.

— Je ne m'alimente plus aux cous des mortels, dit-il en serrant les dents.

Il marcha vers la cuisine, sortit une bouteille du réfrigérateur et la glissa dans le four à micro-ondes.

Il avait donc faim, réalisa Shanna avec une grimace. Ou peut-être mangeait-il lorsqu'il était contrarié. Comme elle. D'une façon ou d'une autre, une discussion sur le fait de manger ses émotions ne lui semblait pas sage à l'heure actuelle. Elle préférait vraiment attendre qu'il soit complètement rassasié.

Des souvenirs de la cuisine chez Roman ressurgirent dans son esprit. Connor tentant de l'éloigner du réfrigérateur. Connor et Ian réchauffant leur «boisson protéinée» dans le four à micro-ondes. Les femmes du harem buvant une substance rouge dans leurs verres à vin. Bon Dieu, elle avait eu tout cela devant les yeux depuis le début. La canine de loup. Les cercueils au sous-sol. Roman dormant comme un mort dans sa chambre à coucher. Il avait vraiment été mort. Il était encore mort, même s'il marchait et parlait. Et embrassait comme un... un démon.

— Je n'arrive pas à croire ce qui est en train de m'arriver.

Elle se percha sur le bord du lit. C'était tout de même en train de lui arriver. Tout était vrai.

Le four à micro-ondes sonna. Roman retira la bouteille, puis se remplit un verre avec du sang chaud. Shanna frissonna.

Il prit une petite gorgée avant de se tourner pour lui faire face.

— Je suis le maître d'une bande de vampires. Cela signifie que je suis personnellement responsable de la sécurité des membres de ma bande. En vous protégeant, j'ai éveillé l'hostilité d'un vieil ennemi, Ivan Petrovsky. C'est le vampire russe qui veut vous tuer, et il pourrait déclarer la guerre à ma bande de vampires.

Il se dirigea vers un fauteuil et déposa sa boisson sur la petite table adjacente. Il glissa le bout de son doigt sur le bord du verre.

— Je regrette de ne pas vous avoir tout raconté, mais à l'époque, je pensais qu'il était préférable de vous maintenir dans l'ignorance autant que possible.

Shanna ne savait pas quoi répondre, alors elle demeurait assise là, à le regarder, pendant qu'il s'affalait dans le fauteuil. Il tira sur son nœud papillon jusqu'à ce que la bande de soie noire soit démêlée. Il semblait si normal et vivant en parlant ainsi des gens envers qui il se sentait responsable. Il inclina la tête, appuya son front sur sa main et le frotta. Il semblait fatigué. Après tout, il était responsable d'une grande entreprise, et avait apparemment un grand nombre de disciples.

Et ces disciples étaient maintenant en danger à cause d'elle.

— La protection que vous m'avez offerte vous a causé beaucoup d'ennuis.

— Non.

Il changea de position dans son fauteuil et la regarda.

— L'animosité qui règne entre Petrovksy et moi remonte à des centaines d'années. Et le fait de vous protéger m'a apporté une joie que je n'avais pas ressentie depuis une très longue période de temps.

Elle avala sa salive avec difficulté tandis que de nouvelles larmes lui montaient aux yeux. Dieu savait à quel point elle avait également adoré les moments qu'ils avaient passés ensemble. Elle aimait le faire rire. Elle aimait être dans ses bras. Elle avait aimé tout ce qu'elle avait découvert de lui jusqu'à ce qu'elle découvre ses amantes en résidence.

Elle haleta quelque peu, et se rendit compte que la principale source de sa colère et de sa frustration était encore centrée sur son harem. Elle pouvait comprendre pourquoi il ne lui avait pas dit qu'il était un vampire. Qui voudrait admettre être un démon? Qui plus est, il n'avait pas que lui-même à protéger. Il avait une bande de vampires tout entière à protéger. Sa réticence à se confier à elle était compréhensible. Et pardonnable.

Et le fait qu'il était un démon semblait pouvoir être interprété. Après tout, il sauvait des millions de vies humaines chaque jour avec son sang synthétique. Et il protégeait la vie d'autres humains en offrant aux vampires une autre source d'alimentation. Elle savait dans son cœur qu'il n'y avait rien de maléfique chez Roman. Autrement, elle n'aurait jamais été aussi attirée envers lui.

Le problème était vraiment son harem. Bon Dieu, elle était prête à tout lui pardonner, sauf ça. Pourquoi le harem lui restait-il en travers de la gorge? Elle ferma les yeux au moment où les larmes menaçaient de déborder. C'était de la jalousie pure et simple. Elle le voulait pour elle, rien que pour elle.

Il était cependant un vampire. Elle ne pourrait jamais l'avoir.

Elle jeta un coup d'œil dans sa direction. Il l'observait encore, mais il le faisait maintenant en buvant de petites gorgées de sang. Merde alors. Que pouvait-elle bien lui dire? Elle cligna des yeux pour repousser ses larmes et s'arma de courage.

— C'est une très belle pièce. Pourquoi l'avez-vous construite?

— J'ai survécu à quelques tentatives d'assassinat. Angus MacKay a conçu cette pièce afin qu'elle me serve de refuge contre les Mécontents.

— Les Mécontents?

— C'est ainsi que nous les appelons. Eux, ils se nomment les «Vrais», mais ils ne sont réellement guère plus que des terroristes.

Ils ont fondé une société secrète, et ils croient en leur droit satanique de s'alimenter auprès des mortels.

Roman souleva son verre.

— Selon eux, le fait de boire ce sang synthétique est une abomination.

— Oh. Et puisque vous l'avez inventé, ils ne vous aiment pas vraiment.

Il sourit légèrement.

— Non. Et ils se fichent bien de Romatech également. Ils nous ont lancé plusieurs grenades dans le passé. C'est pourquoi j'ai autant de sécurité ici qu'à la maison.

Des gardes vampires chargés de la sécurité, qui dormaient dans un dortoir rempli de cercueils. Shanna referma ses bras contre elle tandis qu'elle laissait cette nouvelle réalité s'installer. Roman but sa boisson, puis marcha vers la cuisinette. Il rinça son verre et le déposa dans l'évier.

— Vous me dites donc qu'il y a deux sortes de vampires, soit les Mécontents, les méchants qui s'alimentent encore auprès des mortels, et les bons gars comme vous.

Roman appuya ses paumes sur le comptoir de marbre, lui tournant ainsi le dos. Il semblait parfaitement immobile, même si elle devinait qu'il respirait rapidement, luttant contre un genre de démon intérieur. Lui-même.

Il donna subitement un coup de poing contre le comptoir de marbre, ce qui la fit sursauter. Il se retourna pour lui faire face. Son visage était dur, et ses yeux, luisants. Il marcha vers elle.

— Ne faites jamais l'erreur de penser que je suis bon. J'ai commis plus de crimes que vous ne pouvez l'imaginer. J'ai assassiné des gens de sang-froid. J'ai transformé des centaines de mortels en vampires. J'ai condamné leurs âmes immortelles à une éternité en enfer !

Shanna demeura immobile, secouée dans le plus profond d'elle-même, figée par l'intensité de ses yeux. Un *meurtrier*. Un *fabricant de vampires*. Bon Dieu, s'il a voulu l'effrayer, c'était tout à fait réussi. Elle bondit sur ses pieds et se précipita vers la porte. Elle avait ouvert deux verrous avant qu'il n'arrive et la saisisse par-derrière.

— Merde! Non!

Il la poussa de côté et replaça le premier verrou. Il prit une inspiration sifflante, puis retira sa main de la porte.

Shanna vit les brûlures se former sur le bout de ses doigts, et sentit l'odeur épouvantable de la chair brûlée.

— Qu'est-ce que…?

Il serra les dents, et tendit la main vers le deuxième verrou.

— Arrêtez!

Elle repoussa sa main et replaça elle-même le verrou. Qu'est-ce qu'elle était en train de faire?

Il posa sa main blessée contre sa poitrine, et son visage était pâle de douleur.

— Vous vous êtes brûlé, chuchota-t-elle.

Était-il si désespéré de veiller à sa sécurité? Elle tendit la main vers la sienne.

— Laissez-moi voir.

Il recula.

— Elle guérira pendant mon sommeil.

Il lui lança un regard furieux.

— Ne refaites pas ça. Vous pourriez parvenir à ouvrir la porte, mais je vous rattraperais rapidement.

— Vous n'avez pas à me faire sentir comme si j'étais une prisonnière.

Il marcha vers le réfrigérateur et ramassa quelques cubes de glace.

— Vous êtes sous ma protection.

— Pourquoi? Pourquoi êtes-vous si déterminé à me protéger?

Il se tenait devant l'évier, et frottait un glaçon sur ses doigts brûlés. Shanna décida finalement qu'il n'allait pas lui répondre. Elle marcha vers le lit en se traînant les pieds.

— Vous êtes spéciale, dit-il tout doucement.

Elle s'immobilisa près du lit. Spéciale ? Elle ferma les yeux. Dieu que cet homme lui faisait mal au cœur. Malgré tout, elle avait envie de le tenir dans ses bras et de le consoler.

— Vous pourriez me tuer, et la mafia russe vous verserait probablement la prime.

Il jeta la glace dans l'évier.

— Je ne pourrai jamais vous faire de mal.

Pourquoi diable avait-il voulu qu'elle sache qu'il avait été capable du pire ? Il s'était décrit comme étant maléfique. Elle s'assit lourdement sur le lit. Oh Dieu, était-ce ainsi qu'il se percevait ? Comme une créature détestable et maléfique ? Pas étonnant qu'il ait tant souffert et enduré autant de douleurs et de remords.

— Depuis quand êtes-vous un… ?

— Un vampire ?

Il se tourna pour lui faire face.

— Dites-le, Shanna. Je suis un vampire.

Ses yeux s'embuèrent.

— Je ne veux pas. Ça ne vous convient pas.

Il la considéra tristement.

— J'ai aussi vécu une période de déni, que j'ai finalement surmontée.

— Comment ?

Sa bouche devint toute mince.

— J'ai eu faim.

Shanna trembla.

— Vous vous êtes nourri d'humains.

— Oui. Jusqu'à ce que j'invente le sang synthétique. La mission de Romatech est de rendre le monde sécuritaire pour les vampires et les mortels.

Elle le savait. Elle le savait que c'était un homme bon, même s'il ne pouvait pas le voir lui-même.

— Que pouvez-vous faire d'autre ? Je veux dire, mis à part vous téléporter ou cuire sur un plateau d'argent.

Ses yeux s'adoucirent.

— Mes sens sont plus efficaces. Je peux entendre de très loin et voir dans l'obscurité. Je peux aussi vous sentir, et détecter que votre sang est du type A positif.

Le coin de sa bouche bougea légèrement.

— Ma saveur préférée.

Shanna tressaillit.

— Dans ce cas, n'hésitez pas à utiliser le réfrigérateur.

Il sourit.

Merde alors, il était trop beau pour être un démon.

— Quoi d'autre ? Ah oui, vous pouvez vous déplacer plus vite qu'une balle de fusil.

— Seulement quand je le souhaite. Il est préférable de prendre son temps pour certaines choses.

Elle déglutit. Est-ce qu'il la courtisait ?

— Est-ce que vous vous transformez en chauve-souris, pour ensuite voler dans les airs ?

— Non. C'est une vieille superstition. Nous ne pouvons pas changer de forme ni voler, mais nous pouvons léviter.

— Ne devez-vous pas retourner à votre fête ? Et vos amis ?

Il haussa les épaules, puis s'appuya sur le comptoir.

— Je préférerais rester ici avec vous.

Et maintenant, la question qui tue.

— Avez-vous voulu devenir un vampire ?

Il se raidit.

— Non, bien sûr que non.

— Comment est-ce arrivé ? Avez-vous été attaqué ?

— Les détails ne sont pas importants.

Il se dirigea vers le fauteuil.

— Vous ne voulez pas les entendre.

Elle respira à fond.

— Oui, je le veux. Je veux tout savoir.

Il sembla incertain pendant qu'il déboutonnait sa veste.

— C'est une longue histoire.

— Allez-y.

Elle tenta de lui faire un sourire narquois.

— Je suis un public captif.

Dix-sept

Roman s'adossa à son fauteuil et regarda fixement le plafond. Il avait de sérieux doutes à propos de cette révélation. La dernière fois qu'il avait raconté cette histoire à une femme, elle avait ensuite voulu le tuer.

Il prit une grande inspiration, puis commença.

— Je suis né dans un petit village de Roumanie, en l'an 1461. J'avais deux frères et une petite sœur.

Il tenta de faire apparaître leurs visages dans sa mémoire, mais ses souvenirs étaient trop vagues. Il avait passé très peu de temps avec eux.

— Oh! dit Shanna en soufflant fort. Vous avez plus de 500 ans!

— Merci de me le rappeler.

— Continuez, insista-t-elle. Qu'est-ce qui est arrivé à votre famille?

— Nous étions pauvres. Les temps étaient difficiles.

Le clignotant lumineux rouge dans le coin au-dessus du lit attira son attention. La caméra de surveillance numérique fonctionnait. Il fit un geste dans les airs, et la lumière rouge fut éteinte.

Il poursuivit son histoire.

— Ma mère est morte en couches quand j'avais quatre ans. Puis, ma sœur mourut. Elle avait seulement deux ans.

— Je suis sincèrement désolée.

— Quand j'ai eu cinq ans, mon père m'a emmené dans un monastère de la région et me laissa là. J'ai toujours cru qu'il reviendrait me chercher. Je savais qu'il m'aimait. Il m'a fait une très grosse caresse avant de partir. J'ai refusé de dormir sur la paillasse que les moines m'avaient donnée. Je n'arrêtais pas de dire que mon père reviendrait.

Il se frotta le front.

— Les moines en ont finalement eu assez de m'entendre me plaindre, et ils me dirent la vérité. Mon père m'avait vendu, et ils étaient les acheteurs.

— Oh non. C'est épouvantable.

— J'ai tenté de me consoler en pensant que mon père et mes frères allaient bien et mangeaient comme des rois avec tout l'argent que j'avais pu leur rapporter, mais la vérité est que j'avais été vendu contre un sac de farine.

— C'est terrible ! Ils devaient vraiment être désespérés.

— Ils étaient affamés.

Roman soupira.

— J'avais l'habitude de me demander pourquoi mon père avait choisi de se séparer de moi en particulier.

Shanna se pencha vers l'avant.

— C'est ainsi que je me suis sentie lorsque ma famille m'a envoyée dans une école privée avec internat. Je n'ai jamais cessé de penser qu'ils étaient en colère contre moi, mais je ne pouvais comprendre ce que j'avais pu faire de mal.

— Je suis sûr que vous n'avez rien fait de mal.

Roman croisa son regard.

— Les moines découvrirent que j'aimais apprendre et qu'il était facile de m'enseigner. Le père Constantine m'a dit que c'était la raison pour laquelle mon père m'avait choisi. Il avait compris qu'entre mes frères et moi, j'étais celui qui était le plus doué sur le plan intellectuel.

— Vous voulez dire que vous avez été punis parce que vous étiez le plus intelligent.

— Je n'appellerais pas ça une punition. Le monastère était propre, et nous n'avions pas froid. Nous n'avons jamais souffert de la faim. À mon douzième anniversaire, mon père et mes frères étaient tous morts.

— Mince alors. Je suis désolée.

Shanna agrippa un oreiller près de la tête du lit et le glissa sous ses genoux.

— Les membres de ma famille sont encore en vie, Dieu merci, mais je sais ce que c'est de les perdre.

— Le père Constantine était le guérisseur du monastère, et il est devenu mon mentor. J'ai tout appris ce que je pouvais apprendre auprès de lui.

— Il a dit que j'avais un don pour la guérison.

Roman fronça les sourcils.

— Un don de Dieu.

— Vous êtes donc devenu un docteur, en quelque sorte.

— Oui. Je n'ai jamais douté de ce que je voulais faire de ma vie. J'ai prononcé mes vœux à l'âge de 18 ans, et je suis devenu un moine. J'ai juré de soulager la souffrance de l'humanité.

La bouche de Roman se déforma.

— Et j'ai juré de rejeter Satan et tous ses aspects maléfiques.

Shanna étreignit l'oreiller contre sa poitrine.

— Qu'est-il ensuite arrivé ?

— Le père Constantine et moi voyagions d'un village à un autre, faisant tout ce que nous pouvions pour guérir les malades et atténuer les souffrances. Il n'y avait pas beaucoup de médecins à l'époque, surtout pour les pauvres, alors nous étions vraiment demandés. Nous travaillions de longues heures, et ce n'était pas de tout repos. Le père Constantine devint trop âgé et frêle pour continuer ainsi. Il demeura donc au monastère, et l'on m'autorisa à faire ce travail en solitaire. Ce fut peut-être une erreur.

Roman sourit avec une ironie désabusée.

— Je n'étais vraiment pas aussi intelligent que je pensais l'être. Et sans le père Constantine pour me guider et me donner de sages conseils...

Roman ferma les yeux, et se remémora brièvement le visage ridé et hâlé de son père adoptif. Parfois, quand il était seul dans l'obscurité, il pouvait presque entendre la douce voix du vieil homme. Le père Constantine lui donnait toujours de l'espoir et des encouragements, et ce, même lorsqu'il n'était qu'un jeune enfant effrayé. Et Roman l'avait aimé pour cela.

Une image fut brièvement projetée dans son esprit. Le monastère en ruines. Les cadavres de tous les moines répandus dans les décombres. Le père Constantine déchiré en morceaux. Roman couvrit son visage pour essayer de chasser ces souvenirs. Comment pouvait-il? Il avait semé la mort et la destruction sur eux. Dieu ne pourrait jamais lui pardonner.

— Est-ce que ça va? demanda doucement Shanna.

Roman fit glisser ses mains de son visage et prit une inspiration chancelante.

— Où en étais-je?

— Vous étiez un docteur sur la route.

L'expression de sympathie qu'il pouvait lire sur le visage de Shanna rendait difficile le fait de demeurer en contrôle, alors il préféra détourner son regard et fixer le plafond.

— J'ai voyagé bien loin dans des régions qui forment maintenant la Hongrie et la Transylvanie. J'ai fini par me lasser des attributs de moine. Ma tonsure finit par disparaître. Mes cheveux allongèrent. Je continuai cependant de respecter mes vœux de pauvreté et de célibat, de sorte que j'étais convaincu d'être juste et bon. Dieu était à mes côtés. Les nouvelles de mes capacités de guérisseur me précédaient, et j'étais accueilli dans chaque village en tant qu'invité d'honneur. Et même comme un héros.

— C'est bien.

Il secoua la tête.

— Non, ça ne l'était pas. J'avais juré de rejeter le mal, mais j'ai lentement succombé à un péché mortel. Je suis devenu orgueilleux.

Elle grogna légèrement.

— Qu'y a-t-il de mal à être fier de son travail ? Vous sauviez des vies, n'est-ce pas ?

— Non. Dieu les sauvait à travers moi. J'avais oublié de faire la distinction. Ce fut alors trop tard, et j'ai été maudit pour toute l'éternité.

Elle lui lança un regard perplexe en étreignant l'oreiller.

— J'avais 30 ans lorsque j'entendis parler de certaines rumeurs à propos d'un village en Hongrie. Les gens mouraient un à un, et personne ne savait pourquoi. J'avais eu un certain succès avec la peste en faisant appliquer de strictes mesures de quarantaine et des règles de propreté. Je... je croyais pouvoir aider ce village.

— Vous y êtes donc allé.

— Oui. Mon orgueil m'avait conduit à penser que je serais leur sauveur. Mais à mon arrivée, j'ai découvert que le village n'était pas la proie d'une maladie, mais bien d'affreuses créatures meurtrières.

— Des vampires ? chuchota-t-elle.

— Ils avaient pris possession d'un château et s'alimentaient des gens du village. J'aurais dû demander l'aide de l'église, mais dans ma vanité, j'ai pensé que je pourrais les vaincre moi-même. Après tout, j'étais un homme de Dieu.

Il se frotta le front, tentant d'effacer la honte et l'horreur de sa chute.

— J'avais tort. Sur les deux aspects.

Elle tressaillit.

— Ils vous ont attaqué ?

— Oui, mais ils ne m'ont pas laissé mourir comme les autres. Ils m'ont transformé en un des leurs.

— Pourquoi ?

Roman adopta un ton dédaigneux.

— Pourquoi pas ? J'étais devenu un projet à leurs yeux. Transformer un homme de Dieu en un démon de l'enfer ? C'était un jeu pervers pour eux.

Shanna frissonna.

— Je suis réellement désolée.

Roman leva les mains.

— C'est du passé. C'est vraiment une histoire pathétique. Un prêtre si centré sur son propre orgueil, que Dieu a jugé qu'il était acceptable de l'abandonner.

Elle se leva, les yeux remplis de douleur.

— Vous pensez que Dieu vous a abandonné ?

— Bien sûr. Vous l'avez dit vous-même. Je suis un suceur de sang de l'enfer.

Elle grimaça.

— J'ai parfois tendance à être quelque peu dramatique. Je connais maintenant la vérité. Vous essayiez d'aider les gens quand des types mal intentionnés vous ont attaqués. Vous n'avez pas souhaité cela davantage que je ne l'ai fait auprès de la mafia russe lorsqu'ils nous ont attaqués, Karen et moi.

Ses yeux étaient luisants d'humidité tandis qu'elle s'approchait lentement de lui.

— Karen n'a pas demandé à mourir. Je n'ai pas demandé à perdre ma famille ou à passer ma vie à être la proie de tueurs. Et vous n'avez pas demandé à devenir un vampire.

— J'ai eu ce que je méritais. Et je suis devenu aussi mal intentionné qu'eux, comme vous dites. Vous ne pouvez pas me rendre bon, Shanna. J'ai fait des choses épouvantables.

— Je… je suis sûre que vous aviez vos raisons.

Il se pencha vers l'avant, et posa ses coudes sur ses genoux.

— Essayez-vous de me disculper ?

— Oui.

Elle s'arrêta près de son fauteuil.

— De mon point de vue, vous êtes toujours le même homme. Vous avez inventé le sang synthétique pour que les vampires n'aient pas à s'alimenter auprès des humains, c'est bien ça ?

— Oui.

— Vous ne le voyez donc pas ?

Elle s'agenouilla à côté de lui afin de voir son visage.

— Vous essayez encore de sauver des vies.

— Cela compense à peine les vies que j'ai détruites.

Elle le regarda tristement avec des larmes dans les yeux.

— Je crois qu'il y a du bon en vous, et ce, même si vous ne pouvez pas y croire.

Il avala difficilement sa salive, puis cligna des yeux afin que ceux-ci ne s'emplissent pas de larmes. Pas étonnant qu'il ait ainsi besoin de Shanna. Pas surprenant qu'il se soucie autant d'elle. Après 500 ans de désespoir, elle avait touché son cœur et planté une graine d'espoir qui n'avait jamais existé auparavant.

Il se leva et la prit dans ses bras. Il la tint fermement et ne voulait pas la laisser aller. Sang de Dieu, il ferait n'importe quoi pour être l'homme qu'elle voyait en lui. Il ferait n'importe quoi pour être digne de son amour.

Ivan sourit à Angus MacKay. L'Écossais costaud marchait à pas mesurés devant lui, en lui lançant des regards noirs, comme si ces quelques regards féroces avaient vraiment le pouvoir de l'effrayer. Les Highlanders les avaient entourés dès qu'Ivan et ses disciples étaient entrés dans la salle de danse. Ivan, Alek, Katya, et Galina furent escortés dans un coin éloigné, et on leur dit de s'asseoir. Ivan fit un signe de la tête à ses disciples, leur faisant comprendre qu'ils n'allaient pas offrir de résistance. Ivan s'assit à son aise dans le coin entre ses compagnons. Les Écossais se positionnèrent devant eux, chacun d'eux caressant du doigt le fourreau de cuir qui contenait leurs poignards plaqués en argent, et semblant désireux de les utiliser.

La menace était claire. Un coup au cœur, et la longue existence d'Ivan serait terminée. La menace ne l'effrayait pas, car Ivan et ses acolytes savaient qu'ils pouvaient se téléporter de l'édifice à leur convenance. Pour l'instant, il avait bien trop de plaisir à s'amuser avec ces présumés ravisseurs.

Angus MacKay marcha dans les deux sens devant ses hommes.

— Dites-moi, Petrovsky, que venez-vous faire ici, ce soir ?

— J'ai été invité.

Il glissa sa main sous sa ceinture.

Tous les Highlanders s'avancèrent d'un pas menaçant à l'unisson.

Ivan sourit.

— Je tente seulement de mettre la main sur mon invitation.

Angus croisa les bras.

— Allez-y.

— Vos hommes sont un peu nerveux, observa sèchement Ivan. Il y a sans doute un lien avec le fait qu'ils portent ces jupes.

Un grondement sourd émana des Highlanders.

— Laissez-moi embrocher ce bâtard, murmura l'un d'eux.

Angus leva une main.

— Quand le moment sera venu. Pour l'instant, nous n'avons pas terminé notre petite séance de bavardage.

Ivan retira le carton de sa ceinture et le déplia. La bande de cellophane reliant les deux moitiés du carton brillait sous l'effet des lumières du plafond.

— Voici notre invitation. Comme vous pouvez le constater, nous avons quelque peu hésité, mais mes femmes m'ont finalement convaincu que nous pourrions faire la… boum.

— Exactement.

Katya changea de position dans sa chaise et croisa les jambes, de sorte que tous purent voir sa jambe et sa hanche nues.

— Je voulais seulement m'amuser un peu.

MacKay haussa un sourcil.

— Qu'est-ce que vous entendez par «vous amuser un peu»? Avez-vous l'intention de tuer quelqu'un ce soir?

— Est-ce que vous êtes toujours aussi grossier avec vos invités?

Ivan laissa tomber son invitation sur le plancher et jeta un coup d'œil à sa montre. Ils étaient arrivés depuis une quinzaine de minutes. Vladimir avait sans doute eu le temps de localiser les réserves de sang synthétique. Les Vrais étaient sur le point de frapper un grand coup.

MacKay se dressa de manière imposante devant lui.

— Vous ne cessez de regarder votre montre. Donnez-la-moi.

— Vous avez déjà vidé mes poches. Seriez-vous une bande de voleurs?

Ivan ne se pressa pas pour retirer sa montre. MacKay savait qu'il tramait quelque chose. Il avait seulement besoin de gagner du temps. Ivan poussa un soupir résigné, puis déposa la montre dans la main de MacKay.

— C'est une montre ordinaire, vous savez. Je ne cessais de la regarder, car cette fête est horriblement ennuyeuse jusqu'à maintenant.

— C'est bien vrai.

Galina fit une moue.

— Personne n'a encore dansé avec moi.

MacKay remit la montre à un de ses hommes.

— Examinez-la.

Ivan inclina la tête et remarqua que le maître de la bande de vampires de France venait d'entrer dans la salle de danse avec un autre Highlander.

La plupart des invités se retournèrent pour admirer le Français tandis qu'il traversait la pièce sans se presser. Jean-Luc Écharpe. Quelle excuse pathétique pour un vampire! Au lieu de s'alimenter auprès des mortels, cet idiot de Français les habillait. Et il en devenait fort riche.

Ivan inclina brusquement sa tête sur le côté, faisant craquer son cou avec force. Tout le monde l'entendit. Les invités avaient maintenant les yeux rivés sur lui. Ivan sourit.

Angus MacKay lui lança un regard curieux.

— Qu'est-ce qui ne va pas, Petrovsky ? Votre tête n'est pas correctement vissée ?

Les Highlanders rirent sous cape.

Le sourire d'Ivan s'effaça.

« Allez-y, riez, bande d'imbéciles. Rira bien qui rira le dernier lorsque les explosifs entreront en action. »

Shanna se raidit dans les bras de Roman. Elle avait voulu lui donner du réconfort, mais maintenant qu'il la tenait contre lui, elle était quelque peu effrayée à l'idée d'être en train d'étreindre un vampire. Elle allait avoir besoin d'un peu de temps pour s'habituer à cela. Elle recula en glissant ses mains de ses épaules à sa poitrine.

Il la tenait encore faiblement, et il en profita pour étudier son visage.

— Vous avez un moment d'hésitation ? Vous n'avez pas décidé de me tuer, n'est-ce pas ?

— Non, bien sûr que non.

Elle regarda sa main droite, qui était appuyée contre sa poitrine. Au-dessus de son cœur. La pensée d'un pieu le traversant à cet endroit était trop horrible à envisager.

— Je ne pourrai jamais vous…

Elle cligna des yeux et le regarda, sous le choc.

— Je peux sentir les battements de votre cœur.

— Oui. Il cessera toutefois de battre lorsque le soleil se lèvera.

— Je… je pensais…

— Que rien ne fonctionnait dans mon corps ? Je marche et je parle, n'est-ce pas ? Mon corps digère le sang que j'ai ingéré. Pour que mon cerveau fonctionne, il doit recevoir du sang et de l'oxygène. J'ai besoin d'air pour parler. Rien de cela ne serait possible si mon cœur ne battait pas pour acheminer du sang partout dans mon corps.

— Oh. Je pensais plutôt que les vampires...

— Étaient totalement morts? Pas la nuit. Vous savez déjà que mon corps réagit à votre présence, Shanna. Vous l'avez su dès la première nuit alors que nous étions sur la banquette arrière de la voiture de Laszlo.

Son visage devint tout chaud et prit une teinte rosée. Sa grosse érection lui offrait une solide preuve que son corps fonctionnait bien une fois le soleil couché.

Il toucha sa chaude joue.

— J'ai eu envie de vous dès la première nuit.

Elle recula hors de sa portée.

— Nous ne pouvons pas...

— Je ne vous ferai jamais de mal.

— Pouvez-vous en être certain? Avez-vous le contrôle complet de votre...?

Sa mâchoire se serra.

— De mes impulsions diaboliques?

— J'allais dire votre appétit...

Elle s'entoura de ses bras.

— Je... je me soucie de vous, Roman. Et je ne dis pas seulement cela pour vous remercier de m'avoir sauvée. Je me soucie vraiment de vous. Et je n'aime pas que vous ayez souffert depuis si longtemps...

— Alors, soyons ensemble.

Il tendit la main vers elle.

Elle recula.

— Comment le pourrais-je? Même si je peux gérer le fait que vous êtes un... un vampire, vous avez encore ce harem à domicile.

— Ces femmes ne représentent rien pour moi.

— Elles représentent beaucoup pour moi! Comment puis-je seulement ignorer le fait que vous baisez dix femmes, quand ça vous chante?

Il tressaillit.

— J'aurais dû savoir que cela allait être un problème.

— Enfin, qu'espériez-vous? Pourquoi diable avez-vous besoin d'autant de femmes?

Oh, merde alors. Question stupide. N'importe quel homme sauterait sûrement sur l'occasion.

Il poussa un soupir, se retourna et marcha à pas mesurés vers la cuisinette. Il retira le nœud papillon qui était lâche autour de son col.

— C'est une ancienne tradition chez les maîtres de bande de vampires d'avoir un harem. Je n'ai pas le choix, je dois honorer cette tradition.

— Ouais, bien sûr.

Il se libéra du nœud papillon et le lança sur la table de cuisine.

— Vous ne comprenez pas la culture des vampires. Le harem est un symbole de la puissance et du prestige d'un maître de bande. Sans mon harem, je n'aurais plus de respect. On se moquerait de moi.

— Oh, pauvre bébé! Pris au piège contre votre gré par une vilaine tradition. Attendez une minute, je pense que cette triste réalité me fait monter les larmes aux yeux.

Shanna leva ses mains et attendit quelques secondes.

— Oh, non. Fausse alarme. Probablement des allergies.

Il fronça les sourcils.

— À mon avis, c'est sûrement une indigestion de sarcasmes.

Elle lui jeta un regard furieux.

— Comme c'est amusant. Excusez-moi de ne pas être en adoration devant vous comme les dix femmes de votre harem.

— Je ne voudrais pas qu'il en soit ainsi.

Elle croisa ses bras contre sa poitrine.

— C'est pourquoi je suis partie, vous savez. J'ai découvert que vous étiez un coureur de jupons.

Ses yeux lancèrent des éclairs.

— Et vous êtes...

Son expression fâchée se transforma lentement en un regard étonné.

— Vous êtes jalouse.

— *Quoi ?*

— Vous êtes jalouse.

Il sourit, puis retira sa veste avec le flair d'un matador victorieux avant d'en recouvrir le dossier d'une chaise.

— Vous êtes si jalouse que vous pouvez à peine le supporter. Vous savez ce que cela signifie ? Cela signifie que vous me désirez.

— Cela signifie que je suis *dégoûtée* !

Shanna lui tourna le dos et se dirigea vers la porte. Qu'il aille au diable. Il était bien trop intelligent. Il savait qu'elle était attirée par lui. Mais un vampire avec un harem de dix femmes ? Si elle allait sortir avec un démon, il pourrait au moins lui être fidèle. Bon Dieu. Elle ne pouvait pas croire qu'elle se retrouvait dans une situation aussi fâcheuse.

— Je devrais peut-être communiquer avec le ministère de la Justice demain matin.

— Non. Ils ne peuvent pas vous protéger comme je le peux. Ils ne savent même pas à quel genre d'ennemi ils ont affaire.

C'était vrai. Sa meilleure chance de survie était sûrement Roman. Elle s'appuya contre le mur à côté de la porte.

— Si je reste avec vous, ça ne sera que provisoire. Nous ne pouvons avoir de relations.

— Oh. Vous ne voulez pas m'embrasser de nouveau ?

Il la regarda si attentivement qu'elle en était gênée.

— Non.

— Aucun contact ?

— Non.

Les battements de son cœur s'accélérèrent.

— Vous savez que j'ai envie de vous.

Elle avala difficilement sa salive.

— Ça n'arrivera pas. Vous avez un harem entier pour vous satisfaire. Vous n'avez pas besoin de moi.

— Je ne les ai jamais touchées intimement.

Qui tentait-il de duper? Voyons. C'était vraiment quelque chose de ridicule à dire.

— Ne me prenez pas pour une idiote.

— Je suis sérieux. Je n'ai jamais partagé le lit d'une de ces femmes.

La colère gronda en elle.

— Ne me mentez pas. Je sais que vous avez eu des relations sexuelles avec elles. Elles parlaient du fait qu'elles s'ennuyaient de vous, que ça faisait longtemps.

— Justement. Ça fait très longtemps.

— Alors, vous l'admettez. Vous avez eu des relations sexuelles avec elles.

— Du sexe de vampire.

— Pardon?

— C'est un simple exercice mental. Nous ne sommes même pas dans la même pièce.

Il haussa les épaules.

— Je fixe simplement des sentiments et des sensations dans leurs esprits.

— Vous voulez dire qu'il s'agit d'un genre de télépathie mentale?

— C'est le contrôle de l'esprit. Les vampires s'en servent pour manipuler les mortels ou pour communiquer entre eux.

Manipuler des mortels?

— C'est de cette façon que vous m'avez convaincue de réimplanter votre dent?

Elle tressaillit.

— Je veux dire, votre canine. Vous m'avez dupée.

— Je devais vous persuader qu'il s'agissait d'une dent ordinaire. Je regrette de ne pas avoir été totalement honnête, mais je n'avais pas tellement le choix.

Il avait un point. Elle n'aurait pas voulu l'aider si elle avait su la vérité.

— Vous n'avez donc réellement pas eu de reflet dans le miroir dentaire.

Ses sourcils s'arquèrent.

— Vous vous en souvenez?

— Un peu, oui. Avez-vous toujours l'attelle dans votre bouche?

— Non. J'ai demandé à Laszlo de la retirer la nuit dernière. J'étais vraiment inquiet à votre sujet, Shanna. Je pouvais à peine fonctionner sans vous. Je tentais de vous joindre mentalement, en espérant que nous avions encore un lien.

Elle déglutit et se souvint d'avoir entendu sa voix dans son sommeil.

— Je... je ne suis pas tellement à l'aise avec l'idée que vous puissiez envahir ma tête chaque fois que bon vous semble.

— Vous n'avez pas besoin de vous inquiéter à ce sujet. Vous avez un esprit incroyablement fort. Je ne peux investir votre esprit que si vous me laissez entrer.

— Je suis capable de vous bloquer?

C'était une bonne nouvelle.

— Oui, mais lorsque vous me laissez entrer, notre lien est plus fort que tout ce que j'ai pu connaître auparavant.

Il marcha vers elle, et ses yeux luisaient.

— Nous pourrions être si bien ensemble.

Oh mon Dieu.

— Ça n'arrivera pas. Vous avez déjà admis avoir eu des relations sexuelles avec dix autres femmes.

— Du sexe de vampire. C'est une expérience impersonnelle. Chaque participant est seul dans son lit.

Participant? Comme une équipe de footballeurs, faisant avancer le ballon sur le terrain?

— Êtes-vous en train de me dire que vous le faites avec les dix en même temps?

Il haussa les épaules.

— C'est la méthode la plus efficace pour qu'elles soient toutes satisfaites.

— Oh mon Dieu.

Shanna porta la main à son front.

— Du sexe en chaîne de montage. Vous rendriez Henry Ford bien fier.

— Vous pouvez en rire, mais pensez-y un instant.

Il la fixa d'un regard intense.

— Toutes les sensations du toucher et du plaisir sont enregistrées dans votre esprit. Votre cerveau contrôle votre respiration, vos battements cardiaques. C'est la partie du corps la plus érotique que nous ayons.

Elle sentit soudainement une forte envie de presser ses cuisses ensemble.

— Et alors?

Le coin de sa bouche se souleva. Ses yeux brillaient avec plus de chaleur. On aurait dit de l'or fondu.

— Cela peut être extrêmement satisfaisant.

Maudit soit-il. Elle colla ses genoux.

— Vous ne les avez donc jamais touchées?

— Je ne sais même pas à quoi elles ressemblent sans leurs vêtements.

Elle le regarda fixement avant de secouer la tête.

— Je trouve cela difficile à croire.

— Êtes-vous en train de dire que je suis un menteur?

— Enfin, pas de façon intentionnelle. Cela me semble simplement trop mystérieux.

Ses yeux se plissèrent.

— Vous ne croyez pas qu'une telle chose existe?

— J'ai de la difficulté à croire que vous pouvez satisfaire dix femmes en même temps, sans avoir besoin de les toucher.

— Alors, je vous prouverai que le sexe de vampire est réel.

— Ouais, bien sûr. Comment proposez-vous de me le prouver?

Il sourit lentement.

— En ayant du sexe de vampire avec vous.

Dix-huit

Ivan Petrovsky faisait encore ce qu'Angus MacKay et ses idiots de Highlanders voulaient qu'il fasse dans son coin de la salle de danse. Le dandy français, Jean-Luc Écharpe, s'approchait d'eux avec un autre Écossais.

MacKay les salua.

— Alors, Connor, les avez-vous trouvés ?

— Oui, répondit-il. Nous avons vérifié les caméras de surveillance. Ils étaient exactement là où vous pensiez qu'ils seraient.

— Est-ce que vous parlez de Shanna Whelan ? demanda Ivan. J'ai vu que Draganesti s'était envolé avec elle, vous savez. Est-ce que c'est la façon de faire moderne des vampires ? Quand il y a du danger, on se sauve et on se cache ?

Connor marcha vers lui en poussant un grognement.

— Laissez-moi lui tordre son cou décharné une fois pour toutes.

— Non.

Jean-Luc Écharpe bloqua la route de l'Écossais avec sa canne. Le Français regarda fixement Ivan de ses yeux d'un bleu glacial.

— Le moment venu, je m'occuperai de lui.

Ivan grogna.

— Et qu'est-ce que vous comptez faire, Écharpe? Me transformer à la mode du jour?

Le Français sourit.

— Je vous garantis que personne ne vous reconnaîtra par la suite.

— Et le chimiste? demanda Angus à Connor. Est-ce qu'il est en sécurité?

— Oui. Ian est avec lui.

— Si vous parlez de Laszlo Veszto, j'ai des nouvelles pour vous, dit Ivan. Les jours de cet homme sont comptés.

Le regard terne de MacKay laissait entendre qu'il n'était pas impressionné. Il se tourna vers le Highlander avec la montre d'Ivan.

— Eh bien?

L'Écossais haussa les épaules.

— Elle ressemble à une montre normale, monsieur. Nous ne pouvons toutefois en être certains à moins de l'ouvrir.

— Je comprends.

MacKay prit la montre, la laissa tomber sur le plancher, puis l'écrasa de son pied.

— Hé! dit Ivan en bondissant sur ses pieds.

MacKay ramassa la montre brisée et examina ses entrailles.

— Elle me semble bien normale. C'est une bonne montre.

Il la redonna à Ivan en lui faisant un clin d'œil.

— Bâtard.

Ivan projeta sa montre brisée sur le plancher.

— Attendez une minute.

Connor recula et regarda les Russes.

— Vous avez quatre Russes.

— Oui, dit MacKay. Vous avez dit qu'il y en avait quatre dans la maison à New Rochelle.

— Oui, il y en avait quatre, répondit Connor. Mais il y avait aussi le conducteur. Où est-il, par l'enfer?

Ivan sourit.

— Merde, murmura MacKay. Connor, prenez une douzaine d'hommes et fouillez les lieux. Appelez les gardes à l'extérieur, et demandez-leur d'examiner soigneusement le terrain de l'usine.

— Oui, monsieur.

Connor fit signe à une douzaine d'hommes de le suivre. Ils échangèrent quelques mots en vitesse, puis se séparèrent à la vitesse des vampires.

L'espace ainsi libéré dans la file des Highlanders fut rapidement occupé par Corky Courrant et son équipe de RTNV.

— Il était temps que vous nous laissiez prendre une bonne prise, gronda-t-elle.

Elle se tourna vers la caméra avec un sourire brillant.

— Ici Corky Courrant, pour l'émission *En direct avec ceux qui ne sont pas morts*. Les événements excitants se succèdent au gala d'ouverture. Nous pouvons voir qu'un régiment de Highlanders retient contre son gré des vampires Russes et Américains. Pouvez-vous m'expliquer pourquoi vous agissez ainsi, M. MacKay?

Elle flanqua son microphone sous le nez d'Angus MacKay.

Il fronça les sourcils et ne brisa pas le silence.

Son sourire s'agrandit et se figea.

— Vous ne retenez sans doute pas des gens prisonniers sans une bonne raison?

Elle lui replaça le micro sous le nez de nouveau.

— Allez-vous-en, gamine, dit-il avec douceur. Ce n'est pas de vos affaires.

— Je veux parler.

Ivan fit un signe de la main en direction du caméraman.

— J'ai été invité ici, et voyez comment ils me traitent.

— Nous ne vous avons pas fait de mal.

MacKay tira son pistolet de son étui et le pointa vers Ivan.

— Pour le moment. Où est la cinquième personne de votre groupe? Et que manigance-t-elle?

— Il doit encore être en train d'essayer de garer la voiture. Vous savez, quand on organise une fête de cette ampleur, il faudrait prévoir un service de valet.

MacKay haussa un sourcil.

— Peut-être devrais-je vous dire que les balles sont en argent.

— Tenterez-vous de me tuer devant autant de témoins? se moqua Ivan.

Il ne pouvait espérer une meilleure situation que celle-là. Tous les invités du gala le regardaient, et maintenant tous les téléspectateurs entendraient aussi son message. Il lévita sur sa chaise, puis attendit que la musique cesse.

Écharpe fit glisser une épée de sa canne.

— Personne ne veut vous entendre.

— Le bal des vampires se terminera-t-il dans un bain de sang? lança Corky Courrant d'une voix forte.

— Ne changez surtout pas de chaîne!

Ivan fit un petit salut moqueur lorsque la musique cessa. Le salut avait malheureusement laissé son cou mal aligné, et il dut donc le replacer dans sa position.

Corky Courrant fit face à sa caméra avec un sourire rayonnant.

— Ivan Petrovsky, le maître de la bande de vampires russes, va prononcer un discours. Écoutons ce qu'il a à dire.

— Je ne m'étais pas présenté à un gala comme celui-ci depuis 18 ans, commença Ivan. Dix-huit années où j'ai été témoin de la décrépitude tragique de notre mode de vie supérieur. Nos vieilles traditions sont rejetées du revers de la main. Notre fier héritage est ridiculisé. Une nouvelle philosophie politiquement correcte de vampirisme moderne s'est insinuée dans notre milieu comme la peste.

Un murmure se fit entendre dans la foule. Certains vampires n'aimaient pas son message, mais Ivan soupçonnait que d'autres avaient réellement envie de l'entendre.

— Combien d'entre-vous êtes devenus gras et avez perdu votre vigilance avec cette ridicule cuisine Fusion ? Combien d'entre-vous avez oublié le frisson de la chasse, l'extase de la morsure ? Je vous dis, ce soir, que ce faux sang est une abomination !

— Ça suffit.

Angus leva son pistolet.

— Descendez de là.

— Pourquoi ? hurla Ivan. Avez-vous peur de la vérité ? Les Vrais ne la craignent pas.

Écharpe souleva son épée.

— Les Vrais sont des lâches qui se cachent dans le secret.

— Plus maintenant !

Ivan regarda tout droit dans la caméra de RTNV.

— Je suis le chef des Vrais, et ce soir, nous aurons notre vengeance !

— Saisissez-les !

Angus fit un brusque mouvement vers l'avant, et fut suivi par ses hommes.

Ivan et ses disciples s'élevèrent dans les airs, puis disparurent en se téléportant hors de l'édifice. Ils réapparurent à l'extérieur dans le jardin.

— Vite ! hurla Ivan. À la voiture !

Ils traversèrent la pelouse comme un éclair jusqu'au stationnement. La voiture était vide. Vladimir n'était pas là.

— Merde, murmura Ivan. Il aurait normalement dû avoir terminé.

Il pivota sur lui-même et examina les environs.

— Mais qu'est-ce qui t'est arrivée ? dit-il en regardant fixement Katya.

Elle baissa les yeux et sourit.

— Je trouvais justement que l'air du soir était un peu frais.

Elle n'avait plus de jupe, et était donc nue des hanches jusqu'aux pieds.

— Le Français a tenté de m'agripper quand nous avons sauté dans les airs. J'imagine donc qu'il a pu toucher à ma jupe, et qu'elle s'est détachée.

— Jean-Luc Écharpe? demanda Galina. Il est si mignon. Tout comme les Écossais, d'ailleurs. Vous croyez qu'ils sont nus sous leurs kilts?

— Assez!

Ivan retira sa veste et la donna à Katya.

— Ai-je besoin de vous rappeler que vous m'appartenez? Entrez dans la voiture maintenant.

Katya haussa un sourcil et enfila la veste au lieu de la nouer autour de sa taille comme il l'avait souhaité. Ses parties privées étaient donc toujours exposées. Alek la regarda bêtement, sa bouche demeurant grande ouverte.

Une douleur crue naquit dans le cou d'Ivan.

— Vous voulez passer votre vie sans vos globes oculaires? gronda-t-il.

Alek revint aussitôt à ses sens.

— Non, monsieur.

— Alors, faites entrer les femmes dans la voiture et lancez le moteur.

Ivan serra les dents et fit craquer son cou.

Une tache dans l'ombre s'approchait d'eux. Vladimir. Le vampire s'arrêta à côté d'Ivan.

— Est-ce que tu as pu localiser les réserves de sang?

— *Da*, dit Vladimir en hochant la tête. Les explosifs sont prêts.

— Bon.

Ivan remarqua que des Highlanders couraient vers eux. Le moment était venu. Il tendit la main vers le bouton de manchette de sa manche droite. Il avait prévu que les Highlanders videraient ses poches, et il avait donc caché le détonateur de C-4 dans son bouton de manchette. Il n'avait plus qu'à appuyer sur un bouton pour que la précieuse réserve de sang synthétique de Draganesti s'envole en fumée.

Shanna était sans voix. Du sexe de vampire ? Elle n'était même pas certaine qu'un phénomène aussi bizarre puisse réellement exister. Enfin, il existait bel et bien un moyen de le savoir. Devait-elle le considérer ?

Elle ne pouvait pas tomber enceinte de cette façon. Et puisqu'il ne serait même pas dans la même pièce qu'elle, ça allait sûrement être totalement sécuritaire. Pas de morsures, pas de contraintes physiques, pas de rudesse inutile. Aucun petit bébé vampire volant dans la pouponnière. Elle gémit. Le considérait-elle sérieusement ? Elle devait laisser Roman pénétrer dans son esprit. Mais quelles choses affreuses pourrait-il lui faire ? Quelles sensations déli-cieusement mauvaises il pourrait... oups. Cette défense ne fonctionnait pas.

Il s'était assis sur une chaise dans la cuisinette et l'observait de ses yeux dorés. Il paraissait s'amuser d'une façon exaspérante de toute cette situation. Comme s'il savait qu'elle allait dire oui. Le fripon. Ce n'était pas assez pour lui, de lui avoir confié qu'il était un vampire ? Mais non. Il avait fallu qu'il lui propose du sexe de vampire le même soir. Du sexe de vampire extrêmement satisfaisant.

Sa peau se couvrit de chair de poule. Il était si intelligent. Et il voulait concentrer toutes ses capacités intellectuelles sur le seul fait de lui faire plaisir ? Bon Dieu. Elle *était* vraiment tentée.

Elle jeta un coup d'œil vers ses yeux, et sentit immédiatement son pouvoir psychique encercler sa tête comme une brise fraîche. Son cœur battit la chamade. Ses genoux prirent la consistance du caoutchouc. Une forte détonation assourdit ses oreilles. Le plancher trembla sous ses pieds. Elle s'agrippa au mur pour se stabiliser. Mon Dieu, qu'est-ce qu'il lui faisait ?

Roman bondit sur ses pieds et se précipita vers le téléphone. La pièce trembla de nouveau, et Shanna trébucha en direction du fauteuil.

— Ian! Que diable se passe-t-il?

Roman hurlait au téléphone. Il fit une pause pour écouter.

— Où était l'explosion? Est-ce qu'il y a des blessés?

«Une explosion?»

Shanna s'adossa dans son fauteuil. Elle aurait dû se douter que ce genre de tremblement de terre n'était pas lié au sexe. Ils avaient été attaqués.

— Est-ce qu'ils l'ont capturé?

Roman poussa un juron à voix basse.

— Qu'est-ce qui se passe? demanda Shanna.

— Petrovsky s'est échappé, bougonna Roman. Ça va, Ian. Nous savons où il vit. Nous pourrons exercer des représailles à notre convenance.

Shanna avala sa salive. On aurait dit que la guerre des vampires venait de commencer.

— Ian, dit Roman dans le téléphone. Je veux que Connor et vous conduisiez Shanna à la maison. Avec Laszlo et Radinka aussi.

Il raccrocha.

— Je dois y aller. Connor sera bientôt ici.

— Où était l'explosion?

Elle le suivit jusqu'à la porte.

Il s'empara de sa cape et s'en servit pour se protéger les mains tout en retirant les verrous.

— Petrovsky a fait sauter une réserve de sang synthétique.

— Oh non!

— Ça aurait pu être pire.

Il retira la barre.

— La réserve est assez loin de la salle de danse, donc personne n'a été blessé. Ça fera tout de même un trou dans nos provisions.

— Pourquoi détruire le sang synthétique? Oh.

Shanna tressaillit en trouvant elle-même la réponse à sa question.

— Il veut obliger les vampires à recommencer à se nourrir avec les humains.

— Ne vous inquiétez pas.

Roman toucha son épaule.

— Petrovsky ne sait pas que j'ai d'autres usines dans l'Illinois, au Texas, et en Californie. Nous pourrons compenser la pénurie de sang sur la côte Est, si nous devons en arriver là. Il ne m'a pas atteint avec autant de force qu'il le croit.

Shanna sourit avec soulagement.

— Vous êtes trop intelligent pour lui.

— Je suis désolé, mais je dois aller constater l'étendue des dégâts.

— Je comprends.

Elle ouvrit la porte d'argent afin qu'il puisse sortir.

Il fit glisser ses jointures contre sa joue.

— Je pourrai être avec vous ce soir. M'attendrez-vous?

— Oui. Soyez prudent.

Elle voulait entendre parler davantage de cette guerre à venir. Roman fila dans le hall à la vitesse de l'éclair.

Shanna ferma la porte et comprit qu'elle avait fait une erreur. Il voulait dire qu'il viendrait la voir ce soir pour du sexe de vampire. Et elle lui avait manifesté son accord sans s'en rendre compte.

Trente minutes plus tard, Shanna était assise à l'arrière de la limousine avec Radinka et Laszlo. Connor était assis devant, à côté d'Ian, qui tenait le volant. Shanna comprit maintenant qu'Ian était beaucoup plus vieux que ses 15 ans. Elle regarda ses compagnons en essayant de deviner s'ils étaient tous des vampires. Ian et Connor en étaient certainement, et ils dormaient dans ces cercueils au sous-sol. Laszlo était un petit homme gentil, au visage de chérubin. Il était difficile de l'imaginer dans la peau d'un démon, mais elle présumait qu'il en était un aussi.

Il était plus difficile de juger du cas de Radinka.

— Vous... vous êtes allée faire des achats pour moi en plein jour, n'est-ce pas ?

— Oui, ma chérie.

Radinka se versa un verre au petit bar de la voiture.

— Je suis une mortelle, au cas où vous vous poseriez la question.

— Mais Gregori...

— ... est un vampire, oui.

Radinka pencha la tête pour regarder Shanna.

— Voudriez-vous savoir comment c'est arrivé ?

— Enfin, ce n'est pas de mes affaires.

— Balivernes. Cela implique Roman, alors vous devriez le savoir.

Radinka but de petites gorgées de son scotch, puis regarda par la fenêtre teintée.

— Il y a 15 ans, mon mari, Dieu ait son âme, est mort du cancer en nous laissant d'exorbitantes factures médicales. Gregori a dû quitter Yale et revenir à la maison. Il a été transféré à l'Université de New York et a obtenu un poste à mi-temps. J'avais besoin d'un emploi, moi aussi, mais je n'avais pas d'expérience. J'ai heureusement trouvé un emploi à Romatech. Les heures étaient évidemment atroces.

— L'équipe de nuit ? demanda Shanna.

— Oui. Après quelques mois, je me suis complètement adaptée, et j'ai constaté que j'étais très compétente. Et je n'ai jamais été intimidée par Roman. Je pense qu'il aime ça. Je suis finalement devenue son assistante, et c'est à ce moment que j'ai commencé à remarquer des choses. Particulièrement dans le laboratoire de Roman. Des bouteilles de sang encore chaud à moitié vides.

Radinka sourit.

— Il ressemble à un professeur distrait quand il travaille fort. Il oubliait même de se donner le temps nécessaire pour revenir à la maison en voiture avant le lever du soleil. Il devait donc se téléporter à la dernière minute. Il était dans son labo à un certain moment, et il n'y était plus une seconde plus tard.

— Vous saviez donc qu'il se passait des choses étranges.

— Oui. Je suis originaire de l'Europe de l'Est, et nous grandissons avec des histoires de vampires. Ce ne fut pas difficile de découvrir le pot aux roses.

— Cela ne vous a pas dérangée? Vous n'avez pas voulu renoncer à votre emploi?

— Non.

Radinka agita élégamment une main dans les airs.

— Roman a toujours été très bon envers moi. Alors, une bonne nuit, il y a 12 ans, mon fils Gregori était venu me chercher au travail. Nous n'avions qu'une seule voiture. Il m'attendait dans le stationnement lorsqu'il a été attaqué.

Connor se retourna dans son siège.

— Était-ce un coup de Petrovsky?

— Je n'ai jamais vu l'attaquant. Il est parti au moment où j'ai trouvé mon pauvre fils en train de mourir dans le stationnement.

Radinka frissonna.

— Gregori m'a toutefois dit que c'était Petrovksy, et je suis certaine qu'il a raison. Comment pourriez-vous oublier le visage du monstre qui a essayé de vous tuer?

Connor inclina la tête.

— Nous nous chargerons de lui.

— Pourquoi s'est-il attaqué à Gregori? demanda Shanna.

Laszlo joua avec un bouton sur sa veste de smoking.

— Il pensait probablement que Gregori était un employé mortel de Romatech. C'était donc une cible facile pour lui.

— Oui.

Radinka avala une nouvelle rasade de Scotch.

— Mon pauvre Gregori. Il avait perdu tant de sang. Je savais qu'il ne survivrait pas à un voyage à l'hôpital. J'ai demandé à Roman de le sauver, mais il a refusé.

Un frisson glissa sur la peau de Shanna.

— Vous avez demandé à Roman de transformer votre fils en vampire ?

— C'était la seule façon de le sauver. Roman disait qu'il condamnerait ainsi l'âme de mon garçon à errer en enfer, mais je ne voulais rien entendre. Je sais que Roman est un homme bon.

Radinka pointa du doigt tous ses compagnons dans la voiture.

— Ces hommes étaient tous des hommes honorables et bons avant de mourir. Pourquoi la mort les changerait-elle ? Je refuse de croire qu'ils sont condamnés à errer en enfer. Et j'ai refusé de laisser tomber mon fils et de le laisser mourir !

La main de Radinka trembla lorsqu'elle déposa son verre.

— Je me suis agenouillée devant Roman et je l'ai supplié jusqu'à ce qu'il ne puisse plus le tolérer. Il a donc pris mon fils dans ses bras et l'a transformé.

Elle essuya une larme sur sa joue.

Shanna eut un frisson et colla ses bras contre elle. Radinka croyait aussi qu'il y avait du bon en Roman. Pourquoi ne pouvait-il pas le voir en lui-même ? Pourquoi se torturait-il ainsi depuis des centaines d'années ?

— Comment… comment fonctionne la transformation ?

— Un mortel doit être complètement vidé de son sang par un ou plusieurs vampires, expliqua Laszlo. Le mortel tombera ensuite dans le coma. Si on le laisse seul, il mourra normalement, mais si un vampire lui fait boire de son sang, alors le mortel se réveillera en étant maintenant un vampire.

— Oh.

Shanna avala difficilement sa salive.

— Je suppose que les transformations sont plus rares maintenant ?

— Oui, répondit Connor. Nous ne mordons plus les humains à présent. Enfin, Petrovksy et ses Mécontents le font encore, mais nous nous chargerons d'eux.

— Je l'espère.

Laszlo tripota un bouton avec nervosité.

— Il veut me tuer aussi.

— Pourquoi ? demanda Shanna.

Laszlo remua dans son siège.

— Il n'a pas de bonne raison.

— C'est parce qu'il vous a aidé à vous échapper.

Radinka but de nouvelles gorgées de scotch.

C'était à cause d'elle ? La gorge de Shanna se resserra, et elle eut de la difficulté à respirer.

— Je... je suis vraiment désolée, Laszlo. Je ne le savais pas.

— Ce n'est pas de votre faute.

Laszlo s'enfonça dans son siège.

— J'étais avec Ian, et nous observions Petrovsky avec une caméra de surveillance. Ce type n'est pas... normal.

Shanna se demanda ce qui était normal pour un vampire.

— Vous voulez dire qu'il n'a pas toute sa tête ?

— Il est cruel, dit Connor depuis son siège avant.

— Ça fait des siècles que je connais ce bâtard. Il déteste les mortels.

— Et il fait cette chose effrayante avec son cou.

Ian tourna à droite avec la limousine.

— Très étrange.

— Vous n'avez pas entendu cette histoire ? demanda Connor.

— Non.

Ian lui jeta un coup d'œil.

— Qu'est-ce qui s'est passé ?

Connor se retourna dans son siège afin de pouvoir voir tout le monde.

— Il y a environ 200 ans de cela, Ivan se trouvait encore en Russie. Il attaqua un village, mais ne se contenta pas de s'alimenter auprès des humains. Il ajouta de la torture à sa malveillance. Certains villageois trouvèrent son cercueil dans la cave d'un vieux moulin. Ils attendirent qu'il soit endormi afin de pouvoir le tuer.

Laszlo se pencha vers l'avant.

— Ils ont tenté de lui enfoncer un pieu dans le cœur ?

— Non. Ces pauvres imbéciles étaient plutôt ignorants. Ils crurent qu'ils pouvaient simplement enterrer le cercueil, et que le tour serait joué. Alors, ils déplacèrent le cercueil dans un cimetière consacré, et Ivan fut enterré sous une grande statue d'un ange exterminateur. La nuit suivante, Ivan se réveilla et creusa jusqu'à ce qu'il soit libre. Il brassa cependant tant de terre que la statue bascula et tomba en plein sur sa tête. Il s'est donc cassé le cou.

— Vous n'êtes pas sérieux.

Shanna grimaça.

— Beurk.

— Ne plaignez pas ce bâtard, continua Connor. Au lieu de se replacer le cou, il entra dans une sainte colère et assassina tous les habitants du village. Le jour suivant, son corps tenta de se guérir, mais comme son cou n'était pas aligné correctement, il demeura comme il est maintenant, le faisant souffrir depuis ce temps.

— C'est une bonne chose qu'il souffre ainsi, dit Ian. Il doit mourir.

Shanna savait que ses problèmes n'allaient pas s'envoler s'ils parvenaient à tuer le vampire russe, car la mafia russe pouvait toujours embaucher quelqu'un d'autre. Et voilà qu'une guerre entre vampires éclatait autour d'elle. Elle s'enfonça dans son siège. La situation semblait désespérée.

De retour dans sa chambre à coucher chez Roman, Shanna devait faire face à la vérité : elle était sérieusement attirée par un vampire.

Elle jeta un coup d'œil à l'oreiller où Roman avait posé la tête. Pas étonnant qu'elle ait pensé qu'il était mort. En plein jour, il est vraiment mort, mais la nuit, il marche, parle et digère du sang. Il travaille dans son laboratoire, utilisant son cerveau brillant pour réaliser des accomplissements scientifiques étonnants. Il protège ses disciples. Et chaque fois qu'il en avait envie, il avait du sexe de vampire. Avec son harem. Avec les dix femmes, en même temps. Et maintenant, il voulait en avoir avec elle ?

Elle gémit. Quel dilemme étrange. Elle avait fermé la porte après que Connor lui eut apporté son plateau de nourriture, mais cela n'empêcherait pas Roman d'essayer de pénétrer une nouvelle fois dans son cerveau. Une expérience très satisfaisante, selon ses dires.

Elle posa le plateau vide sur le plancher et s'empara de la télécommande. Elle ne voulait plus penser au sexe. Ni à son harem. Elle syntonisa la chaîne RTNV et vit Corky Courrant debout devant la partie de l'usine Romatech, qui avait explosé, occupée à faire un rapport des derniers détails. Shanna entendit à peine ce qu'elle disait, car elle vit Roman près du cratère. Il semblait fatigué et tendu. Ses vêtements étaient gris en raison de la poussière et de la crasse.

Le pauvre homme. Elle avait vraiment envie de toucher son beau visage et de lui offrir des mots d'encouragement. C'est alors que la journaliste de RTNV fit une série de retour en arrière, présentant les faits saillants du gala d'ouverture. Shanna haleta en voyant une image d'elle occuper l'écran. Voilà qu'elle était là, à découvrir l'existence des vampires pour la première fois. Mon Dieu, l'horreur qui se lisait sur son visage.

«Mon visage.»

Elle s'observa en train de jeter le verre de sang sur le sol. Roman l'agrippa, puis l'entoura de sa cape avant de disparaître avec elle. Toute cette séquence avait été enregistrée avec des caméras numériques, de sorte que les vampires pouvaient se repasser la scène maintes fois.

Shanna éteignit le poste de télévision en posant ses doigts tremblants sur la télécommande. Le poids entier de la situation pesait maintenant sur ses épaules. Un assassin vampire voulait la tuer. Un autre vampire voulait la protéger. Roman. Elle regrettait qu'il ne soit pas avec elle maintenant. Il ne l'avait pas effrayée. Il était gentil et se souciait d'elle. Un homme bon. Radinka, Connor et les autres étaient d'accord. Roman était un homme merveilleux. Il n'arrivait simplement pas à le voir. Il était trop hanté par ses terribles souvenirs, des souvenirs trop atroces pour qu'une personne puisse les supporter.

Si seulement elle pouvait l'aider à se voir comme elle le percevait. Elle s'étendit sur le lit. Comment est-ce qu'une relation pouvait fonctionner avec lui? Il lui faudrait éviter de nouveaux contacts avec lui, mais elle savait dans son cœur qu'elle ne pourrait lui résister. Elle était en train de tomber amoureuse de lui.

Quelques heures plus tard, dans son sommeil profond et plein de rêves, juste avant le lever du soleil, elle sentit soudainement un frisson et elle se blottit encore davantage sous ses couvertures.

«Shanna.»

Le frisson s'éloigna, et elle se sentit au chaud et confortable.

Et désirée.

«Shanna, chérie.»

Elle cligna des yeux et les ouvrit.

— Roman? Est-ce vous?

Un souffle doux lui chatouilla l'oreille gauche. Une voix basse.

«Laissez-moi vous aimer.»

Dix-neuf

Shanna s'assit dans le lit, puis jeta un coup d'œil dans la sombre chambre à coucher.

— Roman ? Êtes-vous ici ?

« Je suis en haut. Je vous remercie de me laisser pénétrer à l'intérieur. »

À l'intérieur ? À l'intérieur de sa tête ? Cela s'était probablement produit lorsqu'elle était encore endormie. Une bourrade glaciale et douloureuse passa comme un éclair d'une tempe à l'autre.

« Shanna, je vous en prie. Ne me rejetez pas. »

Sa voix s'effaça jusqu'à ressembler à un écho provenant du fin fond d'une caverne. Elle frotta ses tempes douloureuses.

— Je fais cela, moi ?

« Vous essayez de me bloquer. Pourquoi ? »

— Je ne sais pas. Lorsque je sens quelque chose venir vers moi, je réagis dans le sens contraire. C'est un réflexe.

« Détendez-vous, ma douce. Je ne vous ferai pas de mal. »

Elle prit quelques profondes inspirations, et la douleur diminua.

« C'est mieux »

Sa voix semblait plus près. Plus claire. Le cœur de Shanna battait la chamade. Elle n'était pas convaincue de vouloir que Roman soit ainsi dans sa tête. Combien de ses pensées était-il en mesure de lire ?

« Pourquoi vous inquiétez-vous ? Avez-vous des secrets que vous ne voulez pas partager avec moi ? »

Oh mon Dieu, il *pouvait* entendre ses pensées.

— Pas de grands secrets, mais il y a certaines choses que je préférerais garder pour moi.

Comme le fait qu'il était incroyablement beau et séduisant...

« Vous êtes un vieux crapaud laid ! »

« Séduisant ? »

Merde alors.

Elle n'était pas très douée avec ces trucs de télépathie. Le fait qu'il puisse lire dans son esprit l'incitait à produire d'étranges pensées afin de le dérouter.

Une ambiance de détente l'entoura comme un chaud cocon.

« Cessez de penser ainsi à des tas de choses. Détendez-vous. »

— Comment puis-je me détendre si vous êtes dans ma tête ? Vous ne me ferez pas faire quelque chose contre ma volonté, n'est-ce pas ?

« Bien sûr que non, ma douce. Je ne contrôlerai pas vos pensées. Je vous transmettrai seulement les sensations que vous ressentiriez si je vous faisais l'amour. Sachez également que je devrai m'en aller dès que le soleil se lèvera. »

Elle sentit quelque chose de chaud et humide contre son front. Un baiser. Puis, des doigts doux qui caressaient son visage. Il frotta ses tempes jusqu'à ce qu'il ne reste plus de traces de douleur. Elle ferma les yeux, et sentit ses doigts suivre le tracé de ses pommettes, de sa mâchoire, de ses oreilles. Elle ne savait pas comment il s'y prenait, mais ça avait l'air très réel. Et c'était vraiment merveilleux.

« Que portez-vous ? »

— Hmm ? Est-ce important ?

«Je veux que vous soyez nue quand je vous touche. Je veux sentir chacune de vos courbes, chacun de vos creux. Je veux entendre votre souffle frissonnant dans mon oreille, vos muscles se raidir avec passion, serrant de plus en plus...»

— Ça suffit! J'étais d'accord dès votre première phrase.

Elle retira sa chemise de nuit et la laissa tomber sur le plancher, telle une flaque soyeuse. Elle se blottit ensuite dans les draps tièdes et attendit.

Et attendit.

— Allo?

Elle regarda le plafond, se demandant ce qui se passait sur le cinquième étage.

— Allo? La Terre appelle Roman. Votre partenaire est nue et prête pour le décollage.

Il ne se passa rien. Peut-être qu'il était à ce point fatigué qu'il s'était tout simplement endormi. Génial. Elle n'avait jamais été très bonne pour maintenir l'intérêt d'un homme bien longtemps. Et Roman, il allait pouvoir être là pour toujours. Comment pourrait-elle être plus qu'une fantaisie temporaire pour lui? Même si leur relation durait quelques années, ça ne représentait qu'un clin d'œil sur l'échelle de sa vie. Elle poussa un gémissement, et se coucha sur le ventre. Comment cette relation pouvait-elle fonctionner? Ils étaient totalement opposés, lui, mort, et elle, en vie. Quand les gens disent que les contraires s'attirent, ils ne font pas référence à un tel extrême.

«Shanna?»

Elle leva la tête.

— Vous êtes de retour? Je croyais que vous étiez parti.

«Désolé. J'avais un petit truc à régler.»

Ses doigts massèrent doucement ses épaules.

Elle poussa un soupir et reposa sa tête sur l'oreiller. Un truc à régler?

— Où êtes-vous exactement? Vous n'êtes pas à votre bureau, n'est-ce pas?

Elle s'imagina qu'il était occupé à remplir de la paperasse, et cela l'agaça royalement. Cet homme était tellement intelligent qu'il pouvait sans doute lui offrir un orgasme mental en répondant à ses courriels.

Il rit sous cape.

« Je suis assis dans mon lit, en prenant ma collation de fin de journée. »

Il buvait du sang pendant qu'il lui massait mentalement les épaules ? Beurk. Comme c'était romantique. Pas du tout.

« Je suis nu. Est-ce que cela vous aide ? »

Oh mon Dieu. Elle visualisa son corps magnifique...

« Vieux crapaud laid. »

Il caressa son dos avec des effleurements légers comme des plumes. Elle trembla. C'était merveilleux. Il appliqua de la pression avec le talon de sa main, se creusant un chemin dans sa peau en formant des cercles lents et doux. Ce n'était pas merveilleux. C'était paradisiaque.

« Pouvez-vous entendre d'autres vampires ? »

— Non. Un vampire, c'est bien suffisant pour moi, merci.

Elle sentit sa présence auprès d'elle augmenter en se gonflant d'émotion. D'orgueil. Non, plus intense que cela. Ça ressemblait davantage à de la possessivité...

« Vous êtes à moi. »

Bien sûr. Le fait qu'elle puisse l'entendre lui donnait-il des droits de propriété ? Il existait depuis plus de 500 ans, et il pensait encore comme un homme des cavernes. Ses mains étaient toutefois fort agréables sur elle.

« Merci. Je fais de mon mieux pour vous plaire. »

Ses mains errèrent dans son dos, ses longs recherchant les nœuds laissant deviner des tensions musculaires.

« Un homme des cavernes, n'est-ce pas ? »

Merde. Il pouvait entendre trop de choses. Elle pouvait presque le voir sourire. C'était une bonne chose qu'il ne sache pas qu'elle était en train de tomber en...

« Vieux crapaud laid, vieux crapaud laid. »

« Vous n'êtes toujours pas à l'aise avec le fait que je sois dans votre tête. »

Bingo. Deux points pour le démon capable de contrôler son esprit. Elle sentit une petite claque légère sur ses fesses.

— Hé !

Elle haussa ses épaules, mais il les rabaissa.

— Vous me maltraitez.

Sa voix était assourdie par l'oreiller.

« Oui, en effet. »

Il eut même l'impudence d'avoir l'air content de lui.

— Homme des cavernes, murmura-t-elle.

Avec un harem de femmes.

— Vous m'aviez dit que c'était impersonnel. Ça me semble très personnel, si vous voulez mon avis.

« Ça l'est maintenant, puisqu'il n'y a que nous deux. Je ne pense qu'à vous. »

Sa présence lui parut encore plus forte autour d'elle. Forte et remplie de désir. Sa peau réagit en picotant. Il glissa ses doigts le long de sa colonne vertébrale jusqu'à sa nuque. Et là, il repoussa ses cheveux sur le côté.

Elle sentit quelque chose de chaud et humide sur son cou. Un baiser. Elle trembla. C'était vraiment étrange de se faire ainsi embrasser par un visage invisible. Son souffle lui réchauffa l'oreille, puis quelque chose vint lui chatouiller les orteils.

Elle sursauta.

— Il y a quelque chose dans le lit.

« Moi. »

— Mais...

C'était impossible pour lui d'embrasser son oreille et de toucher ses pieds en même temps. À moins que ses bras ne mesurent un bon mètre et demi, au moins. Ou peut-être qu'il n'était pas tout à fait humain.

« Bingo. Deux points pour vous, ma douce. »

Roman flaira son cou et toucha ses orteils. Les orteils de ses deux pieds. Et il continua à frotter sa peau entre ses omoplates.

— Attendez une minute. Combien de mains avez-vous?

«Autant que je le souhaite. Tout ça se passe dans mon esprit. Dans notre esprit.»

Ses pouces s'attardèrent sur l'arche de ses pieds. Il lui massa le dos avec le talon de la paume de sa main, en faisant des cercles le long de sa colonne vers ses fesses. Et il continuait à lui embrasser le cou.

Elle soupira rêveusement.

— Oh, c'est agréable.

«Agréable?»

Ses mains s'arrêtèrent.

— Ouais. Très agréable, très…

Shanna se raidit, consciente d'une légère irritation qui montait à l'intérieur de sa tête. Cela venait de lui.

«Agréable?»

Des étincelles grésillaient autour de lui.

— Oh mon Dieu. J'aime ça. Vraiment.

Sa voix siffla dans sa tête.

«Le bon gars venait de prendre le bord.»

Il saisit ses chevilles, puis écarta ses jambes. D'autres mains s'entourèrent autour de ses poignets. Elle se tortilla et tenta de se défaire de son emprise, mais il était trop fort et avait trop de maudites mains. Elle était clouée sur le lit, et ne pouvait rien faire. Ses jambes étaient grandes ouvertes.

De l'air plus frais se glissa vers sa chair la plus tendre. Elle attendit, tendue et exposée. Son cœur battait fort dans ses oreilles.

Elle attendit. La chambre était calme, à l'exception du bruit de sa respiration pénible. Ses nerfs étaient en boule, dans l'attente d'une attaque imminente. Où frapperait-il en premier? Il n'y avait pas de moyen de le dire. Il n'était pas visible à l'œil nu. C'était épouvantable. C'était… excitant.

Elle attendit. Quatre mains tenaient toujours ses poignets et ses chevilles. Il avait toutefois un nombre infini de mains et de doigts, autant qu'il pouvait en imaginer. Son cœur se mit à battre encore plus vite. Les muscles de ses fesses se contractèrent tandis qu'elle tentait de refermer ses jambes. Elle était si exposée. Si ouverte devant lui. Sa peau commença à picoter. C'était lui qui lui faisait ça. Il la faisait attendre. Il la faisait souffrir en la faisant attendre ainsi. Elle le désirait.

Puis, il partit.

Shanna leva la tête.

— Allo? Roman?

Où était-il passé? Elle s'assit, puis jeta un coup d'œil au radio-réveil près du lit. Ce serait bien sa chance si le soleil se levait, et qu'il était officiellement mort pour la journée. Il était cependant trop tôt pour le lever du soleil. Venait-il de l'abandonner ainsi à son sort, au beau milieu de leur rendez-vous galant? Les minutes passèrent.

Elle s'agenouilla sur le lit.

— Merde! Roman, vous ne pouvez pas me laisser comme ça.

Elle eut envie de lancer quelque chose sur le plafond.

Elle sentit soudainement des mains encercler sa taille. Elle haleta.

— Roman? J'espère que c'est vous.

Elle tendit la main derrière elle vers l'endroit où elle pensait qu'il serait, mais ne sentit que de l'air.

« C'est moi. »

Il glissa ses mains sur ses côtes, puis s'empara de ses seins. Sa bouche mordilla son épaule.

— Où… où étiez-vous?

Il était difficile pour elle de maintenir la conversation tandis qu'il la caressait avec ses pouces.

« Je suis désolé. Ça n'arrivera plus. »

Il joua avec ses mamelons, tordant doucement les pointes durcies entre son pouce et son index. Chaque torsion semblait tirer une corde invisible liée à son âme.

Elle se laissa tomber sur le lit et regarda fixement le plafond.

— Oh, Roman, je vous en prie.

Elle regrettait de ne pouvoir le voir. Ou le toucher.

« Shanna, douce Shanna. »

Sa voix chuchotait dans sa tête.

« Comment puis-je vous dire ce que vous représentez pour moi ? Lorsque je vous ai vue au bal, j'ai eu l'impression que mon cœur se mettait à battre de nouveau. Vous avez illuminé la pièce en dégageant des couleurs vives au milieu d'un océan de noir et de blanc. Et je me suis alors dit que ma vie n'avait été rien d'autre qu'une nuit sombre, sans fin, jusqu'à ce que vous apparaissiez comme un arc-en-ciel et remplissiez mon âme sombre de couleurs. »

— Oh, Roman. Ne me faites pas pleurer.

Elle se tourna sur le ventre, puis essuya ses yeux humides sur les draps.

« Je vous ferai pleurer de plaisir. »

Ses mains glissèrent lentement de ses pieds à ses cuisses, pendant que deux autres mains imaginaires descendaient dans son dos. Il atteignit ses cuisses et le creux de son dos. Toutes ses mains allaient bientôt converger vers son sexe. Les muscles de ses fesses se raidirent. Son entrejambe devint tout humide. Son désir devint plus doux, plus chaud, plus désespéré.

Elle sentit sa bouche l'embrasser sur ses fesses. Le bout de sa langue glissa sur une fesse, s'inséra dans une crevasse, puis repassa sur l'autre fesse.

— Roman, vous me rendez folle. Je ne peux plus endurer ça.

« Est-ce que c'est ça que vous voulez ? »

Ses doigts se frottèrent contre les poils qui veillaient sur son sexe.

Elle fut secouée dans son intimité.

— Oui.

« À quel point êtes-vous mouillée ? »

Cette seule question produisit un autre afflux de liquide chaud.

— Je suis toute mouillée. Voyez par vous-même.

Elle se tourna sur le dos, et s'attendit à le voir. Il était fort déconcertant d'être couchée là, les jambes bien ouvertes pour l'accueillir, et de ne pas le voir.

— Roman ?

« Je veux vous embrasser. »

Son souffle erra sur son sein, puis il lui suça le mamelon. Sa langue s'agita tout autour de lui, puis il donna de petits coups de langue sur sa pointe durcie.

Elle tendit les bras vers lui, mais il n'y avait rien devant elle.

Il accorda ensuite son attention à son autre sein.

— Je veux vous toucher aussi. Je veux vous tenir contre moi.

Elle eut une nouvelle secousse intime lorsqu'il couvrit son sexe de sa main.

Ses doigts se mirent à l'explorer.

« Vous êtes inondée. Vous êtes magnifique. »

— Roman.

Elle tendit de nouveau les bras vers lui, mais ne trouva rien à tenir. C'était encore plus que déconcertant. C'était exaspérant. N'ayant rien à tenir, elle agrippa les draps avec ses poings.

Il caressa ses grandes lèvres avant de les séparer avec douceur. Il plongea ensuite un doigt à l'intérieur et s'attarda sur ses parois.

« Est-ce que vous aimez ça ? Ou est-ce que vous préférez cela ? »

Il fit de petits cercles autour de son clitoris, puis s'amusa à en agacer l'extrémité.

Elle poussa un petit cri. Elle tordit les draps dans ses mains. Elle eut très envie de le tenir, de glisser ses doigts dans ses cheveux, de sentir les muscles de son dos et de ses fesses. C'était vraiment à sens unique, mais c'était aussi terriblement bon.

Il inséra deux doigts à l'intérieur d'elle. Du moins, elle croyait que c'était deux doigts. Peut-être trois. Oh mon Dieu, il la torturait de l'intérieur. Ses doigts faisaient des cercles en entrant et en sortant de son sexe. Elle n'avait aucune idée de combien de milliers de terminaisons nerveuses elle possédait à cet endroit, mais il semblait déterminé à s'assurer qu'elles soient toutes stimulées. Il frotta son clitoris durci et enflé de plus en plus vite. Elle enfonça ses talons dans le matelas, raidissant ses jambes et soulevant ses hanches.

Encore. Encore.

Il lui en donna encore plus.

Elle haleta, et cherchait de l'air. La tension monta, agréable et épuisante. Elle brûlait de désir.

Plus fort. Plus fort.

Elle poussa son sexe dans ses mains, se tortillant contre lui. Il agrippa ses fesses et lui embrassa le sexe de sa bouche.

Il n'eut qu'à lui donner un petit coup de langue pour qu'elle explose de plaisir. Les muscles de son sexe enserrèrent ses doigts. Elle poussa un cri de plaisir. Des spasmes remuaient tout l'intérieur de son corps, faisant parvenir des ondes de pur plaisir dans ses doigts et ses orteils. Chaque vague de plaisir lui coupait le souffle dans la gorge, et la faisait serrer encore plus les draps entre ses mains. Les vagues ne semblaient pas vouloir s'arrêter. Elle releva ses jambes et colla ses cuisses, se délectant des secousses secondaires suivant l'onde de choc initiale.

« Comme vous êtes belle. »

Il l'embrassa sur le front.

— Vous avez été fantastique.

Elle appuya une main contre sa poitrine. Son cœur battait encore à toute vitesse, et sa peau était encore chaude.

« Je dois y aller maintenant, ma douce. Dormez bien. »

— Quoi ? Vous ne pouvez pas partir maintenant.

« Il le faut. Dormez bien, mon amour. »

— Vous ne pouvez pas partir comme ça. Je veux vous tenir dans mes bras.

Une douleur froide pinça l'arête de son nez avant de disparaître.

— Roman ?

Rien d'autre que le silence.

Elle chercha sa présence en elle. Il était parti.

— Hé, l'homme des cavernes !

Elle hurla en direction du plafond.

— Vous ne pouvez pas me faire l'amour, puis partir comme ça!

Aucune réponse. Elle se releva avec difficulté. L'horloge du radio-réveil affichait l'heure avec ses chiffres lumineux. 6 h 10. Oh, c'était donc cela. Elle se laissa tomber sur le dos. Le soleil se levait. C'était l'heure du dodo pour tous les petits vampires. C'était certainement une façon plus agréable d'en parler. Pour les 12 prochaines heures, Roman était mort.

Merde alors. Pour un cadavre, il était vraiment un amant de l'enfer. Elle poussa un gémissement et couvrit ses yeux. À quoi pensait-elle donc, de faire ainsi l'amour avec un vampire? Ce n'était pas comme s'il y avait de l'avenir de ce côté. Il était condamné pour toujours à l'âge de 30 ans. Condamné à être jeune, séduisant, et beau pour l'éternité, tandis qu'elle ne cesserait de vieillir.

Shanna gémit. Leur relation était condamnée dès le départ. Il resterait le beau et jeune prince, et elle serait le vieux crapaud laid.

Shanna se réveilla en début d'après-midi et partagea un déjeuner en compagnie de Howard Barr et de quelques gardes de jour. Ces types devaient avant tout assurer la sécurité de la maison, mais ils étaient aussi payés pour faire le ménage en plein jour. Après tout, ce n'était pas comme si le bruit des aspirateurs allait déranger les morts. Shanna passa un après-midi ennuyeux à laver ses nouveaux vêtements et à regarder la télévision. Le Réseau de télévision numérique des vampires était syntonisé, et la plupart des émissions étaient en français ou en italien. C'était la nuit en Europe. Les slogans défilaient au bas de l'écran : «Le réseau qui fonctionne 24 heures par jour et 7 jours par semaine, parce qu'il fait toujours nuit quelque part. RTNV. Si vous n'êtes pas au numérique, on ne vous verra pas.» Ces mots avaient bien plus de signification, maintenant.

Elle prit une douche chaude avant le coucher du soleil, désireuse d'être à son mieux pour Roman. Elle retourna dans la cuisine pour le dîner, et fut témoin de la relève de la garde. Les Highlanders arrivèrent. Tous lui firent un sourire avant de se diriger vers le réfrigérateur pour y mettre la main sur une bouteille de sang. Ils attendirent leur tour devant le four à micro-ondes, tout en lui souriant et en échangeant des regards entendus.

Avait-elle un morceau de laitue coincé entre les dents ? Les Écossais finirent par sortir de la cuisine, prêts à occuper leurs postes pour la nuit. Connor demeura à la cuisine, et rinça les bouteilles dans l'évier. Elle se souvint de l'avoir vu faire cela auparavant, mais elle n'avait pas compris la signification de cette action à l'époque.

— Pourquoi est-ce que tout le monde semble si heureux ? demanda Shanna depuis sa chaise à la table de la cuisine. Après l'explosion de la nuit dernière, je pensais qu'une guerre était sur le point d'éclater.

— Oh, oui, elle éclatera, répondit Connor. Mais bon, le sentiment d'urgence n'est plus aussi présent dans nos vies avec toutes les années que nous avons pu vivre. Nous nous occuperons bientôt de Petrovsky. C'est vraiment dommage que nous n'ayons pu le tuer lors de la Grande Guerre.

Shanna se pencha vers l'avant.

— Il y a déjà eu une Grande Guerre de vampires ?

— Oui, en 1710.

Connor ferma la porte du lave-vaisselle, puis il s'appuya sur le comptoir. Ses yeux devinrent brumeux tandis qu'il se remémorait le passé.

— J'y étais. Et Petrovsky aussi, mais nous n'étions pas du même côté.

— Comment est-ce arrivé ?

— Roman ne vous en a pas parlé ?

— Non. Est-ce qu'il était impliqué ?

Connor grogna.

— C'est lui qui l'a déclenchée.

Était-ce là ce que Roman avait voulu dire, quand il avait mentionné avoir commis des crimes épouvantables ?

— Est-ce que vous acceptez de m'en parler ?

— Je suppose que ça ne fera aucun mal.

Connor se dirigea vers la table de la cuisine et s'assit sur une chaise.

— Le vampire qui a transformé Roman était un personnage fort désagréable nommé Casimir. Il dirigeait une bande de vampires qui détruisait des villages entiers en violant les femmes, en assassinant des gens et en les torturant pour le simple plaisir de la chose. Petrovsky était un des vampires préférés de Casimir.

Shanna tressaillit. Roman avait été un moine doux, qui avait consacré sa vie à guérir les plus démunis. Il était épouvantable de penser qu'il avait été projeté ainsi dans un milieu aussi maléfique.

— Qu'est-il arrivé à Roman?

— Casimir était fasciné par lui. Il voulut extirper de Roman toutes les particules de bonté qu'il avait en lui, et en faire un être tout à fait diabolique. Il... il a fait des choses cruelles à Roman. Il lui a donné des choix épouvantables.

Connor secoua la tête de dégoût.

— Un jour, Casimir captura deux enfants, puis menaça de les tuer. Il dit à Roman qu'il pouvait en sauver un des deux s'il tuait l'autre lui-même.

— Oh mon Dieu.

Une vague de nausée envahit Shanna. Pas surprenant que Roman ait fini par penser que Dieu l'avait abandonné.

— Roman refusa de participer à un acte d'une telle perversité, et Casimir entra dans une sainte colère. Sa bande de démons et lui se rendirent au monastère de Roman et assassinèrent tous les moines avant de détruire les bâtiments.

— Oh, non! Tous les moines? Même le père adoptif de Roman?

Le cœur de Shanna souffrit à cette pensée.

— Oui. Vous voyez, ce n'était pas de la faute de Roman, mais il s'en est toujours senti responsable.

Pas étonnant que Roman ait tant souffert de haine de soi. Ce n'était pas de sa faute, mais elle pouvait comprendre pourquoi il se sentait coupable. La mort de Karen n'avait pas été de sa faute, mais elle s'était toujours blâmée elle-même.

— Les ruines du monastère, c'est ce qu'on voit sur la peinture au cinquième étage, n'est-ce pas ?

— Oui. Roman laisse cette peinture à cet endroit pour ne pas oublier...

— Vous voulez dire pour se torturer.

Les yeux de Shanna s'emplirent de larmes. Pour encore combien de siècles avait-il l'intention de se fouetter lui-même à ce sujet ?

— Oui.

Connor inclina la tête avec tristesse.

— C'est en voyant le monastère en ruines et ses frères morts que Roman a décidé de donner une raison d'être à sa terrible nouvelle vie. Il a fait le serment de détruire Casimir et ses disciples maléfiques. Il ne pouvait toutefois y arriver seul. Il quitta donc son pays en douce et voyagea vers l'Ouest, à la recherche de champs de bataille où les blessés avaient été abandonnés à leur sort dans l'obscurité. En 1513, il trouva Jean-Luc à la bataille des Éperons, en France, et Angus, à la bataille de Flodden, en Écosse. Il les transforma, et ils devinrent ses premiers alliés.

— Quand vous ont-ils trouvé ?

— À la bataille de Solway Moss.

Connor soupira.

— La paix ne durait jamais longtemps dans ma belle Écosse. C'était donc un terrain de chasse fort intéressant pour y trouver des guerriers sur le point de trépasser. J'avais rampé jusqu'au pied d'un arbre pour y mourir. Roman me trouva et me demanda si je désirais me battre de nouveau pour une noble cause. Je souffrais tellement que je n'ai plus beaucoup de souvenirs. Je dois avoir répondu par l'affirmative, car Roman m'a transformé au cours de cette même nuit.

Shanna avala sa salive avec difficulté.

— Est-ce que vous regrettez ce qui vous est arrivé ?

Connor sembla étonné par cette question.

— Non, jeune femme. J'étais en train de mourir, et Roman m'a donné une raison d'exister. Angus était là, lui aussi. Il a transformé Ian. C'est ainsi qu'en 1710, Roman avait une grande armée de vampires. Angus était son général. J'étais un capitaine.

Connor sourit avec fierté.

— Et vous avez ensuite affronté Casimir ?

— Oui. Ce fut une guerre sanglante qui fit rage pendant trois nuits. Ceux qui étaient blessés et trop faibles pour se déplacer brûlaient sur le champ de bataille au lever du soleil. Casimir tomba au combat la troisième nuit, peu avant le lever du soleil. Ses disciples s'enfuirent.

— Et Petrovsky était l'un d'entre eux ?

— Oui. Et nous allons bientôt nous occuper de lui. Ne vous inquiétez pas avec ça.

Connor se leva et s'étira.

— Je dois aller faire mes rondes.

— Je suppose que Roman est éveillé à présent.

Connor sourit.

— Oui. Je suis sûr qu'il est debout.

Il marcha à grands pas hors de la cuisine, son kilt rouge et vert s'agitant à la hauteur de ses genoux.

Shanna poussa un grand soupir. Roman avait donc dit la vérité au sujet de ses crimes. Il avait tué et transformé des mortels en vampires. Il avait toutefois transformé des gens qui allaient bientôt mourir de toute façon, et son but avait été noble. Il a vaincu Casimir, le vampire maléfique qui aimait torturer les innocents.

Roman avait un passé violent, mais c'en était un qu'elle pouvait accepter. Casimir avait bien tenté de le diffamer, mais Roman était resté un homme bon. Il cherchait toujours à protéger les innocents et à sauver les mortels. Il était néanmoins tellement accablé de remords qu'il a fini par croire que Dieu l'avait abandonné. Elle se devait de percer son armure d'une façon ou d'une autre et de soulager sa douleur. Leur relation était peut-être condamnée, mais elle se souciait encore de Roman, et ne pouvait supporter qu'il souffre encore aujourd'hui de son lourd passé. Elle se dirigea vers le hall, pour atteindre l'escalier.

— Oh, Shanna !

Maggie se tenait dans l'embrasure des portes du salon.

Les portes à deux battants étaient ouvertes, et Shanna pouvait voir le harem à l'intérieur. Aïe. Elle ne voulait pas vraiment voir ces femmes.

— Shanna, venez !

Maggie l'agrippa par le bras et la fit entrer dans le salon.

— Regardez, tout le monde ! C'est Shanna.

Les filles du harem lui firent toutes des sourires rayonnants.

Qu'est-ce qu'elles tramaient, nom de Dieu ? Shanna ne faisait vraiment pas confiance en leur soudaine gentillesse.

Vanda s'approcha d'elle avec un sourire d'excuse.

— Je suis vraiment désolée d'avoir été grossière avec vous.

Elle toucha une mèche de cheveux de Shanna.

— Cette couleur vous convient.

— Merci.

Shanna recula d'un pas.

— Ne partez pas.

Maggie lui agrippa le bras de nouveau.

— Venez vous joindre à nous.

— Oui, acquiesça Vanda. Nous voudrions vous accueillir dans le harem.

Shanna haleta.

— Pardon ? Je ne me joindrai pas à votre harem.

— Mais vous et Roman… Vous êtes des amants maintenant, non ? dit Simone en se pelotonnant sur le coin du divan.

— Je… je ne crois vraiment pas que ce soit de vos affaires.

Comment avaient-elles pu savoir ce qui s'était passé ?

— Ne soyez pas si susceptible, dit Vanda. Nous aimons tous Roman.

— Oui.

Simone but de petites gorgées de son verre à vin.

— Je suis venue directement de Paris pour être avec lui.

La colère bouillonna à l'intérieur de Shanna. De la colère envers Roman, et ces femmes, mais surtout de la colère envers elle-même. Elle n'aurait pas dû aller aussi loin avec Roman, alors qu'il avait encore toutes ces femmes à son service.

— Ce qui se passe entre Roman et moi est confidentiel.

Maggie secoua la tête.

— Il est très difficile d'avoir une vie privée avec des vampires dans les environs. J'ai entendu Roman quand il vous a demandé s'il pouvait faire l'amour avec vous.

— Quoi ?

Le cœur de Shanna vacilla vers sa gorge.

— Maggie est très douée pour entendre les pensées, expliqua Vanda. Quand elle a entendu Roman, elle nous en a informées, et nous avons demandé à Roman de nous laisser prendre part à l'événement.

— *Pardon ?*

Des étincelles se multiplièrent dans la tête de Shanna.

— Détendez-vous.

Darcy lui jeta un regard inquiet.

— Il ne les a pas laissées entrer.

— Il a été grossier, râla Simone.

— C'était terrible.

Maggie croisa les bras, puis fronça les sourcils.

— Nous avons attendu si longtemps que Roman retrouve un intérêt pour le sexe, et une fois cet intérêt de retour, il ne nous a pas laissé participer.

— C'était épouvantable, soupira Vanda. Nous sommes son harem. Nous avons le droit de partager le sexe de vampire avec lui, mais il nous a bloquées.

Shanna les regarda fixement, bouche bée, et son cœur martelait dans sa poitrine.

— Je déclare solennellement de ne m'être jamais sentie aussi rejetée de toute ma vie, dit la belle du Sud.

— Vous…

Shanna luttait pour reprendre son souffle.

— Vous avez toutes tenté de vous joindre à nous ?

Vanda haussa les épaules.

— Une fois que quelqu'un amorce le sexe de vampire, n'importe qui peut participer.

— C'est ainsi que ça se passe normalement, acquiesça Maggie. Nous avons demandé deux fois à Roman de participer, mais il a continué à nous bloquer.

— Il a même piqué une crise contre nous, dit Simone en boudant sur le divan.

— Il y eut tant de discussion et de cris dans les têtes, continua Maggie, que même les Highlanders sont intervenus et nous ont demandé de laisser Roman tranquille.

Shanna gémit intérieurement. Pas étonnant que les Écossais l'aient regardé en souriant. Tout le monde dans la maison savait donc ce qu'elle et Roman avaient fait ? Son visage devint tout chaud.

— Vous aurez encore du sexe de vampire ce soir, non ? demanda Simone.

— C'est pourquoi nous voulons que vous rejoigniez le harem, dit Maggie avec un sourire amical.

— Oui, dit Vanda en souriant aussi.

— Alors, Roman pourra faire l'amour à chacune d'entre nous.

— Non, non.

Shanna secoua la tête et recula.

— Jamais !

Elle courut avant que le harem puisse voir les larmes couler sur son visage. Merde ! Elle savait maintenant pourquoi Roman avait disparu deux fois dans la nuit d'hier. Il l'avait mise en attente pour répondre au déluge d'appels mentaux de son harem. Pendant tout le temps où il lui avait fait l'amour de façon psychique, il avait dû dépenser de l'énergie mentale pour bloquer les tentatives de son harem. C'était comme s'ils faisaient l'amour avec une bande de voyeurs qui tentaient de les regarder à travers une fenêtre.

Elle monta le premier étage en courant. Le choc se transforma en horreur, puis en douleur vive. Comment avait-elle pu s'embarquer dans un tel gâchis ?

Une fois au deuxième étage, les larmes coulèrent sur son visage. Comment avait-elle pu être aussi stupide ? Elle n'aurait jamais dû laisser Roman pénétrer dans sa tête. Ou dans son lit. Et certainement pas dans son cœur. Arrivée au troisième étage, la douleur s'était transformée en colère. Ce maudit harem ! Et ce maudit Roman ! Comment osait-il conserver son harem tout en disant se soucier d'elle ? Rendue au quatrième étage, elle se dirigea vers sa chambre, mais s'arrêta avant d'y entrer. La colère brûlait en elle comme dans une fournaise, et elle était trop intense pour être contrôlée. Elle monta les dernières marches avec une détermination enragée.

Le garde du cinquième lui fit un sourire entendu.

Elle voulut lui retirer ce sourire du visage avec une grande claque. Elle serra les dents.

— Je voudrais voir Roman.

— Oui, jeune femme.

Le Highlander ouvrit la porte du bureau de Roman.

Elle marcha à grands pas à l'intérieur et ferma la porte. Roman avait peut-être survécu à la Grande Guerre des vampires, en 1710, mais il était sur le point de faire face à une terreur d'une catégorie supérieure.

Une mortelle en colère.

Vingt

Roman était étendu dans son lit, et ses pensées étaient tournées vers Shanna. Il avait passé des moments merveilleux avec elle, mais il avait également été sérieusement contrarié. Il avait dépensé bien trop d'énergie pour bloquer ces femmes de son harem. Sang de Dieu. Il détestait être ainsi coincé avec elles. Il ne les connaissait même pas toutes par leurs prénoms. Il n'avait jamais réellement passé de temps avec elles. Pendant le sexe de vampire, il avait simplement imaginé faire l'amour à un corps de femme. Peut-être que les femmes du harem avaient apprécié ses attentions, mais le corps qu'il visualisait aurait aussi bien pu être celui de Vanna. Ce n'était pas réel. Ce n'était pas le corps de l'une d'entre elles.

Ce n'était pas même Shanna. Ça l'avait également embêté. Il avait imaginé Shanna dans son esprit, mais il savait que ce n'était pas vraiment elle. Il ne savait pas à quoi son corps ressemblait lorsqu'elle était nue, et son imagination ne lui suffisait plus. Il voulait maintenant lui faire l'amour en personne, et il croyait qu'elle en avait envie elle aussi, car elle s'était plainte de ne pas pouvoir le toucher ou le tenir dans ses bras.

Il devait terminer le travail sur cette formule. S'il pouvait rester éveillé en plein jour, il pourrait alors veiller sur elle en tout temps. Il pourrait aussi être seul avec elle à un moment où d'autres vampires ne pourraient pas s'immiscer dans leurs vies. Et s'il parvenait à convaincre Shanna de vivre avec lui, alors sa capacité à demeurer éveillé en plein jour lui permettrait d'avoir un style de vie un peu plus normal.

Il sauta du lit et prit une douche chaude. Il voulait la voir ce soir, mais il devait également se rendre à Romatech. Le reste de la semaine serait chargé en raison de la conférence. Angus, Jean-Luc et lui devaient élaborer un plan d'action pour gérer la situation des Mécontents, surtout depuis qu'ils savaient que Petrovsky était leur chef. Et le fait de se débarrasser de Petrovsky rendrait le monde plus sûr pour les vampires modernes respectueux des lois, mais aussi pour Shanna.

Roman sourit. En dépit d'une guerre de vampires imminente, il ne pouvait détacher son esprit d'elle. Elle était si différente. Si directe et honnête avec ses émotions. Quand il s'était retrouvé dans son esprit, il avait tenté de ne pas détecter ses sentiments à son égard. Elle s'adaptait assez bien au fait qu'il était un vampire, en grande partie parce qu'elle avait un cœur si aimable et compatissant. Quand il l'appelait « ma douce », il le pensait vraiment. Elle avait une nature douce, authentique, qu'il adorait.

Il rit sous cape en se séchant avec une serviette. Elle pouvait aussi être intrépide et bagarreuse quand elle était vexée. Il aimait aussi ça d'elle. Il espérait de tout son cœur qu'elle puisse tomber amoureuse de lui. Ce serait parfait, puisqu'il était déjà amoureux d'elle.

Il l'avait compris dès le moment où il l'avait vu au bal, vêtue de rose dans une mer de noir et de blanc. Elle était la vie, elle était la couleur, elle était son véritable amour. D'une façon ou d'une autre, il sentait que si elle pouvait l'aimer et l'accepter, même avec son âme noircie par le péché, alors tout n'était pas perdu. S'il y avait quelque chose de sympathique en lui, alors il pouvait espérer la rédemption.

Il avait voulu lui dire qu'il l'aimait la nuit dernière, mais il s'en était finalement abstenu. Il avait besoin d'être physiquement avec elle pour lui faire une telle confession.

Il se pencha pour sortir des caleçons courts d'un tiroir. Des points noirs dansèrent autour de sa tête. Bon sang, il avait une de ces faims! Il aurait dû manger avant de prendre sa douche, mais il avait été distrait par les pensées qu'il entretenait à l'égard de Shanna. Ne portant que son sous-vêtement, il se dirigea vers son bureau et s'empara d'une bouteille de sang dans le petit réfrigérateur. Sang de Dieu. Il était tellement affamé qu'il était prêt à le boire froid.

Il entendit la porte du bureau se fermer et il jeta un coup d'œil derrière lui. C'était *Shanna*. Il sourit, puis dévissa sa bouteille.

— Bonsoir.

Aucune réponse.

Il jeta de nouveau un coup d'œil derrière lui. Elle marchait vers lui d'un pas lourd, les joues luisantes de larmes, les yeux rougis, enflés et... furieux.

— Qu'est-ce qui ne va pas, chérie?

— Tout!

Elle respirait bruyamment, et la colère jaillissait pratiquement de ses pores.

— Je ne veux plus rien savoir de ça.

— D'accord.

Il déposa sa bouteille.

— Il semblerait que j'ai fait quelque chose de mal, mais je ne suis pas certain de quoi il peut s'agir.

— Rien ne va! Ce n'est pas bien pour vous d'avoir un harem. C'est malsain que vous m'ayez fait attendre dans le lit pendant que vous alliez leur parler. Et c'est vraiment répugnant qu'elles aient voulu se joindre à nous dans un genre d'orgie mentale!

Il tressaillit.

— Je ne l'aurais pas permis. Ce que nous faisions ensemble était totalement privé.

— Ça ne l'était *pas*! Elles savaient que nous faisions l'amour. Et elles n'ont pas cessé de venir frapper à la porte pour se joindre à nous.

Il gémit intérieurement. Ces maudites femmes.

— J'en conclus que vous avez encore parlé avec ces autres femmes.

— Vos *autres* femmes. Votre *harem*.

Ses yeux se plissèrent et étaient animés d'une colère montante.

— Vous savez qu'elles m'ont invitée à me joindre à elles?

Sang de Dieu.

— Et vous savez pourquoi? Elles veulent que je fasse partie du harem afin qu'elles puissent se joindre à nous la prochaine fois que nous serons au lit! Comme pour une grande nuit d'amour psychique! Oh, parlez-moi d'orgasmes multiples. Je n'en peux plus d'attendre!

— Vous êtes sarcastique, n'est-ce pas?

— Ah!

Elle leva ses poings serrés dans les airs.

Il serra les dents.

— Écoutez, j'ai dépensé énormément d'énergie pour faire en sorte que ce qui s'est passé entre nous demeure dans le domaine privé.

Et cette dépense d'énergie lui avait donné faim.

— Ce n'était pas privé! Même les Highlanders savaient ce que nous faisions. Vous saviez que tout le monde le savait, mais vous faisiez encore l'amour avec moi.

Il marcha vers elle, et la colère commençait aussi à monter en lui.

— Personne n'a entendu ce qui s'est passé entre nous. C'était privé. J'ai entendu vos gémissements et vos cris. Personne d'autre. J'ai senti votre corps frissonner lorsque…

— Arrêtez ça. Je n'aurais pas dû le faire. Pas quand vous avez un harem qui souhaite se joindre à nous.

Roman serra les poings, luttant pour conserver le contrôle de lui-même, mais c'était vraiment difficile quand il était aussi affamé.

— Je ne peux rien faire à propos d'elles. Elles ne sauraient pas comment survivre par leurs propres moyens.

— Vous voulez rire! Elles doivent être âgées de combien de siècles avant de pouvoir devenir des adultes?

— Elles ont été élevées à une époque où les femmes ne recevaient pas d'éducation et ne développaient pas d'habiletés pouvant être utilisées dans le cadre d'un emploi. Elles sont impuissantes, et je suis responsable d'elles.

— Est-ce que vous les voulez vraiment?

— Non! J'ai hérité d'elles quand je suis devenu le maître de la bande de vampires, en 1950. Je ne peux même pas me souvenir de tous leurs prénoms. J'ai passé tout mon temps à développer Romatech et à travailler dans mon laboratoire.

— Alors, si vous ne les voulez pas, donnez-les à quelqu'un d'autre. Il doit y avoir amplement de vampires mâles solitaires qui meurent sûrement d'envie d'avoir une bonne femme *morte* pour leur tenir compagnie.

La colère de Roman se mit à gronder en lui de plus belle.

— Je suis justement une de ces personnes mortes, moi aussi.

Elle croisa ses bras sur sa poitrine.

— Vous et moi sommes... différents. Je ne pense pas que ça pourra fonctionner.

— J'ai cru que nous nous en tirions très bien la nuit dernière.

Sang de Dieu, elle n'allait pas le quitter ainsi. Il ne la laisserait pas partir. Eh oui, ils se ressemblaient beaucoup. Elle le comprenait comme personne d'autre ne savait le faire.

— Je ne peux pas... je ne ferai pas l'amour avec vous de nouveau tant que ces femmes voudront se joindre à nous. Je ne tolérerai pas ça.

La colère se manifesta en lui à l'état pur.

— Vous ne pourrez pas me convaincre que vous n'avez pas aimé ce que nous avons fait la nuit dernière. Je *sais* que vous avez aimé ça. J'étais dans votre tête.

— Ça, c'était la nuit dernière. Aujourd'hui, je ne ressens plus que de l'embarras.

Roman avala difficilement sa salive.

— Vous avez honte de ce que vous avez fait? Vous avez honte de moi?

— Non! Je suis fâchée que ces femmes aient des droits sur vous, qu'elles pensent qu'elles ont tous les droits de se joindre à nous dans la chambre à coucher.

— Je ne les laisserai pas faire! Elles ne sont pas importantes pour moi, Shanna. Je les bloquerai.

— Vous ne devriez pas avoir à les bloquer, parce qu'elles ne devraient tout simplement pas être ici! Ne comprenez-vous pas? Je refuse de vous partager avec *elles*. Elles doivent partir!

Le souffle de Roman demeura coincé dans sa gorge. Sang de Dieu. C'était *çà*, le nœud du problème. Ce n'était pas qu'elle avait honte ou qu'elle ne se souciait pas de lui. Elle voulait vraiment être avec lui. Et elle le voulait pour elle, et juste pour elle.

Elle recula, les yeux agrandis.

— Je... je n'aurais pas dû vous dire cela.

— Mais c'est la vérité.

— Non.

Elle recula vers son bureau.

— Je... je n'ai aucun droit sur vous. Et je ne devrais pas m'attendre à ce que vous changiez totalement votre style de vie pour moi. De toute façon, cette relation ne peut probablement pas tenir la route.

— Oui, elle le peut.

Il marcha à grands pas vers elle.

— Vous me voulez. Vous voulez tout mon amour, toute ma passion, tout cela juste pour vous.

Elle recula d'un autre pas et se buta contre le fauteuil de velours.

— Je devrais m'en aller.

— Vous ne voulez pas me partager, n'est-ce pas, Shanna? Vous me voulez pour vous toute seule.

Ses yeux lancèrent des éclairs.

— Enfin, je n'obtiens pas toujours ce que je veux, n'est-ce pas?

Il l'agrippa par les épaules.

— Cette fois-ci, vous serez exaucée.

Il la souleva et posa ses fesses sur le sommet recourbé du fauteuil de velours rouge.

— Que…?

Il la poussa doucement, et elle tomba dans le fauteuil.

— Que faites-vous?

Elle lutta pour se relever et parvint à se soutenir sur ses coudes. Ses hanches étaient toujours posées sur le sommet du fauteuil.

Il retira ses chaussures de sport blanches et les laissa tomber sur le plancher.

— Il n'y a que vous et moi, ici, Shanna. Personne ne saura ce que nous faisons.

— Mais…

— Intimité totale.

Il fit descendre la fermeture éclair de ses pantalons et les fit glisser sur ses jambes.

— Comme vous l'aviez souhaité.

— Attendez une minute! C'est différent. C'est… *réel*.

— Et comment, c'est tout à fait réel. Et je suis prêt pour cela.

Il remarqua son slip de dentelle rouge. Sang de Dieu. Du vrai sexe.

— Nous devons y penser.

— Pensez vite.

Il s'empara de la dentelle rouge.

— Car ce slip s'en va.

Elle le regarda avec de grands yeux, sa poitrine se soulevant et s'abaissant rapidement.

— Vous… vos yeux sont rouges. Ils rougeoient.

— Cela signifie que je suis prêt à vous faire l'amour.

Elle déglutit. Son regard fixe passa à sa poitrine nue.

— Ça sera un pas important en avant.

— Je sais.

Il frotta la pulpe de son pouce sur la dentelle. Du vrai sexe physique avec une mortelle.

— Si vous me dites de m'arrêter, je le ferai. Je n'ai jamais voulu vous faire de mal, Shanna.

Elle se laissa tomber sur le fauteuil.

— Oh mon Dieu.

Elle se couvrit le visage.

— Alors? Est-ce que nous passons du virtuel à la réalité?

Elle baissa les mains et regarda son visage. Un frisson lui parcourut le corps. Elle chuchota :

— Allez verrouiller la porte.

Une tempête d'émotions fortes déferla dans le corps de Roman. De l'excitation, du désir, et surtout du soulagement. Elle n'avait pas renoncé à lui. Il se rendit près de la porte, la verrouilla, et revint près d'elle en un éclair.

Les points noirs tournèrent de nouveau autour de sa tête lorsqu'il s'immobilisa. L'utilisation de la grande vitesse des vampires avait utilisé une trop grande quantité d'énergie, et il avait besoin de toute l'énergie qu'il lui restait pour Shanna. Il souleva une de ses jambes et retira son bas. Un pied à la fois, maintenant. C'était bien réel, et il n'avait plus que deux mains. Plus de trucs de l'esprit.

Ses pieds étaient un peu différents de ce qu'il avait imaginé. Ils étaient plus longs et plus minces. Son deuxième orteil était aussi long que son gros orteil. Ces petits détails n'avaient pas été imaginés la nuit dernière, mais ils semblaient maintenant primordiaux. Il avait devant lui la vraie Shanna, et non un rêve érotique. Et aucun rêve ne pourrait jamais se comparer à la vraie Shanna.

Il serra la main autour d'une de ses chevilles et souleva sa jambe. Elle était longue et joliment galbée. Il glissa une main admirative sur son mollet. Sa peau était aussi douce qu'il se l'était imaginé, mais il y avait encore une fois des détails qu'il n'avait pas pu imaginer, comme ces quelques taches de rousseur au-dessus de son genou, et un grain de beauté plat à l'intérieur de sa cuisse.

Ce grain de beauté l'attira comme un aimant. Il appuya ses lèvres contre lui sans plus attendre. La chaleur de la peau de Shanna l'étonna. C'était nouveau. Différent. Les vampires ne produisent pas beaucoup de chaleur, alors il ne s'était jamais imaginé de corps chaud au cours de toutes ses années de sexe de vampire. Il n'avait pas davantage imaginé d'odeur. Sa peau avait l'odeur d'une femme propre, fraîche... et en vie. Du sang vivifiant. Une grande veine palpitait sous sa peau. Du sang de type A positif. Il frotta son nez à l'intérieur de sa cuisse, humant son riche parfum métallique.

« Arrête ! »

Il tourna la tête et appuya sa joue contre sa cuisse. Il devait arrêter avant que son instinct prenne le dessus et que ses canines s'allongent. Pour s'en assurer, il devrait donc boire une bouteille de sang avant d'aller plus loin.

Puis, ses narines se dilatèrent en sentant un autre parfum. Ce n'était pas le parfum du sang, mais il était tout aussi intoxicant. Il provenait de son slip, ou de ce qui se cachait dessous. *Excitation.* Sang de Dieu. C'était doux. Il n'aurait jamais pu imaginer un parfum si puissant. Son membre se gonfla, se tendant contre son caleçon court de coton. Son odeur l'attira jusqu'à ce qu'il pose son nez contre le slip de dentelle.

Shanna haleta. Son corps frissonna.

Roman se redressa, se tenant entre ses jambes. Il saisit la partie supérieure de son slip et baissa la bande de tissu de quelques centimètres. Ses jointures étaient maintenant blotties contre une masse de poils bouclés.

Il la regarda fixement. Sang de Dieu. Il aurait dû le deviner. Après tout, c'était une femme colorée. Son regard croisa le sien.

— Vous êtes rousse ?

— Je... crois que oui.

Elle se lécha les lèvres.

— Certains appellent cela blond fraise.

— Ou doré rougeâtre.

Il frotta ses jointures contre les poils souples. La texture était différente. C'était dru, bouclé, excitant. Il lui sourit.

— J'aurais dû le deviner. Vous avez le caractère d'une rousse.

Elle le regarda d'un air narquois.

— J'avais le droit d'être furieuse.

Il haussa les épaules.

— Le sexe de vampire est surestimé. Ceci…

Il jeta un coup d'œil vers ses doigts entrelacés dans ses frisettes.

— Ceci est beaucoup mieux.

Il glissa un doigt dans la fente moite.

Elle haleta, puis sursauta.

— Oh mon Dieu, c'est fou ce que vous me faites.

Elle posa une main contre sa poitrine, comme si elle voulait calmer sa respiration.

— Vous n'êtes pas en train de… me faire réagir comme ça, n'est-ce pas ? Vous savez, hier, quand vous étiez dans ma tête…

— J'avais suggéré des sensations dans votre esprit. Vos réactions étaient les vôtres.

Il enfonça son doigt plus profondément dans la chaleur humide jusqu'à ce qu'il frotte le col de son utérus.

Elle poussa un long gémissement.

— Vos réactions sont si belles.

Son doigt était complètement trempé. Son parfum flotta jusqu'à ses narines, impétueux et riche. Son membre se durcit encore davantage, le pressant de passer à l'action. Il fit glisser son slip sur ses hanches et le long de ses jambes, puis le laissa tomber sur le plancher.

Elle l'accueillit entre ses jambes, les écartant pour lui et les enveloppant ensuite autour de sa taille. Son érection était vraiment inconfortable, mais avant qu'il ait fait quoi que ce soit, il voulait la voir. Il se pencha et repoussa les frisettes humides. Là. Là se trouvait donc cette chair si douce, enflée et scintillante de la rosée de son propre désir. Du désir qu'elle éprouvait pour lui. C'était presque impossible à endurer. Il domina ses propres besoins pressants. Non, pas encore.

Il voulait d'abord la goûter.

Il glissa ses mains sous ses fesses et la souleva jusqu'à sa bouche. Elle poussa un petit cri. Ses jambes se resserrèrent autour de lui, puis tremblèrent avec chaque lent passage de sa langue sur elle. Il commença par explorer son intimité avec lenteur et douceur, mais les petits cris de plaisir de Shanna l'incitèrent bientôt à augmenter la cadence et l'intensité. Elle enfonça ses talons en lui et se tordit de plaisir contre lui. Il s'agrippa à ses hanches et fit bouger sa langue à la vitesse des vampires.

Elle poussa un cri, le corps secoué de plaisir. Un flot de son doux parfum couvrit son visage. Elle tremblait suite à son orgasme, et était à bout de souffle. Son sexe gonflé était appuyé contre lui. Engorgé de sang, rouge, et alimenté par les battements de son cœur. Il tourna la tête, tentant d'échapper à l'inévitable réaction. Sa cuisse se pressa cependant contre son nez, et le sang qui battait dans ses veines était collé contre sa peau.

Son instinct de survie hurla avec force en lui. Ses canines bondirent brusquement de ses gencives, et il les enfonça dans la riche veine de l'intérieur de sa cuisse. Son sang remplit sa bouche. Son cri perçant envahit ses oreilles, mais il ne pouvait pas s'arrêter. Il était dominé par sa faim ainsi attisée par le désir, et il ne pouvait se souvenir d'avoir déjà goûté à un sang aussi riche et délicieux. Elle hurla et lutta pour se défaire de son emprise, mais il agrippa sa jambe encore plus fort et avala une autre longue et succulente gorgée de son sang.

— Roman, arrêtez !

Elle lui donna un coup de pied avec son autre jambe.

Il figea. Sang de Dieu. Qu'avait-il fait ? Il avait fait le serment de ne plus jamais mordre de mortels. Il dégagea ses canines de sa cuisse, et des perles de sang coulèrent des trous dans sa jambe.

Elle se tordit sur le fauteuil pour mettre de la distance entre eux.

— Éloignez-vous de moi !

— Sha… commença-t-il à dire avant de se rendre compte que ses canines étaient encore sorties. Il tenta donc de les rétracter avec le peu de force qu'il lui restait. Elles ne voulurent pas collaborer. Il avait si faim, et était si faible. Il avait besoin de se rendre jusqu'au comptoir où il avait laissé une bouteille de sang.

Quelque chose dégouttait de son menton. *Son sang.* Nom de Dieu ! Ce n'était pas étonnant qu'elle le regarde ainsi avec des yeux remplis d'horreur. Il devait ressembler à un monstre.

Il *était* un monstre. Et il avait mordu la femme qu'il aimait.

Vingt et un

Il l'avait mordue.

Shanna le vit marcher vers le bar comme si de rien n'était. Comme si de rien n'était ? C'était *son* sang à elle qui dégouttait de son visage. Elle regarda fixement les trous dans sa cuisse gauche. Dieu merci, il s'était arrêté avant de l'avoir vidée de son sang. S'il n'avait pas cessé de s'en nourrir, elle serait maintenant dans le coma, attendant de se faire transformer.

Oh mon Dieu. Elle baissa la tête entre ses mains. À quoi s'attendait-elle ? Il suffisait d'accepter une danse avec le diable pour se brûler. Fait surprenant, ça n'avait pas brûlé, et ça n'avait même pas vraiment piqué non plus. La douleur avait été de très courte durée. C'était le choc qui l'avait terrifiée. Le choc de voir ses canines bondir ainsi de ses gencives et de les sentir percer sa peau. Elle avait ensuite vu son propre sang dégoutter de ses canines. Elle n'avait toutefois pas perdu connaissance. Son instinct de survie était entré dans la danse.

Il avait totalement perdu le contrôle. Elle aurait normalement aimé l'idée de pouvoir déséquilibrer un homme à ce point pendant l'acte sexuel. Qui ne voudrait pas avoir un tel pouvoir sexuel ? Reste que le fait de déséquilibrer ainsi Roman signifiait qu'elle donnait libre cours à l'appétit d'un vampire qui la considérerait alors comme son petit-déjeuner.

Oh mon Dieu, comment une telle relation pouvait-elle fonctionner ? Son cœur désirait Roman avec ardeur, mais la seule façon de gérer la situation était de le faire à distance. Elle pouvait accepter la protection qu'il lui offrait pour l'instant, mais se devait de refuser sa passion.

Et ça lui faisait mal. Bien plus encore que ces maudits trous dans sa jambe. Pourquoi devait-il être un vampire ? Il était un homme si merveilleux. Il serait parfait pour elle s'il n'était pas mort. Elle regarda vers le plafond.

« Pourquoi ? Tout ce que je voulais était une vie normale, et vous m'offrez un vampire ? Quel était donc ce genre de justice divine ? »

Un fort *bruit sourd* fut sa réponse. Shanna tourna la tête pour regarder derrière elle. Roman s'était effondré sur le plancher à quelques pas du bar.

— Roman ?

Elle se leva. Il était immobile sur le plancher, le visage contre le tapis.

— Roman ?

Elle s'approcha lentement de lui.

Il poussa un gémissement et roula sur son dos.

— J'ai…besoin… de… sang.

Bon Dieu, il n'avait vraiment pas l'air bien. Il devait être affamé. Il ne lui avait sûrement pas pris beaucoup de sang. Elle vit la bouteille sur le comptoir. Du *sang*. Une pleine bouteille. Merde alors. Elle ne voulait pas faire ça. Elle pensa à s'habiller et à faire entrer le garde dans la pièce. Elle jeta un coup d'œil à Roman. Ses yeux étaient fermés, et sa peau était pâle comme celle d'un mort. Il ne pouvait pas patienter. Elle devait prendre des mesures immédiates.

Elle était figée, son cœur battant très fort dans sa poitrine. Elle eut l'impression pendant un court moment qu'elle était de retour derrière les plantes vertes dans le restaurant, à regarder Karen mourir. Et elle n'avait rien fait. Elle avait laissé sa peur l'empêcher d'aider Karen. Elle ne pouvait faire cela une nouvelle fois.

Elle avala sa salive avec difficulté et marcha vers la bouteille de sang. En arrivant près du comptoir, l'odeur du sang lui remémora d'affreux souvenirs. Sa meilleure amie étendue dans une mare de sang. Elle tourna la tête, essayant de ne pas en humer l'arôme. Elle avait un autre ami maintenant, et il avait besoin de ça. Elle ferma la main autour de la bouteille. Il était froid. Devait-elle le faire réchauffer pour qu'il ait un goût plus frais ? Cette pensée lui retourna l'estomac.

— Shanna.

Elle jeta un coup d'œil vers lui. Roman s'efforçait de s'asseoir sur le plancher. Bon Dieu, cet homme était si faible. Si vulnérable. Il n'était peut-être pas surprenant qu'il l'ait mordue alors qu'il avait tant besoin de sang. Ce qui était surprenant était qu'il soit parvenu à lâcher prise en se retirant d'elle. Il s'était mis en danger.

— J'arrive.

Elle s'agenouilla à côté de lui. Elle lui soutint les épaules avec un bras, et de l'autre, souleva la bouteille près de sa bouche. Du *sang*. Elle sentit de la bile monter dans sa gorge. Sa main trembla, et quelques gouttes de sang dégouttèrent de son menton. Un autre souvenir arriva de plein fouet dans sa tête. Du sang qui s'écoulait de la bouche de Karen.

— Oh mon Dieu.

Sa main trembla.

Roman leva sa main pour stabiliser celle de Shanna, mais la sienne tremblait aussi. Il but longtemps et à grandes gorgées, sa gorge bougeant chaque fois qu'il en avalait une.

— Est-ce que vous êtes en train de m'aider à faire ceci ? Par le contrôle de l'esprit ?

Il s'était servi du contrôle de l'esprit dans le centre de soins dentaires pour l'aider à surmonter sa peur.

Il baissa la bouteille.

— Non. Je n'en aurais pas la force.

Il ramena la bouteille à sa bouche.

Elle surmontait donc sa crainte sans aide. Elle se sentait toujours quelque peu dégoûtée à le voir avaler ce sang froid, mais elle n'avait pas perdu connaissance.

— Ça va mieux, maintenant. Merci.

Il souleva la bouteille une dernière fois et en avala le contenu jusqu'à la dernière goutte.

— D'accord.

Elle se releva.

— Je crois que je vais y aller maintenant.

— Attendez.

Il se releva lentement.

— Laissez-moi…

Il prit son bras.

— J'aimerais m'occuper de vous.

— Je vais bien.

Elle ne savait pas si elle devait rire ou pleurer. Elle était là, à moitié nue, avec des trous dans sa cuisse. Peut-être qu'elle était sous le choc. Elle avait plutôt l'impression que c'était semblable à un chagrin. Comme une lourde pierre noire écrasant son cœur, qui lui rappelait constamment qu'une relation avec un vampire ne pourrait jamais fonctionner.

— Venez.

Il la conduisit vers sa chambre à coucher.

Elle jeta un coup d'œil triste à son grand lit. Si seulement il était un mortel. D'après ce qu'elle voyait dans sa chambre, il était propre et ordonné. Il l'entraîna dans la salle de bains. Oh, il baissait même le siège. Que pouvait-elle demander de plus ? Si seulement il était vivant.

Il fit couler l'eau du robinet au-dessus du lavabo. Il n'y avait pas de miroir. Juste une peinture à l'huile représentant un joli paysage. De vertes collines, des fleurs rouges, et un soleil brillant. Peut-être s'ennuyait-il du soleil. Il serait difficile de vivre sans soleil.

Il mouilla un gant de toilette, puis se pencha pour nettoyer sa cuisse. Le tissu chaud la calma. Elle eut soudainement envie de s'écrouler et de s'effondrer sur le plancher.

— Shanna, je suis vraiment désolé. Cela ne se produira plus.

Non, ça ne se reproduirait plus. Ses yeux se remplirent de larmes. Plus d'amour, plus de passion. Elle ne pouvait pas aimer un vampire.

— Est-ce que c'est douloureux?

Elle détourna le regard afin qu'il ne puisse voir les larmes qui lui montaient aux yeux.

— J'imagine que oui.

Il se redressa.

— Ça n'aurait jamais dû arriver. Je n'ai mordu personne au cours des 18 dernières années, soit depuis l'avènement du sang synthétique. Enfin, ce n'est pas tout à fait vrai. Il y a eu une transformation d'urgence, celle de Gregori.

— Radinka m'a parlé de cela. Vous ne vouliez pas le faire.

— Non.

Roman ouvrit un tiroir et en retira deux pansements.

— Je ne voulais pas condamner son âme immortelle.

Il parlait comme un vrai moine médiéval. Le cœur de Shanna avait mal pour lui. Il pensait évidemment que sa propre âme était damnée.

Il déchira l'emballage contenant les pansements.

— C'est lorsqu'un vampire se réveille en soirée qu'il a le plus faim. J'étais sur le point de me nourrir lorsque vous êtes entrée. J'aurais dû boire une bouteille avant de vous faire l'amour.

Il fixa les pansements sur ses blessures.

— Dorénavant, assurons-nous que je mange d'abord.

Il n'y aurait pas de *dorénavant*.

— Je… je ne peux pas.

— Qu'est-ce que vous ne pouvez pas?

Il sembla si inquiet. Et il était si beau. Sa peau avait repris des couleurs. Il avait de larges épaules.

Sa poitrine était nue, et ses poils semblaient être si doux et si palpables. Ses yeux bruns dorés l'observaient avec insistance.

Shanna repoussa ses larmes en clignant des yeux.

— Je ne peux pas... croire que vous avez une toilette.

Froussarde, se dit-elle en elle-même pour se réprimander. Elle détestait le blesser. Elle détestait se blesser aussi.

Il sembla étonné.

— Oh, eh bien, je l'utilise.

— Vous utilisez les toilettes?

— Oui. Nos corps n'ont besoin que des globules rouges. Des substances comme du plasma et les ingrédients supplémentaires de la cuisine Fusion ne sont pas nécessaires, et se transforment donc en déchets.

— Oh.

Elle avait eu plus de détails que ce qu'elle souhaitait vraiment savoir.

Il inclina la tête.

— Est-ce que ça va?

— Bien sûr.

Elle se retourna et quitta la salle de bains, consciente qu'il avait les yeux rivés sur ses fesses nues. Et tant pis pour la sortie gracieuse. Elle traversa son bureau et se dirigea vers la pile de vêtements qui se trouvait sur le plancher.

Elle se rhabilla, puis s'assit sur le fauteuil. Elle était en train d'attacher ses souliers lorsqu'il revint dans le bureau. Il retira une autre bouteille du petit réfrigérateur et l'enferma dans le four à micro-ondes. Il était tout habillé, à présent, portant des jeans noirs et une chemise polo grise. Il avait lavé son visage et brossé ses cheveux. Il était absolument ravissant, et apparemment encore affamé.

Le four à micro-ondes sonna, et il versa le sang réchauffé dans un verre.

— Je dois vous remercier encore une fois.

Il but à petites gorgées et marcha à grands pas vers le bureau.

— Je n'aurais pas dû me laisser devenir aussi affamé. Vous avez été très aimable de m'aider après… ce que je vous ai fait.

— Après m'avoir mordue, vous voulez dire ?

— Oui.

Il sembla irrité en s'assoyant derrière son bureau.

— Je préfère considérer l'aspect positif des choses.

— Vous plaisantez, n'est-ce pas ?

— Non. Il y a quelques nuits, vous avez perdu connaissance à la seule vue du sang. J'ai dû vous aider pour que vous puissiez me réimplanter ma dent, faute de quoi, vous auriez perdu connaissance une nouvelle fois. Et ce soir, vous m'avez donné du sang à boire. Vous avez vaincu votre peur, Shanna. Il y a de quoi être fière.

Enfin, oui. Elle faisait assurément des progrès.

— Et nous avons également la preuve que vous êtes une excellente dentiste.

— Quelle est cette preuve ?

— Eh bien, vous avez réimplanté ma canine, et elle fonctionne parfaitement.

Elle poussa un grognement.

— Ah oui. J'ai même des marques pour le prouver.

— C'était une erreur de parcours malheureuse, mais il est bon de savoir que la dent est bien fixée. Vous avez fait un très bon travail.

— Ouais. Ce serait épouvantable pour vous d'avoir seulement une canine en fonction. Faute de quoi, vos amis vous auraient traité de gauchiste.

Il haussa ses sourcils.

— Je suppose que vous êtes fâchée.

Il respira à fond.

— Je suppose que je le mérite.

Elle n'était pas fâchée. Elle était blessée, triste, et fatiguée. Fatiguée d'essayer de s'adapter à tous les événements choquants qui s'étaient produits au cours des derniers jours. Une partie d'elle-même voulait juste se glisser dans un lit pour ne plus jamais en ressortir. Comment pouvait-elle simplement commencer à expliquer comment elle se sentait ?

— Je...

Elle fut sauvée par le bruit de ferraille soudain de la poignée de porte.

— Roman ? dit Gregori en frappant à la porte. Pourquoi avoir verrouillé la porte ? Nous avons un rendez-vous.

— Merde, je l'avais oublié, murmura Roman. Excusez-moi.

Il passa en vitesse vampire et alla déverrouiller la porte avant de revenir s'asseoir à son bureau.

Shanna était bouche bée. La vitesse vampire était très déconcertante à observer, même si elle s'était avérée bien pratique pendant l'acte sexuel. Elle rougit. Elle ne pouvait penser au sexe. Pas quand ce dernier avait été suivi par des canines pointues et une perte de sang.

— Hé, mon frère.

Gregori entra nonchalamment dans le bureau avec un porte-document sous le bras. Il portait des vêtements de soirée et une superbe cape.

— J'ai avec moi la présentation qui propose une solution au problème des pauvres. Hé, ma jolie.

Il hocha la tête en direction de Shanna.

— Bonjour.

Elle se leva.

— Je devrais y aller.

— Vous pouvez rester. En fait, j'aimerais avoir votre avis.

Gregori retira quelques grands cartons de son porte-document et les appuya sur le bureau de Roman.

Shanna s'assit en lisant le premier carton : « Comment encourager les vampires sans le sou à boire le sang synthétique. »

Roman jeta un coup d'œil à Shanna.

— Il est difficile de persuader les pauvres vampires à acheter du sang synthétique quand ils peuvent en obtenir du vrai à volonté. Et tout à fait gratuitement.

— Vous voulez dire qu'ils peuvent se nourrir directement à la source : les mortels.

Elle le regarda en fronçant les sourcils.

— Comme moi.

Il lui rendit son regard avec une expression qui voulait dire : « Bon, d'accord, passez à autre chose maintenant. »

Gregori regarda Roman, puis Shanna.

— Est-ce que j'interromps quelque chose ?

— Non.

Shanna fit un signe en direction des cartons.

— Poursuivez, s'il vous plaît.

Gregori sourit, puis commença sa présentation.

— La mission des Industries Romatech est de rendre le monde sécuritaire pour les vampires et les mortels. Je sais que je parle au nom de tous les employés de Romatech quand je dis que je ne voudrais jamais faire de mal à un mortel.

Il déposa le premier carton afin de révéler le second.

Il y avait deux mots : « Abordable. Pratique. » Shanna espéra seulement que ces deux mots ne faisaient pas référence à elle.

— Je crois que ces deux facteurs sont la solution au problème des pauvres, continua Gregori. J'ai discuté du facteur « abordable » avec Laszlo, et il a eu une idée brillante. Puisque nous avons uniquement besoin des globules rouges pour survivre, Laszlo a pensé faire un mélange de globules rouges et d'eau. Ce mélange serait beaucoup plus abordable à produire que le sang synthétique normal ou une de vos boissons de cuisine Fusion.

Roman hocha la tête.

— Il aura probablement un goût de pâté pour les porcs.

— Nous travaillerons sur le goût. Maintenant, passons au facteur « pratique ».

Gregori révéla le prochain carton de sa présentation. On pouvait voir un édifice avec une fenêtre pour passer la commande.

— C'est un restaurant pour les vampires, expliqua-t-il. Le menu comprendra les boissons favorites de votre cuisine Fusion, comme

le Chocosang et le Sang Léger, et comprendra également le nouveau mélange abordable. Les repas seront réchauffés et servis
rapidement.

Shanna cligna des yeux.

— De la restauration rapide?

— Exactement!

Gregori hocha la tête.

— Et avec notre nouveau mélange de globules rouges et d'eau,
ce sera très abordable.

— Le repas économique des vampires! Quel nom donnerez-
vous au restaurant? La chauve-souris pour emporter? Le roi des
vampires?

Shanna laissa échapper un petit fou rire à sa grande surprise.

Gregori rit sous cape.

— Vous êtes bonne à ce jeu.

Roman ne riait pas. Il observait Shanna avec curiosité.

Elle l'ignora et pointa du doigt en direction de la fenêtre sur le
carton.

— Ne serait-il pas dangereux d'avoir une fenêtre pour passer
une commande? Un humain pourrait faire la file en pensant qu'il
s'agirait d'un restaurant bien réel, et constaterait ensuite qu'il n'y a
que du sang au menu. Cela risquerait de faire connaître à tous votre
grand secret, n'est-ce pas?

— Elle a un point valable, dit Roman.

— Je sais quoi faire.

Elle leva les mains et visualisa le restaurant.

— Vous louez un étage supérieur, disons le dixième étage d'un
édifice, et vous placez la fenêtre pour passer les commandes à cet
endroit. De cette façon, les humains ne pourraient pas faire la file.

Gregori la regarda d'un air confus.

— Dix étages?

— Oui! Ce serait une fenêtre pour les commandes volantes.

Shanna éclata de rire.

Gregori échangea un regard avec Roman.

— Nous ne volons malheureusement pas.

Roman se leva.

— Je pense que vous avez de bonnes idées, Gregori. Demandez à Laszlo de commencer à travailler sur la formule du repas... économique.

Shanna se couvrit la bouche, mais d'autres rires bébêtes s'en échappèrent.

Roman lui jeta un regard inquiété.

— Et commencez à penser à un endroit qui pourrait convenir pour le restaurant.

— D'accord, patron.

Gregori replaça les cartons dans son porte-document.

— Je vais aller faire la tournée des bars avec Simone ce soir. À des fins de recherche, bien sûr. J'examinerai la plupart des repaires préférés des vampires pour voir ce qui fonctionnerait le mieux.

— Super. Essayez de faire en sorte que Simone ne s'attire pas d'ennuis.

Gregori hocha la tête.

— Je ferai de mon mieux. Vous savez qu'elle a accepté de sortir avec moi simplement parce qu'elle tente de vous rendre jaloux.

Shanna ne se sentit soudainement plus d'humeur à rigoler. Elle jeta un coup d'œil à Roman.

Il eut la grâce d'avoir l'air embarrassé.

— J'ai précisé à Simone qu'elle ne m'intéressait pas.

— Ouais, je sais.

Gregori marcha vers la porte, puis s'arrêta.

— Oh, j'ai pensé organiser une étude de marché, demain soir, à Romatech. Demandez à un groupe cible de vampires sans le sou de venir remplir un questionnaire au sujet du nouveau restaurant. Je passerai le mot ce soir dans les bars de vampires.

— C'est parfait.

Roman marcha vers la porte.

Gregori jeta un coup d'œil vers Shanna.

— Hé, vous êtes bonne dans ce genre de travail. Voudriez-vous nous aider avec ce projet de recherche demain soir?

— Moi?

— Ouais. Ça se passerait à Romatech, donc vous seriez en lieu sûr.

Gregori haussa les épaules.

— Ce n'est qu'une idée. Ça vous donnerait quelque chose à faire.

Shanna considéra l'autre option qui se présentait à elle, soit de passer du temps dans la maison de Roman avec les membres de son harem.

— Ouais. J'aimerais bien. Merci.

— Parfait.

Gregori plaça son porte-document sous son bras.

— Alors, je m'en vais faire la tournée des bars en ville. Cette cape est branchée, non? C'est Jean-Luc qui me l'a prêtée.

Elle sourit.

— Vous êtes séduisant, jeune homme.

Gregori marcha vers la porte en se pavanant.

— Je suis trop sexy pour ma cape, trop sexy pour mes canines. Trop sexy.

Il tourna sur lui-même et adopta une pose disco en pointant le plafond de sa main.

— Trop sexy!

Il quitta la pièce en faisant virevolter sa cape.

Shanna sourit.

— Je crois qu'il aime être un vampire.

Roman ferma la porte et retourna à son bureau.

— C'est un vrai vampire moderne. Il n'a jamais eu à mordre un humain pour survivre.

Elle grogna.

— Vous voulez dire, il est si jeune, qu'il a seulement été nourri à la bouteille?

Roman sourit en s'assoyant derrière son bureau.

— Si vous avez envie de le taquiner un jour, dites-lui simplement que le disco est mort.

Shanna rit, puis regarda Roman. L'aspect tragique de leur relation lui revint d'un seul coup en mémoire, et cela coupa brusquement son fou rire. Comment leur relation pouvait-elle fonctionner un jour ? Elle vieillirait, et lui demeurerait jeune. Elle doutait de pouvoir avoir des enfants avec lui, ou même la vie normale qu'elle voulait avoir. Et il ne pourrait pas faire l'amour avec elle sans vouloir la mordre. C'était impossible.

Roman se pencha vers l'avant.

— Est-ce que ça va ?

— Bien sûr.

Ces deux mots sortirent de sa bouche avec un ton un peu aigu et grinçant. Des larmes lui assombrirent les yeux, et elle détourna le regard.

— Vous avez vécu beaucoup de choses ces derniers jours. On a menacé votre vie. Votre réalité a été…

— Détruite ?

Il tressaillit.

— J'allais dire que votre réalité a été changée. Vous êtes maintenant au courant de l'existence du monde des vampires, mais le monde des mortels est encore semblable à ce qu'il a toujours été.

Il ne serait plus jamais le même. Shanna renifla en essayant de retenir ses larmes.

— Tout ce que je voulais était d'avoir une vie normale. Je voulais planter mes racines dans une communauté et avoir le sentiment que j'étais à ma place. Je voulais un travail normal et stable. Un mari normal et stable.

Une larme roula sur sa joue, et elle l'essuya rapidement.

— Je voulais une grande maison, avec une grande cour, une clôture et un gros chien. Et…

Une autre larme coula sur sa joue.

— Je voulais des enfants.

— Ce sont là de bonnes choses à souhaiter, chuchota Roman.

— Oui.

Elle s'essuya les joues et évita de le regarder.

— Vous ne pensez pas que nous avons un avenir vous et moi, n'est-ce pas ?

Elle secoua la tête. Elle entendit sa chaise grincer et elle risqua un regard rapide dans sa direction. Il s'était appuyé contre le dossier de sa chaise et il regardait fixement le plafond. Il semblait calme en apparence, mais elle pouvait voir les muscles de sa mâchoire se raidir tandis qu'il serrait les dents.

— Je devrais peut-être m'en aller maintenant.

Elle se leva, mais ses jambes étaient chancelantes.

— Un mari normal et stable, murmura-t-il.

Il se pencha vers l'avant, et la fixa avec des yeux fâchés.

— Vous avez trop de vie et trop d'intelligence en vous pour vous contenter d'un mari ennuyeux. Vous avez besoin de passion dans votre vie. Vous avez besoin de quelqu'un qui offre un défi à votre esprit, et qui vous fait crier au lit.

Il se leva.

— Vous avez besoin de *moi*.

— Comme j'ai besoin d'un trou dans ma tête. Ou dans mon cas, de trous dans ma jambe.

— Je ne vais pas vous mordre à nouveau !

— Vous ne pouvez pas vous en empêcher !

Des larmes coulèrent sur son visage.

— C'est dans votre nature.

Il s'assit dans sa chaise, le visage pâle.

— Vous croyez que c'est dans ma nature d'être maléfique ?

— Non !

Elle essuya ses joues d'un geste de colère.

— Je pense que vous êtes bon et honorable et… presque parfait. Je sais que vous ne voudriez jamais faire de mal à quelqu'un, mais lorsque nous faisons l'amour, vous en arrivez à un point où vous perdez le contrôle. Je l'ai vu. Vos yeux deviennent rouges, et vos dents…

— Cela ne se produira plus. Je boirai une pleine bouteille avant de vous faire l'amour.

— Vous ne pouvez pas vous en empêcher. Vous… vous êtes trop passionné.

Il serra les poings.

— Il y a une bonne raison pour cela.

— Vous ne pouvez pas me garantir que vous ne me mordrez pas de nouveau. C'est seulement… ce que vous êtes.

— Je vous donne ma parole. Tenez.

Il se servit d'un crayon pour déplacer la croix et la chaîne en argent sur son bureau.

— Mettez ceci. Je ne serai même pas capable de vous embrasser, et encore moins capable de vous mordre.

Shanna soupira, puis passa la chaîne autour de son cou.

— Je suppose que j'ai aussi besoin d'anneaux en argent pour mes orteils et de jarretelles en argent. Oh, et d'un anneau de nombril en argent et d'anneaux en argent pour mes mamelons.

— N'allez surtout pas percer votre corps magnifique.

— Et pourquoi pas ? Vous l'avez bien fait.

Il tressaillit.

Merde. Voilà qu'elle le blessait de nouveau.

— Je suis désolée. Je ne gère pas très bien la situation.

— Vous la gérez bien, mais vous avez vécu trop de choses dernièrement. Vous avez ri plutôt sottement avec Gregori — je pense que vous vous sentez un peu… chancelante, en ce moment. Vous devriez aller vous reposer.

— Peut-être bien.

Shanna souleva le crucifix pour l'examiner.

— Quel âge a cette croix ?

— C'est le père Constantine qui me l'a donnée quand j'ai été ordonné.

— Elle est très belle.

Elle l'appuya contre sa poitrine et prit une grande inspiration.

— Connor m'a parlé du sort qui a été réservé aux moines. Je suis réellement désolée. Vous devez savoir que ce n'était pas de votre faute.

Il ferma les yeux et se frotta le front.

— Vous avez dit que nous étions différents, mais nous ne le sommes pas. Nous nous ressemblons beaucoup. Vous ressentez la même chose envers votre amie qui a été assassinée. Nous avons un lien émotif, et un fort lien psychique aussi. Vous ne pouvez pas l'ignorer.

Les larmes menacèrent de déborder de nouveau.

— Je suis désolée. J'aimerais vraiment que vous soyez heureux. Après tout ce que vous avez vécu, vous méritez le bonheur.

— Et vous aussi. Je ne perds pas espoir en nous, Shanna.

Une larme glissa sur sa joue.

— Ça ne fonctionnera jamais. Vous serez jeune et beau pour toujours, et je vieillirai, et mes cheveux grisonneront.

— Je m'en fiche. Ce n'est pas important.

Elle renifla.

— Bien sûr que c'est important.

— Shanna.

Il se leva et contourna le bureau.

— Vous serez toujours la même. Et je vous aime.

Vingt-deux

Dix minutes plus tard, Roman se téléporta dans le bureau de Radinka, à Romatech.

Elle leva les yeux vers lui.

— Vous voilà enfin. Vous êtes en retard. Angus et Jean-Luc vous attendent dans votre bureau.

— D'accord. Radinka, j'ai besoin que vous fassiez une recherche pour moi.

— Bien sûr.

Elle se pencha en avant et posa ses coudes sur son bureau.

— De quoi s'agit-il ?

— Je pense que je devrais acheter une nouvelle propriété.

— Pour une nouvelle usine ? C'est une bonne idée, surtout avec ces Mécontents qui traînent dans les environs en posant des bombes. En passant, j'ai ordonné un transfert de sang synthétique de votre usine de l'Illinois.

— Merci.

Radinka prit un stylo et un bloc-notes.

— Alors, où la voulez-vous, cette nouvelle usine ?

Roman fronça les sourcils, puis se dandina.

— Ce n'est pas une usine. J'ai besoin... d'une maison. D'une grande maison.

Les sourcils de Radinka s'arquèrent, mais elle griffonna sa demande sur son bloc-notes.

— Avez-vous des spécifications, autres que celle de vouloir qu'elle soit *grande* ?

— Elle doit être située dans une communauté agréable, pas très loin d'ici. Et avoir une cour clôturée, une grande cour, et un gros chien.

Elle tapota le bout de son stylo sur son bloc-notes.

— Je ne crois pas que les chiens soient normalement compris dans l'achat d'une maison.

— Je suis conscient de cela.

Il croisa les bras, irrité par le petit sourire qui s'affichait sur le visage de Radinka.

— Je vais tout de même avoir besoin de savoir où acheter un gros chien, ou peut-être un chiot qui grandira et deviendra gros.

— Quelle race de chien, si je peux oser vous le demander ?

— Un *gros*.

Il serra les dents.

— Obtenez-moi quelques images de races différentes. Et quelques photos de maisons à vendre. Ce n'est pas moi qui prendrai la décision.

— Oh.

Le sourire de Radinka s'élargit.

— Est-ce que cela signifie que les choses vont bien entre vous et Shanna ?

— Non, elles ne vont pas bien. Je finirai probablement par louer cette maison.

Le sourire de Radinka s'estompa.

— Alors, peut-être que cette idée est prématurée. Si vous insistez trop, elle risque de fuir.

«Elle pourrait fuir de toute façon», pensa Roman en poussant un gémissement.

— Elle veut une vie normale et un mari normal plus que tout au monde.

Il haussa une épaule en grimaçant.

— Je ne suis pas exactement normal.

La bouche de Radinka trembla.

— Je suppose que vous avez raison, mais après 15 ans à Romatech, je ne sais plus ce qui est normal.

— Je peux lui offrir une maison normale et un chien normal.

— Vous essayez d'acheter la normalité? Elle verra clair à travers votre jeu.

— J'espère qu'elle verra que je veux réaliser ses rêves. J'essayerai de lui donner une vie aussi normale que possible.

Radinka fronça les sourcils et réfléchit.

— Je pense que tout ce qu'une femme souhaite, c'est d'être aimée.

— Ça, elle l'a. Je viens de lui dire que je l'aimais.

— Merveilleux!

Le sourire de Radinka s'estompa de nouveau.

— Vous ne semblez pas très heureux.

— C'est peut-être parce qu'elle s'est ensuite enfuie de mon bureau en pleurant.

— Oh mon Dieu. Je me trompe rarement à ce sujet.

Roman soupira. Il s'était souvent demandé si Radinka était vraiment une médium. Si c'était le cas, alors pourquoi diable n'avait-elle pas prévu que son fils se ferait attaquer? À moins qu'elle ait aussi prévu que Gregori allait devenir un vampire.

Radinka tapota son bloc-notes avec son stylo.

— Je suis certaine que Shanna est la femme qui vous convient.

— J'en suis convaincu aussi. Je sais qu'elle se soucie vraiment de moi, sans quoi, elle n'aurait pas…

Radinka haussa ses sourcils, attendant qu'il termine sa phrase.

Il se dandina.

— Si vous pouviez chercher une maison, je l'apprécierais vraiment beaucoup. Je suis en retard pour une réunion.

La bouche de Radinka trembla de nouveau.

— Elle finira par s'y faire. Et ça ira bien, vous verrez.

Elle fit pivoter sa chaise pour faire face à son ordinateur.

— Je vais tout de suite chercher des maisons pour vous.

— Merci.

Il se dirigea vers la porte.

— Et vous devriez vous débarrasser de votre harem! ajouta Radinka pendant qu'il s'éloignait.

Roman tressaillit. C'était un gros problème. Il devrait leur accorder un soutien financier jusqu'à ce qu'elles puissent veiller sur elles par leurs propres moyens.

Il marcha à grands pas dans son bureau.

— Bonsoir Angus et Jean-Luc.

Angus bondit sur ses pieds. Il était de nouveau vêtu de son tissu écossais MacKay vert et bleu habituel.

— Vous en avez mis du temps avant de vous pointer ici, mec. Nous devons nous charger de ces maudits Mécontents tout de suite.

Jean-Luc demeura assis, mais leva une main pour saluer Roman.

— Bonsoir, mon ami.

— Avez-vous décidé quelque chose?

Roman contourna son bureau et s'assit.

— Nous n'avons plus le temps de discuter.

Angus marcha à pas mesurés à travers la pièce.

— Les Mécontents ont déclaré la guerre avec l'explosion de la nuit dernière. Mes Highlanders sont prêts à riposter. Je dis que nous devons passer à l'attaque, dès ce soir.

— Je ne suis pas d'accord, dit Jean-Luc. Petrovsky est sans doute prêt à un tel acte de vengeance. Nous attaquerions sa maison de Brooklyn, nous laissant ainsi à découvert pendant qu'ils pourraient se mettre à l'abri. Pourquoi devrions-nous donner l'avantage à ces bâtards ?

— Mes hommes n'ont pas peur, gronda Angus.

— Et moi non plus.

Les yeux bleus de Jean-Luc étincelèrent.

— Ce n'est pas une question d'avoir peur ou non. C'est une question pratique. Si vos Highlanders et vous n'étiez pas aussi impétueux, vous n'auriez pas perdu autant de batailles dans le passé.

— Je ne suis pas impétueux ! tonna Angus.

Roman leva les mains.

— Pouvons-nous entrevoir un scénario un peu moins radical ? L'explosion de la nuit dernière n'a blessé personne. Et même si je suis d'accord pour qu'on se charge de Petrovsky, j'hésite à m'engager dans une guerre ouverte devant des tas de témoins mortels.

— Exactement.

Jean-Luc changea de position dans sa chaise.

— Je dis que nous pourrions surveiller Petrovsky et ses hommes, et lorsque nous en trouvons un ou deux qui sont seuls, alors nous les tuons.

Angus grogna.

— Ce n'est pas une façon d'agir honorable pour un guerrier.

Jean-Luc se leva avec lenteur.

— Si vous insinuez que je n'ai pas d'honneur, alors je devrai vous défier dans un duel.

Roman gémit. Cinq cents ans à écouter ces deux-là se disputer était suffisant pour éroder les meilleures amitiés.

— Pouvons-nous tuer Petrovsky avant que vous ne vous tuiez l'un et l'autre ?

Angus et Jean-Luc éclatèrent de rire.

— Puisque nous ne sommes pas d'accord, comme d'habitude, votre vote décidera de ce que nous ferons, dit Jean-Luc en s'assoyant.

Roman hocha la tête.

— Je suis d'accord avec Jean-Luc, cette fois-ci. Une attaque de la maison de Brooklyn attirera trop l'attention. Et elle mettrait trop de Highlanders en danger.

— Ça ne nous dérange pas, bougonna Angus en retournant s'asseoir dans sa chaise.

— Eh bien moi, ça me dérange, dit Roman. Je vous connais tous depuis un bon moment.

— Nous avons aussi des effectifs réduits, ajouta Jean-Luc. Je n'ai transformé personne en vampire depuis la Révolution française. Et vous?

— Personne depuis Culloden, répondit Angus. Mais des vampires comme Petrovsky transforment encore des hommes avec des âmes maléfiques.

— Et cela ne fait qu'augmenter le nombre de vampires aux âmes maléfiques, dit Jean-Luc en soupirant. Cette fois, mon ami, nous sommes d'accord. Leurs effectifs augmentent, mais pas les nôtres.

Angus hocha la tête.

— Nous devons transformer plus de mortels en vampires.

— Absolument pas!

Roman était alarmé par la tournure de la conversation.

— Je ne condamnerai pas d'autres âmes à l'enfer.

— Je le ferai.

Angus repoussa une mèche de ses cheveux auburn.

— Je suis sûr qu'il y a des soldats honorables sur le point de mourir quelque part dans ce monde, qui accueilleraient la chance de continuer à se battre contre le mal.

Roman se pencha vers l'avant.

— Ce n'est plus la même chose qu'il y a 300 ans. Les armées modernes s'occupent de leurs soldats, et même de leurs morts. Ils vont tout de suite remarquer si certains soldats manquent à l'appel.

— Ils seront alors portés disparus.

Jean-Luc haussa les épaules.

— Ça arrive. Je partage l'avis d'Angus cette fois-ci.

Roman se frotta le front, inquiet à l'idée de créer une nouvelle armée de vampires.

— Pouvons-nous mettre cette discussion sur la glace pour l'instant ? Occupons-nous d'abord de Petrovsky.

Jean-Luc hocha la tête.

— Je suis d'accord.

— Moi aussi, dit Angus en fronçant les sourcils. Nous devons maintenant parler de notre problème avec l'Agence centrale de renseignement et leur équipe de Surveillance. Ils ne sont que cinq, alors nous ne devrions pas avoir de difficultés à nous occuper d'eux.

Roman tressaillit.

— Je ne veux pas les tuer.

Angus grogna.

— Ce n'est pas ce que je voulais dire. Nous savons tous que vous êtes en relation avec la fille du chargé de projet.

Jean-Luc sourit.

— Particulièrement après ce qui s'est passé la nuit dernière.

Roman fut étonné de sentir son visage se réchauffer. Les réactions de Shanna semblaient déteindre sur lui.

Angus se racla la gorge.

— Je pense que la meilleure façon de nous occuper de cette équipe de Surveillance est d'effacer les souvenirs qu'ils ont de nous. Le choix du moment sera important. Nous devrons nous charger d'eux la même nuit où nous nous rendrons à Langley pour effacer tous leurs fichiers.

— Ce sera le coup de balai absolu.

Jean-Luc sourit.

— J'aime ça.

— Je ne suis pas sûr que ça fonctionnera.

Les amis de Roman lui lancèrent des regards étonnés.

— Shanna peut résister au contrôle de l'esprit.

Les yeux verts d'Angus s'agrandirent.

— Tu n'es pas sérieux.

— Je le suis. Qui plus est, je soupçonne qu'elle a hérité de ses capacités psychiques de son père. Je soupçonne aussi que l'équipe de Surveillance est petite parce que chacun de ses membres possède des capacités semblables.

— Merde, chuchota Jean-Luc.

— Étant donné qu'ils travaillent sur un programme anti-vampire, il est évident qu'ils savent qui voudraient les éliminer, ajouta Roman.

— Et cela donnerait au gouvernement américain encore plus envie de nous chasser, conclut Jean-Luc.

— Ils représentent une menace plus grande que ce à quoi j'avais d'abord pensé.

Angus tapota le bras de sa chaise du bout des doigts.

— Je dois y réfléchir davantage.

— D'accord. Prenons maintenant une pause.

Roman se leva et se dirigea vers la porte.

— Je serai dans mon laboratoire si vous avez besoin de moi.

Il accéléra le pas dans le couloir, très désireux de travailler à la formule qui lui permettrait de ne pas dormir en plein jour. Il remarqua la présence d'un Highlander à l'extérieur du labo de Laszlo. Bien. Laszlo bénéficiait encore de la protection dont il avait besoin.

Roman salua l'Écossais en entrant dans le laboratoire. Laszlo était assis sur un tabouret, à observer quelque chose dans un microscope.

— Hé, Laszlo.

Le petit chimiste sursauta et tomba presque de son tabouret.

Roman se précipita vers lui et le stabilisa.

— Est-ce que ça va?

— Oui.

Laszlo ajusta sa blouse blanche de laboratoire. Tous les boutons manquaient à l'appel.

— Je suis juste un peu nerveux ces derniers temps.

— J'ai entendu dire que vous travaillez sur une boisson bon marché pour les pauvres.

— Oui, monsieur, dit Laszlo en hochant la tête avec enthousiasme. J'aurai trois nouvelles formules prêtes à être mises à l'essai lors de l'étude de marché de demain soir. Je fais des expériences avec des proportions de globules rouges différentes par rapport à la quantité d'eau. Et je peux essayer d'ajouter des saveurs comme du citron ou de la vanille.

— Du sang vanillé ? C'est quelque chose que j'aimerais bien goûter moi-même.

— Merci, monsieur.

Roman se percha sur un tabouret voisin.

— J'aimerais vous soumettre une idée, et savoir ce que vous en pensez.

— Bien sûr. Je suis honoré de vous aider, si je peux le faire.

— C'est seulement théorique en ce moment, mais je pensais aux spermatozoïdes. À des spermatozoïdes vivants.

Les yeux de Laszlo s'agrandirent.

— Nos spermatozoïdes sont morts, monsieur.

— Je sais. Qu'arriverait-il si nous prenions un échantillon de spermatozoïdes humains vivants, que nous effacions ensuite le code génétique, et que nous y insérions l'ADN d'une autre personne ?

Laszlo fut bouche bée. Il cligna des yeux à plusieurs reprises.

— Qui voudrait avoir son ADN inséré dans des spermatozoïdes vivants ?

— Moi.

— Oh. Alors vous… vous voulez avoir des enfants ?

« Seulement avec Shanna. »

— Je veux savoir si c'est possible.

Le chimiste hocha lentement la tête.

— Je crois que ce serait possible.

— Bon.

Roman marcha à grands pas vers la porte, et fit ensuite une pause.

— Je souhaite que cette conversation demeure entre nous.

— Bien sûr, monsieur, dit Laszlo en jouant avec le fil qui avait déjà maintenu un bouton en place. Je ne dirai pas un mot.

Roman fila à son propre laboratoire pour travailler sur sa formule d'éveil en plein jour. Il démarra son lecteur de disques compacts. Des chants grégoriens remplirent la pièce, l'aidant à se concentrer. Il était si près du but.

Avant même qu'il ne le réalise, les chants grégoriens cessèrent, et Roman jeta un coup d'œil à l'horloge. Cinq heures trente. Le temps passait toujours très vite quand il s'impliquait dans un nouveau projet. Il appela Connor, puis se téléporta à la cuisine.

— Comment vont les choses?

— Tout va bien, répondit Connor. Aucun signe des hommes de Petrovsky.

— Et Shanna?

— Elle est dans sa chambre. J'avais laissé une bouteille de cola régime et des carrés au chocolat près de sa porte, et ils ont disparu. Elle doit donc bien aller.

— Je vois. Merci.

Roman se dirigea vers l'escalier, puis s'arrêta au centre de la spirale. Il leva les yeux vers le palier du cinquième étage et s'y téléporta en une seconde. Il entra dans son bureau et s'arrêta brusquement en voyant le fauteuil de velours rouge sang. Il avait vraiment été idiot de la mordre ainsi, et encore plus idiot de lui dire à brûle-pourpoint qu'il l'aimait.

Il marcha vers le bar en se traînant les pieds, pour sa collation de fin de journée. Devrait-il se rendre dans sa chambre pour s'assurer qu'elle allait bien? Il dévissa une bouteille et la plaça dans le four à micro-ondes. Peut-être devrait-il la laisser seule. Sa réaction à sa déclaration d'amour n'avait pas été bonne. Il lui donnerait du temps, et il ne renoncerait pas à elle.

— Enfer et damnation!

Ivan marcha à pas mesurés dans les deux directions de son petit bureau. Il venait de regarder les actualités sur RTNV, et bien que l'explosion à Romatech ait été abordée en tout premier lieu, il n'avait pas exactement fait plus que de détruire une réserve pouilleuse. Pas un seul Highlander n'avait été réduit en miettes ou brûlé vif. Et d'après ce qu'il en savait, il n'y avait pas eu d'augmentation soudaine de vampires affamés dans la ville. Il avait espéré voir une différence après l'explosion de la réserve de sang synthétique de Draganesti, mais ça ne s'était pas produit.

— Peut-être que les vampires ont une réserve de sang synthétique dans leurs armoires à la maison, suggéra Alek. Ils n'en ont peut-être pas encore manqué.

Galina se pelotonna dans un des fauteuils à oreilles.

— Je suis d'accord avec Alek. Il est trop tôt pour une pénurie. Qui plus est, Draganesti a probablement des réserves dont nous ignorons l'existence.

Ivan arrêta de marcher à pas mesurés.

— Que voulez-vous dire ?

— Il fournit du sang synthétique au monde entier. Il possède peut-être des usines que nous ne connaissons pas.

Alek hocha la tête vers elle.

— Cela me semble logique.

Galina haussa un sourcil.

— Je ne suis pas aussi stupide que vous le pensez.

— Assez.

Ivan recommença à marcher à pas mesurés.

— J'ai besoin d'un plan. Je n'ai pas infligé suffisamment de dommages à Draganesti.

— Pourquoi le détestez-vous à ce point ? demanda Galina.

Ivan ignora la femme de son harem. Il devait retourner à l'intérieur de Romatech, mais comment ? La tension monta dans son cou, lui pinçant les nerfs.

— Draganesti est celui qui a rassemblé une armée pour vaincre Casimir, chuchota Alek à l'intention de Galina.

— Oh. Merci de me l'avoir dit.

Elle fit un petit sourire entendu à Alek.

Alek, ce maudit Alek, lui rendit son sourire. Ivan grogna et fit craquer son cou. Cela fut assez pour obtenir leur attention.

— Avez-vous des nouvelles des Highlanders?

— Non, monsieur, répondit Alek en évitant de regarder Galina.

— S'ils sont dehors, ils sont bien cachés.

— Je ne pense pas qu'ils passeront à l'attaque ce soir.

Ivan se mit de nouveau à marcher à pas mesurés. La porte de son bureau s'ouvrit, et Katya entra.

— Où étais-tu, par l'enfer?

— J'étais à la chasse.

Katya se lécha les lèvres.

— Une femme doit manger. De plus, j'ai entendu de bonnes nouvelles dans une des boîtes de nuit des vampires.

— Quelle nouvelle? Que notre bombe a tué un de ces stupides Highlanders?

— Non.

Katya lissa ses longs cheveux.

— En réalité, j'ai entendu dire que les dégâts étaient minimes.

— Merde!

Ivan saisit un presse-papiers de verre de son bureau et le projeta contre le mur.

— Allons, une crise de colère n'aidera pas les choses, n'est-ce pas?

Ivan fonça vers Katya à la vitesse des vampires et l'agrippa par le cou.

— Pas plus que de manquer de respect envers moi, espèce de chienne.

Ses yeux lancèrent des éclairs.

— J'ai de bonnes nouvelles pour vous si vous voulez bien les entendre.

— Excellent.

Ivan lâcha prise.

— Crache le morceau.

Elle se frotta le cou tout en lançant un regard irrité en direction d'Ivan.

— Vous voulez retourner dans les locaux de Romatech, n'est-ce pas ?

— Bien sûr. J'ai dit que j'allais tuer ce petit chimiste, et j'ai l'intention de tenir parole. Le problème, c'est que l'endroit grouille maintenant de Highlanders puants. Nous ne pouvons pas y entrer.

— Je crois que nous le pouvons, répliqua Katya. Du moins, l'un d'entre nous le peut. Le vice-président marketing de Romatech a invité des vampires pauvres à Romatech demain soir pour une étude de marché.

— Une quoi ? demanda Ivan.

Katya haussa les épaules.

— Est-ce que c'est important ? L'un d'entre nous pourrait y aller en se déguisant en pauvre.

— Oh, excellent.

Ivan la tapota sur la joue.

— Très bien.

— J'irai, monsieur, annonça Alek.

Ivan secoua la tête.

— Ils t'ont vu au bal. Et ils me reconnaîtraient aussi. Peut-être Vladimir ?

— J'irai, proposa Galina.

Ivan grogna.

— Ne sois pas ridicule.

— Je ne suis pas ridicule. Ils ne s'attendront pas à ce qu'une femme de notre bande se présente.

— C'est vrai.

Katya s'assit dans le fauteuil à côté de Galina.

— Je connais une maquilleuse du réseau RTNV. Et nous pourrions nous servir de leurs costumes.

— Génial !

Galina sourit.

— Je pourrais être une vieille femme vampire vagabonde.

— Une clocharde, acquiesça Katya. Personne ne te soupçonnerait jamais.

— Depuis quand prenez-vous des décisions ici ?

Ivan les regarda fixement toutes les deux. Elles baissèrent les yeux et prirent un air de femmes soumises.

— Par quel moyen Galina pourrait-elle capturer Laszlo Veszto ? Et si un Highlander monte la garde, comment parviendrait-elle à le contourner ?

— Avec de la solanacée, chuchota Katya. Vous en avez, n'est-ce pas ?

— Oui.

Ivan frotta un nœud de tension qu'il avait dans le cou.

— Dans mon coffre-fort. Comment le savez-vous ?

— J'en ai déjà utilisé. Pas le vôtre, bien sûr. Vous pourriez laisser Galina s'en servir.

— Qu'est-ce que la solanacée ? demanda Galina.

— C'est un poison pour les vampires, expliqua Katya. Il suffit de piquer un vampire avec une fléchette, et le poison entre dans son système sanguin avant de le paralyser. Le vampire demeure conscient, mais il est incapable de bouger.

— Super.

Les yeux de Galina s'illuminèrent.

— Je veux le faire.

— D'accord. Tu peux y aller.

Ivan se percha sur le bord de son bureau.

— Une fois que tu auras localisé Laszlo Veszto, tu m'appelleras, et tu te téléporteras ici avec ce petit bâtard.

— C'est tout ce que vous voulez que je fasse ? demanda tranquillement Galina.

Ivan réfléchit.

— Je veux une autre explosion. Une explosion plus grosse que la première. Une explosion qui infligera beaucoup de dommages à Draganesti.

— Dans ce cas, suggéra Katya, je pense que vous devriez tenter de tuer les gens qui comptent le plus à ses yeux.

Ivan hocha la tête.

— Les maudits Highlanders.

— Oh, il se soucie d'eux, j'en suis certaine.

Katya glissa son doigt sur ses lèvres couvertes de rouge à lèvres.

— Mais son véritable point faible, ce sont les mortels.

— Exactement, acquiesça Galina. Il a de nombreux employés mortels. Nous pourrions poser une bombe munie d'une minuterie et faire en sorte qu'elle explose au lever du soleil.

— C'est ça !

Ivan bondit sur ses pieds.

— Les précieux mortels de Draganesti mourront pendant que Draganesti et ses Highlanders seront dans l'obligation de retourner dans leurs cercueils. Il ne pourra rien faire pour les aider. C'est parfait ! Demain soir, Galina posera le C-4 dans un secteur où les mortels se réunissent.

— Dans leur cafétéria, peut-être ? dit Galina en échangeant un regard désabusé avec Katya.

— Je sais ! annonça Ivan.

— Dans leur cafétéria !

Vingt-trois

— Peuvent-ils me voir ? demanda Shanna tandis qu'elle observait l'assortiment de vampires minables par une fenêtre.

— Non.

Gregori se tenait à ses côtés dans la salle d'observation.

— Ils ne peuvent vous voir tant que la lumière demeure éteinte de ce côté de la vitre. C'est un miroir sans tain.

Shanna ne connaissait rien des études de marché, mais elle était d'avis que c'était sûrement plus intéressant que de regarder la télévision toute la nuit.

— Je suis étonnée de savoir qu'il y a des vampires pauvres. Ne peuvent-ils pas utiliser le contrôle de l'esprit pour que les gens leur donnent de l'argent ?

— Je suppose que oui, répondit Gregori, mais la plupart de ces gens étaient déjà pauvres avant de devenir des vampires. Ils pensent seulement à leur prochain repas, comme un drogué qui ne pense qu'à sa prochaine dose.

— C'est vraiment triste.

Shanna observa les dix vampires qui s'étaient présentés à Romatech pour avoir un repas gratuit et une prime de 50 dollars.

— Le fait de devenir un vampire ne change pas vraiment les gens, n'est-ce pas ?

— Non.

Connor se tenait près de la porte. Il avait insisté pour lui servir de garde du corps personnel.

— Un homme restera fidèle à ce qu'il a dans son cœur, même après sa mort.

Roman essayait encore de sauver les gens, et les guerriers écossais se battaient toujours pour une juste cause. Shanna se demandait ce que Roman faisait en ce moment. Il n'avait même pas essayé de la voir depuis sa déclaration d'amour. Peut-être avait-il compris que leur situation était désespérée.

— Alors, comment ça marche au juste ?

— Nous les avons divisés en deux groupes.

Gregori désigna du doigt le groupe sur la gauche.

— Les membres de ce groupe auront une présentation assistée par ordinateur, ensuite ils devront remplir un questionnaire à propos du nouveau restaurant. Les membres du deuxième groupe goûteront aux différentes formules et les évalueront en fonction de leur goût. Une fois cela fait, les deux groupes changeront de rôle, puis recommenceront.

— Que voulez-vous que je fasse ?

— Ils évalueront les boissons ici même devant le miroir. Ils évalueront chaque boisson eux-mêmes, mais je voudrais que vous observiez leurs expressions et notiez leurs réactions.

Shanna remarqua qu'il y avait cinq blocs-notes devant elle.

— Est-ce qu'il y a cinq boissons ?

— Oui. Les trois nouvelles formules que Laszlo vient d'inventer, et les deux boissons, Sang Léger et Chocosang. Vous n'avez qu'à faire un crochet sous les titres « Aime », « Neutre », et « N'aime pas ». Ça vous va ?

— Bien sûr.

Shanna prit un crayon.

— Faites entrer les vampires.

Gregori sourit.

— Merci de votre aide, Shanna.

Il ouvrit la porte communicante et entra dans la salle des participants.

Shanna l'entendit d'abord parler en long et en large du nouveau restaurant. Ensuite, un premier vampire se présenta pour goûter aux boissons. C'était un vieil homme vêtu d'un imperméable souillé. Une cicatrice descendait le long de son visage, et zigzaguait à travers ses favoris gris. Il avala la première boisson, puis il éructa.

— Il n'a pas aimé ça? demanda Shanna.

— C'était une réaction neutre, répondit Connor.

— Oh.

Elle fit un crochet sur le bloc-notes et suivit le vieux vampire à la boisson suivante. Il prit une grande gorgée, puis il vomit le contenu partout sur la fenêtre.

— Dégoûtant!

Shanna recula de quelques pas. Du sang partout.

— Je dirais qu'il n'a pas aimé ça, dit Connor.

Shanna grogna.

— Observation fort brillante, Connor.

Il sourit.

— C'est un don que je possède.

Ce qui était intéressant, c'est que tout ce sang ne lui donnait pas de nausées. Elle s'améliorait vraiment. Gregori nettoya la fenêtre avant le tour du prochain vampire. C'était une femme vampire dodue et âgée, avec des cheveux gris et mêlés. Elle goûta aux boissons en tenant fermement son grand sac contre sa poitrine. Une fois arrivée au bout de la table, elle posa son sac sur la table, regarda autour d'elle, s'empara d'une bouteille et la fourra dans son sac.

— Oh, ça alors!

Shanna regarda Connor.

— Elle vient juste de voler une bouteille de Chocosang.

Il haussa les épaules.

— Cette pauvre femme a faim. Elle peut partir avec cette bouteille.

— J'imagine que oui.

Shanna avait terminé ses observations du premier groupe lorsque la femme au sac se plia en deux et poussa un gémissement. Gregori se précipita vers elle.

— Madame, est-ce que ça va ?

— Je… est-ce qu'il y a des toilettes ici, jeune homme ? demanda-t-elle d'une voix brusque.

— Oui, bien sûr.

Gregori l'escorta jusqu'à la porte.

— Cet homme vous y guidera.

Il fit signe à un des Highlanders qui montait la garde devant la porte.

La dame au sac partit en compagnie d'un Highlander. C'était maintenant au tour du deuxième groupe d'évaluer les nouvelles formules. Deux heures plus tard, Shanna fut soulagée lorsque le processus fut enfin terminé. La porte arrière de leur salle s'ouvrit, et Radinka jeta un coup d'œil à l'intérieur.

— Avez-vous terminé ? demanda-t-elle.

— Oui, finalement.

Shanna s'étira.

— Je ne savais pas que ces choses étaient aussi fatigantes.

— Allez, venez avec moi pour manger un morceau. Cela vous revigorera.

— Merci.

Shanna prit sa bourse.

— J'ai l'impression que Connor voudra venir, lui aussi.

— Oui, car j'ai juré de veiller sur votre sécurité, jeune femme.

— Vous êtes un amour.

Shanna lui sourit.

— Est-ce qu'une gentille dame vampire vous attend quelque part ?

Il rougit et suivit les femmes.

— Où allons-nous ? demanda Shanna.

— À la cafétéria des employés.

Radinka marcha d'un pas rapide vers le hall.

— Ils ont du gâteau au fromage fabuleux.

— Ça me semble merveilleux.

— Oui.

Radinka soupira.

— Il est divin en diable.

Le téléphone eut à peine le temps de sonner qu'Ivan Petrovsky avait déjà répondu.

— Oui ?

— Je suis dans le laboratoire de Veszto, dit doucement Galina. J'ai besoin d'aide.

— Je savais que je n'aurais pas dû envoyer une femme.

Ivan fit signe à Alek.

— Ne raccrochez pas tant que nous ne serons pas de retour.

— Oui, monsieur, dit Alek en prenant le combiné.

— Allez, Galina. Parle.

Ivan se concentra sur sa voix et se téléporta dans le laboratoire de Veszto, à Romatech. Le petit chimiste était étendu sur le plancher et les regardait. Il était encore conscient, et la terreur qui se lisait dans ses grands yeux vitreux était semblable à celle d'un chevreuil qui reçoit les phares d'une voiture en pleine gueule.

Ivan regarda Galina. Elle ressembla à une vieille sorcière mal fagotée.

— Excellent. Je n'aurais jamais pu dire que c'était toi.

Elle sourit et afficha du même coup une dent noircie.

— Ça a été amusant. J'ai demandé à utiliser les toilettes. Un Highlander m'a escortée, et quand il m'a ouvert la porte, je l'ai piqué avec une fléchette.

— Où est-il ?

— Il est tombé dans les toilettes. Je n'ai cependant pas été très chanceuse avec celui-ci.

Elle ouvrit la porte, et Ivan put voir un Highlander sur le plancher.

— Merde ! Il ne fallait pas que tu le laisses là dans le vestibule.

— Il est énorme. Je ne pouvais pas le bouger.

Ivan s'empara de l'Écossais en lui passant les mains sous les bras, et il le traîna dans le laboratoire de Veszto.

— Depuis combien de temps est-il là ?

— Ça ne fait vraiment pas longtemps. Je l'ai piqué, puis je suis entrée ici en vitesse, puis j'ai piqué Veszto. Je vous ai appelé dès que je me suis rendu compte que je ne pouvais pas déplacer le garde.

Ivan laissa tomber le Highlander sur le plancher, puis ferma et verrouilla la porte.

— As-tu posé les explosifs ?

— Oui. Les gardes à la porte ont vérifié mon sac, et ce fut donc une bonne chose d'avoir caché le C-4 dans mes vêtements. Je l'ai collé sous une table à la cafétéria. Ça explosera dans environ 40 minutes.

— Excellent.

Ivan remarqua que le Highlander étendu sur le sol écoutait leur conversation.

— J'ai toujours voulu faire ça.

Il s'agenouilla et retira un pieu de bois de sa veste.

Les yeux de l'Écossais s'agrandirent. Un son étranglé vibra dans sa gorge tandis qu'il luttait en vain pour se déplacer.

— Il ne peut pas se défendre, chuchota Galina.

— Penses-tu que ça me dérange ?

Ivan se pencha vers le Highlander.

— Regarde bien le visage de ton meurtrier. C'est la dernière chose que tu verras.

Il plongea le pieu dans le cœur du Highlander.

L'Écossais se cabra. La douleur fut visible sur son visage, puis son corps se transforma en poussière.

Ivan frotta le pieu contre sa cuisse pour en retirer la poussière.

— Ça me fera un beau souvenir.

Il glissa le pieu dans une poche de sa veste.

— Et maintenant, le petit chimiste.

Il marcha vers Laszlo Veszto.

— Votre faible maître de bande de vampires ne pouvait pas vous protéger, n'est-ce pas ?

Le visage de Veszto était maintenant pâle comme un fantôme.

— Vous n'auriez pas dû aider cette chienne de Whelan à s'échapper. Savez-vous ce que je fais aux gens qui me mettent des bâtons dans les roues ?

— Venez.

Galina se précipita vers le téléphone.

— Nous devons y aller.

Ivan souleva le chimiste dans ses bras.

— Tenez le téléphone pour moi.

Il écouta la voix d'Alek, et se téléporta dans sa maison de Brooklyn. Galina le suivit.

Ivan laissa tomber Veszto sur le plancher et lui donna un coup de pied dans les côtes.

— Bienvenue dans mon humble demeure.

Shanna prit une nouvelle bouchée de gâteau au fromage tout en examinant la cafétéria qui était faiblement éclairée. Radinka et elle avaient choisi une table près de la fenêtre. Connor avait erré dans la pièce pendant quelques minutes avant de trouver un journal et de s'installer pour le lire. Ils étaient seuls.

— J'aime travailler la nuit. C'est si paisible.

Radinka vida le contenu d'un sachet d'édulcorant artificiel dans son thé.

— Encore 30 minutes, et cet endroit sera bondé de gens.

Shanna hocha la tête et regarda par la fenêtre. Elle pouvait apercevoir les lumières d'une autre aile de Romatech au-delà du jardin. Le laboratoire de Roman était là-bas.

— Avez-vous vu Roman, ce soir? demanda Radinka.

— Non.

Shanna prit une autre bouchée de son gâteau au fromage. Elle n'était pas certaine de vouloir le voir, ou qu'il avait envie de la voir. Ça devait faire mal à l'orgueil d'un homme d'avouer son amour à une femme, et que cette femme se sauve en pleurant.

Radinka but de petites gorgées de son thé.

— Ça fait deux nuits que je fais des recherches pour Roman. J'ai laissé les informations dans son laboratoire, mais il m'a dit que la décision serait la vôtre.

— Je ne sais pas de quoi vous parlez.

— Je le sais, ma chérie. Vous devriez donc discuter de la question avec lui. Connor peut vous conduire à son laboratoire.

Ça alors. Radinka était vraiment implacable dans son rôle de marieuse. Shanna jeta un coup d'œil à la grande horloge sur le mur de la cafétéria. Il était déjà 5 h 10.

— Je n'ai pas le temps. Je suis venue ici avec Gregori et Connor, et ils ont dit que nous devions être parti à 5 h 15, c'est bien cela?

Elle regarda Connor pour obtenir un peu d'aide de sa part.

— Oui, mais nous sommes venus en voiture.

Connor replia le journal.

— Vous pouvez vous téléporter à la maison plus tard avec Roman, si vous le voulez.

Shanna lui fit une grimace. Ouais, il l'avait bien aidée.

— Nous serions mieux de retrouver Gregori. J'espère qu'il a terminé son travail avec tous ces pauvres vampires.

— L'étude de marché s'est bien déroulée?

Radinka versa un filet de vinaigrette sur sa salade de poulet grillé.

— J'imagine. C'était triste de voir des gens être si opprimés. Il y avait aussi cette clocharde qui…

Shanna s'arrêta. Elle fouilla dans sa mémoire.

— Oh mon Dieu. Elle n'est jamais revenue.

— Quoi?

Connor se pencha vers l'avant.

— Qui était-ce?

— C'est la vieille dame qui a volé une bouteille de Chocosang. Elle est partie avec un garde pour aller à la toilette, et elle n'est jamais revenue.

— Oh, c'est très mauvais.

Connor se leva et retira un téléphone portable de son sporran.

— Peut-être qu'elle était malade et qu'elle est retournée chez elle, suggéra Radinka.

Shanna en doutait.

— Est-ce que les vampires peuvent tomber malades?

— Oui, s'ils boivent du sang infecté.

Radinka poignarda sa salade avec sa fourchette.

— Et la nouvelle cuisine Fusion ne convient pas à tous les vampires.

Connor composa un numéro.

— Angus? Il y a peut-être un membre des groupes de testeurs de Gregori en liberté dans l'usine. Une femme âgée.

— Peut-être qu'elle s'est perdue.

Radinka prit une bouchée de salade.

Shanna regarda Connor marcher à pas mesurés. Il semblait inquiet.

Il rangea son téléphone dans son sporran, puis marcha à grands pas vers eux.

— Angus a ordonné une fouille complète de l'édifice, suivie d'une fermeture. Ils commenceront par fouiller les entrepôts où la dernière explosion a eu lieu, puis chaque pièce sera fouillée, et ensuite scellée jusqu'à ce que tout l'édifice ait été fouillé.

— Vous vous attendez à un acte criminel? demanda Radinka.

— Nous ne voulons pas courir de risques.

Connor jeta un coup d'œil à l'horloge et tressaillit.

— Nous n'avons pas beaucoup de temps avant que le soleil se lève.

Il tenait beaucoup à contribuer aux recherches. Shanna pouvait le deviner. Le pauvre homme s'était toutefois porté garant d'elle.

— Allez-y, Connor. Je vais être en sécurité avec Radinka.

— Non. Je ne peux me séparer de vous, jeune femme.

Radinka poignarda un morceau de tomate avec sa fourchette.

— Connor, conduisez-la au laboratoire de Roman. Il pourra veiller sur elle pendant que vous participerez aux recherches.

Shanna tressaillit. Radinka ne renonçait jamais. Malheureusement, il la regardait avec tant d'espoir qu'elle refusait de le décevoir.

— Je suppose que ma balade en voiture vient d'être remise à plus tard ?

— Pour le moment, oui.

— D'accord.

Elle s'empara de sa bourse.

— Je vais donc y aller.

Radinka sourit.

— Je vous verrai tout à l'heure, ma chérie.

Shanna dut faire du jogging pour se maintenir au niveau de Connor qui faisait de longues enjambées. Ils venaient d'arriver à l'aile où le laboratoire de Roman était situé lorsqu'ils entendirent un fort signal sonore.

— Qu'est-ce que c'est ?

— C'est l'alerte rouge.

Connor se mit à courir.

— Il s'est passé quelque chose.

Il s'arrêta devant le laboratoire de Roman et frappa à la porte. Il ouvrit la porte et attendit l'arrivée de Shanna. Elle était à bout de souffle. Elle le suivit à l'intérieur.

Roman était au téléphone, mais il leva les yeux quand elle fit son entrée. Son expression inquiète se dissipa immédiatement, et le sourire qu'il lui donna se chargea du peu d'air qu'il restait dans les poumons de Shanna.

— Elle va bien. Elle est ici avec Connor.

Il avait l'oreille collée sur le récepteur, mais son regard fixe ne quitta jamais Shanna.

Son cœur battait très fort, et sa bouche était sèche. Cela n'avait cependant pas de lien avec le fait que Roman la regardait.

Elle posa sa bourse sur une table recouverte d'un revêtement noir. Il y avait de la musique en sourdine. Aucun instrument de musique. Que des hommes qui chantaient. Ce son calmant était en contraste manifeste avec le signal sonore insistant de l'alarme qui provenait des haut-parleurs situés dans le vestibule. Elle regarda fixement par la fenêtre dont les stores étaient ouverts. Elle pouvait voir la cafétéria par-delà le jardin.

— Tenez-moi au courant.

Roman raccrocha le combiné.

— Qu'est-ce qui s'est passé ? demanda Connor.

— Angus a trouvé un garde dans les toilettes, près de l'endroit où l'étude de marché a eu lieu. L'homme était conscient, mais paralysé.

Connor pâlit.

— Petrovsky est derrière ça.

— Et la clocharde ? demanda Shanna.

— Ils la cherchent encore, admit Roman. Nous savons que vous allez bien, et Laszlo est maintenant notre principal sujet de préoccupation.

Connor fit une pause à mi-chemin de la porte.

— Je dois y aller.

— Allez-y. Shanna sera en sécurité avec moi.

Roman ferma la porte et la verrouilla.

— Comment allez-vous ?

— Je vais bien.

Elle semblait développer un certain niveau de tolérance pour gérer les chocs. Ou peut-être qu'elle avait dépassé sa limite, et qu'elle était simplement engourdie. Elle regarda tout autour de la pièce. Elle était déjà venue ici une fois auparavant, mais c'était alors si sombre qu'il était difficile d'y voir quelque chose. Un mur de diplômes attira son attention. Elle marcha vers sa direction.

Roman possédait des diplômes de troisième cycle en micro-biologie, en chimie et en pharmacologie. Après tout ce temps, il était encore un guérisseur. Comme Connor l'avait dit, la mort ne changeait pas le cœur d'un homme. Et le cœur de Roman était bon. Elle jeta un coup d'œil par-dessus son épaule.

— Je ne m'étais pas rendu compte que vous étiez un tel crétin.

Il haussa un sourcil.

— Excusez-moi?

— Vous avez beaucoup de diplômes.

— J'ai eu beaucoup de temps pour les acquérir, dit-il sèchement.

Elle se mordit la lèvre pour s'empêcher de sourire.

— Des cours du soir?

Le coin de sa bouche se souleva.

— Comment avez-vous deviné?

Une imprimante située à l'autre bout de la pièce se mit à travailler avec un fort cliquetis. Il marcha à grands pas vers un écran d'ordinateur où des listes et des graphiques remplissaient l'écran. Les données semblaient incompréhensibles pour Shanna, mais Roman les observait avec un grand intérêt.

— C'est bien, chuchota-t-il.

Il s'empara de quelques feuilles fraîchement sorties de l'imprimante et il les étudia.

— C'est très bien.

— Quoi donc?

Il posa les feuilles sur une table recouverte d'un revêtement noir.

— Ça.

Il prit un bécher rempli d'un liquide verdâtre.

— Je pense que j'ai réussi.

Un sourire naquit sur son visage.

— Je pense que j'y suis arrivé.

Il semblait si jeune et si heureux. Comme si plusieurs siècles de soucis venaient d'être retirés de ses épaules.

Shanna ne pouvait s'empêcher de sourire. C'était ce que Roman devait être. Un guérisseur, qui travaillait fort dans son laboratoire, et qui était enchanté de ses découvertes.

Elle s'approcha de lui.

— Qu'est-ce que c'est ? Un nouveau nettoyant pour les cuvettes de toilette ?

Il éclata de rire et déposa le bécher.

— C'est une formule qui permettra aux vampires de demeurer éveillés en plein jour.

Shanna s'arrêta tout d'un coup.

— Vous rigolez.

— Non. Je ne rigolerais jamais sur ce sujet. C'est…

— C'est révolutionnaire, chuchota-t-elle. Vous pourriez changer le monde des vampires.

Il hocha la tête, et un regard perplexe traversa son visage.

— Il n'a pas encore été mis à l'épreuve, bien sûr, alors je ne peux être certain de son efficacité. Ce serait par contre le plus grand pas en avant depuis le succès du sang synthétique.

Et son sang synthétique sauvait des milliers de vies. Elle était en présence d'un génie. Et il lui avait déclaré son amour.

Il croisa les bras et étudia le liquide verdâtre.

— Si cette formule peut revigorer un vampire qui est cliniquement mort, elle pourrait servir pour certaines situations se produisant chez les mortels, comme les comas ou les catatonies.

— Oh mon Dieu ! Vous êtes un tel génie, Roman.

Il tressaillit.

— J'ai eu beaucoup plus de temps pour étudier que la plupart des scientifiques. Ou des crétins, comme vous nous appelez.

Il sourit.

— Hé, ce sont les crétins qui règnent. Félicitations.

Elle s'approcha de lui pour le prendre dans ses bras, puis se ravisa et lui tapota le bras avant de reculer de quelques pas.

Son sourire s'effaça.

— Est-ce que vous avez peur de moi ?

— Non. Je pense seulement que c'est mieux pour nous si l'on ne se…

— Touche pas ? Ou si l'on ne fait pas l'amour ?

Ses yeux s'obscurcirent d'une lueur affamée.

— Vous savez que ce n'est pas fini entre nous.

Elle déglutit et recula de plus belle. Ce n'était pas qu'elle ne lui faisait pas confiance. Elle savait qu'il ferait tout en son pouvoir pour la protéger. La vérité était qu'elle ne pouvait se faire confiance. Quand il la regardait comme ça, sa résistance fondait comme de la neige au soleil. Elle l'avait laissé lui faire l'amour deux fois, et elle aurait dû refuser les deux fois. Elle savait logiquement qu'une relation avec un vampire ne pourrait jamais fonctionner. Malheureusement, le fait de savoir cela ne faisait que peu de choses pour soulager le désir qui envahissait son cœur. Ça n'empêchait sûrement pas l'attraction physique qui inondait ses sens et qui lui donnait envie de lui offrir son corps.

Elle essaya de changer de sujet.

— Quelle est cette musique que vous écoutez ?

— Ce sont des chants grégoriens. Ils m'aident à me concentrer.

Il se dirigea vers un petit réfrigérateur et en retira une bouteille de sang.

— Assurons-nous que je n'aie pas faim.

Il dévissa la bouteille et commença à la boire sans la faire réchauffer.

Oh. Est-ce que cela voulait dire qu'il avait l'intention de la séduire ? Sûrement pas. Le soleil allait bientôt se lever. Encore quinze minutes, et il tomberait dans un sommeil profond. Bien sûr, les vampires pouvaient aller très vite quand ils le souhaitaient. Elle errait dans son laboratoire tandis qu'il se tenait là, à boire et à observer chacun de ses mouvements.

— Ça a l'air très ancien.

Elle examina un mortier et un pilon fabriqués avec de la vieille pierre.

— *C'est* ancien. J'ai récupéré cela des ruines du monastère où j'ai grandi. Ces objets et la croix que vous portez sont ce qui me reste de cette vie.

Shanna toucha le crucifix.

— Quand je serai en sécurité, je vous le rendrai. Ça doit être quelque chose de précieux pour vous.

— Il vous appartient. Et rien n'est plus précieux à mes yeux que vous.

Elle n'avait aucune idée de ce qu'elle devait répondre à cela. « Je vous aime, moi aussi » semblait un peu boiteux.

— Radinka m'a dit qu'elle avait fait un peu de recherche pour vous, et que nous devrions en discuter.

— Radinka parle trop.

Il prit une autre petite gorgée de sang.

— Le dossier rouge.

Il pointa la table de laboratoire dont elle était le plus près.

Shanna s'approcha lentement du dossier, se demandant ce qu'il pouvait bien renfermer. Elle l'ouvrit et se retrouva en train de regarder une photo d'un golden retriever.

— Oh. C'est un... chien.

Elle examina les autres photos.

— Un labrador noir, un berger allemand. Pourquoi suis-je en train de regarder des photos de chiens ?

— Vous avez dit que vous vouliez avoir un gros chien.

— Pas maintenant. Je suis en fuite.

Elle souleva la photo d'un chien esquimau de l'Alaska et haleta. Sous cette photo de chien se trouvait la photo d'une maison. Une grande maison blanche de deux étages avec un grand porche à l'avant et une clôture blanche. Et il y avait devant la maison une pancarte : « Maison à vendre. » Sa maison de rêve.

C'était toutefois plus qu'une maison de rêve. C'était Roman qui lui proposait une vie de rêve qu'il avait envie de partager avec elle. La gorge de Shanna se serra, ce qui lui coupa le souffle. Elle avait eu tort. Son niveau de tolérance envers les chocs n'était pas aussi élevé qu'elle avait cru. Ses yeux se remplirent de larmes. Sa main trembla tandis qu'elle passait à la photo suivante. Il y avait là une autre maison avec une autre clôture. C'était une vieille maison victorienne avec une tour adorable. Elle était aussi à vendre.

Elle lui avait dit ce qu'elle voulait le plus dans la vie, et il essayait de lui donner. À la huitième et dernière photo de maison, elle pouvait à peine voir quoi que ce soit, car sa vision était embrouillée par ses larmes.

— Nous pourrions aller les visiter la nuit.

Roman posa sa bouteille vide et marcha vers elle.

— Vous pouvez choisir celle que vous aimez. S'il n'y en a aucune que vous aimez, nous continuerons à chercher.

— Roman.

Ses mains tremblèrent lorsqu'elle ferma le dossier.

— Vous êtes l'homme le plus merveilleux. Mais…

— Vous n'avez pas à me donner de réponse tout de suite. Le soleil va bientôt se lever, et nous devons nous en aller. Nous pourrions nous téléporter dans ma chambre à coucher. Viendrez-vous avec moi ?

Et être seul avec lui. Même s'il tentait alors de la séduire, il devrait s'arrêter une fois le soleil levé. Il ne serait plus capable de lever son petit doigt, et encore moins son…

La porte s'ouvrit, et un énorme Écossais entra. Il respirait avec difficulté. Ses yeux verts brillaient de larmes qui n'avaient pas quitté ses yeux.

— Angus ?

Roman se tourna vers lui.

— Qu'est-ce qui s'est passé ?

— Le petit chimiste n'est plus ici. Les bâtards l'ont enlevé.

— Oh non.

Shanna se couvrit la bouche. Pauvre petit Laszlo.

— Le téléphone dans son laboratoire n'avait pas été raccroché, continua Angus. Nous avons retracé l'appel jusqu'à la maison de Petrovsky, à Brooklyn.

— Je vois.

Le visage de Roman pâlit.

— Et Ewan. Ewan Grant montait la garde auprès de lui.

L'expression faciale d'Angus se durcit.

— Ils l'ont tué.

Roman recula d'un pas et lui lança un regard abasourdi.

— Tu en es certain ? Ils l'ont peut-être enlevé aussi.

— Non.

Angus secoua la tête.

— Nous avons trouvé sa poussière. Ces maudits bâtards lui ont enfoncé un pieu dans le cœur.

— Sang de Dieu.

Roman agrippa le bord d'une table.

— Ewan. Il était si fort. Comment ont-ils pu…

Le souffle d'Angus siffla entre ses dents serrées. Il forma des poings avec ses mains.

— Nous croyons qu'ils ont utilisé de la solanacée sur lui comme avec le garde dans les toilettes. Il… il aurait été sans défense.

— Bon sang !

Roman frappa la table avec son poing.

— Ces maudits bâtards.

Il marcha à pas mesurés à travers la pièce.

— À quelle heure est-ce que le soleil se lève aujourd'hui ? Avons-nous assez de temps pour exercer des représailles ?

— Non. Les bâtards ont prévu leur coup. Le soleil se lèvera dans environ cinq minutes. Il est donc trop tard.

Roman murmura un autre juron.

— Vous aviez raison, Angus. Nous aurions dû les attaquer ce soir.

— Ne vous jetez pas le blâme.

Angus regarda Shanna et fronça les sourcils.

Mon Dieu. Sa peau se couvrit de chair de poule. Il pensait que c'était de *sa* faute. Petrovsky n'aurait pas visé Laszlo s'il ne l'avait pas aidé à s'échapper. Et sans Laszlo comme cible, leur ami écossais existerait encore.

Roman continua à marcher d'un pas mesuré.

— Ils ne pourront au moins pas le torturer pendant très longtemps.

— Oui, le soleil mettra fin à leurs actions maléfiques.

Angus fit une pause avec la main sur la poignée de porte.

— Alors, vous êtes d'accord. Demain soir, nous entrons en guerre.

Roman hocha la tête, ses yeux embrasés par la colère.

— Oui.

Shanna déglutit. D'autres vampires allaient mourir. Peut-être même, Roman.

— Les gars et moi allons nous réfugier dans la cave. Nous allons élaborer notre plan d'attaque jusqu'au lever du soleil. Vous devriez trouver un endroit pour dormir pendant que vous le pouvez encore.

— Je comprends.

Roman s'arrêta près d'une table.

Angus ferma la porte, et Roman appuya son front contre sa main en fermant les yeux. Shanna n'était pas certaine si c'était du chagrin ou de la fatigue. Probablement, les deux à la fois. Il devait avoir connu ce Highlander, maintenant disparu, pendant une très longue période de temps.

— Roman ? Peut-être devrions-nous aller dans la pièce tapissée d'argent.

— C'est de ma faute, chuchota-t-il.

Oh, il se sentait donc coupable, lui aussi. Ses yeux s'emplirent de larmes. Elle savait ce que c'était de se sentir coupable de la mort d'une amie.

— Ce n'est pas de votre faute. C'est de la mienne.

— Non.

Il sembla étonné.

— C'est moi qui ai pris la décision de vous protéger. J'ai appelé Laszlo au téléphone et je lui ai dit de revenir. Il suivait mes ordres. Comment cela pourrait-il être de votre faute ? Vous étiez inconsciente à l'époque.

— Mais si ce n'était pas de moi...

— Non. Les ennuis entre Petrovsky et moi remontent bien loin dans l'histoire.

Roman se balança de droite à gauche.

Elle saisit son bras.

— Vous êtes épuisé. Allons à la pièce tapissée d'argent.

— Je n'ai pas le temps.

Il jeta un coup d'œil dans son laboratoire.

— Je serai à mon aise dans le cabinet.

— Non. Je ne veux pas que vous dormiez sur le plancher.

Il lui fit un sourire fatigué.

— Ma douce, je ne serai pas inconfortable du tout.

— Alors, je demanderai au personnel de jour de vous déplacer dans le lit de la chambre tapissée d'argent.

— Non. Ils ne savent rien de moi. Je serai bien ici.

Il marcha en titubant vers le cabinet.

— Fermez les stores, je vous prie.

Elle se précipita à la fenêtre. Le ciel passait au gris avec une teinte rosée à l'est. Au moment même où elle fermait les stores, un rayon jaune du soleil traversa le ciel au-dessus du toit de Romatech.

Roman avait atteint le cabinet et il en ouvrait la porte.

Une forte détonation assourdit soudainement Shanna. Le sol trembla. Elle s'agrippa aux stores pour se stabiliser, mais ces derniers balancèrent, ce qui la fit trébucher. Les alarmes retentirent. Shanna entendit également un autre son, soit les cris perçants des gens.

— Oh mon Dieu.

Elle jeta un coup d'œil par la fenêtre. Elle découvrit un panache de fumée à travers la lumière éblouissante du soleil du matin.

— Une explosion ? chuchota Roman. Où ?

— Je n'en suis pas certaine. Je ne vois que de la fumée.

Shanna jeta un coup d'œil derrière elle. Roman était affaissé contre la porte du cabinet, pâle comme la mort.

— Ils ont fait cela consciemment à cette heure précise, sachant que je ne pourrais rien faire.

Shanna regarda fixement de nouveau par la fenêtre.

— C'est l'aile qui est en face de nous. La cafétéria ! Radinka était là.

Elle fonça vers le téléphone et composa le numéro d'urgence.

— Il… il y aura beaucoup de personnes à cet endroit.

Roman repoussa la porte, tituba de quelques pas et tomba à genoux.

Une opératrice répondit, et Shanna hurla au téléphone.

— Il y a eu une explosion aux Industries Romatech.

— Quelle est la nature de votre urgence ? demanda la femme.

— C'est une explosion ! Nous avons besoin d'ambulances et de pompiers.

— Calmez-vous. Quel est votre nom ?

— Allez-vous vous bouger un peu, oui ? Il y a des blessés ici !

Elle raccrocha, puis se précipita vers Roman. Le pauvre homme rampait sur le plancher.

— Il n'y a rien que vous puissiez faire. Allez vous reposer.

— Non. Je dois les aider.

— J'ai appelé les auxiliaires médicaux. Et j'irai sur place moi aussi, dès que je saurai que vous serez en sécurité.

Elle pointa le cabinet du doigt et tenta d'avoir l'air autoritaire.

— Allez, dans votre chambre.

— Je ne supporte pas d'être aussi impuissant quand les gens ont besoin de moi.

Elle s'agenouilla à côté de lui, les larmes aux yeux.

— Je comprends. Croyez-moi. J'ai vécu cela aussi, mais il n'y a rien que vous puissiez faire.

— Oui, il y a quelque chose.

Il s'agrippa au comptoir de la table de laboratoire et parvint à se lever. Il tendit ensuite la main vers le bécher de liquide verdâtre.

— Vous ne pouvez pas boire ça ! Il n'a pas encore été testé.

Il lui lança un regard désabusé.

— Qu'est-ce que ça pourrait bien me faire ? Me tuer ?

— Ce n'est pas drôle. Roman, s'il vous plaît. Ne faites pas ça.

Sa main trembla tandis qu'il approchait le bécher de sa bouche. Il avala plusieurs grandes gorgées avant de reposer le bécher.

Shanna entoura de ses doigts le crucifix qu'il lui avait donné.

— Savez-vous seulement ce qui constitue une dose normale ?

— Non.

Il recula et se balança d'un pied à l'autre.

— Je me sens… bizarre.

Il s'effondra sur le plancher.

Vingt-quatre

Shanna s'agenouilla à côté de lui.

— Roman?

Elle toucha sa joue. Il était froid. Sans vie. Était-ce une conséquence normale du fait qu'il était habituellement mort en plein jour, ou s'était-il tué avec une formule expérimentale?

— Qu'avez-vous fait?

Elle posa la tête contre sa poitrine, essayant de déceler un battement de cœur. Rien. Il n'avait toutefois un battement de cœur que la nuit, en temps normal. Et si son cœur ne se remettait jamais à battre? Et s'il était mort pour toujours, cette fois?

— Ne me quittez pas, chuchota-t-elle.

Elle s'assit et appuya ses doigts contre son visage. Elle avait fait de gros efforts pour se convaincre que leur relation ne fonctionnerait pas, mais il avait maintenant l'air si… mort. C'était en train de l'achever.

— *Roman.*

Son nom semblait s'arracher de son âme. Elle se pencha vers lui, et sentait qu'elle était mise à l'épreuve par ses émotions. Elle ne pouvait supporter de le perdre.

Des gens dans la cafétéria avaient besoin de son aide. Elle devait y aller. Maintenant. Elle ne pouvait toutefois pas bouger. Elle ne pouvait pas le quitter. Il avait été très difficile pour elle de perdre Karen, mais ça... c'était comme si son propre cœur se faisait écraser. Cette douleur lui faisait aussi prendre conscience d'une nouvelle réalité.

Elle ne pouvait plus prétendre qu'une relation avec Roman était impossible, car cette relation existait déjà. Elle était amoureuse de lui. Elle lui avait fait confiance avec sa propre vie. Elle lui avait permis de pénétrer dans sa tête. Elle avait combattu sa peur du sang pour lui. Elle croyait encore, et toujours, qu'il était un homme bon et honorable. Parce qu'elle l'aimait.

Et il avait raison. Elle comprenait sa culpabilité et ses remords comme personne d'autre. Ils étaient liés émotionnellement et mentalement. Les coups du destin les avaient blessés dans le passé, mais ils pouvaient maintenant s'élever au-dessus de ces douleurs et de ce désespoir en affrontant le monde ensemble.

Quelque chose agrippa son poignet.

Il était vivant ! Sa poitrine se souleva soudainement tandis qu'il prenait une grande bouffée d'air. Ses yeux s'ouvrirent. Ils étaient rouge vif.

Shanna haleta. Elle essaya de reculer, mais il tenait son poignet très fermement. Oh mon Dieu, s'était-il métamorphosé en M. Hyde ?

Il tourna la tête pour la regarder. Il cligna des yeux une première fois, puis une deuxième fois, et ses yeux redevinrent brun doré comme d'habitude.

— Roman ? Est-ce que ça va ?

— Je crois que oui.

Il lâcha son emprise sur son poignet et s'assit.

— Combien de temps ai-je été hors service ?

— Je… je ne sais pas. J'ai l'impression que ça a duré pendant une éternité.

Il jeta un coup d'œil à l'horloge sur le mur.

— Ça n'a duré que quelques minutes.

Il la regarda.

— Je vous ai fait peur. Je suis désolé.

Elle se releva.

— J'avais peur que vous vous soyez fait du mal. C'était une chose complètement folle à faire.

— Oui, mais ça a fonctionné. Je suis éveillé en même temps que le soleil.

Il se leva et se dirigea vers le cabinet.

— Il doit y avoir une pharmacie portative ici.

Il s'empara d'une boîte de plastique blanche.

— Allons-y.

Ils foncèrent dans le vestibule. L'alarme hurlait de plus belle. Les gens couraient dans tous les sens, et la terreur se lisait sur leurs visages. Certains fixaient Roman des yeux, tandis que d'autres avaient des réactions de surprise à retardement.

— Savent-ils qui vous êtes? demanda Shanna.

— J'imagine. Ma photo est dans le guide des employés.

Roman regarda autour de lui avec curiosité.

— Je n'ai jamais vu autant de monde ici.

Ils tournèrent le coin du corridor qui unissait l'aile du laboratoire à la cafétéria. Il était bondé de monde et fortement éclairé par la lumière du soleil qui entrait par trois fenêtres exposées à l'est. Shanna passa devant la première fenêtre et entendit Roman tressaillir. Une vilaine marque rouge avait laissé sa trace sur sa joue.

Elle agrippa son bras.

— Le soleil vous brûle.

— Seul mon visage a brûlé. Vous devez avoir bloqué le soleil en étant à mes côtés. Restez où vous êtes par rapport à moi.

En passant à toute vitesse devant le second puits de lumière, Roman souleva la pharmacie portative du côté de son visage blessé. Le soleil laissa une bande rouge sur sa main exposée.

— Merde.

Il plia ses doigts brûlés.

— Laissez-moi tenir cette boîte.

Shanna prit la pharmacie portative et la posa sur sa tête pour augmenter sa taille. Les gens les regardèrent fort étrangement, mais ils parvinrent à traverser le dernier puits de lumière sans que Roman subisse d'autres brûlures.

Ils entrèrent ensuite dans la cafétéria, et Roman fit un signe en direction d'un homme qui s'y trouvait.

— C'est Todd Spencer. Le vice-président de la production.

Shanna le remarqua à peine. Elle était réellement en état de choc devant la scène qu'elle avait sous les yeux. Des blessés étaient étendus sur le plancher. Des gens couraient çà et là. Certains repoussaient des débris, pendant que d'autres étaient penchés au-dessus des blessés et les enveloppaient avec des bandages de gaze.

Il y avait un grand trou dans le mur où il y avait eu autrefois des colonnes de béton et des fenêtres en verre. Des tables renversées, des chaises brisées et des plateaux d'alimentation étaient dispersés un peu partout. Le sifflement des extincteurs couvrait les gémissements des blessés. Et Radinka n'était nulle part en vue.

— Spencer.

Roman s'approcha du vice-président.

— Quelle est la situation?

Les yeux de Todd Spencer s'agrandirent.

— M. Draganesti, je ne savais pas que vous étiez ici. Euh, les feux sont maîtrisés. Nous prodiguons des soins aux blessés. Les auxiliaires médicaux sont en route. Je ne comprends toutefois pas ce qui s'est passé. Qui pourrait faire une telle chose?

Roman examina la scène.

— Est-ce que tout le monde est vivant?

Spencer grimaça.

— Je ne sais pas. Nous n'avons pas retrouvé tous les employés.

Roman se dirigea vers un endroit où les murs et le plafond s'étaient effondrés.

— Il pourrait y avoir quelqu'un là-dessous.

Spencer l'accompagna.

— Nous avons essayé de soulever ces débris, mais c'est trop lourd. J'ai demandé à quelqu'un d'aller chercher de l'équipement spécial.

Une colonne de béton était tombée et avait écrasé une table sous son poids. Roman saisit un énorme morceau de béton, le souleva au-dessus de sa tête et alla le porter dans le jardin.

— Oh mon Dieu, chuchota Spencer. Comment a-t-il pu...

Shanna tressaillit. Roman ne se donnait pas la peine de cacher sa super force de vampire.

— Peut-être que c'est simplement l'adrénaline. J'ai entendu parler de gens capables de soulever des voitures après un accident.

— C'est peut-être ça.

Spencer fronça les sourcils.

— Est-ce que ça va, monsieur ?

Roman était plié en deux. Il se redressa lentement, puis se retourna.

Shanna haleta. Il s'était exposé à plus de lumière du soleil en s'approchant ainsi du jardin. Sa chemise fumait, et était noircie et brûlée. De la fumée s'élevait de sa poitrine blessée, et diffusait une odeur de chair rôtie.

Spencer tressaillit.

— Monsieur, je ne me suis pas rendu compte que vous aviez été blessé, vous aussi. Vous ne devriez pas faire ce que vous faites.

— Ça va.

Roman se pencha pour saisir un autre gros morceau de béton.

— Aidez-moi à dégager la scène.

Spencer s'empara de quelques petits morceaux de béton. Shanna ramassa des carreaux de plafond et les jeta dans un tas. La table écrasée fut bientôt visible. Heureusement, les chaises sous la table l'avaient empêché de s'aplanir complètement. Il y avait un petit espace sous la table. Et un corps.

Radinka.

Roman saisit la table et la retourna. Il repoussa les chaises brisées pour dégager la voie.

— Radinka, m'entendez-vous?

Ses paupières vacillèrent.

— Elle est vivante, chuchota Shanna.

Roman s'agenouilla à côté de Radinka.

— Nous aurons besoin d'autres bandages.

— Je m'en charge.

Spencer décolla à toute vitesse. Shanna ouvrit la petite pharmacie portative et donna un bandage à Roman.

— Radinka, m'entendez-vous?

Il appuya le bandage contre une coupure qu'elle avait sur la tempe. Elle gémit et ouvrit les yeux.

— J'ai mal, chuchota-t-elle.

— Je sais, répondit Roman. Les ambulances sont en route.

— Comment pouvez-vous être ici? Je dois rêver.

— Ça va aller. Vous êtes trop jeune pour mourir.

Elle poussa un faible grognement.

— Tout le monde est jeune pour vous.

— Oh mon Dieu.

L'estomac de Shanna fut soudainement dérangé.

— Qu'est-ce qui ne va pas? demanda Roman.

Elle pointa du doigt. Là, planté dans les côtes de Radinka, se trouvait un grand couteau. Une mare de sang était en train de se former. Shanna se couvrit la bouche et avala difficilement la bile qui était montée dans sa gorge. Roman lui jeta un coup d'œil.

— Ça ira. Vous pouvez faire ça.

Elle prit quelques longues et profondes inspirations. Elle devait le faire. Elle ne laisserait pas tomber une autre amie.

Un jeune homme s'approcha d'eux avec une brassée de bandes de lin qui avaient été découpées des nappes de la cafétéria.

— M. Spencer m'a dit que vous aviez besoin de ceci.

— Oui.

Elle prit les bandages de ses mains tremblantes et les déposa sur ses genoux. Elle en replia un pour former un tampon d'une bonne épaisseur.

— Vous êtes prête?

Roman agrippa le couteau.

— Dès qu'il sera sorti de là, appuyez sur la blessure avec fermeté.

Il retira le couteau. Du sang suinta sur ses doigts. Son cœur se souleva.

Roman saisit un bandage et forma un tampon.

— C'est à mon tour.

Il appuya le tampon sur la blessure.

— Vous faites bien ça, Shanna.

Elle laissa tomber son tampon ensanglanté à ses côtés et en plia un nouveau.

— Est-ce que vous m'aidez? Mentalement, je veux dire.

— Non. Vous faites cela par vos propres moyens.

— Bien.

Elle pressa son nouveau tampon contre la blessure.

— Je peux y arriver.

Les auxiliaires médicaux arrivèrent au pas de course avec leurs civières.

— Par ici! hurla Roman.

Deux auxiliaires médicaux s'approchèrent d'eux avec une civière.

— Nous nous en chargeons, dit l'un d'eux.

Roman les aida à soulever Radinka sur la civière. Shanna marcha à côté d'elle en lui tenant la main.

— Nous informerons Gregori de votre situation. Il viendra vous voir ce soir.

Radinka hocha la tête, et son visage était très pâle.

— Roman, est-ce qu'il y aura une guerre ? Je vous en prie, ne laissez pas Gregori combattre. Il n'est pas entraîné pour ça.

— Elle délire, murmura un auxiliaire médical.

— Ne vous inquiétez pas.

Roman toucha l'épaule de Radinka.

— Il ne lui arrivera rien. Vous avez ma parole.

— Vous êtes un homme bon, Roman, chuchota-t-elle.

Elle serra la main de Shanna.

— Ne le laissez pas partir. Il a besoin de vous.

Les auxiliaires médicaux s'éloignèrent avec la civière. Les policiers arrivèrent. Les flashes des caméras illuminèrent la pièce tandis que les enquêteurs des scènes de crime prenaient des photos.

— Merde.

Roman recula de quelques pas.

— Je dois partir.

— Pourquoi ? demanda Shanna.

— Je ne pense pas que ce sont des caméras numériques.

Roman saisit la main de Shanna et se dirigea vers la porte. Un auxiliaire médical s'arrêta à côté de lui.

— Monsieur, vous avez de graves brûlures. Vous devriez venir avec nous.

— Non, je vais bien.

— Nous vous conduirons dans un hôpital en ambulance. Venez par ici.

— Je n'irai pas.

— Je suis la docteure Whelan.

Shanna sourit à l'auxiliaire médical.

— Cet homme est mon patient. Je m'occuperai de lui. Merci.

— D'accord. Faites comme vous voulez.

L'auxiliaire médical s'éloigna d'eux à toute allure pour rejoindre les autres.

— Merci.

Il la guida hors de la cafétéria.

— Nous irons dans la chambre tapissée d'argent.

Il ouvrit une porte menant à une cage d'escalier, et ils descendirent les marches.

— Tout cela m'exaspère. J'aimerais vraiment voir les preuves que les policiers vont découvrir, mais je n'ose pas demeurer sur place avec tous ces appareils photo.

— Vous n'apparaissez pas dans les photos prises avec des appareils traditionnels ?

— Non.

Roman ouvrit la porte du sous-sol. Ils marchèrent dans le vestibule jusqu'à l'entrée de la pièce tapissée d'argent.

— Voici ce que je propose, dit Shanna pendant qu'il entrait un code sur le pavé numérique. Je vais vous aider à nettoyer vos blessures, et ensuite je retournerai à la cafétéria. Je verrai ce que je peux découvrir, et je reviendrai vous faire mon rapport.

— D'accord.

Il regarda fixement dans le scanneur rétinien.

— Je n'aime pas vous laisser sans surveillance, mais je suppose que vous serez en sécurité en haut avec tous ces policiers.

Il ouvrit la porte et la fit entrer.

Elle se sentit soudainement irritée. Il s'inquiétait de sa sécurité alors qu'il négligeait totalement la sienne ?

— Écoutez, je vais bien. La question est bien plus de savoir comment vous allez. Vous êtes celui qui avez une étrange formule non testée dans le système.

— La formule a maintenant été testée.

Il chercha quelque chose pouvant servir d'isolant entre ses mains et la porte en argent.

— Je m'en occupe.

Elle ferma la porte, actionna les verrous en argent et disposa la barre de sécurité en place.

— Nous ne savons toujours pas si la formule est totalement sécuritaire. Ce n'est certainement pas sans danger pour vous en pleine lumière. Vous avez une allure terrible.

— Eh bien, merci.

Elle regarda sa poitrine brûlée en fronçant les sourcils.

— Vous êtes blessé. Vous feriez mieux de boire un peu de sang.

Elle marcha vers le réfrigérateur et en retira une bouteille.

Il haussa les sourcils.

— Êtes-vous en train de me dire quoi faire ?

— Oui.

Elle glissa la bouteille dans le four à micro-ondes.

— Quelqu'un doit s'occuper de vous. Vous prenez trop de risques.

— Les gens avaient besoin de mon aide. Radinka avait besoin de nous.

Shanna hocha la tête, et des larmes lui montèrent aux yeux tandis qu'elle repensait à ce qui venait de se passer.

— Vous êtes un homme héroïque, chuchota-t-elle.

Et elle l'aimait tellement.

— Vous avez été très courageuse, vous aussi.

Roman marcha vers elle.

Ses yeux croisèrent les siens. Elle voulait le prendre dans ses bras, et ne jamais le laisser aller.

Le four à micro-ondes sonna, la faisant sursauter. Elle retira la bouteille de sang.

— Je ne sais pas si c'est assez chaud pour vous.

— Ce sera parfait.

Il prit une longue gorgée.

— Il y a d'autres nourritures ici dans les armoires si vous avez faim.

— Ça va aller pour moi. Nous devons nous occuper de vos blessures. Finissez cette boisson, et retirez ensuite vos vêtements.

Il sourit.

— Je commence à aimer les femmes autoritaires.

— Et entrez sous la douche. Nous devons vous nettoyer.

Elle marcha à grands pas vers la salle de bains. Aucune pharmacie de salle de bain avec un miroir. Bien sûr. Elle fouilla dans les tiroirs jusqu'à ce qu'elle ait trouvé une crème antibiotique.

— Voilà. Une fois que vous serez nettoyé, nous appliquerons cette crème.

Elle se redressa et tourna les talons.

— Ah!

Elle sursauta et laissa tomber le tube d'onguent.

— Vous m'avez dit de me déshabiller.

Il était nu dans l'embrasure, buvant de petites gorgées de sa bouteille de sang.

Elle se pencha pour récupérer le tube de crème. Ses joues devinrent enflammées de chaleur.

— Je ne m'attendais pas à ce que vous vous déshabilliez si vite, ni à ce que vous vous teniez devant moi.

Elle s'approcha de l'embrasure. Il ne bougea pas.

— Excusez-moi.

Il se tourna légèrement sur le côté afin qu'elle puisse passer. De justesse. Ses joues étaient maintenant en feu. Elle était bien trop consciente de ce sur quoi sa hanche frottait.

— Shanna?

— Profitez bien de votre douche.

Elle marcha à grands pas vers la cuisine et commença à ouvrir des armoires.

— J'ai faim.

— Moi aussi.

Il ferma partiellement la porte de la salle de bains.

Elle entendit bientôt le son de l'eau qui coulait à grands jets. Pauvre homme. Ces brûlures allaient piquer. Elle se versa un verre d'eau et le but. Elle n'avait pas vraiment faim. Elle était simplement tendue. Roman avait dit qu'elle avait été courageuse, et elle était en train de surmonter sa peur du sang. Elle avait toutefois une autre crainte, soit celle que leur relation ne puisse fonctionner.

Elle marcha à pas mesurés. Combien de relations parvenaient à fonctionner? Environ la moitié? Il n'y avait jamais de garantie. Avait-elle seulement peur de le perdre? Elle avait perdu Karen. Elle avait perdu sa famille. Devait-elle ruiner sa chance au bonheur aujourd'hui parce qu'elle avait peur que Roman puisse la quitter dans quelques années? Devait-elle laisser le doute détruire ce magnifique et irrésistible sentiment qu'elle éprouvait à l'intérieur d'elle-même?

Elle l'aimait de tout son cœur. Et il l'aimait aussi. Le fait qu'ils se soient trouvés était un miracle. Roman avait besoin d'elle. Il avait souffert pendant des centaines d'années. Comment pouvait-elle le priver du goût du bonheur? Elle devait plutôt se sentir heureuse de lui apporter de la joie, même si cela ne pouvait pas durer pour toujours.

Elle s'arrêta au milieu de la pièce, et son cœur battait la chamade. Si elle était vraiment courageuse comme il venait de lui dire, elle entrerait directement dans la salle de bains et lui montrerait à quel point elle l'aimait.

Elle se dirigea vers le comptoir de la cuisine et avala encore un peu d'eau. Elle avait le courage. Elle pouvait le faire. Elle se débarrassa de ses chaussures. Elle jeta un coup d'œil vers le lit. L'édredon était épais et orné d'un motif oriental rouge et or. Les draps ressemblaient à de la soie dorée, ce qui était très fantaisiste pour une cachette.

Elle leva les yeux. Une caméra de surveillance. Elle devait être neutralisée. Elle s'empara de la chemise de Roman et grimpa sur le lit. Après quelques tentatives, elle parvint à recouvrir complètement la caméra. Elle sauta du lit et tira sur l'édredon.

Son pouls s'accéléra tandis qu'elle finissait de se dévêtir. Une fois nue, elle se glissa dans la porte de la salle de bains. Il y avait beaucoup de vapeur dans la pièce, mais elle pouvait encore voir Roman dans la cabine de douche. Ses yeux étaient fermés tandis qu'il rinçait ses cheveux noirs qui tombaient sur ses épaules. Les poils de sa poitrine étaient collés contre sa peau mouillée.

Sa blessure traversait sa poitrine. Elle avait envie de l'embrasser, et que sa blessure soit ainsi moins douloureuse. Elle baissa les yeux. Son membre viril était au repos et blotti au milieu de ses frisettes noires. Elle voulut l'embrasser et le faire... grossir.

Elle ouvrit la porte de la douche, ce qui produisit un petit clic. Ses yeux s'ouvrirent. Elle se glissa à l'intérieur, et des gouttes d'eau aspergèrent son corps et ses cheveux.

Son regard se posa sur son corps et revint ensuite vers son visage. Ses yeux prirent une teinte rougeâtre.

— Êtes-vous certaine ?

Elle fit glisser ses bras autour de son cou.

— Je suis vraiment certaine.

Il l'enveloppa dans ses bras et planta sa bouche sur la sienne. Ce baiser fut sauvage et affamé. Aucune bise préparatoire, aucune montée graduelle de l'excitation. Que de la passion enflammée et hors de contrôle. Il explora sa bouche. Il prit ses fesses dans ses mains et pressa son corps contre son membre qui avait commencé à se gonfler.

Shanna caressa sa langue avec la sienne. Ses cheveux étaient lisses et trempés tandis qu'elle rapprochait sa tête de la sienne. Elle cessa de l'embrasser et se mit à déposer de petits baisers le long de la marque de brûlure qui ornait sa joue.

Il glissa une main entre eux, puis caressa son sein.

— Vous êtes si belle.

— Ah oui ?

Sa main glissa le long de son ventre plat jusqu'à ce que ses doigts atteignent un enchevêtrement de poils drus. Elle entoura ses poils autour de ses doigts.

— Je pense que *vous* êtes beau.

Son souffle produisit un léger sifflement.

— Oh mon Dieu.

Il s'appuya contre le mur de céramique.

— Shanna.

— Oui ?

Elle fit glisser sa main de haut en bas le long de son membre. Il était dur, mais sa peau était douce et flexible. Particulièrement à son extrémité.

— Je ne sais pas combien de temps je pourrai résister.

— Vous vous débrouillerez. Vous êtes un dur.

Elle s'accroupit et le prit dans sa bouche.

Son corps se raidit. Il gémit. Son membre était maintenant si long qu'elle pouvait à peine le prendre sur toute sa longueur. Elle enveloppa le bas de son membre de sa main en le serrant et en le tirant tandis qu'elle s'occupait de lui avec sa bouche. Son membre devint encore plus dur et plus épais.

— Shanna.

Il la saisit par les épaules.

— Arrêtez. Je ne peux plus…

Elle se redressa et frotta son corps contre le sien. Il la tenait tout près d'elle les yeux fermés.

Elle reprit son petit manège et tira sur son membre bien dur. Elle se plaça sur la pointe des pieds et approcha sa bouche de son oreille.

— Roman, je vous aime.

Ses yeux s'ouvrirent et étaient rouge vif. Son corps fut secoué de spasmes tandis qu'il haletait. Elle sentit le flot bien chaud contre sa hanche.

Elle l'étreignit et se délecta des frissons qui envahissaient son corps. Oui, il ne douterait pas de son amour.

Sa respiration ralentit.

— Sang de Dieu.

Il se glissa sous le jet d'eau chaude. Il laissa l'eau couler sur son visage et ses cheveux, puis il recula et se secoua la tête.

— Wow !

Shanna éclata de rire.

— Pas mal, n'est-ce pas ?

Il baissa les yeux vers sa hanche.

— Votre hanche est dans un bel état à cause de moi.

— Et puis après? Ça se lave, vous savez.

Elle se glissa sous le jet d'eau et mouilla ses cheveux.

— Vous voulez bien me passer le shampooing?

Il le fit.

— Est-ce que vous pensiez vraiment ce que vous disiez quand vous avez dit que vous m'aimiez?

Elle fit mousser le shampooing sur ses cheveux.

— Bien sûr. Je vous aime vraiment.

Il la tira contre lui et l'embrassa sur la bouche.

— Ouille! J'ai du shampooing sur mon visage.

— Je suis désolé.

Il la replaça sous le jet d'eau. Elle arqua son dos pour rincer ses cheveux. Elle sentit bientôt sa bouche sur ses seins. Elle s'accrocha à ses épaules. Il la saisit sous les fesses et la souleva. Elle enveloppa ses jambes autour de sa taille.

Tout en la tenant, il lui appuya le dos contre la céramique. Il flaira son cou.

— Vous m'aimez?

— Oui.

Il la souleva plus haut afin de pouvoir lui embrasser les seins. Elle profita de chaque baiser, de chaque passage de sa langue, de chaque fois qu'il tirait légèrement sur ses seins. Elle était toutefois péniblement consciente du fait que ses parties intimes étaient appuyées contre son ventre plat. Elle en voulait plus. Elle voulait le sentir à l'intérieur d'elle.

— Roman, dit-elle en haletant. J'ai besoin de vous.

Il la soutint avec un bras et glissa une main entre eux. Lorsque ses doigts la touchèrent, elle gémit et se pressa contre lui. Il glissa un doigt en elle. Elle se balança contre lui. Leurs peaux mouillées glissaient et claquaient l'une contre l'autre.

Sa main s'immobilisa.

— Ce n'est pas tout à fait confortable, n'est-ce pas?

Elle ouvrit les yeux. Ils rougeoyaient. Elle sourit. Le fait que ses yeux pouvaient changer de couleur ne l'effrayait pas. Au contraire, elle aimait ça. C'était tellement honnête. Il ne pouvait jamais cacher son appétit envers elle.

— Emmenez-moi au lit.

Il lui sourit en retour.

— Comme vous voulez.

Il ferma l'eau et ouvrit la porte de la cabine de douche.

Shanna s'accrocha à ses épaules et parvint à maintenir ses jambes enveloppées autour de ses hanches. Il traversa la salle de bains et en profita pour saisir une serviette et lui essuyer le dos et les cheveux.

Il s'approcha du lit et éclata de rire.

— Je vois que vous avez trouvé une bonne façon d'utiliser ma chemise.

Il la déposa sur le lit. Elle commença à fermer les jambes, mais il saisit ses genoux pour l'arrêter dans son mouvement.

— J'aime bien la vue.

Il s'agenouilla à côté du lit et tira ses hanches vers le bord du lit. Il embrassa l'intérieur de sa cuisse, puis embrassa ensuite sa chair la plus intime.

Shanna était déjà très excitée. Elle le désirait tellement qu'elle n'allait pas pouvoir durer très longtemps. Il n'eut qu'à glisser sa langue une seule fois, et déjà elle était en route vers le septième ciel. Il comprit heureusement ce qu'elle désirait et fut merveilleusement agressif. La montée fut rapide. Elle plana sur un plateau de plaisir, puis son orgasme se déclencha en longs spasmes incontrôlables.

Elle cria.

Il grimpa sur le lit et la prit dans ses bras.

— Shanna, je vous aime.

Il lui embrassa le front.

— Je vous aimerai toujours.

Il lui embrassa la joue.

— Je serai un bon mari.

Il lui embrassa le cou.

— Oui.

Elle l'enveloppa de ses jambes. Son adorable homme médiéval. Il ressentait le besoin de s'engager envers elle avant de pénétrer en elle, et cela lui toucha le cœur. Ses yeux s'emplirent de larmes.

— Je vous aime tellement.

Il descendit sa main pour se placer en position.

— Le dernier vœu, chuchota-t-il.

— Pardon?

Il la regarda de ses yeux rouge vif.

— J'ai attendu très longtemps pour vous.

Il plongea à l'intérieur d'elle.

Elle haleta, se raidissant immédiatement suite à cet assaut soudain.

Il respirait lourdement, sa tête contre son épaule.

— Shanna, chuchotait-il.

Elle sentit ses muscles se détendre au son de sa voix. Il glissa entièrement en elle, la remplissant de son membre. Sa voix continua à se répercuter à l'intérieur de sa tête : «Shanna, Shanna.»

— Roman.

Elle examina ses yeux. Il y avait maintenant plus que de la simple passion dans ses yeux rougeoyants. Il y avait aussi de l'amour, de l'émerveillement, de la chaleur et de la joie. Tout ce qu'elle avait toujours voulu.

Il se retira lentement, et se glissa de nouveau délicatement en elle.

«Je ne sais pas combien de temps je vais pouvoir durer. C'est si…»

— Je sais. Je le sens moi aussi.

Elle approcha sa tête jusqu'à ce que son front repose contre le sien. Il était à l'intérieur de sa tête, et à l'intérieur de son corps. Dans une partie de son cœur.

«Je vous aime, Roman.»

Leurs esprits se mélangèrent à un point tel que Shanna parvenait à peine à faire la différence entre son plaisir et le sien. C'était un seul et unique plaisir, partagé entre eux. Ils ne tardèrent pas à se tenir plus serrés l'un contre l'autre et à accélérer la cadence. Il parvint à l'orgasme en premier. Sa jouissance éclata dans son corps et dans son esprit, déclenchant sa propre jouissance.

Ils demeurèrent ainsi dans les bras l'un de l'autre, et tentèrent de reprendre leur souffle.

Roman roula finalement sur le côté.

— Est-ce que je vous écrase?

— Non.

Elle se pelotonna à côté de lui.

Il regarda le plafond.

— Vous… êtes la seule femme que je n'ai jamais aimée. En personne, je veux dire.

— Que voulez-vous dire?

— J'ai fait des vœux quand je suis devenu moine. J'ai juré de ne jamais faire de mal. J'ai rompu ce vœu. J'ai fait le vœu de pauvreté. J'ai également rompu ce vœu.

— Vous avez toutefois fait tant de bien. Vous ne devriez pas vous sentir mal.

Il se tourna sur le côté et la regarda.

— J'ai aussi fait un vœu de chasteté. Je viens tout juste de le rompre.

Elle se souvint de ses paroles étranges avant qu'il n'entre en elle.

— Le dernier vœu?

— Oui.

Elle s'appuya contre son coude.

— Êtes-vous en train de me dire que vous étiez vierge?

— Physiquement, oui. J'ai par contre eu du sexe de vampire depuis plusieurs siècles.

— Vous vous moquez sans doute de moi. Vous n'avez jamais…?

Il fronça les sourcils.

— J'ai honoré mes vœux pendant que j'étais encore en vie. Vous attendiez-vous à moins que ça de moi ?

— Non. Je suis simplement stupéfiée. Vous savez que je vous trouve incroyablement beau. Les femmes des villages n'étaient-elles pas en pâmoison devant vous ?

— Oh oui, elles étaient en pâmoison. Elles en défaillaient. Elles mouraient. Toutes les femmes que j'ai vues étaient malades, couvertes de plaies et d'excroissance…

— Ça va. J'ai une bonne image là. Pas exactement ce qu'il y a de plus attirant.

Il sourit.

— La première fois que j'ai entendu parler de sexe de vampire, c'était par hasard. J'ai pensé que la dame avait des ennuis et qu'elle avait besoin d'aide.

Shanna grogna.

— Ouais, elle avait besoin de quelque chose.

Il roula sur son dos et bâilla.

— Je pense que l'effet de la formule se dissipe. Je voudrais vous demander quelque chose avant de m'endormir.

Il allait poser la question. Shanna s'assit.

— Oui ?

— Si jamais vous vous faites attaquer… pas que je permettrais qu'une telle chose se produise, mais bon…

Il la regarda.

— Si vous vous faites attaquer et que vous êtes en train de mourir, voulez-vous que je vous transforme ?

Shanna demeura bouche bée. Ce n'était pas une proposition de mariage.

— Vous voulez me transformer en vampire ?

— Non, car je ne voudrais pas condamner votre âme immortelle.

Merde alors. Il était vraiment coincé dans sa façon de penser médiévale.

— Roman, je ne pense pas que Dieu vous ait abandonné. Votre sang synthétique sauve des vies tous les jours. Vous pourriez encore faire partie du grand plan de Dieu.

— J'aimerais vraiment le croire, mais…

Il soupira.

— Si les choses tournent mal avec Petrovsky, je veux savoir quelle est votre position.

— Je ne veux pas être une femme vampire.

Elle tressaillit.

— Je vous en prie, ne le prenez pas d'une mauvaise façon. Je vous aime comme vous êtes.

Il bâilla de nouveau.

— Vous êtes tout ce qui est bon, pur et innocent dans ce monde. Pas étonnant que je vous aime tellement.

Elle s'allongea à côté de lui.

— Je ne suis pas si bon. Je suis ici à profiter du moment présent pendant qu'il y a des gens là-haut qui se démerdent avec les conséquences d'une bombe.

Roman fronça les sourcils et regarda au plafond. Il se redressa soudainement.

— Laszlo !

— Il dort pour le moment.

— C'est vrai.

Roman toucha son front.

— Je vois de petites taches.

— Vous êtes épuisé.

Shanna s'assit.

— Vous devez dormir maintenant, afin que vos blessures puissent guérir.

— Non. Ne comprenez-vous pas ? Tous les vampires sont morts à l'heure qu'il est. C'est le moment parfait pour sauver Laszlo.

— Mais vous êtes sur le point de vous endormir.

Il saisit sa main.

— Vous vous rappelez par où il faut passer pour atteindre mon laboratoire? Vous pourriez ramener ce qu'il reste de la formule...

— Non! Vous ne prendrez pas une autre dose. Nous ne savons pas le genre de dommages que ça pourrait vous faire subir.

— Je guérirai pendant mon sommeil. Je dois le faire, Shanna. Petrovsky pourrait tuer Laszlo dès son réveil. Et si nous attaquons sa maison, il tuera Laszlo à coup sûr. Allez.

Il lui donna un coup de coude.

— Vite, avant que je perde connaissance.

Elle s'extirpa du lit et commença à s'habiller.

— Nous devons y réfléchir sérieusement. Comment vous rendrez-vous à la maison de Petrovsky?

— Je me téléporterai dans sa maison, je trouverai Laszlo, puis je nous téléporterai de nouveau à la maison. Ce sera facile. J'aurais dû y penser avant.

— Enfin, vous avez été distrait quelque peu.

Shanna attacha ses lacets de souliers.

— Vite.

Roman s'assit sur le bord du lit.

— Je vais me dépêcher.

Elle ouvrit la porte.

— Je vais la laisser légèrement entrouverte afin que je puisse entrer de nouveau dans cette pièce.

Il hocha la tête.

— D'accord.

Elle courut vers la cage d'escalier la plus près et grimpa les marches quatre à quatre. Elle n'était pas certaine d'approuver son idée. Qui pouvait prédire ce qu'une autre dose de cette formule pourrait faire à Roman? Il y avait plein de gens au rez-de-chaussée, et elle se faufila autour d'eux aussi rapidement que possible. Et s'il y avait des gardes dans la maison de Petrovsky? Roman ne devrait pas s'y rendre seul. Elle trouva le bécher de liquide vert sur la table du laboratoire. Elle s'en empara, puis remarqua que sa bourse était également là. Elle regretta que son Beretta ne se trouve plus à l'intérieur.

Elle saisit sa bourse et se dirigea de nouveau vers la pièce tapissée d'argent. Peut-être qu'elle pourrait emprunter une arme à feu. Une chose était certaine. Roman ne devait pas effectuer cette mission en solitaire.

Vingt-cinq

— Êtes-vous sûre de vouloir entrer là-dedans toute seule ? demanda Phil en se garant près de la maison de Petrovsky.

— Je ne serai pas seule bien longtemps.

Shanna vérifia le contenu de sa bourse. Elle était remplie de longueurs de corde pour attacher des prisonniers. Elle sortit le téléphone portable qu'elle avait emprunté à Howard Barr, puis composa le numéro de téléphone de la maison de Roman qu'elle venait tout juste de mémoriser.

— Barr, répondit le chef de la sécurité de jour de Roman.

— Nous sommes en place. J'entre.

— Bon. Ne raccrochez pas, l'avertit Howard de sa voix nasale. Un instant. Roman veut vous parler.

— Soyez prudente, lui dit Roman.

— Ça ira. Phil est ici si j'ai besoin de lui.

Shanna ouvrit la porte de la voiture.

— Je vais maintenant replacer le téléphone dans ma bourse. On se revoit bientôt.

Elle disposa le téléphone ouvert sur le dessus de sa bourse.

Phil lui fit un signe de tête d'encouragement. Elle descendit de la voiture et marcha vers la maison de Petrovsky.

Shanna avait donné à Roman une autre dose de la formule, à Romatech, avant qu'ils ne se téléportent à la maison. Là, ils avaient suivi les conseils d'Howard Barr et avaient élaboré un plan pour sauver Laszlo. Elle s'était opposée à l'idée de Roman selon laquelle il n'avait qu'à téléphoner à la maison de Petrovsky, pour ensuite s'y téléporter. Il aurait pu se téléporter accidentellement dans une pièce éclairée par le soleil. Avec l'appui d'Howard, elle avait donc convaincu Roman de la laisser participer au sauvetage.

Elle s'arrêta devant le duplex de Petrovsky, puis jeta un coup d'œil derrière elle. Phil était toujours dans la berline noire, à l'observer. Un autre véhicule attira son attention, soit un vus noir garé de l'autre côté de la rue. Il ressemblait exactement à celui qui l'avait suivi auparavant. Enfin, ils étaient tous semblables, et il y en avait partout en ville.

Elle rapprocha sa bourse de sa poitrine. Le téléphone était tout près, et Roman écoutait avec attention. Elle grimpa les marches menant à la porte avant et sonna.

La porte s'ouvrit. Un homme costaud, chauve, ayant une barbiche grisonnante, la fixa du regard.

— Que voulez-vous ?

— Je suis Shanna Whelan. Je crois que vous êtes à ma recherche.

Ses yeux s'agrandirent. Il l'agrippa par le bras et la tira dans la maison.

— Vous devez sans doute être une chienne stupide, dit-il avec un gros accent avant de fermer la porte.

Elle recula. Il y avait trop de lumière provenant d'une fenêtre au-dessus de la porte. Elle vit une embrasure de porte à côté d'elle et se glissa à l'intérieur d'un petit salon. Le tapis était usé, les meubles vieux et affaissés. La lumière s'infiltrait dans la pièce à travers des stores jaunis et poussiéreux.

Le Russe la suivit dans la pièce.

— C'est tout de même étrange. Soit vous avez vraiment envie de mourir, soit c'est un genre de ruse.

Il ouvrit sa veste pour révéler un étui de pistolet.

Elle se déplaça près de la fenêtre.

— Il n'y a pas de ruse. J'en ai simplement assez de fuir.

L'homme retira son pistolet de son étui.

— Vous savez que Petrovksy vous tuera.

— En fait, j'espérais lui proposer une affaire.

Elle se rapprocha encore plus de la fenêtre.

— Vous savez, j'ai été dans la maison de Draganesti, et j'en sais beaucoup sur ses services de sécurité.

Le Russe plissa les yeux.

— Vous voulez échanger votre vie contre des informations.

— C'est mon plan.

Shanna toucha délicatement les stores.

— Donnez-moi votre bourse. Je dois l'examiner.

Elle la déposa sur une chaise voisine. Le Russe s'avança vers sa bourse, et elle en profita pour fermer les stores en vitesse.

— Et voilà, annonça-t-elle d'une voix forte. C'est bien sombre ici maintenant.

Le Russe regarda à l'intérieur de sa bourse et en retira le téléphone portable.

— Qu'est-ce que c'est que ça ?

Il ferma le téléphone, brisant la connexion.

Roman avait toutefois entendu son signal, et était déjà en train de se matérialiser dans la pièce. Il se servit de sa vitesse de vampire pour arracher le pistolet des mains du Russe avant de le frapper solidement à la mâchoire. Le Russe s'écroula sur le plancher.

Shanna retira ensuite une corde de sa bourse et la tendit à Roman. Ce dernier attacha rapidement les mains et les pieds du Russe.

— Tout va bien jusqu'ici, chuchota-t-elle. Comment vous sentez-vous ?

— Ça va.

Roman lui donna l'arme à feu du Russe.

— Servez-vous-en si vous en avez besoin.

Elle hocha la tête.

— Je serai de retour dès que possible.

Roman fila comme un éclair.

Shanna ne savait pas s'il y avait d'autres gardes dans la maison, mais elle savait par contre que si c'était le cas, ils ne verraient jamais Roman venir. Il les assommerait, les attacherait et poursuivrait sa recherche jusqu'à ce qu'il ait trouvé Laszlo.

Elle prit le téléphone et composa de nouveau le numéro de la maison de Roman.

— Howard? Vous êtes encore là?

— Oui. Comment ça se passe?

— Ça se passe bien. Nous devrions revenir sous peu.

Elle posa le téléphone à côté de sa bourse.

La porte d'entrée s'ouvrit sans avertissement. Shanna haleta et leva le pistolet du Russe. Elle entendit des pas de course dans le hall, qui s'arrêtèrent devant l'embrasure de la porte menant au salon. Deux hommes en complets noirs lui firent face, leurs pistolets tirés.

Shanna fut bouche bée. Elle cligna des yeux.

— Papa?

Sean Dermot Whelan avait pratiquement la même apparence que lorsqu'elle l'avait vu pour la dernière fois, un an auparavant. Il avait bien quelques cheveux gris de plus dans sa chevelure rousse, mais ses yeux bleus étaient aussi pénétrants. Il baissa son pistolet.

— Shanna, est-ce que ça va?

Il entra dans le salon et jeta un coup d'œil autour de lui. Il regarda l'homme inconscient sur le plancher en fronçant les sourcils.

— Papa!

Shanna laissa tomber son arme à feu empruntée à côté de sa bourse. Elle courut vers lui et jeta ses bras autour de son cou.

— Mon ange.

Il tenait son arme à feu sur le côté de son corps tandis qu'il l'étreignait de son bras libre.

— Tu m'as fait une de ces frousses quand je t'ai vue entrer dans cette maison. Que diable fais-tu ici ?

Elle recula de quelques pas.

— Je pourrais te demander la même chose. Je pensais que tu étais en Lituanie.

— Je suis de retour au pays depuis quelque temps.

Il lui toucha le visage.

— Dieu merci, tu vas bien. Je me suis réellement inquiété pour toi.

— Je vais bien.

Elle lui fit une autre caresse.

— Je pensais que je ne te reverrais plus jamais. Comment vont maman et…

— Plus tard, dit-il en l'interrompant. Nous devons sortir d'ici.

Il fit un signe de tête vers sa bourse.

— Prends tes choses.

Le deuxième homme en complet noir entra dans la pièce. Il était jeune, et avait des cheveux bruns ondulés.

— Le hall est sécurisé.

Il s'avança de quelques pas vers l'embrasure de porte située de l'autre côté de la pièce.

Shanna jeta un coup d'œil à sa bourse. Le téléphone était encore à côté d'elle sur le coussin de la chaise. Comment pouvait-elle partir sans Roman ? Comment pouvait-elle expliquer à son père ce qu'elle était venue faire ici ? Elle était ravie de le revoir, mais elle se demandait pourquoi il était ici.

— Tu m'as vu entrer ici ?

— Ça fait des semaines que nous observons la maison de Petrovsky. Et la maison de Draganesti également.

Il désigna son partenaire d'un signe de la tête.

— Voici Garrett.

— Hé, dit Shanna en saluant l'autre homme.

Elle prit ensuite soudainement conscience de quelque chose.

— Vous étiez tous les deux dans le VUS noir que j'ai vu de l'autre côté de la rue.

— Oui.

Sean bougea avec impatience.

— Allez. Il pourrait y avoir une douzaine de membres de la mafia russe dans cette maison. Nous ne pouvons pas rester ici à bavarder.

— Je… je ne suis pas seule ici.

Sean plissa ses yeux bleus.

— Tu étais seule quand tu es entrée dans cette maison. Enfin, tu avais un chauffeur…

— Laissez tomber vos armes ! cria Phil en bondissant dans le salon et en pointant son arme vers Sean et Garrett.

Ils se retournèrent et visèrent Phil avec leurs pistolets.

Shanna haleta.

— Ne tirez pas !

Phil tenait son pistolet en position pendant qu'il regardait fixement les hommes en noir.

— Shanna, est-ce que ça va ? Vous pouvez venir avec moi maintenant.

Sean marcha devant elle.

— Elle n'ira nulle part avec vous. Qui diable êtes-vous ?

— Je suis un garde de sécurité, répondit Phil. Je suis responsable de sa sécurité. Retirez-vous et laissez-la passer.

— Je suis son père. Elle sortira d'ici avec moi.

— Oh, je sais qui vous êtes.

Phil leur lança un regard dégoûté.

— Vous êtes de l'Agence centrale de renseignement. L'équipe de Surveillance.

— Quoi ?

Garrett échangea un regard inquiet avec le père de Shanna.

— Comment savent-ils cela ?

« L'Agence centrale de renseignement ? »

Shanna jeta un coup d'œil aux deux hommes en noir. Son père avait toujours dit qu'il travaillait pour le Département d'État, mais il ne se comportait assurément pas comme un diplomate. Et quelle était donc cette équipe de Surveillance ?

— Vous devez donc être un des gardes de jour de Draganesti.

La voix de Sean était lourde de désapprobation.

— Vous êtes un traître pour l'humanité. Un homme dont le travail est de protéger des vampires.

Shanna haleta. Son père était au courant de l'existence des vampires ?

— Laissez tomber votre arme, dit une nouvelle voix. Un autre homme en noir apparu derrière Phil.

Phil jeta un coup d'œil derrière lui et murmura un juron. Il posa son arme sur le plancher.

— Bon travail, Austin, dit Sean.

Il marcha à grands pas vers Phil et s'empara de son arme à feu.

— Vous êtes un homme, alors je vais vous laisser partir. Retournez auprès de ce monstre que vous servez et dites-lui que ses jours — enfin, que ses nuits — sont comptées. Nous allons tuer tous les vampires un par un, et il n'y a rien qu'ils puissent faire pour nous en empêcher.

Phil lança un regard inquiet à Shanna.

— Ça va aller. Vous pouvez partir.

Elle le regarda s'éloigner de la maison. Mon Dieu, quelle pagaille. Son père et ces hommes étaient des tueurs de vampires ?

Comme si elle avait besoin de cela pour valider sa conclusion, Garrett tira un pieu de bois de sa veste.

— Puisque nous sommes ici, pourquoi n'en profiterions-nous pas pour tuer quelques vampires pendant qu'ils dorment ?

— Ces vampires ont de nombreux gardes de sécurité à leur service.

L'homme prénommé Austin entra dans le salon. Il était jeune, et avait des cheveux blonds en broussaille. Il remarqua le Russe étendu sur le plancher.

— Il y a habituellement dix à douze hommes armés dans cette maison en plein jour. Je ne les ai pas vus en sortir. Où sont-ils?

Sean hocha la tête.

— La maison est trop calme.

Il regarda Shanna.

— Tu as dit que tu n'étais pas venue ici seule?

Elle avala difficilement sa salive. Elle avait dit cela avant de savoir que son père était un tueur de vampires. Si lui et ses hommes décidaient de visiter la maison pour tuer des vampires, ils pourraient tuer Laszlo, ou même Roman.

— J'ai eu tort. Je crois que nous ferions mieux de partir.

Elle se pencha au-dessus de la chaise pour récupérer sa bourse. Le téléphone était toujours ouvert, et elle parla avec force en espérant qu'Howard Barr l'entendrait.

— Je suis prête à partir avec toi, papa.

Sean s'empara du téléphone, regarda le numéro et porta ensuite l'appareil à son oreille.

— Qui est là?

Il fronça les sourcils en regardant sa fille.

— Ils ont raccroché.

Il ferma le téléphone et le glissa dans sa poche.

— Shanna, qu'est-ce qui se passe?

— Rien.

Elle fit passer sa bourse sur son épaule d'un geste nonchalant.

— Je suis prête à partir.

Ça n'était pas grave si son père avait son téléphone dans sa poche. Roman pourrait utiliser n'importe quel téléphone dans la maison pour se téléporter dans la sienne. Et lorsqu'il reviendrait dans sa maison, Howard Barr et Phil seraient en mesure de lui expliquer ce qui lui était arrivé. Là, elle devait éloigner ces tueurs de vampires de la maison, et surtout de Roman.

— On y va?

Elle se déplaça en direction du hall.

— Attends.

Sean tendit la main pour l'arrêter.

— Tu n'as pas semblé très surprise de nous entendre parler de vampires.

Il la regarda soigneusement.

— Tu as passé beaucoup de temps dans la maison de Draganesti. Tu sais quel genre de créature maléfique il est, n'est-ce pas ?

— Je pense que nous ferions mieux de partir avant que les types de la mafia ne nous trouvent.

Sean repoussa ses cheveux et examina chaque côté de son cou.

— Ce monstre t'a-t-il mordu ?

— Ce n'est pas un monstre.

Shanna recula.

— Si vous avez surveillé Draganesti et Petrovsky, vous devez donc savoir qu'ils sont complètement différents. Roman est un homme bon.

La bouche de Sean se tordit de dégoût.

— Draganesti est une affreuse créature de l'enfer.

— Non, ce n'est pas vrai ! Il a risqué sa vie pour me protéger.

— Le syndrome de Stockholm, murmura Garrett.

Sean hocha la tête, et ses yeux se plissèrent.

— Est-ce que tu l'as laissé entrer, Shanna ?

Dans son esprit ? Oui, et dans son corps comme dans son cœur. Il était toutefois hors de question qu'elle l'admette à son père. Il voulait déjà tuer Roman. S'il savait la vérité, il placerait le nom de Roman au sommet de sa liste. Elle devait avertir Roman de ce nouveau danger. Cependant, il savait peut-être déjà des choses au sujet de l'équipe de Surveillance. Phil était au courant.

— Je n'ai rien fait contre mon gré.

Sean inclina la tête sur le côté, en l'étudiant.

— Nous verrons cela.

Une tache entra en vitesse dans la pièce. Roman s'immobilisa avec Laszlo posé sur son épaule.

— J'ai entendu des voix. Qu'est-ce qui se passe ici ?

Sean, Garrett et Austin le regardèrent, bouche bée.

Il remarqua leurs armes et lança un regard interrogateur à Shanna.

— Vous connaissez ces hommes ?

Elle désigna son père d'un signe de la tête.

— Mon papa a cru que j'avais besoin d'aide.

Sean cligna des yeux.

— Ce n'est pas possible. Un vampire qui se déplace en plein jour ?

— Et qui se déplace si rapidement, chuchota Austin. Je ne l'ai même pas entendu venir.

Roman regarda le père de Shanna en fronçant les sourcils.

— Vous êtes Sean Whelan.

Sean hocha la tête.

— Et vous êtes Draganesti, la répugnante créature qui a fait de ma fille sa prisonnière.

La bouche de Roman s'amincit.

— Elle a une autre opinion de cela. N'est-ce pas, Shanna ?

Elle vit Garrett se déplacer lentement derrière Roman, avec un pieu de bois à la main.

— Je pense que vous devriez partir.

— Je ne partirai pas sans vous.

— Espèce de bâtard.

Sean retira un pieu de bois de sa veste.

— Je ne sais pas ce que vous avez fait à ma fille, mais vous allez payer pour cela.

Shanna courut vers son père, espérant que son étreinte l'empêcherait d'attaquer Roman. Le pauvre homme était juste là, à la regarder, s'offrant comme une cible facile.

— Partez !

— Vous voyez ?

Sean passa un bras autour de Shanna.

— Elle reste avec moi. En fait, elle fera bientôt partie de mon équipe.

Roman ne sembla soudainement pas bien.

— Est-ce que c'est vrai, Shanna? Vous voulez me tuer vous aussi à présent?

Ses yeux se remplirent de larmes.

«Il y a un homme avec un pieu derrière vous.»

Roman jeta un coup d'œil derrière lui et vit Garrett. Il lança à Shanna un regard torturé, puis fila vers le hall et en haut des escaliers à toute vitesse.

— Qu'on le suive! hurla Sean.

Garrett et Austin montèrent les escaliers quatre à quatre.

Sean relâcha Shanna et lui jeta un regard déçu.

— Tu l'as averti, n'est-ce pas? Tu sympathises avec la créature qui a fait de toi sa prisonnière.

— Il n'est pas une créature! Et je n'ai jamais été sa prisonnière. Je pouvais partir à ma guise.

— Pour ensuite revenir vers lui en courant la nuit suivante. Tu dois te rendre à l'évidence, Shanna. Il te contrôle. C'est ce que les vampires font. Ils manipulent mentalement leurs victimes jusqu'à ce qu'elles ne puissent plus voir la vérité.

Une larme coula sur sa joue.

— Ce n'est pas ce qui est arrivé. La vérité est que la mort ne peut pas changer le cœur d'un homme. Les hommes méchants, comme Ivan Petrovsky, deviendront de méchants vampires, tandis que les hommes comme Roman Draganesti restent bons et honorables.

La mâchoire de Sean se serra.

— Il n'y a rien de bon ou d'honorable en ce qui concerne les vampires. Ce sont des tueurs en série. Ils ont pu commettre des meurtres depuis des siècles sans jamais en payer le prix devant la justice.

Il se pencha vers elle.

— Mais c'est en train de changer.

Sa peau fut parcourue d'un frisson.

— Tu ne peux pas tous les tuer.

— C'est exactement ce que nous allons faire — leur enfoncer un pieu dans le cœur un par un, jusqu'à ce que le monde soit libéré de leur existence maudite.

Austin et Garrett revinrent en bas.

— Il est parti, annonça Austin. Il a disparu. Nous avons seulement trouvé un combiné de téléphone ouvert.

Shanna poussa un soupir de soulagement. Roman était en sécurité. Oui, il était en sécurité à la maison, mais il était sûrement torturé en croyant qu'elle l'avait trahi. Elle devait retourner auprès de lui d'une façon ou d'une autre.

Sean l'agrippa par le bras.

— Tu viens avec nous.

Quinze minutes plus tard, Shanna était assise à l'arrière du VUS noir avec son père. Austin était au volant, et Garrett était sur le qui-vive. Elle regarda par la fenêtre et remarqua qu'ils se dirigeaient vers Manhattan en passant par le pont de Brooklyn.

Roman serait à la maison, probablement en haut dans sa chambre à coucher. Elle espérait que l'effet de la formule se dissipait. Il ne souffrirait pas en étant endormi. Et Laszlo allait au moins pouvoir se réveiller en lieu sûr. Ses yeux ne cessèrent de se remplir de larmes, et elle cligna des yeux pour les chasser, ne voulant pas pleurer devant son père.

— Je sais que les deux derniers mois ont été très difficiles pour toi, dit doucement son père. Mais c'est fini, maintenant. Tu es en sécurité.

Elle était en sécurité, mais son cœur serait brisé à jamais si elle ne pouvait pas revoir Roman. Elle se racla la gorge.

— Comment va maman?

— Elle va bien. Elle est ici, aux États-Unis. Ton frère et ta sœur aussi. J'ai bien peur que tu ne puisses les voir.

Shanna hocha la tête.

— Je suis vraiment désolé que ton amie ait été tuée, dit Sean. J'ai demandé des nouvelles de toi au ministère de la Justice, mais ils ne pouvaient rien me dire. J'étais très inquiet à ton sujet.

— Je vais bien. Ça n'a pas été facile, mais je vais bien.

Elle s'était sentie si seule avant d'entrer dans le monde de Roman. Elle s'ennuyait déjà de lui. Et elle s'ennuyait aussi de Radinka, de Gregori et de Connor. Ils étaient devenus ses premiers vrais amis depuis la mort de Karen.

— J'ai découvert où tu étais par hasard, poursuivit Sean. Mon équipe surveillait Petrovsky depuis des semaines. Nous avions caché des micros dans sa maison, et placé son téléphone sous écoute. Nous l'avons entendu téléphoner au centre de soins dentaires SoHo SoBright. J'ai reconnu ta voix, et j'ai compris qu'ils allaient venir pour te tuer.

Shanna frissonna en se souvenant de la terreur qu'elle avait ressentie.

— Nous nous sommes précipités au centre, mais tu avais déjà disparu. Nous savions que Petrovsky n'avait pas pu mettre la main sur toi. Je paniquais et j'essayais de te retrouver. J'avais demandé à Garrett de surveiller la maison de Draganesti, et il t'a vu en sortir. Il a malheureusement perdu ta trace.

— Je craignais que le Russe l'assassine, marmonna Garrett.

— Tu as heureusement communiqué avec cette pizzéria. Leur téléphone était aussi sur écoute, et nous t'avons retrouvée. Nous t'avons attendue à l'extérieur de ton hôtel, et nous t'avons suivie.

Sean regarda fixement Garrett.

— Et nous t'avons perdue de nouveau.

Le visage de Garrett tourna au rose.

Shanna plaignait presque le jeune homme. Ce n'était jamais une bonne idée de décevoir son père.

— Tu travailles pour l'Agence centrale de renseignement, maintenant ?

— Je l'ai toujours fait.

— Oh.

Shanna tressaillit intérieurement. Son père leur avait donc menti pendant des années.

— On m'a récemment assigné à une nouvelle mission — créer une équipe spéciale dans le but d'éliminer la menace la plus dangereuse à laquelle l'humanité doit faire face.

Elle avala sa salive avec difficulté.

— Les vampires ?

— Oui.

Sean s'appuya contre le dossier de son siège.

— Il y a cinq mois de ça, j'étais à Saint-Pétersbourg, et j'ai vu un homme en train d'attaquer une femme. J'ai tiré mon arme en lui disant de la relâcher et de reculer de quelques pas. Il l'a lâchée, et elle s'est alors effondrée dans la neige. J'ai tiré quelques coups, mais ça ne l'a pas dérouté. J'ai ensuite ressenti un frisson planer sur mon esprit, et une voix me disant d'oublier ce que je venais de voir. J'ai examiné la femme. Elle était morte, et avait deux trous dans le cou.

Sean haussa les épaules.

— Ils ont probablement été aperçus à de nombreuses reprises au cours des siècles, mais ils se servaient toujours du contrôle de l'esprit pour empêcher les gens de se souvenir de ce qu'ils avaient vu. Ça n'a pas fonctionné avec moi.

— Tu peux donc résister au contrôle de l'esprit.

— Oui. Nous le pouvons tous. C'est pourquoi mon équipe est si petite. Il y a seulement quelques personnes dans le monde avec assez de pouvoir psychique pour résister à leur contrôle de l'esprit. Nous sommes les seuls à pouvoir vaincre ces démons.

Elle prit une grande respiration, et laissa cette nouvelle révélation faire son chemin.

— Depuis… depuis combien de temps sais-tu que tu possèdes des capacités de médium ?

Sean haussa les épaules.

— Ça doit faire environ 30 ans. Lorsque je me suis joint à l'Agence centrale de renseignement, ils ont découvert mon talent et m'ont appris à lire et à manipuler les esprits. C'est bien pratique quand vient le temps de s'occuper de la lie de la société.

— Et pendant toutes ces années où tu travaillais à titre d'espion, tu nous as dit que tu étais un diplomate.

— Je ne pouvais pas le dire à ta mère. C'était déjà assez difficile de toujours déménager d'un endroit à l'autre, de toujours vivre à l'étranger.

Shanna se souvint comment sa mère avait toujours semblé de bonne humeur et optimiste. Elle avait été un pilier pour ses enfants, transformant toujours les bouleversements de leurs vies en de grandes aventures.

— Je croyais que maman s'accommodait vraiment bien de tout cela.

Sean fronça les sourcils.

— Pas au début. Elle était au bord de la crise de nerfs. Avec le temps, j'ai appris à gérer cela, et les choses se sont améliorées.

« À gérer cela ? »

Shanna commença à avoir la nausée.

— Comment as-tu géré cela ?

— J'ai renforcé sa force mentale avec la mienne. Elle est devenue bien plus forte après cela.

La nausée de Shanna grouillait dans son estomac.

— Tu as utilisé le contrôle de l'esprit sur *maman* ?

Les deux types assis à l'avant du VUS échangèrent des regards. Sean lui lança un regard irrité.

— Tu n'as pas besoin de faire paraître ça comme quelque chose de très grave. J'ai simplement aidé ta mère à conserver un équilibre mental sain. Si je n'étais pas intervenu, la pauvre femme aurait sombré dans une dépression.

Shanna serra les dents.

— C'était donc pour son bien ?

— Exactement. Et pour le vôtre aussi. Il était bien plus facile pour moi de me concentrer sur mon travail quand la paix régnait à la maison.

La colère bouillait dans le corps de Shanna.

— Tu as même été jusqu'à contrôler tes propres enfants ? Comme dans le film *Les femmes de Stepford* ?

— Calme-toi. Tu es trop vieille pour faire des caprices.

Elle serra les poings et respira à fond. Elle n'arrivait pas à y croire. Elle s'était tant ennuyée de sa famille pendant toutes ces années. Est-ce que sa famille et toute son enfance étaient cependant des mensonges ? Est-ce qu'il y avait du vrai quelque part ?

Un courant d'air chaud balaya soudainement le front de Shanna, encerclant sa tête et testant ses défenses mentales. Elle ferma les yeux et le repoussa.

— Bravo, ma fille, chuchota Sean.

Elle ouvrit les yeux et regarda fixement son père. L'attaque mentale cessa.

— C'était toi ?

Il haussa les épaules.

— Je voulais simplement mettre tes défenses mentales à l'épreuve. Tu as toujours été la plus forte. Et plus tu me résistais mentalement, plus ta force augmentait.

Elle retint son souffle.

— C'est pourquoi tu m'as fait partir. Tu m'as envoyée à cette école privée avec internat parce que j'étais trop difficile à contrôler.

— Hé.

Il la pointa du doigt.

— J'ai dépensé une fortune pour toi. Et tu as obtenu la meilleure éducation de la famille. Tu n'as aucune raison de te plaindre.

Des larmes lui piquaient les yeux.

— Je me suis ennuyée de ma famille.

Il lui tapota la main.

— Nous nous sommes ennuyés de toi aussi. J'ai toujours été fier de toi, Shanna. Je savais que tes capacités pouvaient devenir aussi puissantes que les miennes un jour.

Elle retira brusquement sa main. Bon Dieu. Avait-elle réellement connu sa mère, son frère ou sa sœur ? Ou n'étaient-ils que des robots paisibles que son père avait contrôlés? Pendant toutes ces années, elle s'était sentie mal d'être partie. Elle se rendait maintenant compte qu'elle avait été chanceuse. On lui avait permis de grandir sans être privée de sa liberté de pensée, et de développer sa propre conception du bien et du mal.

Et ce que son père faisait n'était pas bien. L'élimination de tous les vampires était semblable à de l'épuration raciale. C'était un crime haineux.

Elle regarda par la fenêtre. Que pouvait-elle faire?

— Alors, dis-moi, continua son père. Comment Draganesti peut-il demeurer éveillé et mobile en plein jour?

— C'est un brillant scientifique. Il a testé une formule au péril de sa vie pour sauver celle d'un ami.

Sean grogna.

— Il est parvenu à te faire croire qu'il était un noble superhéros. Crois-moi, s'il avait eu faim en ta présence, tu n'aurais été qu'un autre repas chaud pour lui.

Elle serra les dents.

— Il a inventé le sang synthétique. Il a ainsi pu sauver des millions de vies humaines.

— Il a probablement inventé cette substance pour donner plus de nourriture à ses copains.

Shanna se tourna pour lui faire face.

— Si tu le connaissais, tu saurais que c'est un homme bon. Tu n'essayeras toutefois pas de le connaître. Tu es seulement décidé à les détester tous autant qu'ils sont.

Sean la regarda en fronçant les sourcils.

— Tu oublies un fait très important, Shanna. Ils ne sont plus humains. Ils s'alimentent du sang des humains.

— Ils *sont* humains. Roman et ses disciples ne mordent plus les gens à présent. Ils veulent protéger les mortels. Petrovsky et les Mécontents sont ceux qui veulent nous attaquer.

Sean secoua la tête.

— Ce sang synthétique est nouveau. Avant qu'il ne parvienne à l'inventer, Draganesti s'alimentait du sang des humains comme les autres vampires. Ce sont des monstres, Shanna. Tu ne peux pas les transformer en saints.

Elle soupira. Son père était toujours aussi têtu.

— Il y a deux différentes sortes de vampires maintenant — les vampires modernes et les Mécontents.

— Et c'est notre travail de les tuer tous, conclut Sean.

— Il y a peut-être du vrai dans ce qu'elle dit, avança Austin en engageant le VUS dans un virage à droite. J'ai écouté des conversations téléphoniques de Petrovsky. Il déteste Draganesti de toutes ses forces. Il est possible que les deux factions décident de régler cela entre elles.

— Une guerre de vampires? demanda Garrett. Ce serait super.

Sean se tourna vers Shanna.

— Tu sais qui était derrière ces explosions à Romatech?

— C'était Petrovsky et les Mécontents. Ils veulent détruire tout le sang synthétique pour obliger les vampires de partout dans le monde à recommencer à mordre les humains.

Sean hocha la tête.

— Que sais-tu d'autre?

— Roman et ses disciples ne veulent plus mordre les humains. Ils sont prêts à se battre pour nous protéger.

Sean plissa les yeux.

— Je trouve cela difficile à croire.

— Hé, laissez-les se battre, dit Garrett. Peut-être vont-ils s'entretuer. Ça rendra notre travail plus facile.

Shanna gémit intérieurement. Roman, Connor, Ian, et tous les Highlanders en train de risquer leurs vies dans une bataille? Ça la rendait malade. Si seulement elle pouvait trouver un moyen d'empêcher cette guerre de se produire.

Le VUS entra dans une file, face à un bel hôtel.

— Est-ce ici que nous allons demeurer? demanda-t-elle.

— Tu demeureras ici, répondit Sean. Austin restera avec toi pour te protéger. Garrett et moi avons des affaires à régler.

Son père allait donc la laisser avec un surveillant. Il lui serait donc plus difficile d'entrer en contact avec Roman.

— Comme je te l'ai dit plus tôt, continua son père, notre équipe est peu nombreuse. Je cherche des gens ayant assez de pouvoirs psychiques pour résister au contrôle de l'esprit des vampires. Tous les Américains qui ont ces pouvoirs ont une responsabilité envers leur pays, soit celle de mettre ces pouvoirs au service de la cause.

Shanna avala sa salive avec difficulté. Est-ce que son père parlait d'elle ?

— Ce que je dis, Shanna, est que je veux que tu te joignes à mon équipe.

Ouep, c'est ce qu'il avait voulu dire.

— Tu veux que je tue des vampires ?

— Je veux que tu protèges le monde de ces créatures démoniaques. Nous sommes terriblement dépassés, Shanna. Nous avons besoin de toi. Je peux te faire entrer dans l'Agence centrale de renseignement immédiatement, et nous commencerons ta formation.

— J'ai déjà une carrière. Je suis dentiste.

Sean fit un signe de la main pour rejeter ce qu'elle venait de dire.

— Ce n'est pas ta véritable vocation. Dieu t'a donné un don, le don de combattre ce fléau de l'humanité. Il serait impardonnable de ne pas l'utiliser.

Travailler pour son père dominateur ? Voilà quel était le fléau. La réaction instinctive de Shanna était de dire à son père de lui ficher la paix. Elle voulait être avec Roman plus que tout au monde. Et si le fait de vivre avec Roman faisait passer le nom de ce dernier au sommet de sa liste noire ? Dans ce cas, il serait préférable pour elle de rester avec son père.

Et si elle apprenait tous les plans de son père ? Elle pourrait alors alerter Roman des dangers auxquels il ferait face.

Et peut-être qu'avec le temps, elle pourrait convaincre son père qu'il y avait de bons vampires. Et peut-être qu'avec le temps, elle pourrait être réunie avec Roman de nouveau.

Comment pourrait-elle vivre avec elle-même, si elle refusait de joindre l'équipe de son père, et que ce dernier amorçait une vague d'assassinats en enfonçant des pieux dans le cœur de ses amis? Roman avait fait de son mieux pour la protéger. C'était maintenant à son tour de le protéger.

Le VUS s'arrêta face à la porte tournante de l'hôtel.

Elle prit une profonde inspiration.

— D'accord. Je vais me joindre à votre équipe.

Vingt-six

Roman se réveilla avec son inspiration soudaine habituelle. Son cœur commença par battre rapidement dans sa poitrine avant de se stabiliser. Il ouvrit les yeux.

— Dieu merci, murmura une voix. Nous pensions que vous n'alliez plus jamais vous réveiller.

Roman cligna des yeux, puis tourna la tête vers la voix.

Angus était debout à côté de son lit, et le regardait en fronçant les sourcils. En fait, il y avait plusieurs personnes entassées autour de son lit. Jean-Luc, Connor, Howard Barr, Phil, Gregori, et Laszlo.

— Hé, mon frère.

Gregori sourit.

— Nous étions inquiets pour vous.

Roman jeta un coup d'œil à Laszlo.

— Est-ce que ça va ?

— Oui, monsieur, dit le petit chimiste en hochant la tête. Grâce à vous. Vous ne pouvez pas vous imaginer à quel point j'ai été soulagé de me réveiller dans votre maison.

Angus croisa les bras sur sa large poitrine.

— La question est plutôt de savoir comment vous allez. J'ai entendu dire que vous aviez été éveillé et en déplacement en plein jour.

— Oui.

Roman s'assit et jeta un coup d'œil à son cadran de chevet. Sang de Dieu. Le soleil devait s'être couché depuis au moins une heure.

— J'ai dormi trop longtemps.

— Je n'ai jamais entendu parler d'un tel événement auparavant, dit Connor.

— C'est probablement un effet secondaire de la formule que vous avez bue.

Laszlo se pencha vers lui.

— Est-ce que vous me permettez de vérifier votre pouls, monsieur?

— Allez-y.

Roman allongea son bras. Laszlo regarda sa montre tout en tenant le poignet de Roman.

— Je vous félicite, mon ami, dit Jean-Luc. Votre formule est un grand succès. Demeurer éveillé en plein jour, c'est... étonnant!

— J'ai toutefois été brûlé par la lumière du soleil.

Roman jeta un coup d'œil sur sa poitrine, là où le soleil lui avait blessé la peau. La déchirure de sa chemise était encore là, mais sa peau avait guéri. La blessure se trouvait maintenant sous sa peau, et lui déchirait le cœur. Éliza avait causé la blessure, il y a 100 ans, quand elle avait voulu le tuer, et maintenant, à cause de Shanna, cette blessure était de nouveau à vif.

— Votre pouls est normal.

Laszlo lâcha le poignet de Roman

Comment son pouls pouvait-il être normal lorsque son cœur était en lambeaux? Roman avala sa salive avec difficulté.

— Est-ce que Shanna est revenue?

— Non, chuchota Connor. Nous n'avons pas eu de nouvelles d'elle.

— J'ai essayé de la sauver, dit Phil en fronçant les sourcils. Ils étaient toutefois plus nombreux que moi.

— Cette maudite équipe de Surveillance, murmura Angus. Phil et Howard nous ont parlé de votre aventure diurne pendant que nous attendions votre réveil.

Le cœur de Roman se serra dans sa poitrine.

— Elle s'est jointe à l'équipe de son père. Il lui apprendra à nous tuer.

Connor se moqua de cette affirmation avec de la colère dans la voix.

— Je refuse d'y croire.

Gregori secoua la tête.

— Ça ne lui ressemble pas.

Angus soupira.

— On ne peut faire confiance aux mortels. Je l'ai appris à mes dépens.

Il regarda Roman avec de la tristesse dans les yeux.

— J'ai cru que vous l'aviez appris, vous aussi.

Il l'avait appris, mais Shanna l'avait de nouveau rempli d'espoir. Roman s'était endormi en étant totalement confus, et cela n'avait toujours pas de sens à son réveil. Il avait eu la nette impression que Shanna voulait rester avec son père. Est-ce que le fait qu'elle reste avec son père signifiait qu'elle allait maintenant tuer des vampires? Pourquoi l'avait-elle averti de la présence d'un tueur derrière lui? Pourquoi avait-elle tenté de lui sauver la vie, si elle souhaitait sa mort? Est-ce qu'elle pensait qu'elle le protégeait d'une façon ou d'une autre en restant avec son père? Est-ce qu'elle l'aimait vraiment après tout?

— Nous avons été fort occupés pendant que vous dormiez encore, annonça Angus. À notre réveil, il restait encore une heure de nuit à Londres et à Édimbourg. Nous avons donc utilisé tous les téléphones de cette maison pendant que nous téléportions mes hommes ici. La bonne nouvelle est que nous avons maintenant une armée d'environ 200 guerriers. Nous sommes prêts à aller à la guerre.

— Je vois.

Roman quitta son lit. Plusieurs de ces hommes avaient été transformés par ses soins. S'ils mouraient ce soir dans la bataille, qu'adviendrait-il de leurs âmes immortelles ? Il savait que c'était des hommes bons, mais ils avaient tout de même existé pendant des siècles en se nourrissant de mortels. Dieu ne permettrait jamais à de telles créatures d'entrer au paradis. Et si la seule option était l'enfer, alors Roman avait condamné leurs âmes immortelles dès la minute où il les avait transformés. C'était un fardeau de culpabilité trop lourd à porter.

— Je vais vous rejoindre dans une minute. Veuillez s'il vous plaît m'attendre dans mon bureau.

Les hommes sortirent de sa chambre. Roman s'habilla, et passa ensuite dans son bureau pour se réchauffer une bouteille de sang.

— Comment va votre mère, Gregori ?

— Elle va bien. J'arrive tout juste de l'hôpital.

Gregori s'avachit dans un fauteuil à oreilles en fronçant les sourcils.

— Elle m'a dit qu'elle vous avait fait jurer de me protéger pendant la guerre. Je ne suis pas un lâche, vous savez.

— Je sais.

Le four à micro-ondes sonna, et Roman en retira sa bouteille de sang.

— Vous n'avez toutefois pas été formé pour vous battre.

— Tant pis, murmura Gregori. Je ne resterai pas là à ne rien faire.

Roman but de petites gorgées directement de sa bouteille.

— Est-ce que nous avons assez d'armes ?

— Nous apportons des pieux et nos épées en argent.

Angus marcha à pas mesurés dans la pièce, son kilt se balançant sur ses genoux.

— Et nous apportons des armes à feu, au cas où des mortels aideraient Petrovsky.

Le téléphone du bureau de Roman sonna.

— En parlant du diable, chuchota Jean-Luc.

Roman marcha à grands pas vers son bureau et décrocha le combiné.

— Draganesti à l'appareil.

— Ici Petrovsky. Je ne sais pas comment vous vous êtes débrouillé pour entrer dans ma maison en plein jour, mais ne vous avisez plus de recommencer. J'aurai dorénavant 30 gardes armés dans la maison, et ils auront des balles en argent dans leurs armes à feu.

Roman s'assit derrière son bureau.

— Je vois que ma nouvelle formule vous inquiète. Avez-vous peur que nous nous présentions à votre maison et que nous vous enfoncions des pieux dans le cœur pendant que vous dormez?

— Vous ne nous trouverez pas, maudit *bâtard*! Nous avons d'autres endroits où dormir en plein jour. Vous ne nous trouverez jamais.

— J'ai trouvé mon chimiste. Je peux aussi vous trouver.

— Vous pouvez bien garder votre stupide chimiste. La petite belette a arraché tous les boutons de mon divan. Maintenant, voici mon offre, Draganesti. Vous me livrez Shanna Whelan ce soir, ou je vais continuer à bombarder vos usines et enlever vos employés. Et la prochaine fois que j'enlèverai un de vos gars, il sera réduit en tas de poussière lorsque vous le retrouverez. Comme ce Highlander à qui j'ai personnellement enfoncé un pieu dans le cœur la nuit dernière.

La main de Roman se serra sur le combiné. Il ne risquerait plus la vie d'autres Highlanders. Et il ne trahirait jamais Shanna, même si elle l'avait trahi.

— La docteure Whelan n'est plus avec moi.

— Bien sûr qu'elle est avec vous. J'ai entendu dire qu'elle s'était retrouvée dans ma maison avec vous. Vous me la livrez, et j'arrêterai de bombarder Romatech.

C'était ridicule. Petrovsky n'arrêterait jamais de lui causer des ennuis. Roman le savait sans l'ombre d'un doute. Et il savait qu'il allait protéger Shanna jusqu'à son dernier souffle.

— Écoutez, Petrovsky. Vous ne bombarderez pas Romatech, vous n'enlèverez pas mes employés, et vous ne ferez pas de mal à un seul cheveu de la tête de Shanna Whelan, car vous serez mort avant le prochain lever du soleil.

Ivan grogna.

— Cette formule que vous avez avalée vous a monté à la tête.

— Nous avons une armée de 200 guerriers, et nous allons nous charger de vous dès ce soir. Combien d'hommes avez-vous, Petrovsky?

Il y eut une pause. Roman savait que les derniers rapports d'Angus faisaient état d'une cinquantaine de guerriers au maximum dans le camp de Petrovsky.

— Je serai généreux, continua Roman, et je dirai que vous disposez d'une centaine d'hommes. Nous serons donc deux fois plus nombreux que vous. Voudriez-vous parier avec moi sur l'issue de cette bataille?

— Espèce de *bâtard* puant. Vous ne pouvez pas compter sur deux cents hommes.

— Nous en avons téléporté plusieurs depuis le Royaume-Uni. Mais bon, ne vous fiez pas à ma parole. Attendez plutôt de nous voir en personne.

Petrovsky jura en russe.

— Nous pouvons faire ça, nous aussi. Je vais téléporter des centaines de guerriers depuis la Russie.

— Il est trop tard pour cela, car le soleil est déjà levé en Russie. Vous pouvez les appeler, mais ils ne répondront pas au téléphone.

Roman entendit ses amis rire sous cape. Ils n'allaient toutefois pas trouver ses prochaines paroles très amusantes.

— Mais puisque vous êtes dans le pétrin, je suis prêt à faire une entente avec vous.

— Quel genre d'entente ? demanda Petrovsky.

Angus, Connor et Jean-Luc s'approchèrent du bureau de Roman avec des expressions circonspectes sur leurs visages.

— Que voulez-vous plus que tout au monde ? demanda Roman. Plus que d'assassiner Shanna Whelan ou quelques Écossais ?

Petrovsky grogna.

— Je voudrais vous arracher le cœur et le faire rôtir sur le feu.

— D'accord. Je vais vous donner cette chance. Nous allons régler cette dispute une fois pour toutes. Juste vous et moi.

Angus se pencha sur le bureau et chuchota.

— Que dites-vous là, mon homme ? Nous ne pouvons vous laisser aller seul au combat.

— Laissez nos guerriers combattre, dit Jean-Luc. La victoire est au bout de nos pieux et de nos épées.

Roman couvrit le récepteur de sa main.

— C'est la meilleure solution. Nous ne devons pas risquer la vie de quiconque.

Connor fronça les sourcils.

— Vous risquez votre propre vie. Nous ne vous laisserons pas faire.

— Qu'est-ce que vous voulez dire exactement, Draganesti ? demanda Petrovsky au téléphone. Vous voulez vous rendre ?

— Non, répondit Roman. Je propose un duel à l'épée d'argent, et nous ne nous arrêterons pas tant que l'un d'entre nous ne sera pas réduit en poussière.

— Qu'est-ce que je gagnerai à vous vaincre, autre que le plaisir de vous avoir enfin assassiné ?

— Vous accepterez ma mort en échange de la sécurité de tous mes employés, des membres de ma bande de vampires, de mes Highlanders, et de Shanna Whelan. Vous ne ferez pas de mal aux personnes que je viens de vous nommer.

— Non! dit Angus en frappant le bureau du poing avec force.
Vous ne ferez pas ça!

Roman leva une main pour signifier à ses amis qu'il ne voulait
plus entendre parler de leurs objections.

— Cela est noble de votre part, se moqua Petrovsky au téléphone.
Mais ça ne sera pas très amusant pour moi, n'est-ce pas? Je veux
une victoire pour les Vrais.

Roman réfléchit.

— D'accord. Si je meurs cette nuit, ce sera aussi la fin de la
cuisine Fusion pour les vampires.

Après tout, il ne serait plus là pour inventer de nouvelles
formules.

— Est-ce que cela comprend aussi votre sang synthétique?
demanda Petrovsky.

— Non. Le sang synthétique sauve des vies humaines. Ne
souhaitez-vous pas que des mortels en santé puissent continuer
d'errer dans les rues?

Petrovsky grogna.

— D'accord. Je vais d'abord vous embrocher, puis je vais aussi
signer l'arrêt de mort de votre cuisine Fusion merdique. À 2h du
matin, dans Central Park, secteur East Green. Soyez-y.

— Attendez une minute, l'interrompit Roman. Nous n'avons
pas décidé de ce que j'allais obtenir en cas de victoire.

— Ah! Vous ne gagnerez pas.

— En cas de victoire, vos disciples doivent jurer de ne jamais
plus faire de mal aux miens. Cela comprend tous mes employés,
autant les vampires que les mortels, ainsi que les Highlanders, et
Shanna Whelan.

— Quoi? Alors, les gens qui comptent pour vous auront la vie
sauve, que vous viviez ou mourriez. C'est nul.

— C'est ma seule condition, dit Roman. Si vous voulez avoir
la chance de me tuer et d'en finir avec la cuisine Fusion, vous la
respecterez.

Pendant que Petrovsky réfléchissait à la proposition, Angus et Jean-Luc se faisaient du souci pour Roman.

— C'est idiot, mon ami, chuchota Jean-Luc. À quand remonte la dernière fois où vous vous êtes pratiqué avec une épée?

Roman ne pouvait pas s'en souvenir.

— Vous m'avez formé pour le combat à l'épée il y a une centaine d'années. Je peux y arriver.

— Mais vous êtes rouillé, mon homme.

Angus lui lança des regards noirs.

— Vous avez été enfermé dans votre petit laboratoire pendant bien trop d'années.

— Exactement, acquiesça Jean-Luc. J'irai me battre à votre place.

— Non, répondit Roman. Je vous ai transformé, et je ne veux pas mettre votre âme immortelle en danger.

Les yeux de Jean-Luc se plissèrent.

— C'est ça, le problème. Vous vous sentez encore coupable de nous avoir transformés.

— Enfer et damnation! gronda Angus. C'est *notre* choix si nous voulons mettre nos âmes en danger. Qui croyez-vous être, par le diable?

Roman les ignora et parla au téléphone.

— Nous irons seuls, Petrovsky. Seulement vous et moi, et il n'y aura qu'un survivant. Est-ce que nous sommes d'accord?

— Oui. Mais seulement parce que ça fait plus de 500 ans que je veux vous tuer. Faites vos prières, le prêtre. Ce soir, vous mourrez.

Petrovsky raccrocha.

Roman posa le combiné, puis se leva.

— Vous ne pouvez pas faire ça, cria Angus. Je ne vous laisserai pas faire.

Roman plaça une main sur l'épaule de son vieil ami.

— C'est mon choix, Angus. Et cela sauvera la vie de mes amis.

— C'est moi la plus fine lame de nous tous.

Les yeux de Jean-Luc avaient un éclat bleu glacial.

— J'exige de me battre à votre place. C'est mon droit.

— Ne vous inquiétez pas, Jean-Luc.

Roman agrippa le Français par l'épaule.

— Vous m'avez bien appris à me servir d'une épée. N'ai-je pas asséné le coup d'épée fatal à Casimir ?

Jean-Luc fronça les sourcils.

— Seulement parce que je vous couvrais.

— Vous n'avez pas les idées claires, insista Angus. Vous êtes trop affecté par le fait que cette femme Whelan vous a quitté.

Roman avala difficilement sa salive. Y avait-il une once de vérité dans l'affirmation d'Angus ? Si Shanna était ici auprès de lui, risquerait-il tout autant sa propre vie ? Il n'envisageait toutefois pas de se tuer. Il pensait certainement remporter la victoire. Le fait de tuer Petrovsky pourrait donner un dur coup au mouvement des Mécontents, mais cela n'y mettrait pas un terme. Il devait survivre afin de continuer à protéger les gens qui comptaient pour lui.

— Ma décision est prise.

— Je serai votre soigneur, annonça Connor.

— Non. Petrovsky et moi, nous nous sommes mis d'accord pour nous rencontrer en tête à tête.

— Il ne respectera pas cette entente, déclara Angus. Vous ne pouvez pas avoir confiance en lui. Vous le savez.

— Je compte bien respecter ma part de l'entente. Et vous le ferez aussi.

Roman regarda ses amis dans les yeux à tour de rôle.

— Vous ne savez pas où nous allons nous rencontrer pour ce duel. Et vous ne me suivrez pas.

Ils lui lancèrent tous des regards remplis de désespoir. Angus ouvrit la bouche pour s'y opposer.

— Promettez-le-moi, dit Roman avant qu'ils ne puissent soulever une quelconque objection. Promettez-moi que vous ne me suivrez pas.

— D'accord.

Angus jeta un coup d'œil aux autres avec de la douleur dans les yeux.

— Vous avez notre parole.

Roman se dirigea vers la porte.

— Vous avez déjà pensé pouvoir sauver un village entier, et vous êtes devenu la proie de Casimir en raison de votre orgueil. Et maintenant, vous pensez que vous pouvez tous nous sauver, lui dit Angus.

— Ce n'est pas la même chose.

— En êtes-vous sûr? chuchota Angus. Prenez garde, mon vieil ami. Vous avez déjà perdu une bataille à cause de l'orgueil.

Shanna était assise dans son lit. Elle regarda autour d'elle, momentanément désorientée.

— Est-ce que ça va? demanda Austin.

— Je... oui. J'ai dû m'endormir.

Elle se trouvait dans une chambre d'hôtel avec deux surveillants. Austin avait été rejoint par une jeune brunette peu de temps après leur arrivée. Le réveil à côté du lit indiquait 20 h 20. Merde. Elle avait dormi bien trop longtemps. Elle avait toutefois passé une nuit blanche la nuit précédente, ce qui l'avait épuisée.

— Est-ce qu'il fait noir dehors?

— Bien sûr.

Austin pointa du doigt une pizza sur la table à côté de lui et de la femme.

— Voulez-vous manger?

— Un peu plus tard.

Roman devait donc être éveillé maintenant. Était-il en train de se préparer à la guerre contre les Russes? Si seulement elle pouvait lui parler pour savoir s'il allait bien. Son père lui avait confisqué son téléphone portable. Elle jeta un coup d'œil au téléphone sur la table de nuit. Toujours débranché. Austin avait tiré sur le fil dès leur arrivée dans la chambre. On ne pouvait manifestement pas lui faire confiance. Elle ne pouvait pas vraiment s'en plaindre, car ils avaient raison. Dès qu'elle en aurait l'occasion, elle filerait rejoindre Roman. C'était du moins son intention.

— Hé, je suis Alyssa, dit la brunette en se présentant. Votre père m'a demandé de vous apporter des vêtements de votre appartement.

Elle désigna du doigt une valise au pied du lit de Shanna.

Shanna reconnut sa vieille valise.

— Merci.

— Nous avons modifié la télévision afin de pouvoir syntoniser RTNV.

Austin s'empara de la télécommande et monta le volume.

— L'explosion à Romatech est la principale nouvelle de leurs actualités. Ils se demandent maintenant si Draganesti va exercer des représailles ce soir.

— Ce réseau de télévision de vampires est étonnant.

Alyssa but de petites gorgées de son cola en cannette.

— Ils ont des feuilletons comme nous. Et qu'est-ce donc que ce Chocosang?

— Une boisson faite de chocolat et de sang, expliqua Shanna. C'est populaire auprès des dames, quoique j'aie entendu dire qu'elles prenaient du poids en la buvant.

Alyssa éclata de rire.

— Vous vous moquez de moi.

— Pas du tout. En fait, Roman a élaboré une nouvelle boisson pour résoudre le problème. Il a appelé ça «Sang Léger».

Cette fois, les deux surveillants se mirent à rire.

Austin secoua la tête.

— Ils ne sont pas du tout comme ce à quoi je m'attendais.

— Moi aussi.

Alyssa prit une bouchée de sa pointe de pizza.

— Je croyais qu'ils auraient la peau blanche et gluante, mais ils semblent normaux.

— Ouais, acquiesça Austin. Et ils ont cette culture entière qui est différente, mais ça semble tout de même si... humain.

— Ce *sont* des humains. Ils ressentent la douleur, la peur, et… l'amour.

Shanna se demanda ce que Roman ressentait en ce moment.

— Je vous conseille de ne pas dire cela à votre père, l'avertit Alyssa. Il pense qu'ils sont une bande de psychopathes vicieux.

— Où est mon père? demanda Shanna.

— Il est parti surveiller la maison de Petrovsky, comme d'habitude, répondit Austin. Il déteste les Russes, surtout depuis qu'ils ont fait de vous une cible dans ce restaurant.

Shanna cligna des yeux.

— Pardon?

— Bravo, Austin, murmura Alyssa.

— Je pensais qu'elle le savait.

Austin se tourna vers Shanna.

— Le Bureau fédéral d'investigation ne vous en a pas parlé?

— Parlé de quoi?

Le pouls de Shanna s'accéléra.

— Êtes-vous en train de me dire que le meurtre de mon amie n'était pas un accident?

Austin fronça les sourcils.

— C'était un règlement de comptes. Votre père a fait emprisonner plusieurs membres importants de la mafia russe. Votre famille a été évacuée de la Russie dans le plus grand secret. Personne ne sait où votre famille se trouve maintenant. Lorsque les autres membres de la mafia voulurent se venger, vous étiez la seule personne qu'ils pouvaient localiser.

Shanna fut prise de vertiges.

— Ils tentaient de me tuer? Karen est morte à cause de moi?

— Ce n'est pas de votre faute, insista Alyssa. Vous êtes devenue une cible parce que vous êtes la fille de Sean Whelan.

— Étant donné les circonstances, continua Austin, le fait de vous joindre à notre équipe sera la meilleure vie pour vous. Personne ne pourra vous retrouver, et vous bénéficierez d'un entraînement rigoureux en autodéfense.

Shanna se laissa tomber sur le dos et fixa le plafond. Pendant tout ce temps, elle avait pensé que cette nuit au restaurant avait été le résultat d'un hasard extraordinaire épouvantable. Qu'elles s'étaient retrouvées au mauvais endroit au mauvais moment. Mais en réalité, c'est elle qui était ciblée. C'était elle qui aurait dû mourir, et non Karen.

— Est-ce que ça va ? demanda Alyssa.

— Je trouve cela épouvantable que Karen soit morte à ma place.

— Enfin.

Austin ouvrit une nouvelle cannette de cola.

— Si cela peut vous aider, sachez que la mafia vous aurait tué toutes les deux s'ils vous avaient vue. Ces types ne veulent pas de témoins.

Cela ne l'aida pas vraiment. Shanna ferma les yeux.

« Shanna ? Où êtes-vous ? »

Elle haleta et s'assit. Austin et Alyssa la regardèrent fixement.

— Euh, je… dois y aller.

Elle se hâta vers la salle de bains. Mon Dieu, est-ce que Roman tentait d'entrer en contact avec elle ? Est-ce que leur lien était assez fort pour qu'ils puissent communiquer ainsi sur une si longue distance ? Elle fit couler l'eau du robinet pour masquer sa voix.

— Roman, m'entendez-vous ?

« Oui. Je suis là. »

Sa voix se faisait plus forte dans sa tête tandis que la qualité de leur connexion augmentait.

« Où êtes-vous ? »

— Je suis dans un hôtel avec certains des membres de l'équipe de mon père.

« Est-ce que vous êtes prisonnière ? Ou est-ce là où vous voulez être ? »

— Je vais bien pour le moment. Ne vous inquiétez pas pour moi. Comment allez-vous ? Est-ce que vous partez en guerre ce soir ?

«Le litige sera réglé ce soir. Pourquoi… pourquoi avez-vous appelé votre père ? Je pensais que vous alliez rester avec moi.»

— Je ne l'ai pas appelé. Il était à l'extérieur, et surveillait la maison de Petrovsky lorsqu'il m'a vu y entrer. Il a cru que j'étais en danger, et il est entré pour me sauver.

«Avez-vous l'intention de rester avec lui ?

— Je préférerais être avec vous, mais si le fait de rester ici m'aide à vous protéger…

«Je n'ai pas besoin de votre protection !»

Sa voix fâchée résonna dans sa tête pendant quelques secondes.

— Roman, je vous aimerai toujours. Je ne vous trahirai jamais.

Leur connexion crépita sous l'effet de la tension.

— Roman ? Êtes-vous là ?

Une nouvelle émotion se glissa dans la connexion. Le désespoir. Il avait mal. Shanna appuya son crucifix d'argent contre son cœur.

«Si je survis à cette nuit, reviendrez-vous auprès de moi ?»

S'il survivait à cette nuit ?

— Roman, que dites-vous là ? Est-ce que vous partez à la guerre ?

«Reviendrez-vous auprès de moi ?»

— Oui ! Oui, je le ferai. Roman, ne faites rien de dangereux. S'il vous plaît.

Elle serra le crucifix de plus en plus fort.

Elle n'eut pas de réponse.

— Roman ! N'y allez pas !

Elle sursauta en entendant frapper à la porte de la salle de bains.

— Shanna ! cria Austin. Est-ce que ça va là-dedans ?

— Je vais bien, hurla-t-elle.

Elle se concentra sur l'envoi d'un message mental.

«Roman. Roman, m'entendez-vous ?»

Aucune réponse. La connexion n'était plus là. Et Roman non plus.

* * *

Ça ne pouvait être une question d'orgueil. Angus devait avoir tort. Roman savait que Jean-Luc était un bien meilleur épéiste, et qu'Angus était un meilleur soldat. Comment l'orgueil pouvait-il donc le diriger si impétueusement sur ce chemin qu'il avait choisi ? Il ne le savait pas. Ce qu'il savait avec certitude était qu'il ferait tout pour sauver les gens à qui il tenait, ainsi que Shanna. Il avait transformé plusieurs Highlanders. Il avait même transformé Jean-Luc et Angus. Il avait condamné toutes leurs âmes à une éternité en enfer le jour de leur mort. Il ne laisserait pas cela se produire, même si cela signifiait qu'il allait peut-être mourir et être condamné à la damnation éternelle.

Il était à peine passé 23 h, lorsque Roman grimpa les marches de pierre et ouvrit la lourde porte de bois d'une église. Le bruit de ses pas se répercuta dans le hall désert. Les flammes vacillèrent dans des rangées de lampions rouges. Les statues des saints et de la Vierge Marie baissèrent les yeux sur lui, remettant en question sa présence dans une maison de Dieu. Il se posa lui aussi la même question. Que pensait-il obtenir en venant ici ?

Il fit le signe de la croix, puis tendit la main vers l'eau bénite. Il fit alors une pause, et laissa sa main suspendue au-dessus du bénitier. L'eau tourbillonna, puis se mit à bouillir. La vapeur d'eau bénite s'éleva et vint chauffer sa peau.

Il retira sa main de là. Il fallait qu'elle soit en bon état pour son duel à l'épée. L'eau cessa de bouillir, et son cœur sombra dans le désespoir. Il venait de recevoir la réponse à sa question. Son âme était condamnée.

La porte se referma derrière lui. Roman se retourna d'un coup sec, puis se détendit en voyant qui était entré à sa suite.

Connor, Gregori et Laszlo lui lancèrent des regards timides.

— Je pensais avoir été clair. Personne ne devait me suivre.

Connor haussa les épaules.

— Nous savions que nous pouvions vous suivre ici. Vous n'allez tout de même pas vous battre en duel dans une église, n'est-ce pas ?

— Qui plus est, ajouta Gregori, nous avions l'intention de venir ici de toute façon. Nous voulions prier pour vous.

— Oui.

Laszlo fit le signe de la croix.

— Nous sommes venus pour prier.

Roman grogna.

— Priez comme vous le voudrez, pour ce que ça peut faire.

Il marcha à grands pas vers les confessionnaux.

Il entra dans une cabine et s'assit.

Une petite porte s'ouvrit. Roman pouvait à peine discerner la forme du prêtre de l'autre côté de l'écran. Il semblait âgé et bossu.

— Bénissez-moi, mon père, car j'ai péché.

Roman se tourna et marmonna la première moitié de sa prochaine phrase.

— Ça fait plus de 514 ans que je ne me suis pas confessé.

— Qu'est-ce que vous avez dit ? dit une vieille voix grinçante.

Le prêtre se racla la gorge.

— Quatorze ans ?

— Ça fait bien longtemps. J'ai rompu mes vœux devant Dieu. J'ai commis beaucoup de péchés. Et ce soir, il est possible que je cesse d'exister.

— Est-ce que vous êtes malade, mon fils ?

— Non. Ce soir, je risquerai ma vie pour sauver les gens qui sont importants pour moi.

Roman posa sa tête contre le mur de bois.

— Je ne suis toutefois pas certain que le bien peut l'emporter sur le mal, ou même que je suis un homme bon. Dieu m'a abandonné, alors je suis sûrement maléfique moi aussi.

— Pourquoi croyez-vous que Dieu vous a abandonné ?

— Un jour, il y a longtemps, j'ai cru que je pouvais sauver un village, mais j'ai succombé au péché de l'orgueil, et je me suis retrouvé dans les ténèbres. C'est là que je suis depuis ce temps.

Le prêtre se racla la gorge de nouveau et changea de position dans sa chaise. Roman supposa que son histoire semblait un peu trop étrange. Il perdait son temps en venant ici. Qu'espérait-il donc y trouver ?

— Laissez-moi voir si je comprends, dit le prêtre. La première fois que vous avez tenté de sauver des gens, vous étiez certain de votre victoire ?

— Oui. Dans mon orgueil, je savais que je ne pouvais pas échouer.

— Alors, dans votre esprit, vous ne risquiez rien. Et ce soir, êtes-vous certain de votre victoire ?

Roman regarda fixement dans l'obscurité de la cabine.

— Non, je ne le suis pas.

— Alors, pourquoi risquez-vous votre vie ?

Des larmes lui remplirent les yeux.

— Je ne peux supporter l'idée qu'ils risquent la leur. Je... je les aime.

Le prêtre prit une grande respiration.

— Alors, vous avez votre réponse. Vous n'agissez pas par orgueil, mais plutôt par amour. Et puisque l'amour vient du Père, il ne vous a donc pas abandonné.

— Vous ne saisissez pas l'ampleur de mes péchés, dit Roman avec dédain.

— Peut-être que vous ne saisissez pas l'ampleur du pardon de Dieu.

Une larme coula sur le visage de Roman.

— Je regrette de ne pouvoir vous croire, mon père. J'ai fait tant de mal... Je crains qu'il ne soit trop tard pour moi.

Le prêtre se pencha près de l'écran.

— Mon fils, il n'est jamais trop tard pour un homme repentant. Je prierai pour vous ce soir.

Vingt-sept

Il était passé minuit lorsque le téléphone portable d'Austin sonna. Vu le ton respectueux qu'il employait, et puisqu'il ne cessait de la regarder, Shanna soupçonna qu'il était en train de parler avec son père. Elle s'était inquiétée toute la soirée de la possibilité qu'une guerre éclate entre les vampires. Ses tentatives visant à entrer en contact mentalement avec Roman avaient échoué.

— Je comprends, monsieur.

Austin tendit son téléphone à Shanna.

— Votre père veut vous parler.

Elle porta le téléphone à son oreille.

— Papa ?

— Shanna, j'ai pensé te faire part de ce qui se passe. Le téléphone de Petrovsky est sur écoute. Nous l'avons entendu parler avec Draganesti.

— Qu'est-ce qui va se passer ? Vont-ils entrer en guerre ?

— Eh bien, on aurait dit que Draganesti était prêt à faire la guerre. Il prétend pouvoir compter sur 200 guerriers. Petrovsky a passé la soirée au téléphone, à ordonner à ses disciples de se présenter chez lui. Nous pensons qu'il compte environ 50 guerriers au maximum.

Shanna poussa un soupir de soulagement.

— Roman le surpasse en nombre.

— En fait, pas exactement. Tu vois, Draganesti a conclu un marché avec Petrovksy. Ils vont se rencontrer à Central Park. Au lieu de se faire la guerre, ils sont censés s'affronter en duel jusqu'à ce que mort s'ensuive.

Les genoux de Shanna cédèrent, et elle s'affala sur le lit.

— *Quoi ?*

— Ouais, ils sont censés se rencontrer en tête à tête dans le secteur East Green, à 2 h du matin. Un duel avec des épées en argent, et un seul survivant.

Shanna avait le souffle coupé. Roman allait se battre jusqu'à la mort ?

— Ça… ça ne peut être vrai. Nous devons empêcher ce duel.

— Je ne pense pas que nous puissions faire cela, mon ange. Je suis toutefois quelque peu inquiet pour ton ami. C'est que nous avons entendu Petrovsky ordonner à ses hommes de se pointer dans le parc cette nuit. D'après ce que nous en savons, Draganesti viendra seul, tandis que Petrovsky se présentera avec son armée entière.

Shanna haleta.

— Oh mon Dieu.

— En écoutant la conversation, il nous a été possible de conclure que les hommes de Draganesti ne savent pas où le duel aura lieu. Il n'y a donc aucun moyen pour eux de lui venir en aide. C'est un peu triste. Ça ressemble à un massacre annoncé, selon moi.

Shanna repensa à la conversation. Deux heures du matin, secteur East Green, Central Park. Elle devait transmettre cette information aux Highlanders.

— Je dois y aller, mon ange. Je voulais seulement te donner une mise à jour. Au revoir.

— Au revoir.

Shanna agrippa le téléphone avec fermeté et jeta un coup d'œil à Austin et Alyssa.

— Je dois faire un appel.

Alyssa se leva.

— Nous ne pouvons te laisser faire ça, Shanna.

Austin paressait sur le deuxième lit.

— Qu'est-ce que ça peut faire ? On permet même aux prisonniers de faire un appel.

Alyssa se tourna vers Austin.

— Est-ce que tu es devenu fou ?

— Non.

Austin lui jeta un regard insistant.

Shanna composa rapidement le numéro de téléphone de la maison de Roman. Elle savait que c'était trop étrange. Trop facile. D'abord son père qui lui donnait l'information, et maintenant Austin qui la laissait utiliser le téléphone. Ça ne faisait toutefois pas de différence. Elle devait encore sauver Roman.

— Allo ?

— Connor, est-ce bien vous ?

— Oui. Shanna ? Nous étions inquiets pour vous.

— Pouvez-vous, euh, faire cette chose au téléphone ?

— Me téléporter ? Oui. Où êtes-vous ?

— Dans une chambre d'hôtel. Vite. Je vais continuer à parler.

Shanna jeta un coup d'œil en direction d'Austin et d'Alyssa.

— Il y a deux autres personnes ici, mais je ne pense pas que ce sera un…

Connor se matérialisa à côté d'elle.

— Merde alors !

Austin se précipita hors du lit.

Alyssa demeura bouche bée.

— Désolé de l'intrusion.

Connor prit le téléphone des mains de Shanna.

— Ian, êtes-vous là ?

— Il… il porte un kilt, chuchota Alyssa.

— Oui, j'en porte un.

Le regard de Connor glissa vers l'agente de l'Agence centrale de renseignement.

— Et vous êtes une belle jeune femme.

Alyssa bafouilla.

— Comment avez-vous fait ça ? demanda Austin.

— Oh, de la même façon que je fais ceci.

Connor passa un bras autour de Shanna. Elle s'accrocha à lui au moment même où tout devenait noir.

Quand la lumière revint, elle se retrouva dans le hall de la maison de Roman. Le rez-de-chaussée était bondé de Highlanders, et ils étaient tous armés jusqu'aux dents. Un air de frustration était suspendu au-dessus d'eux tandis qu'ils marchaient à pas mesurés.

Angus MacKay marcha à grands pas vers elle.

— Connor, pourquoi l'avez-vous emmenée jusqu'ici ?

Shanna prit la parole avant que Connor ne puisse répondre.

— J'ai des nouvelles pour vous. Roman et Petrovsky vont se battre en duel cette nuit.

— Ce ne sont pas des nouvelles pour nous, jeune femme, dit Connor en la regardant avec tristesse.

— Sauf que Petrovsky s'y pointera avec une armée ! Vous devez aider Roman.

— Le bâtard, murmura Angus. Je savais bien que ce salaud ne tiendrait pas parole.

— Comment le savez-vous, Shanna ? demanda Connor.

— Mon père a fait poser des micros dans la maison de Petrovsky. Il a entendu Petrovsky parler de cela, et il me l'a dit. Je devais vous avertir. Roman doit rencontrer Petrovsky dans le secteur East Green, à Central Park, à 2 h du matin.

Les Écossais échangèrent des regards désespérés.

Angus secoua la tête.

— C'est inutile, jeune femme. Nous avons fait la promesse de ne pas le suivre.

— Je ne le laisserai pas seul !

Shanna tendit la main vers l'épée de Connor.

— Je n'ai fait aucune promesse, alors j'y vais.

— Attendez, cria Connor. Si Shanna y va, nous pouvons la suivre. Nous n'avons jamais promis que nous ne la suivrions pas.

— Oui.

Angus sourit.

— Et la jeune femme aura besoin de notre protection. Roman voudrait que nous la suivions.

— Génial.

Shanna fit face aux Highlanders et souleva son épée.

— Suivez-moi !

Le petit fond d'espoir que Roman avait obtenu suite à sa confession disparut rapidement au loin dès qu'il se pointa dans le secteur East Green. Petrovsky n'avait pas respecté leur accord. Il n'était pas seul.

Sa bande de vampires formait un demi-cercle. Roman évalua le nombre de ses ennemis à environ 50 vampires, et c'était surtout des hommes. Près de la moitié d'entre eux tenaient des torches.

Petrovsky marcha vers lui.

— Ce sera un plaisir de vous tuer.

Roman agrippa la poignée de son épée.

— Je vois que vous aviez peur de venir seul. Vous avez même emmené quelques femmes pour vous essuyer le nez.

— Je n'ai pas peur. J'ai donné ma parole que je ne ferais pas de mal aux gens qui comptent pour vous, mais je n'ai jamais promis que mes disciples ne vous attaqueraient pas si j'étais tué. Alors, Draganesti, vous allez mourir ce soir, d'une façon ou d'une autre.

Roman avala difficilement sa salive. Il était déjà arrivé à cette conclusion avant que Petrovsky n'en parle. Les prières d'un prêtre et de trois de ses amis n'étaient pas suffisantes. Dieu l'avait abandonné il y a bien longtemps.

— Est-ce que vous êtes prêt ?

Petrovsky tira son épée.

Roman tira la sienne. C'était un cadeau de Jean-Luc. L'épée était tranchante comme une lame de rasoir, et la lame en acier avait été plaquée avec de l'argent pur. La poignée était en acier et en cuir, et elle tenait parfaitement dans sa main. Il agita la lame dans les airs et salua Petrovsky. Il se permit une dernière pensée pour Shanna avant de concentrer son esprit sur une seule chose, sa survie.

Shanna courait vers le secteur East Green et pouvait entendre les épées s'entrechoquer. Le bruit était terrifiant et rassurant à la fois. Tant que Roman se battait, il était encore en vie.

— Halte!

Angus s'arrêta à côté d'elle.

— Je sais que nous sommes censés vous suivre, mais nous devons aller plus vite.

Il la prit dans ses bras.

Les arbres défilèrent à toute allure, et Shanna se tenait bien serrée contre Angus. Les Highlanders se déplacèrent à la vitesse des vampires jusqu'au moment où ils arrivèrent à la lisière de la clairière.

Angus la déposa sur ses pieds.

— Je suis désolé de vous avoir mal jugée.

Il lui rendit son épée.

— Nous vous suivons.

— Merci.

Elle marcha dans la clairière.

Les guerriers se dispersèrent autour d'elle, menés par Angus MacKay et Jean-Luc Écharpe. Roman et Ivan Petrovsky étaient au milieu de la clairière, et ils se tournaient autour. Roman sembla intact aux yeux de Shanna, tandis que les vêtements d'Ivan étaient coupés à certains endroits. Du sang suintait d'une blessure à son bras gauche.

Petrovsky jeta un coup d'œil vers elle et poussa un juron.

— Espèce de bâtard. Elle était avec vous pendant tout ce temps. Et vous avez apporté votre maudite armée.

Roman recula de quelques pas et jeta un coup d'œil rapide à Shanna et aux Highlanders. Il se concentra de nouveau sur Petrovksy, mais hurla tout de même ces mots :

— Angus ! Vous m'aviez donné votre parole que vous ne me suivriez pas.

— Nous ne vous avons pas suivi, hurla Angus à son tour. Nous avons suivi la jeune femme.

Roman sauta sur sa droite tandis que Petrovsky passait à l'attaque. Il se retourna et frappa le Russe sur la hanche. Ivan poussa un cri et appuya la main sur sa blessure.

— Shanna ! hurla Roman. Partez d'ici !

— Je ne vous quitterai pas.

Elle marcha vers lui.

— Et je ne vous laisserai pas mourir.

Ivan regarda le sang sur sa main.

— Vous pensez que vous allez remporter la victoire, n'est-ce pas, Draganesti ? Mais vous avez tort. Comme vous avez eu tort au sujet de Casimir.

Roman tourna autour de lui.

— Casimir est mort.

— Vraiment ?

Ivan pivota pour que Roman n'échappe pas à sa vue.

— L'avez-vous vu mourir ?

— Il est tombé au combat quelques instants avant le lever du soleil.

— Et vous et vos amis, vous vous êtes enfuis pour vous abriter. Vous n'avez donc pas pu voir ce qui s'est passé par la suite. J'ai emmené Casimir dans mon repaire secret.

Un halètement se répercuta parmi les Highlanders.

— Vous mentez, chuchota Roman, le visage plus pâle. Casimir est mort.

— Il est vivant. Et il rassemble une armée pour obtenir sa vengeance !

Ivan bondit vers l'avant, puis donna un coup d'épée en direction du ventre de Roman.

Roman sauta vers l'arrière, mais le tranchant de l'épée de Petrovsky trouva néanmoins sa cible. Du sang suinta de la blessure. Il tituba vers l'arrière.

Shanna haleta en voyant Roman saigner. Elle vit ensuite deux Russes qui tiraient leurs armes.

— Roman! Attention!

Elle courut vers lui.

Angus la rattrapa à la vitesse de l'éclair.

— Non, jeune femme.

Roman se retourna pour se défendre contre les deux Russes.

Ivan regardé fixement Shanna.

— J'en ai assez de vous, espèce de chienne!

Il fonça vers elle comme un éclair, tranchant l'air avec son épée.

Angus la poussa derrière lui, puis tira son arme, mais Jean-Luc sauta devant en premier avec son épée dans les airs. Il l'abaissa avec force, et les épées s'entrechoquèrent avec grand bruit. Ivan recula en titubant. Jean-Luc bondit vers l'avant et l'attaqua, ce qui fit retraiter Ivan.

Shanna haleta quand elle vit Roman embrocher un des Russes en plein cœur. L'homme s'écroula au sol et se transforma en poussière. L'autre Russe baissa son épée, puis recula.

Roman se déplaça vers Shanna.

— Angus, conduisez-la à la maison où elle sera en sécurité.

Il appuya fortement sa main sur sa blessure au ventre.

Shanna tenta de courir vers lui, mais Angus l'en empêcha.

— Roman, venez avec nous. Vous êtes blessé.

Il serra les dents.

— J'ai encore des choses à régler.

Il fonça sur Petrovsky.

Jean-Luc bondit vers l'arrière au moment même où l'épée de Roman vint frapper celle d'Ivan. Petrovsky fut surpris par cette attaque. Roman fit une manœuvre rapide, et Ivan vit son épée lui glisser entre les doigts. Cette dernière vola dans les airs avant de retomber près d'un des Russes.

Ivan courut vers son épée. Roman lui donna un coup d'épée à l'arrière des jambes, et Ivan trébucha par terre. Il roula sur le sol, mais Roman était déjà là, pointant son épée vers le cœur d'Ivan.

— Vous avez perdu, chuchota Roman.

Ivan regarda frénétiquement autour de lui.

Roman appuya l'extrémité de son épée contre la poitrine d'Ivan.

— Jurez-moi que vous et votre bande de vampires ne ferez jamais de mal aux gens qui comptent pour moi.

Ivan déglutit.

— Je le jure.

— Et que vous cesserez vos activités terroristes contre mes usines.

Ivan hocha la tête.

— Si j'en fais la promesse, vous ne me tuerez pas ?

Jean-Luc s'avança.

— Roman, il doit mourir.

— Oui.

Angus lâcha Shanna, puis marcha à grands pas vers eux.

— Vous ne pouvez pas avoir confiance en lui.

Roman prit une grande inspiration.

— S'il meurt, quelqu'un d'autre deviendra le chef de sa bande de vampires et des Mécontents. Et le nouveau chef continuera à nous terroriser. Mais si nous laissons Petrovsky vivre, il devra tenir parole, non ?

— Oui.

Ivan hocha la tête.

— Je tiendrai parole.

— Bien sûr que vous la tiendrez.

Roman sourit d'un air résolu.

— Ou je vous trouverai en plein jour alors que vous serez impuissant. Vous comprenez?

— Oui.

Ivan se releva avec lenteur.

Roman recula.

— Alors, nous pouvons partir d'ici.

Un des Russes fonça vers l'avant et s'empara de l'épée d'Ivan.

— Je crois que cela vous appartient.

Il enfonça l'épée dans le ventre d'Ivan.

Ivan tituba vers l'arrière.

— Alek? Pourquoi me trahis-tu?

Il tomba à genoux.

— Espèce de bâtard. Tu veux mon pouvoir, ma bande de vampires.

— Non.

Alek le regarda fixement.

— Je veux vos femmes.

Ivan s'effondra sur le sol en se tenant le ventre.

— Espèce d'imbécile.

Une vampire marcha vers lui et tira un pieu de bois de sa ceinture.

— Vous m'avez traitée comme une putain.

Ivan avait le souffle coupé.

— Galina. Espèce de chienne stupide. Tu es une putain.

Une autre femme tira un pieu de sa ceinture.

— Vous ne nous traiterez plus jamais de chiennes. Nous allons reprendre le contrôle de votre bande de vampires.

— Quoi?

Ivan avança sur l'herbe en se tortillant tandis que les deux femmes vampires s'approchaient de lui.

— Katya, Galina, arrêtez. Vous ne pouvez pas diriger une bande de vampires. Vous êtes trop stupides.

— Nous n'avons jamais été stupides.

Galina s'agenouilla à côté de lui.

— J'aurai tous les hommes que je veux.

Katya s'agenouilla de l'autre côté.

— Et je ressemblerai à Catherine de Russie.

Elle jeta un coup d'œil à Galina.

— On le fait ?

Les deux femmes enfoncèrent leurs pieux dans le cœur d'Ivan.

— Non !

Son cri s'estompa tandis qu'il devenait un tas de poussière.

Les femmes se relevèrent et firent face aux Highlanders.

— Que dites-vous d'une trêve, pour le moment ? suggéra Katya.

— D'accord, dit Angus.

Les Russes filèrent au loin comme des éclairs, disparaissant dans la nuit.

C'était fini.

Shanna fit un sourire hésitant à Roman.

— Ça, c'était bien étrange. Levez les bras afin que nous puissions bander votre blessure.

Connor passa un bandage autour du ventre de Roman et le fixa. Il retira ensuite une bouteille de sang de son sporran et la passa à Roman.

— Merci.

Roman prit une gorgée, puis tendit la main vers Shanna.

— Nous devons parler.

— Oh oui. N'acceptez plus jamais d'affronter quelqu'un dans un stupide duel. Je vous enfermerai dans la chambre tapissée d'argent et je perdrai la clé.

Il sourit en l'enveloppant de ses bras.

— J'aime bien quand vous êtes autoritaire.

— Lâchez-la ! cria une voix.

Shanna se tourna et vit son père s'approcher d'elle avec une torche électrique. Garrett, Austin et Alyssa le suivaient et avaient aussi en main des torches électriques et des pistolets chargés de balles en argent. Ils avaient de plus une série de pieux de bois sur leurs ceintures. Ils s'arrêtèrent à une certaine distance d'eux et examinèrent la scène avec leurs lampes, qui éclairaient ici et là.

Son père dirigea la lumière de sa lampe vers un tas de poussière.

— J'espère qu'il s'agit bien de Petrovsky?

— Oui, répondit Angus. Et vous êtes Sean Whelan?

— Oui.

Sean éclaira un deuxième tas de poussière.

— Un autre Russe?

— Oui, répondit Roman. Je l'ai tué.

Sean poussa un soupir et regarda le secteur East Green.

— Ce n'est pas exactement le résultat que j'espérais. Seulement deux morts.

— De quoi parles-tu? demanda Shanna.

— Tu as bien fait ton travail, mon ange. Je sais que tu es sous l'influence de cette sale créature, qui a ses pattes sur toi, en ce moment même. J'ai dit à Austin de te laisser utiliser son téléphone. Je savais que tu avertirais les amis de Draganesti.

— Vous espériez une guerre.

Roman serra les bras autour de Shanna.

— Vous espériez que la plupart d'entre nous mourraient.

— Ça aurait été moins de travail pour nous si vous vous étiez éliminés.

Sean haussa les épaules.

— Mais nous vous aurons. Retenez mes paroles.

Jean-Luc souleva son épée.

— Ce sont des paroles idiotes, car nous vous surpassons en nombre.

— Oui.

Angus se déplaça vers eux.

— Vous ne réalisez pas que vous avez besoin de nous. Il y a un vampire maléfique quelque part, et il est en train de rassembler une armée au moment où l'on se parle. Vous ne serez pas capable de vaincre Casimir sans notre aide.

Les yeux de Sean se plissèrent.

— Je n'ai jamais entendu parler de ce Casimir. Et pourquoi devrais-je croire un mot de ce que ce démon me dit?

— C'est vrai, papa, hurla Shanna. Vous avez besoin de ces hommes.

— Ce ne sont pas des hommes! cria Sean. Et maintenant, éloigne-toi de ce monstre, et viens avec moi.

Roman se racla la gorge.

— Je ne crois pas que le moment serait bien choisi pour demander la main de votre fille, n'est-ce pas?

Sean tira un pieu de sa ceinture.

— On se verra d'abord en enfer!

Roman tressaillit.

— Ouais, le choix du moment n'était pas très bon.

Shanna toucha son visage et sourit.

— Je pense que le choix du moment est parfait.

— Shanna, je vais essayer de vous donner tout ce que vous avez toujours voulu. La maison avec la clôture…

Elle éclata de rire, puis l'étreignit de plus près.

— J'ai seulement besoin de vous.

— Même des enfants, continua Roman. Nous trouverons un moyen d'insérer mon ADN dans des spermatozoïdes vivants.

— Quoi?

Shanna le regarda.

— Vous voulez devenir un père?

— Seulement si vous êtes la mère.

Elle sourit.

— Vous réalisez sans doute que c'est la fin de votre harem.

— Je m'en suis déjà chargé. Gregori va les héberger dans sa maison jusqu'à ce qu'elles puissent se débrouiller toutes seules.

— Oh, comme c'est gentil de sa part.

Shanna éclata de rire.

— Sa mère piquera une crise.

— Shanna, je vous aime.

Roman l'embrassa sur la bouche.

— Éloignez-vous d'elle!

Sean s'avança d'eux avec son pieu de bois à la main.

— Non!

Shanna se retourna pour faire face à son père.

— Shanna, viens avec moi. Cette créature contrôle ton esprit.

— Non. Il contrôle mon cœur.

Elle posa une main sur sa poitrine.

— Je l'aime.

Elle se rendit alors compte que sa main était posée sur la croix en argent.

— Eh bien, ça alors!

Elle pivota pour faire face à Roman.

— Étreignez-moi de nouveau.

Il la tira vers lui.

— Il ne vous blesse pas?

Elle recula et souleva le crucifix.

— Il ne vous a pas brûlé.

Les yeux de Roman s'agrandirent tandis qu'il posait doucement ses doigts sur la croix.

— Ça doit être un signe.

Les yeux de Shanna se remplirent de larmes.

— Dieu ne vous a pas abandonné.

La main de Roman se referma sur la croix.

— Un sage homme m'a dit cela ce soir : «Peut-être que vous ne saisissez pas l'ampleur du pardon de Dieu.» Je ne pouvais y croire jusqu'à maintenant.

Shanna cligna des yeux pour chasser ses larmes.

— Dieu ne vous a jamais abandonné. Et je ne vous abandonnerai pas davantage.

Roman toucha son visage.

— Je vous aimerai toujours.

Shanna éclata de rire tandis qu'une larme coula.